ANDREA SCHACHT

Der Bernsteinring

Buch

Die Halbschwestern Anita und Rose, die sich erst nach dem Tod des Vaters gefunden haben, entdecken in einem Antiquitätengeschäft einen antiken Bernsteinring, der in den Erzählungen des Vaters eine entscheidende Rolle gespielt hat. Anhand eines ungewöhnlichen Stundenbuchs rekonstruieren sie die Geschichte der Kölner Stiftsdame Anna von St. Maria im Kapitol.

Anna ist im Jahr 1498 nur durch Vermittlung des reichen Gewürzkaufmanns und Ratsherrn Hrabanus Valens in das vornehme Stift gelangt, denn sie ist von unehelicher Geburt. Nur ganz knapp ist sie dem Schicksal entkommen, den gleichen Lebensweg wie ihre Mutter gehen zu müssen, die eine Hure war. Die Amme Horsel, die sie zeitlebens betreut hat, hatte bereits Annas Jungfräulichkeit verkauft – für die Anna von dem Freier einen Bernsteinring erhielt mit der Inschrift: »Letum non omnia finit«. Im Stift wird sie zur Schreibmeisterin ausgebildet und beginnt ein eigenes Stundenbuch zu entwerfen. Sie freundet sich mit Rosa an, der Witwe eines niederen Landadeligen, die eine etwas dubiose Vergangenheit zu verbergen sucht. Lange bleibt Rosa jedoch nicht in der keuschen Umgebung des Stifts, sondern heiratet bald schon den Ratsherrn Hrabanus. Als Annas Magd Valeska auf unheimliche Weise ermordet wird, gerät Rosa in Verdacht, das Mädchen zu magischen Zwecken missbraucht zu haben. Anna versucht nun, Rosas Unschuld zu beweisen. Es gelingt ihr tatsächlich, ihre Freundin aus dem Kerker zu befreien – doch dazu muss sie den Mann aufsuchen, der ihr einst den Bernsteinring geschenkt hat …

Autorin

Andrea Schacht, Jahrgang 1956, war lange Jahre als Wirtschaftsingenieurin in der Industrie und als Unternehmensberaterin tätig, hat dann jedoch den seit Jugendtagen gehegten Traum verwirklicht, Schriftstellerin zu werden. Sie lebt heute als freie Autorin mit ihrem Mann bei Bad Godesberg.

Von Andrea Schacht außerdem lieferbar:

Der Siegelring. Roman (35990)
Der Lilienring. Roman (36034)
Der dunkle Spiegel. Roman (36280)

Andrea Schacht

Der Bernsteinring

Roman

BLANVALET

Umwelthinweis:
Alle bedruckten Materialien dieses Taschenbuches
sind chlorfrei und umweltschonend.

Der Blanvalet Verlag ist ein Unternehmen
der Verlagsgruppe Random House.

2. Auflage
Originalausgabe August 2004

Umschlaggestaltung: Design Team München
Umschlagmotiv: Sir Lawrence Alma Tadema
Satz: Uhl + Massopust, Aalen
Druck: GGP Media GmbH, Pößneck
Verlagsnummer: 36033
Lektorat: SK
Redaktion: Petra Zimmermann
Herstellung: Heidrun Nawrot
Printed in Germany
ISBN 3-442-36033-1
www.blanvalet-verlag.de

Denn frei vom Tod sind die Seelen.
Nachdem sie den früheren Sitz verlassen haben,
leben sie fort und wohnen immer wieder
in neuen Behausungen,
die sie aufnehmen.

Morte carent animae, semperque priore relicta
Sede novis domibus vivunt habitantque receptae.

Ovid, METAMORPHOSEN

Dramatis Personae

Im Mittelalter

Anna Dennes – die uneheliche Tochter einer leichtfertigen Dame, die es allen Widrigkeiten zum Trotz schafft, zur ehrbaren Stiftsdame aufzusteigen. Sie frönt der nicht ganz respektierlichen Neigung zur Gelehrsamkeit und arbeitet an einem Stundenbuch.

Rosa sine cognomine – die Tochter eines reiselustigen Theriakhändlers und einer Tänzerin, die sich einen Mann aus dem Landadel angelt und nach seinem Tod in ein Stift abgeschoben wird.

Hrabanus Valens – ein pockennarbiger Gewürzhändler und großzügiger Wohltäter des Stiftes, dem trotz seiner Entstellung ein reiches Liebesleben nachgesagt wird.

Falkomar – Scharfrichter, der sein Geschäft mit Konsequenz und gelegentlicher Barmherzigkeit durchführt. Doch für Letztere verlangt er immer eine entsprechende Gegenleistung.

Marcel le Breton – Söldner im Dienste Maximilians I., später Büchsenmeister am Bayenturm zu Köln, hilfsbereit den schutzlosen Frauenspersonen gegenüber, aber nicht ganz ohne Fehl und Tadel.

Julius Cullmann – geschickter Gaukler, hinreißender Sänger und eifriger Sammler von Nachrichten, der eine Erinnerung mit sich trägt, die er nicht vergessen kann.

Horsel Beckersche – Annas Amme und Schenkenwirtin, die nach dem Tod von Annas Mutter Annas Karriere plant. Freiberufliche Kupplerin.

Valeska – ein polnisches Bettlerkind mit sonnigem Gemüt, später Annas Magd und noch später ein unschuldiges Opfer.

Im Stift: Ida-Sophia, die Äbtissin, Heilgard, die Pistorin, Elfrieda, die Schreibgehilfin, Dionysia, die Schreibmeisterin, und Feli, die Katze.

Im Hrabanus-Haushalt: Berlindis, Hrabanus erste Frau, Mathilde, die Beschließerin, Gerhard, der Verwalter, und Carolus, der Geschäftspartner.

In der Stadt: Fabio Pontes, Syndikus, Iwan, ein Gassenjunge, Erwin, Knecht bei Horsel, Cosima Dennes, Annas Mutter, und Thekla von Spangenberg, eine grün gewandete Reiterin.

In der Gegenwart

Anahita Kaiser, genannt Anita – nach einem schweren Unfall auf dem Weg zur Genesung und auf der Suche nach einem verloren gegangenen Geliebten, den sie zunächst nur in der Vergangenheit wieder findet.

Rosewita van Cleve, genannt Rose – Glasdesignerin, eine etwas schüchterne, aber begnadete Künstlerin und Restaurateurin antiker Gläser, Anitas Halbschwester, die ein wichtiges Ereignis verdrängt.

Caesar King, bürgerlich Julian Kaiser – Anitas und Roses Vater, einst ein berühmter Schlagersänger, der durch einen Autounfall ums Leben kommt. Ihn hat ein altes Stundenbuch zu einer Geschichte inspiriert, die seine Töchter nun gemeinsam durchleben müssen.

Uschi Kaiser – Anitas Mutter, die den Tod ihres Mannes nicht verwinden kann und überall Schuldige sucht.

Gracilla Valerie van Cleve, genannt Cilly – die jüngere Schwester von Rose, die sich von einer alten Geschichte gefangen nehmen lässt und daraus einiges lernt.

Marc Britten – Sensationsfotograf und Abenteurer, der sich auf profunde Recherchen versteht, ansonsten jedoch zu den leicht flüchtigen Elementen gehört.

Falko – ein Erlebnis für Rose.

Valerius – ebenfalls ein Erlebnis, allerdings für Anita.

Weitere Personen im Leben der Heldinnen: Dr. Carl German, Chirurg, Dr. Fabian Pönsgen, Richter, Valentin Cornelius, ene jote Frönd, Hela Bernes, Astrologin, Belinda, eine ungeschickte Verkäuferin, Cosy, eine Asiatin, und Sophia, Roses und Cillys Mutter.

Vorwort

Die Vergangenheit reicht in die Gegenwart hinein, und wenn man sie sucht, findet man überall ihre Spuren. Mich rührten die Äpfel an, die zu Füßen der Marienstatue in der ehemaligen Stiftskirche Maria im Kapitol noch immer von den Betenden hinterlassen werden, auf dass das Kind, das die Mutter im Arm hält, ihre Bitten wohlwollend gewähre. Man legt sie also heute genauso dort hin, wie es einst die Stiftsdamen wohl taten, die im Mittelalter dort ihre Andachten hielten. Und ihre Bitten lauteten um Hilfe, Gesundheit und Liebe. Nicht anders als heute auch, denke ich mir.

Köln schrumpfte, nachdem das Römische Reich untergegangen war, beinahe zur Bedeutungslosigkeit zusammen. Dann aber, im Mittelalter, erfuhr es eine ungeheure Belebung. Als Handelsstadt und als Stadt der Kirchen. Auf der einen Seite waren da also die kommerziellen Aktivitäten, auf der anderen Seite aber war die Stadt eine geistig rege Metropole, und in den Klöstern, Konventen und Stiften entstanden unzählige Kunstwerke zur höheren Ehre Gottes. Eine der wohl gepflegten Kunstformen war die der Buchmalerei, die selbst dann noch betrieben wurde, nachdem der Buchdruck Fuß gefasst hatte. Jene Miniaturen, die die Künstler ihrer Zeit gestaltet haben, sind heute für uns lebendige Quellen, um sich das damalige Alltagsleben vor Augen zu führen. Denn selbst wenn sie biblische Szenen zeigen, so spielen sie doch in der Gegenwart – in den Häusern, auf den Feldern, in den Gassen. In den Stundenbüchern und Kalendarien nutzten die Künstler ihre Freiheiten der Gestaltung aus. Und darum darf auch die Stiftsdame Anna ihr eigenes Buch entwerfen, das ich an die eine oder andere farbenprächtige Vorlage angelehnt habe.

Ende des 15. Jahrhunderts aber war der Wechsel zur neuen Zeit schon deutlich spürbar. In Köln gibt es zwei Ereignisse, die das erkennen lassen – das letzte Ritterturnier, das König Maximilian 1486 auf dem Alten Markt veranstaltet, und das erstmalige Auftreten der Syphilis 1496, die vermutlich aus der Neuen Welt in das alte Europa eingeschleppt wurde.

Doch wie sich die Zeiten auch wandeln, Spuren bleiben erhalten, Spuren von Menschen, die gelebt, geliebt und gelitten haben. Menschen wie Sie und ich. Und wenn die Seelen jener, die am breiten Fluss, dem Rhein, gelebt haben, eine neue Wohnstatt beziehen, mag es sein, dass sie eine wählen, die es dort wieder hinzieht.

1. Kapitel

Wiederkehr

Sie starb. Es wurde dunkel um sie, doch das Gesicht ihres Geliebten war das Letzte, was sie mit ihren schwindenden Sinnen wahrnehmen konnte. Dann begann ihre Wanderung durch die Unendlichkeit, ohne Angst, wissend, dass sie sie finden würde – die Regenbogenbrücke, die sich über dem Abgrund zwischen den Welten spannte und über die sie in die Anderwelt gelangen würde. Mutig überschritt sie den farbigen, leuchtenden Bogen und erreichte die freundlichen Länder am anderen Ufer. Sie wandelte unter blühenden Apfelbäumen, entlang an silberhellen Bächen und schilfbestandenen Seen, sie begegnete den Ahnen und den Helden der Vergangenheit, aber auch anderen, manchmal Furcht erregenden, manchmal sie anwidernden Gestalten. Sie wandelte lange und vergaß Wehmut, Schmerzen und Trauer. Sie verlor nach und nach ihre Erinnerungen an das Leben auf Erden. Bis auf eine. Das tiefste Gefühl, das sie empfunden hatte, war bei ihr geblieben – ihre Liebe vergaß sie nie, und die Sehnsucht blieb immer bei ihr.

Als sie der Wanderungen müde geworden war, suchte sie den Kessel der Wiedergeburt auf und entschloss sich, darin zu baden …

Und im Jahre des Herrn 1470 wurde in der Colonia, jetzt das »Heilige Köln« genannt, ein Kind der Schande geboren. Ein Mädchen mit rabenschwarzem Haar …

Ihre Mutter nannte es Anna.

2. Kapitel

Der Unfall

Der Sommerabend war angenehm kühl geworden, und die Sonne warf lange Schatten über das bergige Land. Nicht mehr lange, und sie würde hinter den Baumwipfeln versinken. Die Autobahn war noch belebt, der Fernverkehr kannte keinen Feierabend. Mühsam quälte sich eine Schlange von Schwertransportern den langen Anstieg empor. Der Mann am Steuer des Sportwagens setzte zum Überholen an und beschleunigte. Einen Lkw nach dem anderen ließ er hinter sich. Doch mit seinen Gedanken war er ganz woanders, und viel zu spät erst bemerkte er den Kleinwagen vor sich, der sich kaum schneller als die schweren Transporter bewegte. Mit einer Vollbremsung konnte er gerade noch einen Unfall verhindern.

Entsetzt über sein Verhalten ordnete er sich auf der rechten Spur ein. Lähmende Müdigkeit war die Ursache seiner Achtlosigkeit – unnatürliche und fast an Benommenheit grenzende Müdigkeit.

Eine Tankstelle mit einem Rastplatz tauchte vor ihm auf, und er beschloss, dort anzuhalten und einen Kaffee zu trinken. Zu seiner Verabredung kam er nun sowieso schon zu spät, denn genau diese Schwere, diese unheimliche Unkonzentriertheit, hatte ihn schon die richtige Ausfahrt verpassen lassen. Er fuhr in eine freie Parklücke und stellte den Motor ab. Seufzend lehnte er den Kopf zurück. Er würde eine Pause machen und einfach die Erinnerung an die wundervollen Stunden auskosten, die er noch vor kurzem in den Armen seiner Geliebten verbracht hatte. Mit einem Gähnen schloss er die Augen und war sofort eingeschlafen.

Er erwachte in der Dunkelheit. Träge schlug er die Lider auf und musste eine Weile intensiv darüber nachsinnen, warum er um vier Uhr morgens in seinem Wagen an einer Autobahnraststätte saß. Ihm war kalt geworden, und mit steifen, bleischweren Gliedern wand er sich aus dem Fahrzeug. Geisterhaft huschten die Scheinwerfer der wenigen vorbeifahrenden Autos über den asphaltierten Platz, doch das Gebäude neben der Tankstelle war noch hell beleuchtet. Er streckte sich, atmete die kühle Morgenluft ein und rieb sich die Augen. Die Benommenheit war trotz der acht Stunden Schlaf nicht von ihm gewichen. Er würde noch an diesem Tag seinen Arzt aufsuchen. Irgendetwas stimmte nicht mit ihm. Aber jetzt würde er erst einmal einen Kaffee trinken. Vielleicht munterte der ihn ja auf.

Eine übermüdete Kellnerin stellte eine große Tasse bitterschwarzen Kaffee vor ihn hin. Aber er trank ihn und bestellte sich sogar noch einen zweiten. Dann suchte er die Waschräume auf und befeuchtete sich das Gesicht mit kaltem Wasser. Ein wenig munterer kehrte er zu seinem Fahrzeug zurück. Um den üblen, säuerlichen Geschmack auf seiner Zunge zu vertreiben, steckte er sich gleich drei der Pfefferminzbonbons in den Mund, die er immer bei sich hatte. Er startete den Wagen, legte eine CD ein und rollte auf die Autobahnauffahrt, um nach Hause zu fahren.

Der Himmel wurde allmählich hell, schon glühten die zarten Federwolken, die über den Bergen hingen, in rosigen Farben auf. Die Strecke war jetzt beinahe frei, und er erhöhte die Geschwindigkeit. Die Musik und der prachtvolle Sonnenaufgang, der sich jetzt vor ihm entfaltete, versetzten ihn in eine beinahe rauschhafte Stimmung. Er dachte voll süßer Sehnsucht an die Frau, die ihm endlich ihre Liebe geschenkt hatte. Trotz aller Hindernisse würde es einen gemeinsamen Weg für sie geben. Irgendwie. Er fühlte sich losgelöst und frei von allen irdischen Banden.

Mit beinahe zweihundert Stundenkilometern prallte er an den Brückenpfeiler.

Julian Kaiser, bekannt als der Schlagersänger Caesar King, war auf der Stelle tot.

3. Kapitel

Das Stundenbuch

»Meine Mutter kennt Gott und die Welt und Tod und Teufel und noch einige andere mehr. Unter anderem diesen hervorragenden Chirurgen«, hatte Rose, meine Halbschwester, zu mir gesagt.

Darum hatte ich vor Weihnachten Kontakt mit Dr. Carl German aufgenommen, der sich meines Problems mit großer Fachkenntnis annahm. Er war mir zudem sympathisch, was ich nicht von allen Ärzten behaupten konnte, denen ich jüngst begegnet war. Und das waren nicht wenige. Jetzt saß ich also in dem Büro von Dr. Carl German und unterhielt mich mit ihm und einer weiteren Ärztin über die in fünf Tagen anstehende Operation.

Meine tiefen Brand- und Schnittverletzungen waren die Folge eines entsetzlichen Flugzeugunglücks auf den Kanaren. Vor einem halben Jahr hatte ich miterleben müssen, wie der Flieger, der meine Freunde und mich nach Rom bringen sollte, vor meinen Augen explodierte. Ich hatte nicht in der Maschine gesessen, weil mich kurz vor dem Abflug ein Anruf meiner Mutter Uschi erreicht hatte, der mich davon in Kenntnis setzte, dass mein Vater in der Nacht tödlich verunglückt war. Ich hatte auf einen Flug nach Köln umgebucht, der jedoch erst am nächsten Morgen abgehen sollte. Als ich vor dem Flughafenhotel stand, war das Entsetzliche passiert. Direkt nach dem Abheben gab es eine gewaltige Detonation. Flugzeugtrümmer schlugen wie Bomben im weiten Umkreis ein. Und auch mich traf glühendes Metall.

Die Spuren sollten jetzt beseitigt werden. Ich hatte einen Schnitt im Gesicht, er zog sich von der Stirn über das Auge bis zur Oberlippe. Die Wunde war sehr gut verheilt, und eigentlich war die Narbe jetzt nur noch ein schmaler Strich, den ich mit einem guten Make-up durchaus verdecken konnte. Die Wunde vom Schlüsselbein über die Brust bis zum Bauch war schlimmer gewesen, eine Brandwunde, die länger brauchte, um zu heilen. Die erste Hauttransplantation war schon in einem sehr frühen Stadium vorgenommen worden. Ich wusste also in etwa, was mir jetzt blühte. Mein linker Arm war nämlich am stärksten betroffen, und hier würde nun die nächste Operation hoffentlich dazu führen, dass ich zukünftig auch wieder kurzärmlige Kleider tragen konnte.

Dr. German erklärte mir sehr ausführlich, was er zu tun gedachte, und ich hatte den Eindruck, dass er wirklich so kompetent war, wie Sophia, Roses Mutter, behauptet hatte.

»Wir werden, wenn dieser Eingriff überstanden ist, dann auch noch einen Termin vereinbaren, um uns Ihrem Gesicht zu widmen!«, sagte die Ärztin, eine resolute Frau Anfang Vierzig.

»Nein, das werden wir nicht!«, antwortete ich mit einer plötzlichen Heftigkeit, die mich selbst überraschte.

»Aber Frau Kaiser! Sie wollen doch nicht Ihr Leben mit dieser Narbe verbringen. Es gibt fantastische Möglichkeiten …«

»Mag sein, dass es sie gibt, aber ich ziehe es vor, diese Erinnerung an ein Ereignis zu behalten, das mein Leben nachhaltig verändert hat.«

Sie wirkte richtiggehend empört, die Frau Doktor. Als hätte ich ihre persönliche Ehre angegriffen. Mit beredt schilderte sie mir die herausragenden Erfolge der kosmetischen Chirurgie, aber als sie geendet hatte, meinte Dr. German trocken: »Liebe Kollegin, es ist die Entscheidung der Patientin. Ganz abgesehen davon, werden wir einen Schritt nach dem anderen gehen und uns zunächst um den Arm kümmern.«

Etwas verschnupft zuckte die Ärztin mit den Schultern und legte mir ein paar Formblätter vor, die ich vor der Operation auszufüllen hatte. Dann verließ sie uns mit der Entschuldigung, noch weitere Termine wahrnehmen zu müssen. Ich blieb mit Dr. German allein.

Er wirkte für einen Arzt seines Rufes und seiner Qualifikation noch sehr jung, auch wenn er etwas untersetzt gebaut war. Seine Haare standen wie ein wirres Büschel Stroh von seinem Kopf ab, da er sich im Eifer der Erklärungen einige Male mit der Hand hindurchgefahren war. Er hatte ein offenes und freundliches Gesicht, ohne besonders gut auszusehen. Aber er flößte mir auf seine Art Vertrauen ein. Jetzt lächelte er mir zu und meinte: »Die Frau Kollegin hat es gut gemeint. Aber sie prescht manchmal ein wenig zu schnell vor. Ich kann verstehen, dass Sie erst einmal die eine Angelegenheit erledigt haben wollen. Die Aussicht auf weitere Operationen ist nicht gerade beschwingend, nicht wahr?«

»Das ist das eine, Dr. German. Aber das, was ich gesagt habe, habe ich wirklich so gemeint. Die Narbe stört mich nicht, und sie hat sozusagen Erinnerungswert.«

»Dann sind Sie eine echte Ausnahme, Frau Kaiser. Die meisten Menschen würde nur zu gerne alles das vergessen, was mit einem solchen traumatischen Erlebnis wie dem Unfall zusammenhängt.«

»Wer sagt Ihnen denn, dass sie mich an den Unfall erinnert?«

»Nicht?«

»Nein, daran nicht.«

»Ihr Gesichtsausdruck, Frau Kaiser, ist mehr als hintersinnig. Sie fangen an, mich außerordentlich neugierig zu machen.«

»Mache ich das?«

»Ein rein klinisches Interesse!«

»Natürlich!«

Er war nett, der Doktor. Er war ehrlich interessiert, möglicherweise sogar mehr, als es sein Beruf nötig machte. Aber was soll's, dachte ich, denn in mir stieg plötzlich der Wunsch auf, ihm von der Erinnerung zu erzählen, die ich mit dieser Narbe verband. Darum folgte ich seiner Einladung, die er gerade aussprach, wenngleich sie ein wenig makaber klang.

»Wissen Sie was, es ist Mittagszeit. Gehen wir in die Pathologie, etwas essen, und Sie verraten mir, was eine so schöne Frau wie Sie dazu bringt, mit einem solchen Mal im Gesicht leben zu wollen.«

»In die Pathologie, natürlich. Es heißt, menschlicher Hinterschinken sei sehr bekömmlich.«

»Verzeihung, kruder Mediziner-Jargon. Ich meinte das Steakhaus gegenüber.«

»Wie konnte ich nur etwas anderes vermuten. Also gut, ich komme mit und erzähle es Ihnen. Kann ich mich auf Ihre ärztlich Schweigepflicht verlassen?«

»Selbstredend. Wir können auch in die Sandwichbar nebenan gehen, wenn Ihnen das lieber ist. Um diese Zeit ist dort wenig los.«

»Die sollten Sie dann aber ›Zum blutigen Tupfer‹ umbenennen. Sandwichs haben so etwas Aufsaugendes.«

Er lachte. »Sie könnten von der gleichen Gilde sein wie wir. Das werde ich weitergeben!«

Wir gingen in die Sandwichbar, und als ich meinen

Kakao vor mir stehen hatte, lehnte ich mich zurück und suchte einen Anfang.

»Eine schöne Erinnerung?«, fragte Dr. German aufmunternd.

»Wie man es nimmt. Vor drei Tagen habe ich einen Mann getroffen. Eine zufällige Begegnung, die sich buchstäblich explosionsartig entwickelte. Es ging eine Anziehungskraft von ihm aus, gegen die ich mich schlichtweg nicht zur Wehr setzen konnte. Habe Sie schon einmal so etwas erlebt?«

Er zeigte mir ein etwas schiefes Lächeln.

»Ja, wenn man so will, habe ich das. Gerade heute.«

»Oh.«

»Verzeihen Sie, ich sollte so etwas nicht sagen.«

»Sie sind Arzt. Sie streichen Balsam auf eine Wunde.«

»Er hat Ihnen wehgetan?«

»Nein, das hat er nicht. Ganz im Gegenteil. Das Problem liegt bei mir. Ich habe seine Adresse und seine Telefonnummer verloren. Ich weiß nicht, wo ich ihn suchen soll. Ich kenne nur seinen Vornamen. Valerius.«

Als ich den Namen aussprach, überzog mich eine prickelnde Gänsehaut.

»Und er hat Ihre Adresse ebenfalls nicht?«

»Auch er weiß nur, dass ich Anahita heiße und gewohnlich Anita gerufen werde.«

»Sie haben überhaupt keine Ahnung, was er zum Beispiel von Beruf ist, in welcher Stadt er wohnt, wer seine Bekannten sind?«

»Er hat eine Wohnung in Köln, aber das hilft mir nicht viel weiter, denn in Köln gibt es etliche Wohnungen.«

»Ja – aber Sie müssen doch miteinander gesprochen haben. Irgendeinen Anhaltspunkt über seine Identität gibt man doch immer preis.«

»Wir haben nicht viel gesprochen!«, sagte ich und

schloss die Augen in der Erinnerung an eine überwältigende körperliche Erfahrung.

»Ja, aber, was … Oh.«

Dr. German verstummte, und sein Gesicht war dunkelrot geworden. Er hatte wohl gerade eine Erleuchtung darüber, wobei es sich bei unserem Treffen gehandelt hatte. Ich lachte leise auf und bestätigte ihm: »Schon richtig, was Sie denken. Ich sagte doch, es gab da eine Anziehungskraft, gegen die zu wehren mir unmöglich war. Ihm übrigens auch.«

Mein Gegenüber rang bewundernswert mit seiner Fassung, nahm einen großen Schluck von seinem Kaffee, fand zu einer etwas normaleren Gesichtsfarbe zurück und fragte dann nüchtern: »Was aber hat die Narbe mit ihm zu tun?«

»Ich möchte, dass er mich wieder erkennt, wenn wir uns erneut begegnen. Er – sie hat ihn nicht abgestoßen, wissen Sie.« Und wieder hörte ich, was Valerius dazu gesagt hatte, und wiederholte es flüsternd für mich: »Weißt du nicht, dass jeder große Künstler, der wirklicher Demut fähig ist, seinem vollendetsten Werk einen absichtsvollen Fehler zufügt?«

Es dauerte eine Weile, bis Dr. German darauf reagierte.

»Du siehst verträumt aus, Anita«, sagte er ganz sanft. »Und dein Valerius hat Recht.« Er beugte sich etwas vor und strich mit der Fingerspitze über die dünne Linie von der Stirn zur Oberlippe. »Sie macht aus einem einfach nur schönen Gesicht eines, das eine Geschichte zu erzählen hat. Er wird dich suchen, denke ich. Ein solches Gesicht vergisst man nicht.«

»Ich hoffe es. Sobald ich mich von der Operation erholt habe, werde auch ich anfangen zu suchen.«

Ein wenig traurig sah er mich an.

»Ich wünschte, ich wäre an seiner Stelle. Aber ich sehe schon, da ist nichts zu machen.«

»Wir können Freunde sein, Carl. Ich bin froh, überhaupt mit jemandem darüber reden zu können.«

Doch über alles andere, was mit Valerius in Verbindung stand, konnte ich mit ihm nicht reden. Das hätte selbst den wohlwollendsten Zuhörer an meinem Geisteszustand zweifeln lassen. Es gab nur zwei Menschen, die die ganze Wahrheit wussten – meine Halbschwester Rose und ihre kleine Schwester Cilly.

Zu ihnen machte ich mich als Nächstes auf den Weg.

Rose saß an der Werkbank und schliff ihr Zeichen in eine Reihe gläserner Objekte – eine winzige weiße Rose. Seit sie vor Weihnachten erstmals mit ihren eigenen Entwürfen an die Öffentlichkeit gegangen war, hatte sich ihre Auftragslage erstaunlich verändert. Zuvor hatte sie hauptsächlich Glasfenster restauriert oder nach Kundenvorgaben gearbeitet, jetzt nahm sie sich mehr Zeit für ihre künstlerische Gestaltung, und das Publikum dankte es ihr.

»Hallo, Anita! Schon zurück? Hast du mit diesem Arzt gesprochen?«

»Mit ihm und der Chefärztin. Die wollte mir gleich auch noch das Gesicht bügeln!«

Rose sah mich kritisch an.

»Nein, tu's nicht.«

»Danke. Zu dem Schluss ist Dr. Carl German auch gekommen. Aber darüber hat er sich leider in mich verliebt. Na ja, damit muss ich wohl leben.«

»Ist das ein Wunder, Anita? Du strahlst seit ein paar Tagen so etwas aus, das derartige Ideen in Männern weckt.«

Ich seufzte nur.

»Wann ist der Termin?«

»Fünfzehnter Januar, nächste Woche, Montag.«

»Gut, bis dahin habe ich alle anstehenden Sachen erledigt und kann mich um dich kümmern.«

»Hör mal, Rose, das ist nicht nötig. Ich komme schon alleine zurecht.«

»Dessen bin ich mir sicher. Aber ich würde mich in einem solchen Fall gerne von meiner Schwester ein bisschen umsorgen lassen. Du wirst dich in den ersten Tagen wahrscheinlich ziemlich scheußlich fühlen.«

»Das kann schon sein.«

»Na also!«

Sie kam auf mich zu, legte mir den Arm um die Taille und drückte mich an sich.

Rose war einen halben Kopf kleiner als ich, hatte kurze, flauschige, blonde Locken, sanfte braune Augen und ein puppenhaft süßes Gesicht. Dass sie kühl und gelassen mit glühender Glasschmelze umgehen konnte, sah man ihr nicht auf den ersten Blick an. Ich kannte sie seit einem knappen halben Jahr, denn unser gemeinsamer Vater Julian hatte mir und meiner Mutter Uschi gewissenhaft ihre Existenz verschwiegen. Dann starb er so plötzlich, und aus seinem Testament erfuhren wir, dass da noch eine Tochter Rosewita lebte, die drei Tage nach mir auf die Welt gekommen war. Uschi hatte es nicht gut aufgenommen. Um es deutlich zu sagen – sie hatte einen hysterischen Anfall bekommen. Sie fühlte sich hintergangen und betrogen, und zusammen mit ihrer Trauer und dem Schock führte es dazu, dass sie mir an allem die Schuld zuwies. Das war zwar ungerecht, aber ich konnte sie verstehen. Dennoch war es eine sehr unbequeme Phase für mich, da ich ebenfalls noch angeschlagen und verwundet und durch den Verlust meines Vaters seelisch mitgenommen war. Trotzdem fand ich die Tatsache, eine gleichaltrige Schwester zu haben überhaupt nicht schockierend. Ich machte mich, als ich einigermaßen wiederhergestellt war, auf den Weg, sie kennen zu lernen.

Wir waren uns von Anfang an sympathisch.

Und dann machten wir eine erstaunliche Entdeckung. Julian hatte sich auf seine manchmal wunderliche Art um uns beide gekümmert, ja, er hatte sogar uns beiden voneinander erzählt, allerdings in einer ganz besonderen Verpackung. Wir kamen dahinter, als ich den römischen Siegelring erhielt. Julian hatte ihn mir einen Tag vor seinem Tod zusammen mit einem Brief geschickt, den ich aus verschiedenen Gründen erst Wochen später erhalten hatte. Schreiben und Schmuckstück erinnerten mich an die vielen kleinen Geschichten, Episoden und Erzählungen, die er oft zu meiner Unterhaltung gesponnen hatte. Auch Rose hatte er ähnliche Geschichten erzählt. Als wir uns zusammensetzten, um sie miteinander zu vergleichen, schlossen sie sich plötzlich wie Mosaiksteine zu einem Gesamtbild zusammen. Die Geschichte erzählte von Annik, der gallischen Töpferin und Ulpia Rosina, der römischen Patrizierin, die im ersten nachchristlichen Jahrhundert in der Nähe der Colonia, dem heutigen Köln, lebten. Es war eine lebendige Schilderung der römischen Zeit, die Julian uns hinterlassen hatte. Sie handelte von Verrat und Mord, von Freundschaft und Seitensprung, vor allem aber handelte sie von – Valerius. Titus Valerius, der der Rabe – Corvus – genannt wurde und eine Narbe im Gesicht trug. Er und Annik fanden einander und verloren sich wieder in einem entsetzlichen Inferno.

Während wir uns die Geschichten erzählten und sie dabei gleichzeitig aufschrieben, büßte ich allmählich die Distanz zu dem Geschehen ein. Und darum war ich in dem Augenblick, als ich jenen Fremden traf, der das Gesicht dieses Römers aus meinen Träumen trug, so sicher, Valerius getroffen zu haben. Der Zufall wollte es, dass dieser Fremde wirklich Valerius hieß. Mich hatte es erschüttert.

Rose und Cilly auch.

»Ich bin für heute hier fertig, Anita. Cilly hat mich gestern Abend schon bis aufs Blut gepeinigt, ob du heute kommst und das Buch mitbringst.«

»Dann wollen wir zu dir fahren und das arme Kind nicht länger im Ungewissen lassen. Ich habe es dabei!«

Roses Mutter hatte meinem Vater Julian natürlich nicht ihr Leben lang nachgetrauert, auch wenn sie einst wohl heftig in den jungen, erfolgreichen Schlagersänger verliebt war, der er vor neunundzwanzig Jahren war. Sie hatte fünf Jahre nach Roses Geburt geheiratet und lebte noch immer glücklich mit ihrem jetzigen Mann zusammen. Beider Tochter war die vierzehnjährige Cilly, die sich auf unnachahmliche Weise mit in unsere schwesterliche Freundschaft eingeschlichen hatte. Ihr war es zu verdanken, dass die Geschichte aus der Römerzeit jetzt schriftlich fixiert war.

Cilly erwartete uns schon in der Wohnung. Etwas größer als Rose, schlaksig, mit glatten Haaren, die heute wie zwei silbrig-blonde Rasierpinsel rechts und links über den Ohren abstanden, und einem Gesicht, das einmal eher apart als hübsch sein würde, versprühte sie überschäumende Neugierde und eine schalkhafte Intelligenz. Manchmal war sie ein wenig schwer zu ertragen in ihrer Intensität, aber wenn es hart auf hart ging, vertrug sie auch schon mal einen herben Hinweis darauf, endlich die Klappe zu halten.

»Ich hab' euch Kaffee gemacht. Und deine Lieblingspralinen mitgebracht, Rose! Hast du es dabei, Anita?«

»Ja, ja, ja!«

»Zeig!«

»Darf ich erst einmal die Jacke ausziehen?«

»Kannst es mir ja trotzdem schon mal geben!«

»Beruhige dich, du bekommst es noch früh genug in die Finger.«

Ein springender Gummiball war geradezu ein Ausbund von Gleichmut gegen sie.

Sie hatte Tassen und Kaffeekanne auf den Tisch gestellt und eine von Roses Glasschalen mit Kirschpralinen gefüllt.

»Du bist mein Verderben, Cilly«, stöhnte Rose und nahm sich eine. »Ich wollte nach den Feiertagen ein paar Kilo abnehmen.«

»Dann lass sie doch stehen!«, schlug ich vor.

»Kann ich nicht, ich bin süchtig danach.«

»Das musst du von unserem Vater haben, der war süchtig nach Bonbons. Pfefferminze mit Vorliebe!«

»Ich weiß. Er sagte regelmäßig, sie seien gut für seine Stimme.«

»Und ich habe ihm, wann immer ich konnte, von unterwegs welche geschickt. In möglichst originellen Verpackungen oder Formen. Er hat sich darüber gefreut, aber am liebsten glaube ich, mochte er die, die Uschi selbst hergestellt hat.«

»Kann sie das? Ich wüsste gar nicht, wie man das macht!«

»Sie hat in ihrer sündigen Jugend nicht nur getanzt, sondern auch eine Konditorlehre gemacht. Ihre Geburtstagskuchen waren legendär!«

Ich öffnete meine Dokumentenmappe und holte das eingewickelte Päckchen heraus.

»So, das ist es. Nicht das Original natürlich, sondern nur die Fotos der Seiten. Es hat auch nicht Faksimile-

Qualität, die Goldverzierungen müsst ihr euch also denken. Aber man kann es lesen und die Bilder ganz ausgezeichnet erkennen. Tommy hat gute Arbeit geleistet.«

»Wer ist Tommy?« fragte Cilly, die seit neuestem hochgradig an Männern interessiert war.

»Ein Konservator.«

»Igitt, das hört sich alt an!«

»Ist er aber nicht. Aber er ist verheiratet, also mach dir keine Hoffnungen.« Und dann öffnete ich das Päckchen und legte den Stapel Seiten auf den Tisch. »Gebunden ist es nicht – auch das Original nicht. Es ist nie fertig gestellt worden.«

Beinahe ehrfürchtig nahm Rose das erste Blatt des Stundenbuchs in die Hand, das vor fünfhundert Jahren von einer Kölner Stiftsdame angefertigt worden war.

Ein rechteckiges Bild nahm das obere Drittel des Blattes ein, ein dunkelblauer Nachthimmel voller Sterne, einer zarten Mondsichel auf der rechten und einer aufgehenden Sonne auf der linken Seite. Davor eine Landschaft mit Fluss und Bergen.

Cilly tippte auf den Text darunter.

»Was bedeutet das da? Das ist eine komische Schrift. Ich kann sie nicht lesen.«

»Es ist ein Bibelzitat, und es lautet: ›Preiset den Herrn, Sonne und Mond, preiset den Herrn, des Himmels Sterne.‹ Stammt aus dem Buch Daniel und ist Teil des Lobgesangs der drei Jünglinge im Feuerofen!«

»Du liebe Güte. Mit qualmenden Socken würde mir so etwas nicht einfallen!« Cilly schüttelte verwundert das Haupt. »Und warum steht das da? Was haben die gebratenen Jünglinge mit dem Buch zu tun?«

»Ich denke, das ist so etwas wie ein Leitspruch. In der Bibel findest du für beinahe alles ein passendes Zitat.«

»Du kennst dich wohl sehr gut aus in der Heiligen Schrift?«, fragte Rose.

»Wenn man ein Buch aus dieser Zeit einigermaßen verstehen will, sollte man recht bibelfest sein.«

»Na, dann wird unsere Beschäftigung damit ziemlich einseitig ablaufen. Ich habe das Buch der Bücher bisher noch nicht gelesen.«

»Ist aber seit einigen Jahrhunderten ein echter Bestseller!«, gluckste Cilly. »Wir mussten in der Schule mal die Evangelien lesen. Jesus, Maria und Josef, war das ätzend.«

»Das waren aber Markus, Matthäus, Lukas und Johannes!«

»Besserwisserin. Steht von den Jungs auch was in dem Stundenbuch?«

»Nein, dieses hier bedient sich hauptsächlich der Sprüche aus dem Alten Testament und der Psalmen.«

»Was bedeutet Stundenbuch?«

»Es ist sozusagen eine Gebetssammlung für die sieben Tageszeiten, die man im Mittelalter kannte. Weißt du, Uhren waren noch ziemlich selten, und so hat man den Tag grob von Sonnenaufgang bis Sonnenuntergang eingeteilt. Wer besonders fromm war, hat zu jenen Stunden, den Horen, dann seine Arbeit unterbrochen und gebetet.«

»Kaffee-Päuschen?«

»Das hing wohl von dem Einzelnen ab. Die Stiftsdame Anna Dennes wird sich recht diszipliniert daran gehalten haben, ihre Gebete zu sprechen.«

»Und welche Stunden waren das?«

»Bei Sonnenaufgang die Laudes, dann zum Arbeitsbeginn die Prim, danach die Terz, die dritte Stunde und, wenn du so willst, die erste Kaffeepause. Die Sext lag um die Mittagszeit, die Non entspricht dem Nachmittags-

Käffchen. Vesper war dann Feierabend und die Complet das Nachtgebet.«

»Die Einteilung ist so ungewöhnlich nicht, wie mir scheint.«

»Solche Traditionen halten sich lange. Wir wären jetzt etwa bei der Vesper angelangt, und Cilly gießt mir noch einen Kaffee ein!«

»Jetzt schon Feierabend?«

»Die Sonne geht um kurz vor fünf unter, danach war früher keine Zeit mehr für Arbeiten, für die man Licht brauchte.«

»Also zu Bett!«

»Richtig. Im Winter früher, im Sommer später.«

»Wie vernünftig!«, seufzte Rose. »Ich könnte derzeit jeden Tag bis halb neun schlafen!«

»Im Sommer würdest du dich bedanken, morgens um vier aufzustehen und ohne Frühstück Psalmen zu singen.«

»Dazu hätte ich auch im Winter um halb neun keine Lust, wenn ich ehrlich sein soll.«

»Was ist denn das sonst, was du unter der Dusche jodelst?«

»Sprich nicht davon!«, stöhnte ich. Rose hatte eines gewiss nicht von unserem Vater geerbt – und das war die Musikalität. Als Sängerin war sie eine Heimsuchung. Aber sie war nicht verschnupft, sondern kicherte nur und sagte: »Gut, dann lass uns jetzt mehr zu diesem Stundenbuch hören, Anita!«

»Also, es umfasst sieben Kapitel, für jede Hore eines. Vorangestellt ist das Kapitelverzeichnis, das Stifterbild und, bei diesem hier, ein Deckblatt mit einer Art Motto. Dann folgen die eigentlichen Kapitel. Es endet mit dem Kolophon, der Schlussschrift mit Angabe der Entstehungszeit und der Autorin, sowie dem Schreiberspruch.«

»Daher wissen wir, dass es von Anna Dennes stammt.«

»Ja, und dass sie Stiftsdame in Sankt Maria im Kapitol war, einem adligen Damenstift in Köln.«

»Gibt es auch ein Bild von ihr?«

»Da ist es!«

Ich zog das entsprechende Blatt heraus und zeigte es Rose und Cilly. Abgebildet war eine Frau in einem roten, grün gefütterten Obergewand, das über ein goldgelbes Unterkleid aus gemustertem Stoff aufgesteckt war. Die langen Ärmel hatte sie ein wenig zurückgeschlagen, damit sie ihr bei ihrer Tätigkeit nicht im Weg waren. Sie zeigte sich in der klassischen Pose der Schreiberin, nämlich an einem Pult sitzend mit der Feder in der Hand. Ihre Haare waren weitgehend mit einem bestickten Netz bedeckt, das nur an den Schläfen die schwarzen Locken erkennen ließ. Ihr Gesicht, im Profil dargestellt, war über die Seiten gesenkt, die sie beschrieb und nicht sehr deutlich zu erkennen.

»Ich dachte, das war eine Stiftsdame. Wieso hat die dann so ein buntes Kleid an?«, wollte Cilly wissen.

»Stiftsdamen mussten nur zu den Stundengebeten die Kanonissenkleidung tragen, ansonsten war es ihnen freigestellt, auch weltliche Gewänder anzuziehen.«

»Mh. Sie sieht dir nicht ähnlich.«

»Warum sollte sie?«

»Na, ich dachte… Diese Geschichte aus der Römerzeit, die wir gerade beendet haben, die hört doch damit auf, dass Anna Denezia wiedergeboren wurde. Und von der hatten wir doch gesagt, sie entspräche dir, Anita.«

Cilly war diese erste Geschichte, die wir zusammengetragen hatten, so nahe gegangen, dass sie noch immer jedes Wort darin für bare Münze nahm.

»Cilly, meine Süße, den Schluss habe ich dazugedichtet, weil Julian an so etwas wie Wiedergeburt glaubte. Aber vergiss nicht, unser Vater kannte dieses Stundenbuch. Möglicherweise hat er Annik, die Anna Denezia aus der Bretagne, nur deswegen so benannt, weil es das Buch der Anna Dennes gab, um diese Verbindung herzustellen. Das ist dichterische Freiheit und kein Beweis.«

»Ich finde, du bist entsetzlich ernüchternd«, meinte Rose, aber sie lächelte dabei. Sie wusste, wir alle waren inzwischen ein bisschen unsicher geworden. Julian hatte uns ein absolut seltsames Vermächtnis gemacht.

»So, also, das ist die Autorin. Und was bedeutet das da drunter? Auch ein Bibelspruch?«

»Per omnia saecula saeculorum.«

»Aha!«

»Das ist der Schreiberspruch, sozusagen die persönliche Widmung, die die Autorin dem Buch mitgegeben hat. Er bedeutet: ›Von Ewigkeit zu Ewigkeit‹.«

»Wie sinnig.«

»Ja, in einem gewissen Zusammenhang ist das sogar sehr tiefsinnig.«

»Und was ist das hier?«

»Das Kapitelverzeichnis und die übliche Einleitung, das Praefatio. Aber sie ist etwas verkürzt. ›Vere dignum et iustum est, aequum et salutare, nos tibi semper et ubique gratias agere, Domine‹ schreibt sie. ›Es ist in Wahrheit würdig und recht, billig und heilsam, dass wir dir immer und überall Dank sagen, Herr.‹ Was fehlt, sind die Anreden ›heiliger Vater‹, ›allmächtiger Gott‹ und so weiter. Es folgt der Hinweis, in dem sie angibt, dieses Buch sei dem Ratsherren Hrabanus Valens gewidmet.«

»Ist das ungewöhnlich?« , wollte Rose wissen.

»Dieses ganze Buch ist leicht ungewöhnlich. Aber im Grunde gibt es keine festen Normen, was in einem Stundenbuch zu stehen hat. Es ist ein Kunstwerk, und damit hat der Künstler gewisse Spielräume. Anna Dennes hat sie weit genutzt.«

»Inwieweit?«

»Das absolut Auffälligste ist die Verbindung, die sie geschaffen hat zwischen den sieben Gebetsstunden, den zugehörigen christlichen Symbolen und dem astrologischen Wissen ihrer Zeit. Die Astrologie bezieht sich mit ihren Planeten auf die alten römischen Götter, was den Vertretern der Kirche wohl nicht immer ganz recht sein konnte. Für einige haftete der Hauch von heidnischer Ketzerei daran.«

»Ist diese Anna Dennes etwa als Hexe verbrannt worden?«

Mir zog ein kalter Schauder über die Arme. Eine Erinnerung an Feuer…

»Ich weiß es nicht, Cilly. Es ist zumindest die Zeit, als der erste Hexenwahn entstand.«

»Und was haben die Bilder für eine Bedeutung?«

»Das ist ja das eigenartige an diesem Buch – Bilder und Texte stehen oft nicht in einem erkennbaren Zusammenhang.«

»Du hast dich sehr intensiv damit beschäftigt, scheint mir.«

»Ja, seit Julian es mir in die Hand gedrückt hat.«

»Wann war das?«

»Vor zehn Jahren ungefähr.«

Zweifelnd sah mich Rose an, dann aber sah ich in ihrem Gesicht, wie ihre Gedanken Purzelbäume schlugen. Ich lehnte mich zurück.

»Anita?«, sagte sie nach einer ganzen Weile, in der auch Cilly nachdenklich geschwiegen hatte.

»Ja!«

»Anita, du hast mir bisher noch nicht viel von deinem Leben erzählt. Nur, dass du als Sport-Animateurin in Ferienclubs gearbeitet hast. Sag mal – dabei erwirbt man sich doch wohl nicht so grundlegende Kenntnisse über mittelalterliche Handschriften, oder?«

»Nein. Dabei nicht.«

Streng fuhr sie fort: »Anita, ich schätze mal, du hast die Schule so wie ich ungefähr mit achtzehn abgeschlossen, nicht wahr?«

»Ja, habe ich.«

»Was hast du danach gemacht?«

»Meinen Segelschein.«

»Anita?«

»Ja?«

»Beim Segeln hast du keine Stundenbücher analysiert.«

»Nein, aber gesegelt bin ich.«

»Und auf dem Surfbrett gestanden hast du auch und Beach-Volleyball gespielt und Mountainbike-Touren gemacht. Ja. Aber nicht nur, habe ich den Verdacht.«

»Nein, nicht nur!«, sagte ich und senkte betrübt den Kopf.

»Könnte es sein, dass du das lediglich in den Semesterferien getan hast?«

»Mh.«

»Schwester, mein! Du hast studiert, und irgendwie haben Stundenbücher dabei eine Rolle gespielt, nehme ich an!«

Ich nickte und versuchte eine ausdruckslose Miene beizubehalten.

»Mediävistik?«

»Nein.«

»Nein«, sagte Cilly plötzlich. »Dafür hat die zu viel Ahnung von arretinischer Keramik und römischen Plastiken. Rose, die hat Kunstgeschichte oder so was studiert. Wie meine Kunstlehrerin.«

»Stimmt das?«

»Ja. Das stimmt.«

»Aha, daher dein weiser Rat beim Restaurieren alter Kirchenfenster. Das fängt an, Sinn zu machen. Du hast mir einen ganz schönen Bären aufgebunden.«

»Ich hab dir gar nichts aufgebunden. Ich habe nur noch nicht alles von mir erzählt.«

»Und wir haben nicht gefragt, Rose!«, fügte Cilly hinzu. »Siehst doch, sie ist bereit, Auskünfte zu geben.«

Rose sah mich mit gerunzelter Stirn an und stellte dann in vorwurfsvollem Ton fest: »Spärliche Auskünfte. Magere Auskünfte. Jeden Wurm muss man ihr einzeln aus der Nase ziehen. Und ich sage dir eins, Cilly, die hat noch mehr Dreck am Stecken.«

Ernsthaft nickte das Mädchen und zählte an den Fingern ab: »Mit achtzehn oder neunzehn hat sie angefangen zu studieren. Du hast für deine Glasschule drei Jahre gebraucht, aber die da war an der Uni. Sagen wir vier Jahre, denn sie ist ja nicht besonders doof.«

»Wäre sie zweiundzwanzig gewesen. Seien wir gnädig – sie hat für ihre Magisterarbeit über römische Plastiken ein weiteres Jahr benötigt. Dann könnte sie dreiundzwanzig gewesen sein. Richtig?«

»Falsch«, warf ich sanft ein. »Vierundzwanzig, und mittelalterliche Handschriften. Die Antiken im Rheinland waren das erste Nebenfach.«

»Die hat noch ein Gebiet drauf!«, schnaufte Cilly.

»Hat sie!«, grollte Rose. »Hat sie, und ich vermute, das es etwas mit dem Restaurieren zu tun hat.«

»Ja, wegen der Scherben und so.«

»Bekennst du, Anita?«

»Ich bekenne.«

»Und jetzt kommen wir zum Gipfel der Hinterhältigkeit, Cilly. Ich frage dich, was hat dieses Weib in den vier Jahren zwischen vierundzwanzig und achtundzwanzig getan?«

»Ich war Surfen, Beach-Volleyball spielen, habe Strand-Aerobic betrieben und hin und wieder bei Shows getanzt.«

»Klar, was man eben als Kunsthistorikerin so macht.«

»Na ja, das mit dem Job im Antiquitätenhandel ist ziemlich schief gegangen.«

»Ah, rausgeflogen, was?«

»Das Handtuch geworfen. War nach einem knappen Jahr total überfordert.«

»Um blausilbern gefärbten älteren Damen mit getrimmten Pudeln an der strassbesetzten Leine und Nerzhäschen um den Schultern nachgemachte Tiffany-Lampen zu verkaufen, bedarf es eben eines ganz besonderen Talentes, kann ich mir vorstellen.«

»Eines, das mir ungefähr so liegt, wie dir das Singen.«

»Kurz und gut – was war zwischen fünfundzwanzig und dem Zeitpunkt, als ich dich kennengelernt habe?«

»Ehrlich, ich habe letztes Jahr in Ferienclubs gejobbt.«

»Bleibt immer noch ein Loch von gut zwei Jahren. Cilly, ich habe einen entsetzlichen Verdacht!«

»Du auch? Meinst du, sie könnte im Kittchen gewesen sein?«

Ich musste mir auf die Unterlippe beißen, um nicht zu lachen.

»Vielleicht war sie auch verheiratet und hat heimlich drei Kinder in die Welt gesetzt.«

»Oder hat Schwarzmarktgeschäfte mit Stundenbüchern und arretinischer Keramik betrieben.«

»Oder sie versucht nach wie vor, ihr Licht unter den Scheffel zu stellen.« Rose stand auf und baute sich in voller Höhe von einem Meter sechzig vor mir auf, stützte die Arme in die Hüfte und grinste mich an. »Könnte ja auch sein, dass sie von der Universität noch nicht genug hatte, was?«

Traurig schüttelte ich den Kopf und seufzte: »Du hast Recht, ich mochte einfach nicht weggehen.«

»Hast ein kleines Forschungsprojekt betreut, nehme ich an?«

»Ja, irgendwie schon.«

»Und dann hast du etwas darüber geschrieben. Soll ich raten?«

»Du bist wunderbar im Raten, Rose.«

»Eine Dissertation über Autorenbilder in mittelalterlichen Handschriften, Frau Dr. Anahita Kaiser.«

»Jetzt ist es raus. Und ich wollte das eigentlich nicht breit treten.«

»Hattest du Angst, ich nehme dir das übel?«

»Ein bisschen.«

»So ein Quatsch. Ich bin stolz darauf, eine akademische Schwester zu haben. Aber warum hast du keinen Beruf, in dem dir das was nützt?«

»Weil ich den Abschluss tatsächlich erst vor einem Jahr gemacht habe. Und – ehrlich, das war schon eine ziemliche Plackerei. Danach wollte ich einfach mal ein paar Monate Abstand gewinnen, bevor ich mich in die Tretmühle einer geregelten Anstellung begab. Darum habe ich mich wieder mit dem Team zusammengetan, mit dem ich in den Ferien regelmäßig durch die Clubs gezockelt bin. Ich habe in der Branche einen guten Ruf und habe immer einen Job bekommen. Im Herbst hätte ich eigentlich in einem Auktionshaus anfangen sollen, aber dann passierte der Unfall, und das hat mich, zugegebenermaßen, etwas aus der Bahn geworfen. Deshalb war ich sogar sehr froh, hier mit dir arbeiten zu können. Diese ganzen Klinikaufenthalte, die Medikamente, die

Schmerzen – ich war, wie du weißt, nicht ganz einsatzfähig.«

»Das wird hoffentlich nach dieser Operation zu Ende sein.«

»Ja, das hoffe ich auch. Und ich hoffe, ich finde danach wieder eine Stelle, die solche Möglichkeiten bietet, wie ich sie gehabt hätte.«

»Sie haben sie dir nicht freigehalten?«

»Warum hätten sie das sollen? Das Leben ist hart, Rose, und Kunsthistoriker sind nicht gerade so selten wie lupenreine Diamanten.«

Sie hatte sich wieder hingesetzt und den Blätterstapel ordentlich zusammengeschoben.

»Darf ich das ein paar Tage behalten und mir ansehen?«

»Natürlich. Ins Krankenhaus nehme ich das nicht mit. Und wer weiß, vielleicht kommt dir ja eine Idee, welchen Sinnzusammenhang die einzelnen Bilder und Texte haben.«

Cilly hatte sich, am Daumennagel kauend, das Bild des Hrabanus Valens noch einmal angesehen.

»Du sagst, das ist das Stifterbild. Was ist so ein Stifter?«

»Jemand, der dem Stift eine Schenkung gemacht hat. Darüber haben sich diese Institutionen finanziert.«

»Sie muss ihn ja wohl gekannt haben.«

»Hat sie«, sagte Rose nachdenklich. »Zumindest hat mir Julian einmal eine Geschichte erzählt, als wir die romanischen Kölner Kirchen abgeklappert haben. Es hatte etwas mit dem Leben der Kanonissen zu tun, aber frag mich nicht, worum es dabei ging. Ich fand es damals nur unterhaltsam, denn er hat sie alles andere als edel und fromm dargestellt.«

»Szenen aus dem Mittelalter hat er mir auch hin und

wieder geschildert. Aber die habe ich eigentlich nie im Zusammenhang mit diesem Buch gesehen.«

»Wahrscheinlich finden wir, wenn wir erneut unsere beiden Erinnerungen zusammentragen, einen Sinn heraus, Anita.«

Roses Augen leuchteten förmlich auf.

»Mach dir nicht zu viel Hoffnung, bei mir ist da ziemlich wenig zu holen. Aber wir können es versuchen. Ich habe ja die nächsten beiden Wochen viel Zeit zum Grübeln.«

4. Kapitel

Traum und Verwirrung

Ich war noch nicht richtig wach geworden, irgendwie schien ich zwar im Bett zu liegen und zu träumen. Und trotzdem war ich auf der Straße. Eine nächtliche, mondhelle Straße, doch ungemein belebt, und ich wurde von einer Menschenmasse getrieben, mitgerissen zu einem Platz, zu dem ich überhaupt nicht wollte. Aber ich kam gegen den Strom nicht an, und so ließ ich mich führen. Dann wurden die Schritte der Menge langsamer, hielten ein. Zwischen den hohen Hauben oder den aufgesteckten, in Netzen eingebundenen Haaren der Frauen, den flachen Baretten, den federgeschmückten Kappen und Gugeln der Männer hindurch sah ich das hohe Gerüst im Fackelschein vor mir. Es war mit schwarzem Stoff verkleidet, darauf stand ein ebenfalls schwarzer Sarg zwischen brennenden Kerzen. Zwei Männer befanden sich auf dieser Tribüne, der eine kniete, der andere hob sein Schwert mit beiden Händen. Ich wusste, der eine von ihnen war mein Geliebter gewesen, und ich hatte Angst.

Dann wachte ich zum Glück endlich richtig auf. Aber was für ein Anblick bot sich mir! Er war überhaupt nicht geeignet, meine Angst zu besänftigen. Nichts stimmte mehr in meiner Umgebung. Wo waren die beiden farbenprächtigen Wandteppiche, die die Wände schmückten, wo die dunkle, geschnitzte Truhe mit meinen Kleidern? Wo war der hohe Kerzenständer mit der Stundenkerze, die Waschschüssel und der Keramikkrug mit dem blauen Blumenmuster? Warum fiel nicht das Morgenlicht durch die runden, bleigefassten Glasscheiben des Fensters? Es fehlte das Lesepult mit dem ledergebundenen Folianten, es fehlte das rote Kleid, das ich gestern getragen hatte. Verwirrt sog ich den fremden Geruch ein, der in dem Zimmer herrschte. Warum roch es nicht nach den Holzfeuern der Kamine, dem Duft von warmem Brot, wo war der Hauch von Lavendel, der gewöhnlich all meine Wäsche durchtränkte? Auch die Geräusche stimmten nicht. Keine Glocke rief zum Gebet, kein Karren rumpelte draußen in den Hof, keine Taube gurrte auf dem Giebel.

Ich zwinkerte. Das Bett war ein Bett, richtig. Aber warum war die Decke so fleckenlos weiß? Und das Hemd, das ich trug? Lieber Gott, ein weißes Hemd, ein Totenhemd? Hatte man mich schon aufgebahrt? Ein Strauß weißer Rosen stand neben mir. Ja, ich musste tot sein. Gestorben – aber warum? Was war geschehen? Welche übergroße Sünde hatte ich auf mich geladen, dass ich einen so unerwarteten Tod gestorben war? Ich versuchte mich zu erinnern – und da war es plötzlich wieder! Der Mann in Schwarz, das klingende Gold, der kleine Schmerz, das wenige Blut und das erschütternde Erlebnis der körperlichen Lust. War es Sünde, sie empfunden zu haben? Heilige Anna, Mutter Mariens – war es Sünde? Oder war es die viel größere Sünde, meine Hoffnungen preiszugeben?

Und nun war ich gestorben. Was würde folgen? Würde die Erde sich auftun und ich zur Hölle fahren? Würde ich Vergebung finden und ein Engel mich zum Himmelstor geleiten? Oder wartete zuvor das läuternde Fegefeuer auf mich?

Ich sprach meine Gebete, inbrünstig wie noch nie zuvor, und siehe, es kam ein Engel hernieder. In reines Weiß gekleidet, geschmückt mit silbernen Ketten, golden leuchtete sein Haar, und er sprach in engelischer Sprache zu mir. In der Rechten hielt er die sieben Sterne. Sie glitzerten bösartig in dem grellen Licht, das mich umgab. Aber es waren keine Sterne, o nein…

Was hielt er da nur?

Das war auch kein Engel!

Er piekte mich!

Ja, sahen denn die Dämonen der Finsternis aus wie die Engel des Herrn?

Schwärze sank über mich. Doch bevor es endgültig dunkel um mich wurde, zogen in schneller Folge drei erschreckende Höllenszenen vor meinem inneren Auge vorbei – ein Dorf in Flammen, eine lodernde Holzscheune und das Auseinanderbersten eines fest gemauerten Gebäudes.

Das allerletzte Bild aber war ein unendlich vertrautes Gesicht, das sich über mich beugte.

5. Kapitel

Anna

Als Anna das nächste Mal aufwachte, war dem Himmel sei Dank alles wieder in seiner richtigen Ordnung. Die Kammer unter dem Schindeldach des schmalen Häuschens am Kattenbug, dem Katzenbauch, die sie nach dem Tod ihrer Mutter bezogen hatte, war geräumig, an den weiß gekalkten Wänden hingen die beiden Wandteppiche, die sie so sehr geliebt hatte. Eingefasst war der eine von Blumenranken, Schmetterlinge tanzten um die Blüten, zwischen frühlingsgrünem Laub tummelten sich Eichhörnchen, und bunt gefiederte Vögel zwitscherten mit aufgerissenen Schnäbeln ihr Lied auf den Ästen. Das Bild in der Mitte stellte den paradiesischen Garten dar, Adam und Eva unter Früchte tragenden Bäumen, auf blumenbesätem Rasen, in trauter Einheit mit den scheuen und wilden Tieren. Den anderen aber umgaben Dornenranken, schwarzgrünes Laubwerk verbarg nur halb die dämonischen Gestalten und weißen Totenköpfe, die sich dahinter versteckten. Gelbrotes Höllenfeuer brannte in der Bildmitte, und schwarz ragten daraus die Gerippe der Toten hervor. Obwohl es eine grausige Vision hätte sein können, hatte Anna selbst diesen Wandteppich von klein auf als schön empfunden und sich an den kräftigen Farben und Kontrasten erfreut.

Das Licht des Morgens fiel durch das Butzenglas-Fenster und malte farbige Ringe auf die hell gescheuerten Holzbohlen des Bodens. Von draußen klangen die Rufe der Straßenhändler herein, das Schimpfen eines Fuhrknechts, das Gezeter zweier Frauen, Kinderlachen und Ochsengebrüll. Anna streckte sich wohlig unter dem weichen, dicken Federbett und blinzelte in die Helligkeit. Ihr Blick blieb an der leuchtend roten Farblache hängen, die sich über die schwarze Holztruhe ergoss. Das Seidenkleid!

Das Wohlgefühl verschwand mit einem Schlag. Die Erinnerung an die vergangene Nacht erwachte. Es ist wahr, dachte sie. Es ist nicht mehr rückgängig zu machen. Ich habe es getan.

Am liebsten hätte sie die Decke wieder über sich gezogen und sich vor der Wirklichkeit versteckt. Aber sie war nun kein Kind mehr. Mit ihren sechzehn Jahren war sie eine erwachsene Frau. Im wahrsten Sinne des Wortes. Sie biss sich auf den Zeigefingerknöchel, um nicht laut aufzustöhnen.

Unten im Haus rumorte Horsel herum. Es wurden die Läden geöffnet, ein Kessel wurde scheppernd gereinigt, Holzpantinen klapperten. Alles, wie es normalerweise war, und doch hatte sich jetzt für Anna etwas Entscheidendes verändert. Sie hatte den Weg eingeschlagen, den Horsel für sie bereitet hatte. Den Weg, den auch ihre Mutter gegangen war. Und wenn sie nun nicht kämpfte, würde sich das, was in der Nacht geschehen war, wiederholen. Immer und immer wieder.

Natürlich, Horsel hatte nicht Unrecht. Es musste etwas geschehen, nachdem ihre Mutter vor zwei Jahren von ihr gegangen war. Der Tod war verhältnismäßig schnell und gnädig gekommen, eine heftige Erkältung, Blut in der Lunge, und nach zwei Wochen stetigen Verfalls war Cosima im Schlaf gestorben. Sie hatte eine Kassette mit Goldstücken hinterlassen, einige gute Schmuckstücke, Seidenkleider und reich verzierten Putz. Horsel hatte nach und nach alles verkauft, damit sie ihr Leben in gleicher Bequemlichkeit weiterführen konnte, und auch jetzt war noch etwas Geld und Schmuck vorhanden. Aber, wie die Amme ganz richtig sagte – es wurde nicht mehr. Es wurde mit jedem Tag weniger. Vor allem, wenn sie weiterhin teure Bücher kaufen würde, Stunden in Latein, Zeichnen und Schönschrift nahm, auf der Laute musizieren lernte und ihre langen schwarzen Haare in Silbernetzen aufstecken wollte. Anna war sich nur zu bewusst, dass auch Horsel, die sich zwar liebevoll und umsichtig um sie und das Haus kümmerte, einen gerechten Lohn erhalten musste. Wäre sie ein ehelich geborenes Kind gewesen, hätte sie vielleicht bei einer Handwerkerin in die Lehre gehen können. Seidweberinnen, Goldstickerinnen, ja sogar Harnischmacherinnen bildeten Mädchen und junge Frauen aus. Aber die Zünfte waren eisern – Uneheliche wurden nicht aufgenommen. Und erst recht nicht ein Kind der Schande, wie sie es war. Cosima war eine liebevolle und wunderbare Mutter gewesen, aber sie war gleichzeitig eine stadtbekannte Unkeusche. Sie war die Tochter eines Wollenwebers und die Witwe eines Tuchmachers. Doch jung war ihr Gemahl gestorben, und sie hatte sich einem Mann hingegeben, der sie nicht geheiratet hatte. Niemand würde sie wirklich eine Hure genannt haben, das nicht. Aber sie war nicht verheiratet, und die Gönner, die für ihren Unterhalt sorgten, wechselten öfter mal. Weil eine ehrbare Beschäftigung für sie somit ausgeschlossen war, hatte Anna schließlich zugestimmt, für den unerhört hohen Betrag, den Horsel gefordert hatte, ihre Jungfräulichkeit zu verkaufen.

So hatte sie sich denn am Abend zuvor von ihr in das rote Seidengewand kleiden lassen, das einst Cosima gehörte und nun auf ihre Figur umgearbeitet worden war. Ein prachtvolles Kleid war es, gefertigt aus schwerem, glänzenden Stoff, der Halsausschnitt reich bestickt mit goldenen und grünen Blattmustern. Das Oberteil schmiegte sich eng an ihren Körper durch die seitliche Schnürung. Der Rock, grün gefüttert, war vorne am Gürtel aufgesteckt und zeigte das Untergewand aus goldgelbem Damast, die bestickten Ärmel fielen lang an den Seiten herab bis fast zu den Füßen. Sie hatte blass darin ausgesehen, und Horsel hatte ihr die Lippen und die Wangen rot geschminkt und auch die Augen, grau und manchmal ein wenig schillernd, mit dunklem Puder umgeben. Ihre langen Haare, die sie gewöhnlich zu einer Zopffrisur aufgesteckt trug, hatte sie lösen müssen, und die schwarzen Wellen waren ihr bis zur Taille herabgewallt. Der kleine Handspiegel zeigte Anna eine Unbekannte. Das hellhäutige Mädchen mit dem offenen, wissbegierigen Blick war verschwunden, eine andere, mit umflorten Augen und lasziven Lippen sah ihr entgegen. Ein schweres Parfüm, süß und wollüstig, hüllte sie in eine Wolke sinnlichen Duftes.

Dann war Horsel gegangen und hatte sie alleine gelassen. Wartend hatte sie am Fenster gesessen und auf den Freier gewartet, der bereit gewesen war, pures Gold für die erste Nacht mit ihr zu zahlen. Ein ansehnlicher Mann, hatte die Amme gesagt, kein alter, sabbernder Prälat oder gichtkrummer Ratsherr. Aber er ließ auf sich warten, und als Anna noch einmal in den Spiegel schaute, schüttelte sie ablehnend den Kopf. Sie fühlte sich fremd mit all der Schminke im Gesicht. Mit einem entschlossenen Griff nahm sie das Tuch neben dem Waschgeschirr auf, tauchte es in die Schüssel und wusch sich mit einigen energischen Bewegungen die falschen Farben von Wangen, Lippen und Augen. Wenn sie sich schon verkaufen musste, dann als ehrliche Ware. Wer sollte sich schon beklagen, schließlich wollte der Mann eine Jungfrau, keine erfahrene Buhle.

Es war bereits dunkel geworden, als es endlich an der Haustür pochte. Horsels Stimme erklang, dann auch die eines Mannes. Anna fühlte ihr Kehle eng werden. Sicher, die Amme hatte ihr in verständigen Worten erklärt, was geschehen würde. Das war vermutlich mehr, als manche Braut wusste, der ihre Hochzeitsnacht bevorstand. Aber – Angst hatte sie dennoch.

Schritte kamen die Stiege herauf, die Tür öffnete sich. Horsel trat ein, musterte sie kurz und gab ein unwilliges Brummen von sich, als sie Annas ungeschminktes Gesicht bemerkte, hielt sich aber mit einem Kommentar zurück.

»Hier, Anna, ist der Herr, der dich besuchen möchte.«

Ein breitschultriger, hoch gewachsener Mann erschien hinter ihr. Im Schein der Kerzen, die auf dem Tisch standen, wirkte er dunkel. Schwarz war sein Umhang, schwarz sein Wams und die Hosen. Er hatte scharf geschnittene Züge, seine dunklen Haare trug er kurz und dicht anliegend, seine Wangen und sein vorspringendes Kinn glatt rasiert. Er war ansehnlich, aber streng. Möglicherweise sogar grausam.

Anna wich zurück und hielt sich zitternd an ihrem Lesepult fest.

»Ich bringe Euch Wein und Kuchen herauf, Herr. Dann lasse ich Euch alleine.«

Horsel drückte sich an dem Mann vorbei aus dem Zimmer. Er trat näher und sagte: »Ich grüße dich, Anna. Tritt näher und lass dich ansehen.«

Anna schüttelte nur ablehnend den Kopf und versuchte, hinter das Lesepult zu gelangen. Aber er ergriff ihre Hand und zog sie zu sich.

»Du bist so jung, wie sie mir versprochen hat!«, meinte er nach ausgiebiger Musterung. »Sechzehn Lenze?«

Anna schwieg und starrte dabei auf den goldenen Ring

an seiner Hand. Der Stein, der ihn schmückte, schimmerte wie goldener Honig, und in ihm eingebettet erschien ein dunkleres Kreuz. Er war faszinierend.

Horsel polterte noch einmal die Stiege empor, er ließ sie los und drehte sich um. Mit einer Karaffe, in der dunkler, roter Wein aufleuchtete, Gläsern und einem Korb süßen Gebäcks betrat sie die Kammer und stellte ihre Last auf dem Tisch neben den Kerzen ab.

»Wenn Ihr noch einen Wunsch habt, ruft mich Herr. Ich bin unten zu finden.«

Mit einem mahnenden Blick auf Anna zog sie dann die Tür hinter sich zu.

Der Mann goss Wein in die Gläser und reichte eines davon dem Mädchen, das sich mit dem Rücken an die Wand neben dem Fenster drückte. Er versuchte nicht, sie noch einmal zu berühren, sondern sagte freundlich: »Trink, Anna. Es nimmt dir die Angst.«

Mit einem verwunderten Blick nahm sie den Pokal und trank einen Schluck. Sie hatte eine andere Reaktion erwartet. Was genau, wusste sie nicht. Tierischer. Oder gewalttätiger. Vielleicht auch geschäftsmäßiger. Auf gar keinen Fall hatte sie erwartet, von ihm als Mensch wahrgenommen zu werden. Sie hatte es über sich ergehen lassen wollen, passiv, distanziert, ohne sich zu erlauben, ihre Gefühle dabei zu ergründen. Seine Geste hatte das zunichte gemacht, die brüchige Fassade der Selbstverleugnung mit einem Schlag zerstört und die wahre Anna hervortreten lassen. Und die war eben wissbegierig.

»Warum siehst du mich so an?«

»Ihr habt mich begutachtet, Herr, doch mir erlaubt Ihr diese Freiheit nicht? Wer seid Ihr?«

»Das, Jungfer, werde ich dir nicht sagen. Es ist besser für dich, mich nicht zu kennen.«

»Was verbergt Ihr?«

»Nichts. Ich bin ein ganz normaler Mann. Keine Narben, keine Geschwüre. Es ist zu deinem Schutz, Mädchen, mich nicht zu kennen. Und nun setz dich endlich hin. Hier zu mir.«

»Ich bleibe stehen, wenn es Euch genehm ist.«

»Ist es nicht. Setz dich, Mädchen. Du brauchst nicht zu fürchten, dass ich über dich herfalle wie ein brunftiger Eber.«

Er hatte sich auf der Bettkante niedergelassen und lehnte nun an einem der Pfosten am Fußende. Anna setzte sich so weit wie möglich von ihm entfernt.

»Nein? Werdet Ihr das nicht?«

»Nein. Wir werden ein wenig miteinander reden. Erzähl mir von dir.«

»Viel ist nicht zu sagen, Herr. Ich bin die Tochter der Cosima Dennes und eines Vaters, den ich nicht kenne. Meine Mutter starb vor zwei Jahren, und seit jener Zeit leben wir von ihrem Ersparten.«

»Horsel und du?«

»Ja, Horsel und ich. Sie war einst meine Amme. Schon vor meiner Geburt waren sie und Mutter Freundinnen. Sie bekamen ungefähr gleichzeitig ihre Kinder, aber Horsels starb kurz nach der Geburt. Darum kummerte sie sich um mich und führte uns die Wirtschaft.«

»Ich kenne Horsel. Sie ist eine geschäftige Frau, und es ist erstaunlich, dass sie noch die Zeit findet, sich um dich zu kümmern. Schließlich betreibt sie nebenbei noch ihre Schenke.«

»Ja, ich bin ihr sehr zu Dank verpflichtet.«

»So sehr, um mich heute hier zu empfangen?«

Anna zuckte mit den Schultern.

»Was sollte ich wohl ansonsten tun, Herr?«

»Es gibt andere Möglichkeiten für ein sittsames Mädchen.«

»Haltet Ihr mich etwa für ein sittsames Mädchen?«

»Ich kannte deine Mutter.«

»Dann könnt Ihr schwerlich glauben, dass ich sittsam bin.«

»Cosima war eine anständige Frau. Nach meinen Maßstäben. Horsel hat mir nicht gesagt, dass die versprochene Jungfrau ihre Tochter ist.«

»Oh.«

Anna war sprachlos. In ihrem Weltbild gab es nur zwei Kategorien von Menschen – die ehrlichen und die unehrlichen. Zu den ehrlichen gehörten die Bürger der Stadt, die Handwerker, die Händler, die Kaufleute, die Zunft- und Gildemeister, die Ärzte, Juristen und Ratsherren, die Wachen und Soldaten, die Geistlichen, die Stiftsfrauen, Nonnen und Beginen. Zu den unehrlichen gehörten die anderen. Nicht nur die Bettler, die Narren und Aussätzigen, auch die Dirnen, Gaukler und Komödianten, die Schinder, die Hundsschläger und die Goldgräber. Und ihr Herr, der Henker. Mochte sie selbst auch eine gute Erziehung erhalten haben und in gewissem Luxus leben, so war ihr doch auf Grund ihrer Herkunft der Zugang zu den bürgerlichen Kreisen so gut wie verwehrt. Der Mann, der so eigenartig zu ihr sprach, verblüffte sie aufs Neue. Er sah es offensichtlich anders.

»Was schlagt Ihr vor, dass ich ansonsten tue, Herr? Wie soll ich meinen Lebensunterhalt sichern? Ein Handwerk habe ich nicht gelernt, ein ehrbarer Händler oder Handwerker wird mich kaum ehelichen, ein Stift wird mich nicht aufnehmen, und in ein Kloster, Herr, möchte ich nicht gehen.«

»Du könntest dich den Beginen anschließen. Du kannst offensichtlich lesen und schreiben.« Er wies auf das Lesepult und die Bücher. »Sie nehmen gebildete Frauen gerne auf, die bereit sind, für ihre Gemeinschaft zu arbeiten.«

»Sie verlangen eine Mitgift.«

»Natürlich. Dieses Haus?«

»Ist gemietet.«

Er schwieg nachdenklich und trank seinen Wein. Anna tat es ihm gleich, und gab, als sie das Glas abgestellt hatte, ihre vorsichtige, starre Haltung allmählich auf. Sie saß nun bequem an das Kopfpolster gelehnt und hielt die Hände entspannt im Schoß gefaltet.

»Möchtest du das Leben deiner Mutter führen, Anna?«, fragte er schließlich.

»Nein, Herr. Ich möchte lesen und zeichnen und die Laute spielen. Ich würde auch gerne heiraten und Kinder aufziehen, aber das ist nicht ganz so wichtig. Ein ruhiges Leben möchte ich führen, in dem ich mich nicht verstellen muss. Meine Mutter musste stets fröhlich sein, wenn ihre Gönner kamen, gleichgültig, ob sie krank war oder Sorgen hatte. Ich kann das nicht.«

»Nein, du bist keine gute Schauspielerin, das habe ich schon gemerkt. Du hast dir sogar die Schminke aus dem Gesicht gewischt.«

»Woher …?«

»Die Tiegel und Töpfe stehen doch nicht von ungefähr dort.«

»Nein. Ihr habt Recht. Auch Rot auf den Lippen macht aus mir keine Buhle.«

Sie lächelte ihn plötzlich an, und er nahm ihre Hand. Diesmal zuckte sie nicht zurück.

»Wir wollen ein Geschäft machen, Anna.«

»Ihr habt ein Geschäft mit Horsel gemacht!«

»Ich will es mit dir machen. Ich zahle dir den doppelten Betrag aus, den ich mit Horsel ausgehandelt habe.

Unter der Voraussetzung, dich nie als Dirne in dieser Stadt zu erleben. Du kannst das Geld als Mitgift für die Beginen verwenden. Versuch es am Eigelstein. Das sind arbeitsame, einfache Frauen.«

Anna atmete tief durch. Das war eine Gelegenheit, mit der sie nie und nimmer gerechnet hatte. Ein Tor zur Freiheit tat sich unerwartet auf. Mit aufrichtiger Dankbarkeit in der Stimme antwortete sie: »Das kann ich Euch versprechen, Herr.«

»Nun, dann erfüllt jetzt Euren Teil des Handels!«

»Was?«

»Ich verschenke keine milden Gaben, Anna. Ich bin hergekommen, um die Nacht mit einer Jungfrau zu verbringen. Ich zahle, und du zahlst auch. Mit deiner Jungfernschaft.«

»Ja… aber…!«

»Ich kann auch gehen. Horsel wird einen anderen finden.«

Anna rückte wieder ein Stück von ihm fort, dann aber musste sie noch einmal lächeln.

»So ist das wohl, wenn man mit Männern wie Euch Geschäfte macht.«

»Ja, so ist das.«

»Auf Euer Schweigen werde ich mich wohl verlassen können.«

»Vollständig, Anna.«

»Nun, denn!«

Sie begann zielstrebig, die Schnüre ihres Obergewandes zu lösen.

»Ich sehe, du bist bereit, für deine Zukunft einzustehen!«, meinte er anerkennend und umfasste ihre Taille. Sie wehrte sich nicht, und als er ihr Kinn hob, um ihre trockenen Lippen flüchtig zu berühren, legte sie ihm die Arme um den Nacken. Dann half er ihr, die Kleider abzulegen, bis sie nur noch das dünne Hemd aus feinem Leinen trug. Auch er entledigte sich seiner Kleider. Als er neben ihr auf dem Bett lag, waren seine Hände unerwartet sanft, und er bemühte sich, ihre verkrampften Glieder zu lösen. Er murmelte zwar keine Zärtlichkeiten, er küsste sie nicht mit Leidenschaft, aber er hatte genug Erfahrung, um ihre Begierde zu wecken. Und als sie ihre Unschuld verlor, war es nur ein geringer Schmerz, der von einem lustvollen Erbeben abgelöst wurde.

Er blieb eine Weile neben ihr liegen, die Hand auf ihrer Brust, die Augen geschlossen. Anna rührte sich nicht, sie kostete die Empfindungen aus, die er in ihr geweckt hatte. Dass es ihr Lust bereiten würde, hatte sie nicht erwartet. Ob es das sündige Erbe ihrer Mutter war, dass sie so fühlte?

Er richtete sich an ihrer Seite auf und strich sich die Haare aus der Stirn.

»Herr, werdet Ihr wiederkommen?«

Er sah sie lange und nachdenklich an.

»Nein. Auch wenn ich es mir wünschte. Du bist eine leidenschaftliche junge Frau.«

»Es war… Es hat Euch Freude gemacht?«

»Hat es, Anna. Dennoch wirst du mich nicht wieder sehen.«

Er schlug die Decke zurück, stand auf und schlüpfte in seine Kleider. Dann legte er zwei Beutel mit Münzen auf das Kissen. »Behalte sie. Es sind deine, nicht die der Kupplerin. Verwende sie gut, Anna!«

»Ja, Herr. Wie ich es Euch versprochen habe.«

Noch einmal musterte er sie und streifte dann den Bernsteinring von seinem Finger.

»Du hast mir deine Unschuld geopfert. Ich hätte auf diesen Teil des Handels nicht bestehen sollen. Nimm dafür diesen Ring als Dreingabe. Du hast Mut, Anna.«

Er gab ihr den Ring. »Er stammt von einem sehr achtbaren Mann, der sein Schicksal furchtlos akzeptierte.«

»Ihr seid großzügig, Herr.«

»Nein, das bin ich nicht. Halte dich an deine Abmachungen, und bete darum, dass wir uns nie wieder sehen.«

»Herr?«

»Und wenn doch, dann weise diesen Ring vor. Ich schulde dir einen Gefallen. Und nun leb wohl, Anna Dennes.«

Er verließ sie, ohne ihr noch eine weitere Berührung zu gönnen.

Als Anna den Ring genauer betrachtete, fiel ihr die Inschrift auf, die sich auf der Innenseite befand. ›Letum non finit omnia‹ hieß es.

Nicht alles beendet der Tod.

6. Kapitel

Aufwachen

Als ich endlich richtig aufwachte, fühlte ich mich wohler als bei den vergangenen Malen. Die Schmerzen waren auszuhalten, die Nachwirkungen der Narkose nicht ganz so scheußlich, die Verbände nicht ganz so hinderlich.

»Hallo, wieder von dieser Welt?«

Eine Hand streichelte die meine, und ich sah Rose auf einem Stuhl neben dem Bett sitzen.

»Noch nicht ganz. Aber durstig bin ich. Das fühlt sich ziemlich real an.«

»Nun, die Bar bietet dir kalten Kamillentee, Orangensaft oder Wasser.«

»Schlecht sortiert, diese Kneipe hier. Gieß auf jeden Fall den kalten Kamillentee dem Waschbecken in den Rachen. Wasser tut es im Augenblick.«

»Wie geht es dir?«

»Nicht zu miserabel. Wie spät ist es?«

»Dienstagvormittag, zehn Uhr. Du warst gestern Nachmittag schon mal kurz da, hast mir aber wenig Beachtung geschenkt. Dann hat dein Lieblingsarzt Carl dir eine weitere Runde Schönheitsschlaf verpasst, den du weidlich ausgenutzt hast. Er sagt, die Operation sei prima gelungen.«

»Was soll er auch sonst sagen? Dass er mir den falschen Arm amputiert hat?«

»Beide Arme sind noch dran, das kann sogar ich als Laie erkennen.«

»Du hast doch hoffentlich nicht die ganze Zeit hier verbracht, Rose?«

»Nein, nein. Ich bin vor einer halben Stunde gekommen und habe deinen Dornröschenschlaf beobachtet. Übrigens hast du mir dabei etwas von einem Handel erzählt, den du eingegangen bist. Er war nicht ganz sittenrein, soweit ich das verstanden habe.«

»Oh.« Ich überlegte. Ja, da war ein Traumfetzen. Eine turbulente Angelegenheit, dann wütende Entschlossenheit. Es handelte sich um etwas sehr Rotes, dann etwas Schwarzes, Beängstigendes. Ein Mann.

»Ja, ich habe wilde Träume gehabt.«

»Macht es Sinn, dich daran zu erinnern?«

»Gib mir ein bisschen Zeit. Dann kriege ich ihn sicher zusammen. Er war – ja, er war beeindruckend.«

Zu mehr kam ich dann aber nicht, denn Dr. German, Carl, betrat das Zimmer, seine Miene leuchtete erfreut auf, als er mich wach und mit einem Glas Wasser in der Hand im Bett sitzen sah.

»Guten Morgen, Anita. Gut geschlafen?«

»Die Wirkung deiner K.o.-Tropfen solltest du selbst kennen.«

Wir brachten eine Untersuchung hinter uns und eine Unterhaltung über die Heilungserfolge, dann ließ er mich mit Rose wieder alleine. Aber ich hatte bemerkt, dass er lieber noch ein paar Worte mit mir unter vier Augen gewechselt hätte.

»Netter Kerl!«, kommentierte meine Schwester.

»Ja, das ist er. Aber für mich uninteressant. Als Mann, nicht als Arzt. Mach du ihm doch ein paar schöne Augen, womöglich zieht ja der Familiencharme.«

»Ach, ich weiß nicht recht. Mir ist derzeit nicht nach Mann.«

»Was mich auf eine Frage bringt, die ich dir noch nie

gestellt habe. Sag mal, wie hältst du es eigentlich mit den Männern?«

»Manche finde ich ganz annehmbar, glaube ich. Aber außer einer Schulmädchenromanze mit einem Klassenkameraden und einer unrühmlichen Affäre mit einem verheirateten Dozenten an der Fachschule war da noch nicht viel Ernsthaftes.«

»So, so, mehr ist da nicht?«

»Nein, wirklich nicht. Und auch dein Marc weckt keine brennenden Gefühle in mir. Er ist ein charmanter Draufgänger und ein begabter Fotograf, aber – nein. Er macht mir den Eindruck, dass ein Zusammenstoß mit ihm einem vulkanischen Ausbruch gleichkommt, nach dem man sich hinterher verdutzt fragt, warum man so durchgeschüttelt worden ist. Ich fürchte, er fällt unter die Kategorie der leicht flüchtigen Elemente.«

»Da decken sich unsere Einschätzungen.«

Marc Britten war auf dramatische Weise in mein Leben getreten. Ich hatte ihn im Verdacht, dass das seine übliche Art war, Bekanntschaften zu schließen. Als mich die Flugzeugtrümmer unter sich begraben hatten, war er mir zur Hilfe geeilt. Allerdings nicht ohne ein paar sensationelle Aufnahmen von der blutüberströmten Anita zu machen und sie für ein vermutlich beachtliches Honorar der Sensationspresse zu verkaufen. Denn er hatte auch erschreckend schnell herausgefunden, dass ich die Tochter des berühmten und tags zuvor tödlich verunglückten Schlagersängers Caesar King war. Auf der anderen Seite war er mir sehr effizient dabei behilflich gewesen, aus dem spanischen Krankenhaus nach Hause verlagert zu werden. Anschließend hatte er sich einige Mühe gegeben, mit mir anzubandeln, und ich hatte seine manchmal überaus dreisten Manöver dazu genutzt, ihn für Roses Belange einzuspannen. Er hatte ihre Glaskunstwerke auf unnachahmliche Weise fotografiert und es irgendwie auch geschafft, sie in die Presse zu bringen. Derzeit allerdings war er nicht greifbar. Seit Ende des vergangenen Jahres stromerte er durch den brasilianischen Urwald, auf der Suche nach dem verlorenen Schatz oder dem ultimativen Aids-Medikament oder was immer er Sensationelles aufstöbern würde. Eventuell auch nur eine sensationelle Samba-Schönheit.

»Hast du von ihm eigentlich in der letzten Zeit etwas gehört?«, wollte Rose wissen.

»Eine Postkarte, die drei Wochen unterwegs war, kam vorletzte Woche an. Grüße und so.«

»Ob er dir wohl helfen könnte, deinen Valerius zu finden?«

»Wenn jemand das kann, dann er. Im Recherchieren ist er wirklich einsame Spitze. Aber weiß der Himmel, wann er zurückkommt. Er hat mir übrigens mal den lapidaren Tipp gegeben, ich solle ins Telefonbuch schauen.«

»Weißt du, die Idee ist gar nicht so schlecht.«

»Vor allem, da ich Valerius' Nachnamen nicht weiß.«

»Mit C fing er an.«

»Prima, nicht? Das dürften schon ein paar über Hundert im Kölner Telefonverzeichnis sein. Und es ist nur eine Vermutung. Das Nummernschild seines Wagens hat zwar das VC enthalten, das kann aber auch Zufall sein.«

»Mh, ja. Könnte sein. Aber weißt du was, Anita. Sowie du hier aus der Klinik entlassen wirst, fahren wir nach Köln und klappern die Straßen ab. Du hast gesagt, er wohnt im Süden. Kann ja sein, du erinnerst dich doch an irgendwas, wenn du erst einmal da bist.«

»Alles ist ein Versuch wert«, sagte ich, und schloss die

Augen. Ein heißes Gefühl breitete sich von meinem Bauch aus, wie immer, wenn ich an den Mann dachte, der allein mit seinem Blick mir Schwindelanfälle und Atemnot verschafft hatte. Gefolgt wurde es von einem lähmenden Gefühl des Verlustes.

»Ach Anita, schau nicht so trostlos drein.«

»Ich weiß, ich weiß, ich führe mich auf wie ein verliebter Teeny.«

»Nein, das tust du nicht. Und ich wünschte, ich hätte ein solches Erlebnis gehabt, wie du.«

»Sei froh, dass du es nicht hattest.«

Vor der Tür klapperte es, und ein Pfleger schob den Wagen mit dem Mittagessen ins Zimmer. Verlockend roch es nicht, und auch mein Appetit ließ etwas zu wünschen übrig.

»Kartoffeln mit Soße!«, sagte Rose, als sie den Deckel hob. »Und grünes Zeug!«

»Rose, wenn du eine wirklich liebe Schwester sein willst, dann bringst du mir heute Abend ein richtiges Wurstbrötchen mit.«

»Mache ich. Aber jetzt muss ich noch etwas erledigen. Ich komme gegen sechs wieder.«

Den Rest des Tages verdöste ich überwiegend, auch wenn ich zwischendurch immer mal meine Runden durch das Krankenhaus drehte, um meinen Kreislauf auf Trab zu bringen. Am Mittwochvormittag hatte ich ein ganz interessantes Gespräch mit meiner Zimmermitbewohnerin. Sie war eine Frau um die Fünfzig, hatte eine hässliche Brandwunde am Bein, was sie aber nicht davon abhielt, konzentriert und mit Verve Texte in ihren Laptop zu klappern.

»Was soll ich machen, Frau Kaiser? Ich verdiene mein Geld damit, Artikel zu schreiben, und da ich ja nur ein unbrauchbares Bein habe, kann ich immer noch meinen

Kopf und meine Hände einsetzen, um meine Arbeit zu erledigen.«

»Über was schreiben Sie Artikel?«

Sie grinste ein wenig schief.

»Normalerweise Kochbücher. Aber jetzt spotten sie nicht, derzeit schreibe ich für ein Astro-Magazin.«

»Sie kennen sich mit Astrologie aus?«

»Notgedrungen. Warum? Wollen Sie wissen, ob Sie ein reicher, schwarzhaariger Mann übers Meer entführt?«

»Genau das, liebe Frau Bernes, interessiert mich brennend! Aber viel mehr möchte ich wissen, wann dieser verdammte Saturn mich endlich wieder freigibt.«

»Nennen Sie mich Hela. Sie sind neunundzwanzig?«

»Wie haben Sie das nur erraten?«

Wir lachten beide. Es hatte sich inzwischen ja nicht nur in der Eso-Szene herumgesprochen, dass die Saturn-Wiederkehr im Leben eines Menschen immer auf gewisse Veränderungen hindeutet. Und Saturn hat nun mal eine Umlaufzeit von 29 Jahren.

»Geben Sie mir mal Ihre Geburtsdaten.«

Sie tippte in rasender Geschwindigkeit die Daten ein und runzelte dann die Stirn.

»Aha, ein Skorpion, tiefgründig und leidenschaftlich, mit einem sturen Steinbock-Aszendenten. Aber Jupiter zu Hause im Schützen, was Ihren Optimismus wohl begründet.«

»Eine kurze, nicht ganz unzutreffende Charakteranalyse! Zumal auch Venus und Merkur im Skorpion sitzen, nicht wahr?«

»Sie kennen Ihr Geburtshoroskop offensichtlich.«

»Das schon. Was mich interessiert, ist die Prognose.«

»Haben wir gleich!« Sie tippte ein paar weitere Daten ein und meinte: »Die Schramme da in Ihrem Gesicht, die ist von Mitte des letzten Jahres, was?«

»Ja, und der Rest auch.«

»Saturn hat Sie nicht sehr sanft gestreichelt. Und… wissen Sie, er hat Sie zwar zwischendurch jetzt mal aus den Klauen gelassen. Aber er kommt wieder. Der ist rückläufig, und Sie sollten sich im Mai noch mal auf seine intensive Befragung gefasst machen.«

»Mist.«

»Kommt drauf an. Sehen Sie es als zweite Chance. Ich meine, wenn Sie schon soviel Ahnung von Astrologie haben, dass Sie über Saturns Wiederkehr Bescheid wissen, dann sollten Sie auch wissen, dass die Sterne allenfalls geneigt machen, doch nicht unbedingt bestimmen.«

»Ich weiß, aber sagen Sie mal, was hat das Schicksal bewogen, ausgerechnet vor meinen Augen das Flugzeug abstürzen zu lassen, in dem alle meine Freunde saßen?«

»Vielleicht haben Sie irgendeine wirklich gute Tat in Ihrem vorherigen Leben vollbracht. Denn sonst hätten Sie ja wohl auch in dem Flugzeug gesessen, oder?«

»Uh. Wenn man es so sieht…«

»Ich tue das. Aber trotzdem, es ist jetzt eine gute Zeit, darüber nachzudenken, welche guten Taten Sie in diesem Leben vollbringen sollten, damit Sie Saturn im Laufe dieses Jahres eine Antwort darauf geben können, ob Sie zufrieden mit dem sind, was Sie sind. Durchforsten Sie mal ihre kleinen Lebenslügen und so.«

»Sie sind ziemlich erfrischend, Hela.«

Sie lachte. »Was soll ich Ihnen denn sonst sagen? Blumige Sprüche über schwarzhaarige Männer?«

»Ich suche grade nach einem, der mir abhanden gekommen ist.«

»Mh. Venus im Skorpion, ziemlich leidenschaftlich, was? Aber Mond im Steinbock – na ja, aber nach außen hin ganz cool. Haben Sie seine Daten?«

»Das ist es ja – nichts hab ich von ihm.«

»Schwierig. Aber wissen Sie was, eine kleine Prognose kann ich wagen. Sehen Sie, Jupiter wandert gerade in eine nette Position zur Geburtssonne. Und das ist Erfolg fördernd.«

»Ich lasse es auf mich zukommen und werde ein wenig seelischen Frühjahrsputz betreiben. Hier hat man ja Zeit für so etwas.«

»Das sind die Auszeiten, die Saturn uns aufdrängt, ja, ja. Aber – mh, morgen steht der Mond in Konjunktion zu Ihrer Sonne. Übertreiben Sie also nicht, denn das riecht stets ein wenig nach Ärger. Vornehmlich mit Müttern.«

Mein Glaube an den Einfluss der Sterne wurde durch diese Aussage ziemlich gefestigt – der Mittwochnachmittag wurde nämlich dann ungewöhnlich kurzweilig.

Uschi besuchte mich. Julian hatte mir schon als kleines Mädchen erlaubt, ihn beim Vornamen zu nenne, was mich unerhört stolz gemacht hatte. Meine Mutter hatte länger auf dem familiären Titel bestanden, sich aber inzwischen daran gewöhnt, von mir mit Uschi angeredet zu werden. Sie sah gut aus, an diesem Tag. Sie war immer schon schlank gewesen und hatte gleitende, anmutige Bewegungen. Von ihr hatte ich meine schwarzen Haare geerbt, die ihren aber trug sie inzwischen kurz geschnitten und, wie ich den Verdacht hegte, verdeckte mit etwas Färbung die grauen Strähnchen.

»Anita, du wirkst munter!«, begrüßte sie mich und drückte der Stationsschwester einen bunten Blumenstrauß in die Hand, als ob sie eine niedere Bedienstete wäre. Dann legte sie eine Schachtel auf meinen Nachttisch und fragte: »Wie fühlst du dich?«

»Ich habe gerade meine tägliche Krankenhausrunde absolviert. Die Treppen von zehn Stockwerken hoch und wieder runter. Einmal um die Cafeteria und im Galopp durch die Orthopädie zurück. Kurzum, ich versuche, fit zu bleiben.«

»Wann wirst du entlassen?«

»Wenn ich meinen Arzt im richtigen Tonfall anschnurre, am Freitag.«

»Willst du ein paar Tage bei mir wohnen? Dann brauchst du dich um nichts zu kümmern. Tilly ist ja da.«

Tilly, eigentlich Mathilde, war Uschis Hausdame, die vor einem Monat in die Einliegerwohnung eingezogen war. Uschi, die unter heftigen Depressionen nach Julians Tod litt und beinahe einen selbstmörderischen Unfall verursacht hätte, hatte auf den Rat ihres Therapeuten gehört und sie engagiert. So hatte sie, neben der Unterstützung im Haushalt, auch einen Ansprechpartner, wenn es sie wieder besonders stark traf. Im Übrigen war Tilly eine exzellente Köchin. Aber trotzdem schlug ich die Einladung mit sanften Worten aus. Das enge Zusammenleben mit Uschi führte unweigerlich zu Problemen, wie ich nur zu genau wusste.

»Na gut, dann sieh zu, wie du alleine fertig wirst!«

»Ich bin ja nicht verkrüppelt, Uschi. Und mit einem linken Arm, der nicht ganz einsatzfähig ist, lebe ich nun schon über ein halbes Jahr. Jetzt besteht wenigstens die Hoffnung, dass es mit jedem Tag besser wird. Was ist in der Schachtel da?«

»Mach sie auf! Tilly und ich haben ein wenig experimentiert. Aber ich sage dir, die Frau kann zwar einigermaßen kochen, aber von Süßigkeiten versteht sie nichts!«

Ich probierte eine der in schwarze Schokolade gehüllten Pralinen und musste zugeben, dass sie überragend schmeckten.

»Köstlich! Die muss ich Rose zum Probieren geben. Die ist ein Naschkätzchen.«

»Bevor du sie diesem Mädchen gibst, nehme ich sie lieber wieder mit!«, fauchte Uschi mich mit unerwarteter Schärfe an.

»Was bist du nur ungerecht. Du kennst Rose nicht, und sie hat dir nichts getan!«

»Sie hat mir Julians Liebe gestohlen!«

In dieser Angelegenheit dachte und reagierte meine Mutter leider völlig irrational. Ich versuchte, sie auf ein anderes Thema zu lenken und fragte sie nach ihren Urlaubsplänen. Es gelang, und sie berichtete von einem Hotel auf Madeira, das sie für Ostern gebucht hatte. Ich kannte es und erzählte ihr ein wenig darüber. Die Vorfreude auf die Reise machte Uschi heiterer, und sie wirkte wieder wie die schöne, fröhliche Frau, die ich aus meiner Kinderzeit kannte.

Doch dann verwandelte sie sich bedauerlicherweise erneut in die verbitterte Furie, die in der jüngeren Vergangenheit so oft aus ihr hervorbrach. Denn in mein Zimmer trat Sophia van Cleve, Roses Mutter. Sophia kannte Uschi von Pressefotos, Uschi kannte Sophia nicht vom Ansehen her. Wäre unser Gespräch nicht gerade so locker gewesen, hätte ich Sophia vermutlich gar nicht vorgestellt, sondern ihr einen Wink gegeben, später wiederzukommen. Doch so war ich gedankenlos und machte die beiden Frauen miteinander bekannt.

»Sie!«, zischte Uschi und stand auf. Es hätte wenig gefehlt, und sie hätte die Finger zu Krallen geformt. Dann drehte sie sich zu mir um, und die geballte Ladung ihres Hasses ergoss sich über mich.

»Wie kannst du es wagen, mich mit dieser Kreatur zusammenzubringen! Du infame, instinktlose Schlange! Nicht nur mit dem Bastard dieser Schlampe mimst du dicke Freundschaft, sogar mit ihr gibst du dich ab!«

»Uschi, mäßige dich. Bitte. Sophia hat genauso das

Recht, mich zu besuchen, wie alle meine anderen Bekannten.«

»Ich verbiete dir den Umgang mit dieser Verräterin!«

»Nimm die Dramatik aus deiner Stimme, Uschi! Das Vergehen liegt dreißig Jahre zurück und ist verjährt!«

»Dieser Betrug verjährt nie!«

Ich seufzte. Meine Mutter war dabei, sich in eine hysterische Szene zu steigern, und Sophia, die das zuerst verblüfft, dann verstehend beobachtete, machte das einzig Richtige. Sie winkte mir verstohlen zu und verließ leise und schweigend den Raum.

So ihres Zieles beraubt, wurde ich das Opfer von Gift und Galle, die ich geduldig über mich ergehen ließ, bis Uschi der Atem ausging. Es dauerte beinahe eine Viertelstunde und wurde erst milder, als Carl vorbeischaute und sie darauf aufmerksam machte, dass die Patientin auf keinen Fall aufgeregt werden dürfe. Er komplimentierte sie geschickt aus dem Raum, und wenig später kam Sophia wieder.

»Du Ärmste!«

»Schon gut. Sie ist halt manchmal so.«

»Zu viel Leidenschaft.«

»Und manchmal zu wenig Hirn, ja.«

»Willst du dich bei mir ausweinen?«

»Nein, ist schon gut, Sophia. Dein Dr. Carl ist eine echte Empfehlung. Hast du ihn gerade alarmiert?«

»Ja, war eine gute Idee, nicht wahr?«

Ich konnte schon wieder lächeln. Sophia war ausgeglichen, pragmatisch und verständnisvoll. Sie begann ein entspanntes Geplauder über ihre jüngste Tochter.

»Cilly träumt derzeit davon, mittelalterliche Geschichte zu studieren. Ich bin dir beinahe dankbar dafür, denn ihre bisherigen Berufswünsche waren bei weitem nicht so seriös.«

»Ihre Karriere als Astronautin, Zoowärterin oder Tierschützerin?«

»Nimm noch Rennfahrerin, Berufssoldatin und Schaufensterdekorateurin dazu, dann hast du einen gewissen Überblick.«

»Ist doch schön, als Mädchen ein solch vielfältiges Spektrum vor sich zu haben. Das wird sie bei ihrer Beschäftigung mit dem Mittelalter ganz schnell einsehen.«

Sophia lachte. Sie nahm Cillys Zukunftsplanung so ernst, wie es möglich war, ohne sie zu entmutigen.

»Dieses Stundenbuch hält sie in Bann. Sie hat sich schon Unterlagen aus der Bücherei ausgeliehen und schwärmt mir jetzt ständig etwas von Bordüren und Initialen vor. Außerdem liest sie mit Feuereifer die Bibel, was ihr den gewaltigen Spott ihrer Klassenkameraden einbringt. Immerhin haut sie ihnen dafür einige recht derbe alttestamentarische Sprüche um die Ohren, die mich manchmal an der Heiligkeit dieses Buches zweifeln lassen.«

»Oh, es gibt einige ziemlich unheilige Geschichten in dem Werk, lass dich nicht täuschen von dem ach so christlichen Gebrauch mancher Textstellen.«

»Apropos Geschichte. Was ist, Anita, wird das, was sich um dieses Stundenbuch rankt, eine ebenso spannende Geschichte, wie die von den Römern?«

»Ich habe ein wenig nachgedacht. Ja, Sophia, dahinter verbirgt sich etwas. Ich bin ziemlich nahe dran, und mit ein bisschen Geduld und Roses Hilfe werde ich aus meinem Gedächtnis auch den Schlüssel dazu finden.«

»Julian war ein liebenswürdiger Spinner. Ein Poet, wenn man ihn ließ. Zu einer anderen Zeit hätte er nicht nur populäre Schlager gesungen, sondern die Welt mit seinen Moritaten und Balladen beglückt.«

»Er hat in den letzten Jahren sehr viel poetische Lieder geschrieben und komponiert. Aber das Publikum hat eine feste Meinung von ihm, und so sind diese Sachen nur in einem sehr kleinen Kreis bekannt geworden. Aber ich denke, er wollte auch kein großes Aufsehen damit erregen.«

»Ich war einst bis zur Besinnungslosigkeit in ihn verliebt, Anita. Und es war eine schöne Zeit. Es hat mir zwar fast das Herz gebrochen, als er Uschi geheiratet hat. Aber, weißt du, auch diese Dinge heilen irgendwann. Er hat sich nie gescheut, Rose anzuerkennen und sich um sie zu kümmern. Und so nach und nach sind wir gute Freunde geworden. Es tut mir aufrichtig Leid, ihn an diesem letzten Abend verpasst zu haben. Ich war mit den Vorbereitungen für unseren Australienaufenthalt beschäftigt und hatte keine Zeit.«

Eine Alarmglocke schrillte in meinem Gehirn.

»Wieso verpasst, Sophia? Wolltet ihr euch denn noch treffen?«

Eines der völlig unklaren Dinge im Zusammenhang mit dem Unfall meines Vaters war die Tatsache, dass niemand wusste, wo er die zwölf Stunden vor seinem Tod verbracht hatte. Er hatte am späten Nachmittag das Aufnahmestudio verlassen und hatte gegen zwanzig Uhr einen Termin bei seinem Agenten in Koblenz. Dort war er nie angekommen.

»Wusstest du das nicht? Ich dachte, Rose hätte es dir gesagt. Er wollte sie besuchen, und ich wollte eigentlich kurz dazustoßen, um mich zu verabschieden.«

Mir lief etwas kalt über den Rücken.

»Nein, Rose hat mir nichts davon erzählt.«

»Wahrscheinlich hat sie es verdrängt. Wir haben uns beide entsetzliche Vorwürfe gemacht, dass wir erst Wochen später überhaupt von seinem Tod erfahren haben.

Im australischen Busch gab es keine Zeitungen, und ein verunglückter deutscher Schlagersänger, der die Zeit seiner größten Popularität hinter sich hat, ist für die dortigen Nachrichtensender nicht eben ein Highlight.«

Ich dachte nach. Ja, das war durchaus denkbar, dass Rose, die in manchen Dingen überaus empfindsam war, daran nicht denken wollte. Oder nicht darüber sprechen konnte.

»Mal sehen, wenn sich die Gelegenheit ergibt, werde ich sie darauf ansprechen. Vermutlich wird er nicht bis zum Morgengrauen bei ihr geblieben sein.«

»Nein, bestimmt nicht. Er wollte gegen halb fünf kommen, wenn ich mich recht erinnere.«

»Ja, das macht Sinn, denn er hatte ja noch einen Termin in Koblenz.«

Wir unterhielten uns noch eine Weile, dann verließ sie mich, und ich war mit meinen Gedanken alleine. Sie nahmen seltsame Wege.

Hela Bernes mit ihrem Laptop riss mich aus ihnen. Sie hatte den Raum verlassen, als Uschi anfing, Gift zu sprühen.

»Ich sollte berufsmäßig Vorhersagen machen, statt Artikel über schwierige Aspekte im Radix-Horoskop zu verfassen.«

»Ja, Ihre Warnung vor Mütterärger war richtig gut.«

»Ich zoffe auch gelegentlich mit meiner Tochter herum, aber, mh … es geht meist schnell vorbei.«

»Sie leidet noch unter dem Tod meines Vaters. Aber langsam bin ich so weit, die Geduld zu verlieren. Nicht alles kann man mit Trauer entschuldigen.«

»Wut braucht ein Ziel. Und sie ist wütend auf das Schicksal, das ihr diesen Verlust beschert hat.«

»Das Ziel ist meine Schwester Rose. Wahlweise dann ich.«

»Die Wut könnte sie auch gegen sich selbst richten.«

»Hatten wir ebenfalls schon.«

»Fühlt sie sich möglicherweise schuldig an dem Tod Ihres Vaters? Das würde es zumindest erklären.«

»Möglich. Aber darüber kann ich mit ihr nicht reden.«

»Sie braucht vermutlich professionelle Hilfe.«

»Auch das hatten wir schon. Lassen wir das Thema, Hela. Sie haben mir eine Denksportaufgabe gegeben, die ich zu lösen habe, dabei ist meine Mutterbeziehung nur ein Punkt unter vielen.«

Sie nickte mir freundlich zu und klapperte weiter auf ihrer Tastatur herum. Ich hingegen betrachtete mein Leben, und fand, dass es wahrhaft an der Zeit war, mit dem ziellosen Herumhängen aufzuhören. Offenbar hatte man es mir bisher zu leicht gemacht. Ich hatte mich nie nach der Decke strecken müssen, Julian hatte mich gut versorgt. Ich hatte auch nie Probleme zu lernen, weder in der Schule noch im Studium. Es machte mir eigentlich immer Spaß, ein Thema gründlich zu durchdringen. Darin lag bisher mein Ehrgeiz, nicht darin, daraus einen Beruf zu machen. Doch das begann sich allmählich zu ändern, und das war vermutlich gut so. Genau, wie sich meine Beziehungen zu anderen Menschen veränderten. Ich hatte zwar immer Freunde, meist aber schnelllebige Bekanntschaften, die selten über das Stadium des Amüsements hinausgingen und nie wirklich Verantwortung von mir verlangten. So recht betrachtet, war Rose eigentlich die erste Person in meinem Leben, für die ich mich richtig engagierte. Und nun zeigte sich, dass sie mir etwas ganz Wesentliches verschwiegen hatte. Julians Besuch am Abend vor seinem Unfall. Ich beschloss, sehr, sehr vorsichtig mit diesem Wissen umzugehen, denn Rose, meine Schwester, war drei Tage vor mir geboren, im Zeichen der schönheitsliebenden und empfindsamen Waage.

7. Kapitel

Der Bernsteinring

Freitagnachmittag verabschiedete ich mich von Carl, um nach Hause zurückzukehren. Die Nachuntersuchungen würde mein Hausarzt vornehmen, es sah aber wirklich so aus, als ob mein Arm bald wieder vollständig zu gebrauchen und vor allem vorzeigbar sein würde.

»Darf ich dich in den nächsten Tagen einmal zum Essen einladen, Anita?«

»Wenn du dir nicht zu große Hoffnungen machst, Carl.«

Er schenkte mir ein Grinsen.

»Die Hoffnung stirbt zuletzt!«

»Ihr habt ja gute Herzspezialisten hier. Die werden sich wohl um dich kümmern, wenn es so weit ist.«

»Für das Schienen gebrochener Herzen ist David zuständig, aber bisher hat er diese Fähigkeit nur bei Frauen eingesetzt!«

»Dann wird er sein Spektrum erweitern müssen, wenn du dich nicht vorsiehst. Melde dich, wenn du Zeit hast. Meine Nummer hast du ja.«

Ich war froh, wieder in meiner kleinen Wohnung zu sein. Rose hatte meine Pflanzen versorgt und mir den Kühlschrank aufgefüllt. Ein dickes Telefonbuch hatte sie mir auch aufgeschlagen auf den Tisch gelegt, ein Zettel steckte in den Seiten.

»Hab alle C durchgeschaut. Gibt ein paar Corvinusse und Corbins, aber keinen mit V. Cilly hat das Internet durchsucht und einen Marcus Valerius Corvus gefunden, der hat aber etwa 350 vor unserer Zeitrechnung gelebt. Hilft also auch nicht weiter.

Sorry.

Ruf mich an, wenn du Lust hast.

Rose.

P.S.: Hab wild mittelalterlich geträumt! Muss an den Bildern in dem Stundenbuch liegen.«

Lieb war sie, meine Schwester. Und neugierig hatte sie mich auch gemacht. Denn mein Traum war mir wieder in seiner Gänze eingefallen. Ich wählte ihre Nummer.

»Hallöchen! Na, wieder zurück im eigenen Reich?«

»Ja, und es riecht so wundervoll unhygienisch hier. Kein bisschen nach Desinfektionsmitteln. Danke für die Telefonbuchdurchsicht. Wahrscheinlich hat er überhaupt keinen Eintrag seiner Privatnummer da drin. Hätte ich mir ja denken können.«

»Sei nicht betrübt, Anita. Wir suchen weiter. Bist du fit genug, um Montag mit mir durch die Stadt bummeln können?«

»Ich denke schon!«

»Prima. Ich brauche nämlich eine Kleinigkeit für meine Mutter. Sie hat übernächste Woche Geburtstag. Da können wir das alles miteinander verbinden.«

Wir verabredeten uns für den frühen Nachmittag.

Der Tag war frostig, aber der Himmel war klar, und die Doppelspitzen des Kölner Doms grenzten sich deutlich von dem blassblauen Himmel ab, als wir uns der Stadt näherten. Es herrschte wie üblich viel Verkehr, behindert durch einige Baustellen und Umleitungen. Langsam schlängelten wir uns die Rheinuferstraße entlang. Am Bayenturm, wo einst die alte Befestigungsmauer geendet hatte, fuhren wir auf das Gebiet der heutigen Innenstadt. Früher bildete diese Umfassung die eigentliche Begrenzung der halbmondförmigen Stadt und hatte bis in die Neuzeit ihre Größe bestimmt. Erst mit der Anbindung an das Schienennetz der Bahn Ende des neunzehnten Jahrhunderts wurde die Stadtmauer bis auf einige wenige Reste niedergelegt. Aber die Erinnerung blieb in den Bezeichnungen der Straßen erhalten.

»Gibt es irgendwas, woran du dich von deiner Fahrt hierher erinnerst, Anita?«, fragte Rose, die am Steuer saß.

»Nichts. Absolut nichts. Ich glaube aber inzwischen nicht, dass es innerhalb der Ringe war. Ich habe jedoch keine Ahnung, welche Nebenstraßen er gefahren ist. Durch diese Baustelle hier sind wir jedenfalls nicht gekommen.«

»Na gut. Parken wir erst einmal am Neumarkt, da können wir in den einen oder anderen Laden schauen.«

»Was hast du denn vor, deiner Mutter zu schenken?«

»Sie hätte gerne eine kleine Pendule. Ich habe sie ein paarmal dabei erwischt, wie sie ihre Nase an den Auslagen von Antiquitätenläden platt gedrückt hat. So ungefähr weiß ich, was ihr vorschwebt.«

»Na gut, halten wir Ausschau nach Antiquitätenläden. Ich stöbere genauso gerne darin herum.«

Wir fanden zwei, von denen einer nicht besonders ansprechenden Firlefanz anbot, und der andere hatte sich auf chinesisches Porzellan spezialisiert.

»Nicht sehr ergiebig«, murrte Rose. »Ich habe kalte Füße.«

»Ich auch, darum gehen wir jetzt auf die andere Straßenseite und schauen mal, was uns R&C-Antiquitäten zu bieten hat. Wenn es schon keine Kaminuhren sind, dann wenigstens geheizte Räumlichkeiten. Wollen wir mal hineinschauen? Die beiden ersten haben mich nicht so überzeugt mit ihren nachgemachten englischen Knietabletts und falschen Ming-Vasen.«

»Das kannst du wohl sagen. Der sieht gut aus. Auf geht's!«

Er war geschmackvoll eingerichtet. Nicht die qualvolle Enge alter Stilmöbel und Berge von halbantikem Krimskrams überwältigten uns, sondern eine gepflegte Auswahl kleiner, wunderbar erhaltener oder restaurierter Schränkchen und Vitrinen, Tische, dekoriert mit hübschem altem Porzellan, Gläsern und natürlich auch dem notwendigen Nippes. Wertvollere Kleinigkeiten standen hinter Glas. Rose steuerte zielgerichtet auf eine Auswahl alter Uhren zu und begutachtete sie intensiv. Wir waren im Augenblick fast alleine. Lediglich ein weiterer Kunde unterhielt sich mit der Verkäuferin über die Bestickung von Stuhlpolstern, und eine ältere Dame strich mit liebevoller Geste über die seidige Oberfläche eines Rosenholz-Sekretärs. Sie schien mit sich zu ringen, ob sie sich das kostbare Stück leisten konnte. Natürlich würde sie es kaufen, egal um welchen Preis. Ihr Gesichtsausdruck sagte mir das.

Ich stöberte ebenfalls ein wenig herum. Porzellan zog mich an, und ein paar schöne japanische Teeschalen, alt, die Glasur von wunderbarer Tiefe, wie sie nur die großen Meister durch mehrfaches Glasieren und Brennen herzustellen wussten, begeisterten mich. Ich erfreute mich daran, besitzen wollte ich sie allerdings nicht.

Der Kunde mit der Polsterstickerei verließ den Laden, die Verkäuferin, eine rothaarige, flachbusige Frau mit flinken, dunklen Augen heftete sich an die Dame vor dem Rosenholz-Sekretär und begann, ihr die Qualität in meiner Meinung nach viel zu dick aufgetragenen Worten zu schildern. Meine geringe Erfahrung in diesem Geschäft sagte mir, dass es die falsche Art war, eine noch unschlüssige, aber im Grunde begeisterte Interessentin zum Kauf zu animieren. Sie hätte sie in Ruhe lassen sollen.

Ich kehrte ihnen den Rücken zu und betrachtete einige Emailarbeiten, kleine Tabak- und Pillendöschen, Medaillons und Gürtelschnallen. Jene im Art-Deco-Stil verführten mich fast, dafür Geld auszugeben.

»Nein, ich überlege es mir lieber noch mal in Ruhe!«, sagte die ältere Dame mit Panik in der Stimme und entwandt sich dem Zugriff der Verkäuferin. Beinahe fluchtartig verließ sie den Laden. So vertrieb man Kunden. Als nächstes Opfer wählte die Rothaarige meine Schwester Rose, die inzwischen drei Uhren zur Auswahl auf einen Tisch gestellt hatte. Mit einem Ohr hörte ich zu, um notfalls einschreiten zu können, aber dann wurde meine Aufmerksamkeit auf eine Vitrine mit altem Schmuck abgelenkt. Wunderschöne Granatcolliers lagen darin, einige brillantbesetzte Schleifenbroschen, zwei Fabergé-Anhängerchen in Form von Veilchen und Maiglöckchen, ein halbes Vermögen wert, Gemmen mit zierlichen Motiven, ein prächtiger, wenn nicht gar protziger Rosenkranz mit einem goldenen Kreuz, verschiedene Ringe.

Ein Ring. Ein goldener Ring, schlicht und ohne Zierrat die Fassung, wie ein Tropfen goldener Lindenhonig darin ein halbrund geschliffener Bernstein. Das Licht des Strahlers fiel auf ihn, und in der Tiefe des versteinerten Harzes schimmerte ein Einschluss auf – Ästchen, die sich in Form eines Kreuzes übereinander gelegt hatten.

»Rose!«, rief ich, und meine Stimme klang seltsam erstickt.

Sie drehte sich sofort um und ließ die beredte Verkäuferin mitten im Satz stehen.

»Was ist, Anita? Fühlst du dich nicht wohl?«

»Doch vollkommen. Aber dieser Ring hier. Der mit dem Bernstein …«

»Kennst du ihn? Was ist damit?«

»Der Traum, Rose, den ich nach der Narkose hatte. Darin spielte ein solcher Ring eine entscheidende Rolle.«

»Lass ihn dir herausholen. Sie!«, rief meine ansonsten etwas schüchterne Schwester herrisch der Verkäuferin zu. »Kommen Sie bitte mal her. Wir würden uns ein Schmuckstück gerne näher ansehen!«

Diesen Ton war die Dame offensichtlich nicht gewöhnt, sie näherte sich betont langsam und mit säuerlichem Gesicht. Ich musste ein Kichern unterdrücken.

»Das sind ausgesprochen wertvolle Exponate, meine Damen.«

»Das zu erkennen fällt mir nicht schwer«, antwortete ich ihr in dem gleichen hochnäsigen Tonfall. »Der Bernsteinring dort jedoch wird kaum meine Möglichkeiten überschreiten. Holen Sie ihn bitte heraus, damit ich ihn prüfen kann.«

»Dazu muss ich erst den Schlüssel holen.« Sie drehte sich um und rief in scharfem Ton nach hinten: »Edwin, übernimmst du mal den Laden!«

»Der soll aufpassen, dass wir nicht die wertvollen Sammeltassen klauen!«, flüsterte Rose vernehmlich.

»Was für eine Hyäne!«

»Wieso Hyäne?«

»Die verbeißen sich auch in ihr Opfer und lassen nicht mehr los. Auf die Weise hat sie vorhin ein sehr lukratives Geschäft vermasselt.«

Die Verkäuferin kehrte zurück und schloss umständlich die Vitrine auf, darauf bedacht, uns nicht in die Nähe der Kostbarkeiten kommen zu lassen. Mit spitzen

Fingern legte sie dann den goldenen Ring auf ein Samttablett. Ich nahm ihn hoch und betrachtete ihn.

»Schau, Rose, er ist ganz klar, bis auf dieses Kreuzchen darin. Das Gold ist gediegen und umfasst den Stein nur mit einem Band.«

Es hing ein kleines Schildchen mit einem handgeschriebenen Preis darauf an einem rotem Faden. Nun ja, die Hyäne hatte Recht gehabt, der Ring war wertvoll. Rose nahm das Schildchen ebenfalls in die Finger und sog hörbar den Atem ein.

»Das ist ja wohl nicht wahr! Ein Bernsteinring, auch wenn er in Gold gefasst ist, soll so viel kosten?«

»Natürlich. Das ist ein echtes, antikes Stück.«

Die Hyäne weidete sich an unserer Fassungslosigkeit. Sie wusste nicht, warum.

»Ich nehme den Ring. Stellen Sie mir die Unterlagen dazu zusammen! Expertise und Herkunftsnachweis, soweit sie die haben«, beschied ich sie kurz.

»Bist du wahnsinnig?«, flüsterte Rose, als die Verkäuferin von dannen gerauscht war.

»Nein. Das erkläre ich dir später. Willst du nun noch eine der Uhren haben?«

»Der Laden verdient an dir genug. Mutter bekommt einen Blumenstrauß, und damit hat es sich.«

»Du musst dich doch wegen meiner kleinen Verrücktheiten nicht zurückhalten.«

»Lass mich nur.«

Sie zog sich in ihr Schneckenhaus zurück, wie sie es manchmal tat, wenn sie mit der Realität nicht ganz zurechtkam. Meist tauchte sie nach wenigen Minuten wieder auf, also ließ ich sie in Ruhe und wickelte den Kauf ab. Als ich fertig war, sah ich sie noch immer neben der Vitrine stehen, aber fasziniert einen Mann anstarren, der gerade den Laden betrat.

»Hallo, Linda!«, sagte er. »Ich bin ganz kurz in der Stadt. Ist der Chef da?«

»Nein.«

»Hey, was bist du so muffig? Richte ihm schöne Grüße aus. Ich melde mich die Tage wieder mal und lad ihn zum Essen ein.«

»Private Angelegenheiten richtest du besser selbst aus. Ich bin hier nur die Angestellte!«

»Ah so!«

»Ja!«, giftete sie. »Ah so!«

»Na, dann. Mach's gut!«

Er drehte sich um und ging mit schnellen Schritten zum Ausgang. Ich packte meinen Einkauf in die Umhängetasche und nahm Rose am Arm.

»Hat der dich irgendwie hypnotisiert?«

»Nein, ich war in Gedanken. Gehen wir.«

»Ja, verlassen wir diese Schatzhöhle mit Drachen. Linda – du liebes Bisschen. Lindwurm wäre angemessener.«

»Der war wohl auch ein ziemlicher Wurm über die Leber gekrochen. Ich vermute, ein kleines Zerwürfnis mit dem Chef.«

»Auf den sie sich unberechtigte Hoffnungen gemacht hatte.«

»Was die Betonung des bloßen Angestelltenstatus erklären würde.«

»Valerius' Freundin heißt Belinda. Soll ich sie mal fragen ob ihr Chef sie wegen einer unbekannten Schönen mit einer Narbe im Gesicht verlassen hat?«

»Dann hast du anschließend vermutlich mehr als nur eine Narbe im Gesicht!«

Wir alberten noch ein wenig herum und waren unversehens an einer Kirche angelangt.

»Rose, ein Ausflug in die Vergangenheit der Anna Dennes?«

»Maria im Kapitol, richtig. O ja, gehen wir hinein.«

»Ja, es ist der richtige Ort, um dir zu zeigen, weshalb ich den Ring gekauft habe.«

»Da ist mehr dran, als du in dem Laden sagen wolltest, nehme ich an?«

»Ich wollte den Preis nicht in die Höhe treiben.«

»Na, höher ging es wohl kaum.«

»Liebe Schwester, das Ding gehört in ein Museum, nicht in einen Antiquitätenladen.«

Wir gingen in den Kreuzgang, der sich um den Innenhof zog. Die Sonne malte bogenförmige Schatten auf den Steinboden, und wir setzen uns auf die Treppenstufen, die zum Eingang der Kirche führten. Ich holte das Kästchen aus der Tasche, öffnete es und holte den Ring heraus. Goldgelb leuchtete der Bernstein auf.

»Er ist schön, Anita. Ohne Frage.«

»Ja, und dieser kreuzförmige Einschluss hat ihn für seinen Träger sicher noch wertvoller gemacht. Für mich aber ist er deshalb so wertvoll. Schau mal, hier in der Innenseite des Rings.«

Rose nahm in und drehte ihn hin und her.

»Da steht etwas.«

»Ja, da steht etwas: ›Letum non omnia finit‹."

»Und das bedeutet, meine gelehrte Schwester?«

»Der Tod beendet nicht alles.«

Sie sah mich mit großen Augen an. Ich wusste, was sie dachte. Julian hatte an die Möglichkeit der Wiedergeburt geglaubt. Und nachdem wir seine Geschichte aus der Römerzeit zusammengetragen hatten, erschien uns dieser Gedanke tatsächlich nicht mehr so ganz abwegig.

»Es ist einerseits die Bedeutung der Inschrift, als auch ihre Art. Sie ist in den Innenring eingebracht, was erst im späten Mittelalter üblich wurde. Und sie ist in dieser eckigen, gotischen Schrift gehalten, der Fraktur, der man sich nur bis etwa zum sechzehnten Jahrhundert bedient hat. Dieser Ring ist viel älter, als die Unterlagen bestätigen. Irgendjemand hat da schlampig gearbeitet, oder die Herkunft ist nicht exakt nachvollziehbar. Soweit ich sehen konnte, war er verschiedentlich in Privatbesitz und ist schon vor zwanzig Jahren über eine Konkursmasse an R&C gelangt. Ein echter Ladenhüter!«

»Bis heute.« Sie nahm den Ring wieder an sich und schob ihn sich über den Ringfinger. Er war ihr zu groß. »Kein nervenerschütterndes Gefühl, Anita. Kein plötzliches Déjà-vu. Nur kühles Gold.«

»Er war vermutlich, wenn ich meinen Traum richtig deute, auch der Ring der Anna Dennes. Diese Inschrift, der Spruch, dass der Tod nicht alles beendet, spielte in meinem Traum eine Rolle. Und mich hat der Ring schon in dem Geschäft sehr stark angezogen. So stark, dass ich nicht gewagt habe, ihn mir an den Finger zu stecken.«

»Nun, dann tu es hier. Das ist der geeignete Ort dafür. Das da, wo sich jetzt dieser Kindergarten drin befindet, wird wohl das Stiftsgebäude sein, in dem Anna Dennes ihr Stundenbuch geschrieben hat.«

Rose zeigte auf das Gebäude, das sich über die Ostseite des Kreuzgangs erstreckte. Etwas beklommen nahm ich den Ring aus ihrer Hand und streifte ihn über. Nichts geschah. Kein Schauder, kein Wiedererkennen. Keine noch so flüchtige Erscheinung aus vergangener Zeit. Ich strich das schwarze Gewand glatt und schüttelte den Kopf. Es musste ein Traum gewesen sein, in dem mir die Männer in den weißen, wallenden Gewändern begegnet waren. Oder ein Spuk. Ja, sicher ein Spukbild, das nicht mehr auftauchen würde, um meinen Seelenfrieden zu stören. Das mich gestern unfähig gemacht hatte, durch den Kreuzgang zur Kirche zu gehen. Rosa erzählte ich besser nichts davon, sie würde sich nur wieder einen neuen Spott ausdenken. Ich ließ den Ring an der Hand, als ich aufstand, um mich den anderen Kanonissen anzuschließen und an den Gebeten zur Sext teilzunehmen.

»Anita, wo willst du hin?«

»Bitte?«

Verdutzt sah ich die blonde Frau in dem flimmernden Sonnenlicht vor mir an.

»Anita, wo bist du? Anita!«

Sie griff meine Hand und zerrte an dem Bernsteinring. Das Licht hörte auf zu flimmern, als er von meinem Finger glitt. Ich atmete tief durch und war wieder Anahita Kaiser.

»Das war verrückt, Rose. Das war ein absolut irres Gefühl.«

»Er wirkt auf dich?«

»Ich muss eine seltsame Erinnerung in mir tragen. Ich wollte zum Stundengebet gehen, traute mich aber nicht, an dieser Stelle weiterzugehen, weil ich tags zuvor einem Spuk begegnet bin. Männern in ungewöhnlichen, weißen Gewändern.«

»Klar, hier war ja auch der Jupitertempel, das Kapitol. Die Geister der togatragenden Römer werden hier noch umgehen.«

Es sollte spöttisch klingen, aber ich wusste, wie bewegt meine Schwester war.

»Julian hat behauptet, menschliche Gefühle würden Spuren im Gewebe der Zeit hinterlassen«, sagte ich nachdenklich. »In Tempeln und Kirchen oder an anderen heiligen Orten seien sie besonders dicht und gelegentlich auch für uns spürbar. Wenn wir unser Bewusstsein dafür öffnen.«

»Ja, das hat er mir genauso erklärt. Aber ich selbst habe so etwas noch nicht verspürt. Insbesondere im Augenblick nicht. Da habe ich nur das Gefühl großer Kälte an meinem Hinterteil. Komm, lass uns in diese Kirche gehen!«

Sie stand auf, und ich musste ihr zustimmen. Obwohl es in der Sonne warm war, die steinernen Treppenstufen waren eisig, und die Kälte kroch durch meine dicke Jacke.

Sankt Maria im Kapitol war eine große, wunderbar proportionierte romanische Kirche, die im Zweiten Weltkrieg beinahe bis auf die Grundmauern zerstört worden war. Aber man hatte sie wieder aufgebaut und äußerst feinsinnig restauriert. Rose, die Glaskünstlerin, stand staunend vor den Fenstern, und auch ich war begeistert von den flammenden, edelsteinbunten Rosetten hoch oben in den Gewölben. Lange wanderten wir beide allein und schweigend durch die leere Kirche, ließen sie auf uns wirken und sammelten unsere Gedanken. An der Marienstatue mit dem Kind blieb ich eine Weile stehen. Mehrere rotbackige Äpfel lagen zu den Füßen der Madonna. Gaben von Menschen, die die Gottesmutter um Fürsprache baten.

Dann trafen Rose und ich am Ausgang wieder zusammen, und flüsternd, um die Stimmung nicht zu zerstören, sagte ich zu ihr: »Wir können mit der Geschichte beginnen, meine Schwester.«

»Ja, Anita, das können wir.«

Zufrieden und noch ganz erfüllt von der Stille gingen wir durch die belebte Stadt zurück zum Parkhaus. Dort erst gewann mein praktischer Verstand die Oberhand.

»Weißt du was, Rose? Ich bin mir inzwischen ganz sicher, dass Valerius nicht in der Innenstadt wohnt. Es waren zu viel Bäume zu sehen, und die Häuser standen frei. Machen wir einen Besuch in den südlichen Außenbezirken.«

»Ja, das habe ich mir auch schon überlegt. Man wohnt, so man das Geld dafür hat, in Marienburg. Versuchen wir unser Glück.«

Wir versuchten es, aber Glück hatten wir nicht. Mein jämmerliches Erinnerungsvermögen fand keinen Anhaltspunkt, keinen markanten Platz, kein bestimmtes Gebäude, keine augenfälligen Geschäfte, die mir bekannt erschienen wären.

»Es ist unmöglich, Rose. Wenn er wenigstens in der Straße geparkt hätte. Aber er fuhr in eine Tiefgarage, und ich weiß nicht einmal, wie das Haus aussah. Meine Güte, Liebe macht wahrhaftig blind!«

Sie legte den Arm um mich und drückte mich leicht.

»Manchmal macht sie auch hellsichtig, sagt man. Wir müssen nur auf andere Weise weiter suchen. Was hältst du vom Straßenverkehrsamt?«

»Die Nummer K-VC schränkt die Summe der möglichen Kandidaten sicher schon mal auf tausend ein. Oder sind wir hier schon bei vierstelligen Zahlen?«

»Vielleicht gibt es nicht so viele Valeriusse darunter.«

»Es ist einen Versuch wert. Aber jetzt wollen wir nach Hause fahren. Wir haben zu tun!«, lachte ich ein wenig kläglich.

»Ja, es will heraus, nicht wahr? Wollen wir meine kleine Schwester wieder mit dazunehmen?«

»Cilly würde sich mehrere Beine dafür ausreißen. Natürlich kommt sie dazu.«

Und so begannen wir mit der Geschichte des Bernsteinrings, indem ich als Erstes meinen bunten Traum aus der Nacht nach der Operation erzählte, in dem Anna Dennes ihre Jungfernschaft an einen Unbekannten verkaufte und dafür den Bernsteinring erhielt. Als Vorlage diente mir dazu das mir bislang völlig ungeklärte Bild, das Anna Dennes der Vesper zugeordnet hatte. Es zeigte eine ordentliche Kammer, eine Bettstatt mit einem Kreuz darüber, ein Lesepult mit einem aufgeschlagenen Buch, ein offenes Fenster, die Rückenansicht eines rot gekleideten Mädchens, das hinaussah. Eine zweite, rundliche Frau stellte Weinpokale auf einen Tisch. Ihr Gesicht jedoch war nur im Spiegel an der Wand zu erkennen, und es hatte einen berechnenden Ausdruck. Wenn man mit dem Mädchen aus dem Fenster schaute, sah man einen Mann sich dem Haus nähern. »Von Sünden, die ich nicht kenne, mache mich rein.« Psalm 19 wurde darunter zitiert. Die Weidenzweige jedoch, die das Bild umrankten, waren kahl.

Als ich geendet hatte, brachte Cilly mir unaufgefordert ein großes Glas Weinschorle.

»Wer war der Mann, Anita?«, wollte sie wissen.

»Ich habe meine Vermutungen, aber ich denke, wir sollten uns mit Geduld wappnen, Cilly, und uns anhören, was Rose zu bieten hat.«

»Nun, ich denke, wir begeben uns jetzt einmal an einen übel beleumundeten Ort, eine Schenke, in der allerlei anrüchiges Volk verkehrt.«

Letum non omnia finit

Nicht alles endet mit dem Tod

8. Kapitel

In der Schenke

Über dem Feuer in dem großen Kamin hing der Kessel, in dem es leise brodelte. Es war eine gute, fette Suppe, Kohl war darin und Rüben, Erbsen und dicke Bohnen. Zwei Markknochen bewirkten eine kräftige Würze, wie auch die getrockneten Blätter von Liebstöckel und Majoran. Fleisch- und Wurstreste gaben ihr Gehalt, und zusammen mit den frischen, knusprigen Brotscheiben, die dick mit Schmalz bestrichen waren, konnte ein Gast sich an ihr reichlich satt essen. Horsels Schenke war bekannt für das herzhafte Essen und das schäumende Hopfenbier, das die Wirtin selbst zu brauen pflegte. Aber sie verlangte ihren Preis für diese Genüsse. Und so war das Volk, das sich an den nicht ganz reinlichen Holztischen versammelte, kein Gesindel, sondern ehrbare Handwerksburschen, Angehörige der Stadtsoldaten, manchmal hungrige Reisende und auch das eine oder andere Mönchlein, dem das Klosterbrot zu mager erschien. Drei Mägde halfen der Wirtin, die Gäste mit allem zu versorgen, was das Haus bot. Einschließlich kleiner Liebesdienste im Hinterzimmer. Manchmal kamen Sänger oder Fiedler in den gut gefüllten Gastraum, abgebrannte Gesellen, die für ein Mahl und einen Krug Bier die Anwesenden mit ihrer Kunst unterhielten. Die Becker'sche Horsel war großzügig, solange das Fiedelgekratze und die derben Gassenhauer den Leuten gefielen. Dann lag schon mal ein Stück Wurst mehr in der Suppenschale, die sie als Lohn erhielten. Es hatte aber auch schon Auftritte gegeben, bei denen der Musikant unter dem Hagel faulender Kohlstrünke und abgenagter Knochen fluchtartig das Weite suchen musste.

An diesem Abend war es jedoch ruhig, die Gäste unterhielten sich über die bevorstehenden Lustbarkeiten, die mit dem Turnier verbunden waren, das in zwei Monaten auf dem Alten Markt stattfinden sollte. Gemächlich trank man seinen Schoppen gewürzten Weines oder aus den irdenen Krügen das kellerkühle Bier. Zwei Reisende, Bauern aus dem Umland von Aachen, hatten es sich ebenfalls auf den Bänken gemütlich gemacht und berichteten ihrerseits von den Vorbereitungen für die Krönung Maximilians am neunten April in ihrer Stadt.

Die Gespräche verstummten wie auf Befehl, als sich die Tür öffnete, und ein Mann in roter und schwarzer Kleidung eintrat. Er war groß, schlank, aber breitschultrig und hatte ein scharf geschnittenes Gesicht unter seinen kurzen, schwarzen Haaren. Als er den roten Hocker herbeizog, wandten sich die heimlichen Blicke wieder von ihm ab, und das Stimmengemurmel erhob sich erneut. Nur die beiden Reisenden beteiligten sich nicht mehr an den Gesprächen, sondern verfolgten mit neugierigen Blicken das ungewöhnliche Verhalten des Neuangekommenen.

Horsel selbst trat auf ihn zu und begrüßte ihn mit ungewohnter Achtung, die Mägde hingegen mieden ihn und schienen sogar einen möglichst großen Bogen um seinen Sitzplatz zu machen. Er gab seine Bestellung auf, und die Wirtin nahm einen besonderen Krug vom Bord und füllte ihn mit Bier. Sie selbst war es auch, die ihm den Teller Suppe und das Brot an den Tisch brachte. Er verzehrte es schweigend und ohne mit den anderen Gästen auch nur ein Wort zu wechseln.

Wieder flog die Tür auf, und zwei junge Dirnen traten ein. Wie es der Stadtrat vorschrieb, trugen sie rote Schleier über ihren Köpfen, jedoch nicht so, dass die Haare verdeckt wurden. Ihre Kleider waren von verschlissener Buntheit, aber bedeckten züchtig ihre Reize. Sie waren nicht auf Kundenfang aus. Zielstrebig näherten sie sich dem Mann auf dem roten Hocker und legten ihm jeweils vier Schillinge auf den Tisch. Er nickte zustimmend und redete einen Moment mit ihnen, wobei die Dirnen in übermütiges Kichern ausbrachen, er aber ernst blieb. Aus seiner Gürteltasche holte er zwei kleine Tonsiegel und reichte sie den Frauen. Sie machten noch eine Bemerkung, unzweifelhaft unanständiger Art, der Mann grinste und scheuchte sie dann mit einer Handbewegung von seinem Tisch.

Die beiden Reisenden stießen sich mit den Ellenbogen an. Sie hatten sich schon gefragt, auf welche Weise wohl die städtischen Lustbarkeiten der Nacht organisiert wurden, und hier war der richtige Mann, ihnen weiterzuhelfen. Sie standen auf und näherten sich dem alleine sitzenden Gast, um ihn anzusprechen. Als der eine seine Hand hob, um sie ihm freundschaftlich auf die Schulter zu legen, schloss sich plötzlich die derbe Faust der Wirtin um sein Handgelenk.

»Rührt ihn besser nicht an, meine Herren. Das ist unser Meister Fix.«

Entsetzt zuckte der Gast zurück, während der Mann am Tisch ungerührt seinen Krug lehrte. Er war diese Art von Behandlung gewöhnt.

Er war unrein.

Er war der Henker.

*

»Zu dieser Situation in der Kneipe gibt es aber kein Bild in diesem Stundenbuch!«, sagte Cilly, die eifrig auf der Tastatur meines Laptops geklappert hatte, um den Text mitzuschreiben, den Rose, halb verträumt und langsam wiedergegeben hatte.

»Nein, das ist nirgendwo abgebildet. Eine Hinrichtung gibt es zwar, und auch eine Schenkenszene, die aber ohne Henker. Sieh mal hier.«

Ich legte Cilly das Bild aus dem Vesper-Kapitel vor. Hier wurde geschäftiges Treiben in einer Gaststube dargestellt, in dessen Mittelpunkt eine füllige Frau stand, die Gecken und Landsknechten, farbenprächtig gekleideten Dirnen und haubenbedeckten Mägden Bier ausschenkte und Speckbrote verteilte. Ihr mondrundes Gesicht strahlte mütterliche Heiterkeit aus, sie steckte einem abgerissenen Gassenkind eine Extraportion zu. Vor der Schenke war eine blonde Frau in einem blauen Kleid ausgerutscht und im Misthaufen gelandet, ein Bettler an Krücken lachte sie aus. Am linken Bildrand stand in ihre schwarze Tracht gewandet eine Kanonisse und beobachtete das Treiben, ohne dass man ihr Gesicht unter dem Schleier erkennen konnte.

Rose strich darüber und meinte: »Ja, dieses Bild hat die Erinnerung an die Szene in mir geweckt, die Julian mir einmal geschildert hat. Der Henker oder Scharfrichter, der nicht berührt werden darf. Er hat selbst in der Kneipe seinen eigenen Platz und seinen eigenen Becher. Man hatte Angst davor, durch die Berührung mit ihm ebenfalls unrein zu werden.«

»Unehrlich, nicht unbedingt unrein. Aber es läuft im Grunde auf dasselbe hinaus.«

»Wieso unehrlich? Ich meine, wegen Lügen und so?«, wollte Cilly wissen.

»Nein, als Unehrliche, also nicht ehrbare Leute, galten grob gesagt zu jener Zeit alle die, die mit Tod, Verwesung oder anderen schmutzigen Arbeiten zu tun hatten. Der Henker flößte den Menschen Grauen ein.«

»Aber die Dirnen grauten sich nicht vor ihm.«

»Nein, die Dirnen unterstanden dem Henker. Sie mussten ihm eine Gebühr entrichten, und er hat ihnen dafür Berechtigungszeichen ausgestellt. Es war möglicherweise auch ein Schutz damit verbunden. Die Dirnen galten ebenfalls als unehrlich, genau wie alle unehelich geborenen Kinder.«

»Wie Rose, die unehrliche Haut!«, kicherte Cilly.

»Die unehrliche Haut ist jetzt ehrlich müde und haut sich in die Falle.«

Wir vertagten uns auf das Wochenende, und bis zum darauf folgenden Samstag hatte ich zwar nur entmutigende Nachrichten vom Straßenverkehrsamt erhalten, aber genug Stoff, um für stundenlange Unterhaltung zu sorgen. Bevor ich mit meiner Geschichte anfing, breitete ich alle die Blätter, die der Vesper, dem Abendgebet zugeordnet waren, vor mir aus. Das erste zeigte eine Mondlandschaft mit Weiden, die ihre langen Zweige in stilles, silbern schimmerndes Wasser tauchten. Doch nicht nur ein Mond war abgebildet, sondern er war in allen vier Phasen zu sehen, die zu- und abnehmende Sichel, ganz fein zwischen dem der schwarzen Scheibe des Neumonds und der leuchtenden des vollen Mondes. Darunter stand der Text aus der Schöpfungsgeschichte: »So machte Gott dann die beiden großen Leuchten: die größere, dass sie den Tag beherrsche, die kleinere zur Beherrschung der Nacht und dazu die Sterne.« Wunderbares Rankwerk aus Weidenblättern umgab die Miniatur, deren überwiegende Farben Silber, Schwarz und Blau waren und eine verträumte Stimmung ausstrahlte.

Dann folgten die Schenkenszene und die Szene in der Kammer, aber das vierte und letzte Bild der Vesper war ganz anders als die erzählenden Miniaturen. Es zeigte das Bild einer Frau in einem Kranz von Sternen. Wieder hatte sie ein rundes Gesicht, doch diesmal war eine Seite hell, die andere schattig, wie der Mond in seiner abnehmenden Phase. »Er schuf Mond und Sterne zur Herrschaft bei Nacht; denn ewig währt seine Huld.« Psalm 136 wurde hier zitiert.

»Meine Lieben, begeben wir uns in das Jahr des Herren 1486. Anna Dennes, Tochter einer Buhle und eines unbekannten Vaters, jetzt genannt Anna di Nezza, tritt in den hochadligen Stift von Sankt Maria im Kapitol ein. Hört, geneigtes Publikum, wie es dazu kam!«

9. Kapitel

Besuch des hohen Herren

Am Morgen nach dem Besuch des unbekannten Freiers musste Anna also ihrer Amme Horsel Rede und Antwort stehen. Es war die unerquicklichste Unterhaltung, die die beiden je miteinander geführt hatten. Horsel bestand darauf, das Geld ausgehändigt zu bekommen, das der Mann ihr gegeben hatte, und Anna, ganz unerwartet störrisch, beharrte darauf, es für sich zu behalten, um sich damit den Eintritt in einen Beginen-Konvent zu erkaufen.

»Die werden dich nicht nehmen, Anna. Mach dir keine Hoffnung.«

»Sie kümmern sich doch um die Gassenkinder, das Bettelvolk und die Irrwitzigen, sogar um die Dirnen und die Baderhuren. Warum nicht auch um mich?«

»Sich um die Siechen und die Armen in gottgefälliger Form zu kümmern ist das eine, aufnehmen werden sie solche wie dich nie!«

»Woher willst du das wissen? Ich werde es auf jeden Fall versuchen. Es gibt am Eigelstein einen Konvent, der nicht so vornehm ist. Es sind einfache Frauen, die ihrem Handwerk nachgehen, und keine abgeschobenen Patriziertöchter.«

»Einfache, aber ehrliche Frauen. Du vergisst deine Herkunft!«

»Der Mann, an den du mich verkauft hast, sagt, ich soll bei ihnen vorsprechen.«

Horsel schnaubte, und ihr rundes Gesicht wurde noch etwas röter.

»Ach, hat er gesagt? Der wird das gerade wissen!«

»Horsel, wer war der Mann?«

»Das braucht dich nicht zu interessieren.«

»Das tut es aber.«

»Kümmere dich nicht um diese Dinge. Überlass das mir. Und nun gib mir das Gold. Den Handel habe ich abgeschlossen. Ich werde es schon richtig verwenden, glaub mir.«

»Das Geld gehört mir, Horsel, denn ich habe den Handel vollzogen!«

»Und wovon zahlst du die Miete? Den halb verhungerten Studiosus, der dich Latein lehrt? Den Wein, den du trinkst, und die feinen Pasteten, die du so liebst?«

»Wenn ich zu den Beginen gehe, brauchst du dich darum nicht mehr zu kümmern.«

»Wenn du zu diesen armen Weibern gehst, bist du nicht viel besser dran, als wenn du einen Bettler heiratest!«

»Ich bin besser dran, als wenn ich mich jedem hingeben muss, der mir dafür etwas zahlt.«

»Deine Mutter hat das anders gesehen. Und du musst ja nicht jedem Beliebigen deine Gunst erweisen. Du bist ein hübsches Mädchen und wirst eine schöne Frau. Du hast Benehmen und Bildung. Du wirst unter den einflussreichen Männern die Wahl haben. Lass mich das für dich nur richten. Sie suchen doch alle ihre Abwechslung.«

»Ich suche sie aber nicht, Horsel.«

»Es ist ein Jammer, dass deine Mutter dir solche Flausen in den Kopf gesetzt hat. Sie hätte es besser wissen müssen.«

»Meine Mutter war anders als ich!«

»Ja, wahrhaftig. Sie wusste ihre Fähigkeiten richtig einzusetzen. Sie hat dir auf diese Weise ein Leben in Luxus ermöglicht, denk daran.«

Anna seufzte. Sie wusste, Horsel hatte Recht. Cosima hatte reiche Gönner gehabt, Männer von Macht und Vermögen. Mit ihrem klugen Verstand hatte sie sie genauso bezaubert wie mit ihren körperlichen Reizen. Vieles, was in den Kreisen der städtischen Politik und in den vornehmen Familien vor sich ging, hatte sie dabei erfahren, und inzwischen vermutete Anna, dass sie dieses Wissen wohl auch nutzbringend eingesetzt hatte. Doch diese Art von Gewandtheit lag ihr selbst fern.

Horsel argumentierte noch eine ganze Weile, scheiterte aber an der unnachgiebigen Haltung ihres Schützlings. Schließlich seufzte sie und ging ihrer Arbeit nach. Erst am Abend brachte sie das Gespräch erneut auf das Thema. Anna saß in der Stube am Kamin und zupfte eine traurige Melodie auf ihrer Laute.

»Höre, Anna, ich habe nachgedacht.«

»So. Und was schlägst du mir jetzt vor? Ich warne dich, ich werde keinen weiteren Freier mehr in meine Kammer lassen. Auch wenn er noch so gut bezahlt.«

»Nein, das wirst du nicht. Ich habe es verstanden. Was hältst du davon, in einen Stift einzutreten?«

Ungläubig starrte Anna die ältere Frau an.

»Du musst von Sinnen sein! Dazu braucht es mehr als Geld. Dazu reicht es nicht, als ehrbares Weib zu gelten. Dazu muss man von Adel sein. Und benötigt jemanden von Rang, der für einen spricht.«

»Vielleicht. Es ist einen Versuch wert. Eine Stiftsdame hat erheblich mehr Möglichkeiten als eine bettelarme Begine.«

»Unmöglich.«

»Nein, nicht unmöglich. Ich kenne einen Mann, der es möglich machen kann.«

»Ich werde keinen Mann ...«

»Nein, das hast du jetzt oft genug gesagt. Es hat etwas

mit deiner Mutter und mir zu tun. Ich will sehen, was ich erreichen kann. Also – willst du Kanonisse werden?«

»Will ich eine vornehme Frau sein? Das fragst du mich?«

»Gut. Dann gib mir das Gold, damit ich ein paar notwendige Anschaffungen tätigen kann, und dann sehen wir weiter.«

»Das Gold gehört mir.«

»Kein Gold, kein Stift!«

Anna zauderte, und Horsel ließ sie, wohlwissend, die Saat würde aufgehen, alleine.

Seit Anna denken konnte, war Horsel um sie gewesen. Ihre Mutter war viel zu sehr mit ihrem Aussehen, ihren Unterhaltungen, ihren jeweiligen Beschützern beschäftigt, als dass sie sich um ihre kleine Tochter wirklich mütterlich gekümmert hätte. Gefüttert und zu Bett gebracht hatte Horsel sie, sowie ihre ersten Schritte überwacht und darauf geachtet, dass sie immer einigermaßen sauber und ordentlich angezogen war. Ihre Mutter aber hatte mit ihr gesungen und gescherzt, ihr Näschereien auf dem Markt gekauft und bunte Bänder in das dunkle Haar geflochten. Sie hatte ihre Wissbegierde und ihre Talente unterstützt, Lehrer für sie gefunden und ihr die Formen feinen Benehmens beigebracht, die sie selbst von ihren Gönnern abgeschaut hatte. Anna hatte ihre Mutter geliebt, aber wenn sie sich die Knie aufgeschürft hatte, Alpträume sie drückten, sie Hunger oder Durst litt, dann war es Horsel, zu der sie lief. Sie hatte sie bisher nie enttäuscht. Und darum willigte sie schließlich am nächsten Morgen ein und gab Horsel den einen Beutel mit den Geldstücken, den ihr der Fremde anvertraut hatte.

»Es wird ein paar Tage dauern. Bitte hab etwas Geduld.«

»Schon gut. Du scheinst zu wissen, was du tun willst.«

»O ja, das weiß ich.«

Es war über eine Woche später, als Horsel mit der Nachricht kam, der ehrenwerte Handelsherr Hrabanus Valens sei geneigt, Anna zu besuchen, um sich ein Urteil darüber zu verschaffen, ob sie seiner Unterstützung würdig war.

»Zieh das rote Kleid an, Anna. Es ist das Schönste, das du hast.«

»Es ist das Sündigste, das ich habe.«

»Hör auf, dich zu zieren, Mädchen. Es ist nicht sündig, ein vornehmes Gewand zu tragen. Steck deine Haare auf und bedecke sie mit einem Schleier. Und nimm all deinen Witz zusammen. Er ist ein gebildeter Mann und legt Wert auf gutes Benehmen. Vor allem aber starre ihn nicht an.«

»Warum sollte ich ihn anstarren?«

»Weil er gezeichnet ist. Und nun eile dich, er wird zur neunten Stunde hier sein.«

Halb neugierig, halb misstrauisch kleidete Anna sich an und verhüllte ihre Haare sittsam unter einem weißen Schleiertuch. Wieder saß sie am Fenster ihrer Kammer und wartete auf einen Mann, der ihr Leben verändern sollte. Doch diesmal geschah es am lichten Tag und ohne Heimlichkeit. Immerhin eine Veränderung zum Guten, dachte sie. Dann sah sie ihn kommen, den hoch gewachsenen Herren in der weit fallenden, pelzbesetzten Schaube, dem schmucklosen Barett auf dem dunklen Haar, das Gesicht unter einem schwarzen Bart verborgen, der lockig bis auf die Brust reichte. Sie stand auf und schritt die Stiegen hinab in die Stube.

Horsel, ganz knicksende Unterwürfigkeit, führte den Handelsherren hinein und bot ihm den besten Platz vor dem Kamin an. Er blieb indes stehen und musterte Anna, die langsam auf ihn zuging.

»Dies ist Anna, Herr. Die Tochter von Cosima Dennes«, sagte Horsel mit ungewöhnlich süßer Stimme. »Ein braves Kind, wie man es sich nur wünschen kann. Anna, begrüße Herrn Hrabanus Valens.«

Er nickte ihr zu, und Anna brachte eine Art Verbeugung zustande, aber den Rat, ihren Besucher nicht anzustarren, konnte sie nicht befolgen. Mit unverhohlenem Entsetzen blickte sie in das blatternnarbige Gesicht.

»Ja, Kind, eine Schönheit bin ich nicht. Hast du dich nun genug daran geweidet?«

Seine Stimme klang harsch, und seine dunklen Augen musterten sie kalt und durchdringend.

»Verzeiht, Herr. Ich bin unhöflich. Bitte nehmt Platz.«

Mit einer anmutigen Bewegung deutete sie auf die gepolsterte Bank und setzte sich dann ebenfalls nieder.

»Deine – äh – Amme sagte mir, du hegst den Wunsch, ein Leben in geistlichem Dienst zu führen?«

»Ja, Herr, ich wünsche, einem Konvent oder einem Stift beizutreten.«

»Ein ungewöhnliches Ansinnen für ein Mädchen deiner Herkunft.«

»Findet Ihr? Was stellt Ihr Euch denn vor, welches Ansinnen passender für mich sei? Soll ich eine Baderhure werden oder das Weib eines Goldgräbers, eines Kloakenreinigers?«

Horsel, die sich im Hintergrund mit Weinkaraffe und Pokalen zu schaffen gemacht hatte, sog zischend die Luft ein und fauchte: »Anna!«

»Lass uns alleine, Weib!«, schnauzte Hrabanus Valens die Amme im Gegenzug an. Horsel stellte die Erfrischungen ab und verschwand wortlos.

»Du siehst sanfter aus, als du bist, Mädchen!«

»Ich bin sanft und gehorsam, Herr.«

»Wem gegenüber?«

»Allen, denen ich verpflichtet bin.«

Er nickte anerkennend und trank von dem Wein.

»Richtig, mir schuldest du nichts außer dem Respekt einem älteren Erwachsenen gegenüber. Doch wenn ich dir – möglicherweise – den Weg in ein Damenstift ebne, dann solltest du dich mir sehr verpflichtet fühlen. Wirst du mir dann Gehorsam leisten?«

»Natürlich, Herr.«

Anna senkte züchtig die Lider und gönnte ihrem Besucher einen Blick auf ihre langen, gebogenen Wimpern. Darunter glitzerte es.

»Du würdest dein Temperament, ein cholerisches, wie ich vermute, zu zügeln wissen?«

»Mein Temperament ist nicht cholerisch, Herr. Die gelbe Galle kommt mir nur selten hoch. Ich bin von sanguinischem Gemüt, und daher wissbegierig.«

Interessiert betrachtete Hrabanus Valens das junge Mädchen, das seinem Blick jetzt mit klaren Augen begegnete.

»Du kennst dich in der Lehre der vier Säfte aus?«

»Natürlich, Herr. Bestimmen sie nicht unser Leben?«

»Nicht nur, Kind, nicht nur.«

»Nein, nicht wahr! Auch die Gestirne haben einen Einfluss auf das Schicksal!«, antwortete sie eifrig.

»Die Kunst der Astrologie ist dir also auch nicht fremd. Und wie, mein liebes Kind, sieht es mit dem Einfluss des Herrn, unseres Gottes auf dein Leben aus?«

»Ich befinde mich in Seiner Hand, Herr, und bin abhängig von Seiner Gnade.«

Wieder waren die Lider über blitzenden Augen gesenkt, und ein kleiner Muskel zuckte in ihrem Mundwinkel.

»Und dienst ihm geduldig, mit Hingabe und voller Demut, hoffe ich. Oder fühlst du dich Ihm nicht sonderlich verpflichtet?«

»Nun, Er hat mir mein Leben geschenkt. Dafür werde ich Ihm schon gebührend verpflichtet sein.«

»Der Herr wird's dir danken.«

Anna sah ein Lächeln unter seinem vollen, schwarzen Bart. Es war kein fröhliches Lächeln, und sie wunderte sich, warum ihm ihre Bemerkung einen solchen zynischen Ausdruck hervorrief.

»Entschuldigt, ich bin wieder vorwitzig gewesen. Ich will mich um Besserung bemühen. Mögt Ihr nicht einen von diesen Kuchen probieren? Sie sind mit getrockneten Aprikosen und Honig gefüllt.«

»Danke, Kind. Nein, iss die Süßigkeiten selbst, ich mache mir nichts daraus. Und nun sage mir, wovon du neben der Säftelehre und der Astrologie noch etwas verstehst. Vom Backen vielleicht?«

Anna kicherte leise.

»Nein, Herr, das will mir nicht recht von der Hand. Ich bin geschickter mit dem Silberstift und der Feder. Ich beherrsche ein wenig das Lautespiel und die lateinische Sprache. Ich habe die Bibel gelesen und die Werke des heiligen Albertus Magnus, die Schriften des Hippokrates und den Almagest des Ptolemäus.«

»Eine wunderliche Mischung. Aber füge noch die ins Lateinische übersetzten Schriften des Abu Massar al-Balchi hinzu und die des Muhamad ibn al-Hasan, genannt Albohasan Haly, dann rundest du dein astrologisches Wissen recht ordentlich ab.«

»So kennt Ihr diese Werke? Besitzt Ihr sie? Darf ich sie einsehen?«

Hrabanus Valens lachte schallend auf.

»Anna, ich mag mich in dir getäuscht haben, dein Temperament ist sanguinisch, aber du hast auch ein glühendes Feuer in dir. Ist dein Latein wirklich gut genug, um diese Texte lesen zu können?«

»Ich bemühe mich darum, Herr, denn das Wissen um das Wesen der Welt hat mich in seinen Bann geschlagen.«

Nachdenklich strich sich der Handelsherr plötzlich über seinen Bart und sah an ihr vorbei. Anna beobachtete ihn und schwieg. Irgendetwas hatte sie gesagt, das ihn zu einer Entscheidung gebracht hatte. Wenn sie auch nicht wusste, was es war, so war sie doch nicht unzufrieden. Der Mann, der sich, aus welchen Gründen auch immer, bereit erklärte, ihr zu helfen, aus dem Leben der gesellschaftlichen Außenseiter herauszukommen, mochte hässlich sein und von Narben gezeichnet. Aber er hatte einen schnellen Verstand und schien nicht unangenehm berührt davon zu sein, dass sie sich mit den Wissenschaften abgab, die, wie sie sehr wohl wusste, eine Domäne der Männer waren.

»Sprichst du das Lateinische so gut wie du es liest?«, fragte er sie in eben dieser Sprache. Und sie antwortete ihm fließend und fehlerfrei: »Ja, Dominus, ich übe mich nicht nur im Lesen, sondern auch im gesprochenen Latein. Nicht nur in den Psaltern und Evangelien, sondern auch in der Konversation. Meine Lehrer haben darauf stets geachtet. Auch wenn sie meinen Ehrgeiz für ein Weib für unnütz halten.«

»Nun, es mag nützlich sein, Anna. Das Stift, das zu Sankt Maria im Kapitol gehört, nimmt nur adlige Damen auf. Und so müssen wir aus dir eine junge Adelsfrau machen. Bist du bereit, bei einer kleinen Scharade mitzuspielen?«

»Ich kann mich nicht gut verstellen, Herr.«

»Auch wenn es darum geht, dir deinen Herzenswunsch zu erfüllen?«

»Dann wird es wohl gehen müssen. Was wollt Ihr, das ich tue?«

»Du sollst dich in die ehrenwerte Anna di Nezza verwandeln, die junge italienische Adlige, mit deren Vater ich in freundschaftlichen Beziehungen stand. Aber bedauerlicher Weise erlag er auf unserer gemeinsamen Reise von Neapel nach Köln im März einer tödlichen Krankheit. An seinem Sterbebett habe ich ihm geschworen, mich um seine verwaiste Tochter zu kümmern. Sie wohnt derzeit in meinem Haus, doch das weltliche Leben sagt ihr nicht zu. Darum bitte ich für sie um Aufnahme im Damenstift. Wir dürfen nicht vergessen zu erwähnen, dass Anna di Nezzas Vater ihr eine passende Mitgift hinterlassen hat. Das wird sie den Stiftsdamen besonders empfehlen. Und ich werde es mir angelegentlich sein lassen, ebenfalls eine gewisse Summe dem Stift zu übereignen. Ich hörte, sie wünschen sich ein Fenster mit der Kreuzigungsszene. Äbtissin Ida-Sophia wird mir dafür Dank wissen.«

Anna schnappte nach Luft. Dann stammelte sie: »Ihr… Ihr wollt ein Vermögen für mich opfern? Herr, tut das nicht.«

»Kein Vermögen, nur eine gewisse, ansprechende Summe. Ich dachte, du wünschst es dir? Du kannst nicht als arme Kirchenmaus in das Stift eintreten. Das würde deiner gelben Galle gar nicht wohl bekommen.«

»Aber ich kann Eure Gabe doch nicht annehmen! Was bringt Euch nur dazu, ein solches Angebot zu machen?«

»Sagen wir mal, dein quecksilbriger Geist beeindruckt mich.«

»Unsinn!«

Hrabanus Valens lachte trocken auf.

»Respektlose Göre. Hattest du nicht gesagt, du seiest

demütig und gehorsam gegen jene, denen du dich verpflichtet fühlst?«

»Das ist es ja, Herr. Nun, da ich Euch kenne, möchte ich mich nicht verpflichtet fühlen.«

»Nein, Kind? Dann werde ich deinen Respekt wohl nie erlangen.«

Diesmal gab es kein verräterisches Glitzern unter den gesenkten Gliedern, und Annas Antwort kam sehr leise und ernst: »Den besitzt ihr doch schon, Herr.«

»Nun, mein Mädchen, dann stimme dem Vorgehen zu.«

»Ja, Herr.«

»Du wirst nächste Woche in mein Haus in der Sterngasse ziehen. Es nennt sich ›Zum Raben‹, und du brauchst keine Angst zu haben, es ist groß genug, dass du sogar eine eigene Kammer bewohnen kannst. Meine Gemahlin und ihre Kammerfrauen werden dich in die Feinheiten des höfischen Benehmens einweisen und auch für angemessene Kleidung sorgen.«

»Aber sie werden wissen wollen, woher ich komme?«

»Das habe ich dir doch gerade erklärt. Abgesehen davon wirst du kein Wort unserer Sprache verstehen, sondern dich ausschließlich des Lateinischen befleißigen. So können sie dich nicht aushorchen.«

Nach kurzem Nachdenken nickte Anna.

»Das mag gehen. Und dann – wenn ich das höfliche Benehmen gelernt habe?«

»Höfisch, ob das bei dir immer höflich ist, mag dahingestellt sein.« Sie sah auf und zwinkerte, sagte aber nichts. Er fuhr fort: »Am siebzehnten Mai findet das große Turnier statt. Du hast sicher davon gehört.«

»O ja, die Ritter kommen und König Maximilian.«

»Mummenschanz, und ein verdammt kostspieliger obendrein!«, knurrte der Handelsherr. »Aber er hat den

Vorteil, dass Besucher und Teilnehmer aus allen Ländern dabei sein werden. Darunter auch ein alter Freund von Francesco di Nezza, deinem armen, verblichenen Vater.«

»Aber – gab es ihn denn wirklich?«

»Was ist schon wirklich? Ich habe Freunde, die mir bei unserer kleinen Gaukelei behilflich sein werden. Es ist kein Verbrechen, einer unbescholtenen jungen Frau den Weg in eine bessere Zukunft zu ebnen.«

Anna errötete und biss sich auf die Lippen.

»Du willst mir vorwerfen, jede Lüge sei unmoralisch?«

Sie schüttelte den Kopf und straffte sich ein wenig.

»Nein, Herr. Wohl nicht jede Lüge. Ich habe in diesem Leben nie einen Vater gehabt, und der, der mir jetzt in meinem neuen Leben beschert wurde, verstarb. Ich brauche Trauergewänder.«

»Nach neuestem italienischem Schnitt, Kind. Man trägt dort kleidsamere Gewänder als hier.«

»Ihr wart tatsächlich dort?«

»Selbstverständlich, Anna. Ich betreibe den Gewürzhandel, und der führt mich oft genug in die Ferne. Kein ungefährliches Unterfangen, wie du sehen kannst.«

»Ihr … Ihr habt Euch die Blattern dort geholt?«

»Ja, vor siebzehn Jahren.«

»Aber Ihr habt sie überlebt.«

»Knapp, Kind, knapp. Und nicht ohne bleibende Spuren, die mich immer wieder daran erinnern, wie dünn das Fädchen ist, an dem das menschliche Leben hängt.«

»Verzeiht, dass ich Euch vorhin so angestarrt habe.«

Er lächelte sie an, und alles Düstere aus seinem Gesicht verschwand.

»Nun scheinst du dich doch plötzlich verpflichtet zu fühlen.«

»Ja, Herr, ich bin Euch dankbar.«

»Du brauchst es nicht zu sein. Deiner Mutter und Horsel habe ich es zu verdanken, dass ich noch am Leben bin. Sie haben mich gepflegt. Also betrachte meine Bemühungen um dich als eine Wiedergutmachung. Einverstanden?«

Anna sah ihm wieder sehr offen in die Augen und stellte mit Verblüffung fest, dass er seinen Blick senkte. Er hatte gelogen. In einer wichtigen Sache hatte er gelogen oder auch nur etwas verschwiegen. Aber sie wollte daran nicht rühren, er würde seine Gründe haben.

»Ich werde mich bemühen, Euch keine Schande zu bereiten, Herr.«

»Danke, mein Kind.«

Er stand auf, verabschiedete sich von ihr mit zurückhaltender Herzlichkeit und verließ das Haus. Kaum war er gegangen, polterte Horsel in die Stube.

»Nun, Anna?«

»In Zukunft für dich die ehrenwerte Anna di Nezza, aus vornehmem neapolitanischem Geschlecht.«

»Oh, eine solche Rolle sollst du spielen? Nun, man wird sehen, was man daraus machen kann.«

»Nächste Woche ziehe ich in sein Haus, und nach dem Turnier werde ich hoffentlich bei den Stiftsdamen aufgenommen. Horsel, warum hast du mir nie erzählt, dass du ihn während seiner Krankheit gepflegt hast?«

Einen winzigen Augenblick lang wirkte Horsel unsicher, dann lachte sie auf und meinte gutmütig: »Man soll sich seiner guten Taten doch nicht rühmen. So steht es schon in der Bibel.«

»Aber man kann den Verdienst dafür einfordern, was?«

»Ehrenwerte Anna di Nezza, Hrabanus Valens ist vor allem Kaufmann. Er kennt sich mit Geschäften aus. Und, meine Liebe, er ist ein unermesslich reicher Kaufmann.

Es wird ihn nicht ruinieren, die Stiftsdamen ein wenig zu schmieren.«

»Und mir eine Mitgift zu überschreiben. Er ist wahrhaft großzügig. Hättest du nicht schon früher seine Hilfe in Anspruch nehmen können? Dann wäre mir zumindest meine Jungfräulichkeit erhalten geblieben.«

»Wem liegt schon etwas daran?«

»Mir offensichtlich.«

»Dir? Deinem zukünftigen Gatten möglicherweise, aber dir?«

»Es wird keinen Gatten geben.«

»Na also. Und jetzt, Anna di Nezza, wollen wir bei einem guten Essen feiern. Ich habe ein Spanferkel auf dem Spieß drüben in der Schenke. Ich hole uns eine große Portion.«

*

»Anna ist zu beneiden!«, seufzte Rose. »Ein Spanferkel auf dem Spieß! In meiner Küche liegt nur ein toter, kalter Fisch herum.«

»Selbst schuld, warum kaufst du auch kein Spanferkel!«

»Weil ich keinen Spieß habe und mir ein krummbeiniger kleiner Hund fehlt, der ihn über dem Feuer dreht.«

Ich streckte mich und gähnte.

»Leute, ich habe mir den ganzen Nachmittag den Mund fusselig geredet. Ich werde mich jetzt nicht auch noch an den Herd stellen und aus dem toten Fisch ein mehrgängiges Menü zaubern.«

»Also keine Speisung der Fünfhundert?«, fragte Cilly und rekelte sich ebenfalls. »Jesus konnte das.«

»Bin ich Jesus?«

»Nein, aber eine gute Geschichtenerzählerin bist du

allemal«, bestätigte Rose mir. »Aber wieso bist du dir so sicher, dass Anna 1486 in das Stift eintrat?«

Ich legte ihr ein Bild aus dem Stundenbuch vor, das in die Geschichte passte, die ich erzählt hatte, das jedoch nicht zur Vesper, sondern zur Terz gehörte. Ein Rankwerk von spitzigen Stechpalmen umgab Ritter in blanken Rüstungen, prächtige Federbüsche auf den Helmen und saßen auf Pferden, die Schabracken in den Wappenfarben trugen. Ein Turnier vor der Kulisse von Rathausturm und halb fertigem Dom.

»Am 17. Mai 1486 fand zu Ehren des Königs Maximilian ein Turnier zu Köllen auf dem Alten Markt statt. Das letzte seiner Art, nehme ich an, denn die hohe Zeit der Ritter war vorüber. Dieses Bild deutet wohl darauf hin, dass Anna es selbst gesehen hat.«

»Ist dieser Hrabanus Valens dein Valerius im mittelalterlichen Gewand?«

»Ich glaube schon. Hrabanus ist die latinisierte Form des germanischen Wortstamms Hraban – Rabe, und Narben trägt er auch. Mag sein, Julian hat sich das so vorgestellt.«

»Ja, es gibt noch ein paar andere Dinge, an die ich mich inzwischen aus seinen Geschichten erinnere. Zumindest im Jahre 1486 hast du ihn also wieder gefunden.«

»Nur, Rose, was nützt mir das heute? Übrigens, die Mitarbeiter vom Straßenverkehrsamt kann man nur als zugeknöpft bezeichnen. Und ich kann sie auch irgendwie verstehen, der Hinweis auf einen dunklen BMW mit lediglich den Buchstaben des Nummernschildes ist nicht besonders förderlich. Wenn er ein Verbrechen begangen hätte, würden die sich sicher ein wenig mehr anstrengen. Aber so …«

Cilly, die an ihrem Daumen genagt hatte, kam mit einem neuen Vorschlag, der sogar ungemein gut war.

»Du hast ihn doch in einem Juweliergeschäft kennen gelernt. Was hat er da eigentlich gemacht?«

»Er hat seine Uhr abgegeben, die stehen geblieben war.«

»Na also. Frag da doch mal nach, unter Umständen kennen die ihn ja. Oder er hat seinen Namen hinterlassen, um das Teil wieder abzuholen.«

»Cilly, du bist erstklassig. Schade, dass morgen die Geschäfte geschlossen sind.«

»Montag sind sie wieder geöffnet. Aber da wir im Moment nichts in dieser Sache tun können, gehst du jetzt mit mir in die Küche, Anita, und schneidest den kalten, toten Fisch klein. Es gibt Curry. Und danach erzähle ich euch noch ein bisschen was.«

10. Kapitel

Die Schreibmeisterin

Das Haus »Zum Raben« in der Sternengasse war eines der ansehnlichsten in dieser Straße, ein dreistöckiges Steinhaus mit Stufengiebel und bogenförmigen Fenstern, die die Fassade harmonisch aufteilten. In der Eingangstür aus schwerem Holz blinkte der bronzene Klopfer im Licht. Eine adrette Magd öffnete Anna die Tür, als sie eine Woche nach dem Besuch von Hrabanus Valens bei ihm vorsprach. Anna schritt über den Steinboden des Eingangsbereiches mit seinem schwarzgrünen Mosaik. Eine Treppe aus schwerem Eichenholz schwang sich in die oberen Stockwerke, das Geländer mit seinen gotischen Schnitzereien schimmerte seidig, und es roch leicht nach dem Bienenwachs, mit dem es poliert worden war. Eingeschüchtert wartete sie darauf, von dem Hausherren empfangen zu werden.

Es begann für sie eine Zeit, in der sie höchstes Erstaunen und tiefste Demütigung erfuhr. Denn wenn auch der Gewürzhändler sich väterlich wohlwollend verhielt, sein Weib behandelte sie mit abschätziger Verachtung. Frau Berlindis, ihre Gesellschafterinnen und die ältlichen Verwandten des Herrn des Hauses, hatten zunächst mit aufdringlichen Fragen versucht, ihr das Geheimnis ihrer Herkunft zu entlocken und ihr dann, als sich Anna hinter ihrer lateinischen Sprache verschanzt hatte, ihr mit spitzen und abfälligen Bemerkungen das Leben schwer gemacht, gegen die sie sich nicht wehren konnte. Schließlich taten sie sie, da sie die Sprache augenscheinlich nicht beherrschte, als schwachsinnig und zurückgeblieben ab. Es war eine besondere Qual für Anna, die gehässigen Kommentare verstehen zu können, darauf jedoch keine Antwort geben zu dürfen. Aber aus Zuneigung zu ihrem Wohltäter legte sie sich strenge Zurückhaltung auf. Dennoch war sie froh, als der Tag kam, da sie in das Stift eintreten durfte.

Sie trat in ihr neues Leben in einem Kleid aus feinstem, schwarzem Wollstoff, bestehend aus einem ausgeschnittenen, geschnürten Mieder und einem weiten, glockenförmigen Rock. Darunter lugte ein blendend weißes Hemd aus dem Halsausschnitt, und quoll aus den Schlitzen des Obergewandes an Schulter und Ellenbogen, so wie es seit einigen Jahren die Landsknechte mit ihren zerhauenen Trachten hielten. Diese Sitte hatte auch, in sehr viel subtilerer Form, Eingang in der Kleidermode der Frauen gefunden. Es war ein kostbares Gewand, mit dem Anna Einzug in das Stift von Sankt Maria im Kapitol hielt. Doch es half nicht darüber hinweg, dass sie von den anderen Kanonissen mit ablehnenden Blicken gemustert wurde und selbst von der Äbtissin nur geduldet wurde. Zwar hatte Ida-Sophia, ihres Zeichens Gräfin zu Are, die noble Spende des Gewürzhändlers nicht ablehnen können, doch besonders begeistert hatte sie die Fremde, die noch nicht einmal ihre Sprache beherrschte, nicht aufgenommen. Ihre Herkunft mochte vornehm sein, der Principe hatte für sie gebürgt, der Handelsherr ihr eine zu Herzen gehende Geschichte erzählt, aber es war etwas Verschlossenes an dem Mädchen, das sie nicht recht zu deuten wusste. Immerhin, sie war ruhig, passte sich geschmeidig den Regeln des Stifts an, trat pünktlich zu den Gebetstunden in die Reihen der Kanonissen und übte sich fleißig in der neuen Sprache. Sehr fleißig sogar. Sie schien ihr erstaunlich leicht zu fallen, und vor allem schnappte sie allerlei ungebührliches Vokabular auf, das sie wohl nur den Mägden und Knechten hatte ablauschen können. Die Priorin und sie hatten daraufhin beschlossen, eine der hochadligen Damen damit zu beauftragen, sie im rechten Gebrauch der Redewendungen zu unterweisen. Die ältere Kanonisse, die sich als Schreibmeisterin hervortat, übernahm diese Aufgabe zunächst mit Widerwillen. Doch schon als der Herbstwind die feuchten Blätter durch den Kreuzgang wehte, hatten die beiden, das junge Mädchen und die grauhaarige Freifrau Dionysia von Harve, eine ungewöhnliche Freundschaft geschlossen.

An einem trüben Novembernachmittag nahm ihre gütige Lehrerin Anna also zur Seite und berichtete ihr über das Gespräch, das sie mit der Äbtissin über sie geführt hatte und welche Folgen sich daraus ergaben.

»Sie ist bescheiden und gehorsam, Ehrwürdige Mutter.«

»Sie ist es nach außen hin, Dionysia. Sie ist beinahe zu gehorsam, wenn man bedenkt, dass sie jetzt gerade mal siebzehn Jahre alt geworden ist. Sie schließt keine Freundschaften mit den anderen jungen Mädchen, sie trägt fast ausschließlich die schwarze Tracht, sie geht nie mit den anderen in die Stadt.«

Die Schreibmeisterin lehnte sich zurück, und über ihr fein geschnittenes Gesicht, über das sich die Haut wie dünnes Pergament spannte, huschte ein Lächeln.

»Worüber Ihr Euch immer jämmerlich beklagt.«

Auch die Äbtissin lächelte.

»Natürlich beklage ich mich darüber, wenn die mir anvertrauten jungen Frauen jede Ausrede nutzen, um über die Märkte zu schlendern, ihr Vermögen für weltlichen Tand verschwenden, den aufgeputzten Gecken heimliche Blicke zuwerfen und den sündigen Lustbarkeiten frönen.

Aber es ist natürlich, dass sie es tun. Es ist unnatürlich, dass diese Anna di Nezza es nicht tut.«

»Sie ist fremd in der Stadt. Sie könnte Angst haben. Die jüngeren Frauen und Mädchen, die sich derzeit hier aufhalten, sind, mit Verlaub gesagt, verzogene und hochnäsige Fratzen.«

»Nun ja, hochnäsig ist Anna nicht. Du kannst sie wahrscheinlich besser einschätzen als ich. Ich werde das Gefühl nicht los, sie verbirgt etwas vor uns.«

»O ja. Sie verbirgt etwas vor uns. Und ich habe auch herausgefunden, was es ist.«

Ida-Sophia richtete sich interessiert auf.

»Nun?«

»Einen überaus lebendigen Geist.«

»Den hat sie in der Tat gut versteckt gehalten. Ich hielt sie für ein wenig – töricht.«

»O nein, das ist sie gewisslich nicht. Aber sie hat ein kurioses Wissen angehäuft, von dem sie glaubt, wir billigen es nicht.«

»Und, billigen wir es nicht?«

»Die Lehre über den Einfluss der Gestirne können wir durchaus billigen. Selbst unsere großen Kirchenväter taten dies.«

»Dennoch ein ungewöhnliches Interesse für ein Mädchen. Hängt sie abergläubischen Praktiken an?«

»Nein, Ehrwürdige Mutter, das tut sie nicht.«

Die Äbtissin sann einen Moment nach und fragte dann: »Und woher bezog unsere Anna solches Wissen?«

»Aus Büchern, wie mir scheint.«

»Sie ist also des Lesens kundig?«

»Und des Schreibens. Außerdem besitzt sie ein nicht unbeträchtliches Talent im Zeichnen. Das ist der Grund, warum ich um dieses Gespräch bat. Meine Augen werden nicht besser, Ehrwürdige Mutter, und meine Finger schmerzen mich allzu oft. Die Striche der feinen Pinsel verschwimmen zusehends und verlieren an Exaktheit.«

»Du möchtest sie als deine Nachfolgerin ausbilden?«

»Ich habe meine Gabe immer als eine von Gott gegebene betrachtet und sie zu Seiner höheren Ehre eingesetzt. Doch auch sie hat die Fähigkeiten dafür. Sie wird auf meine Anweisungen willig arbeiten.«

»Du hast uns ein Psalterium von größter Schönheit geschenkt, Dionysia. Und wenn ich es richtig sehe, wird auch das Evangelistar, an dem du jetzt arbeitest, ein erlesenes Kunstwerk. Bist du dir wirklich sicher, dass sie deine Arbeit fortführen kann?«

»Sie kann es. Und später wird sie auch ihre eigenen Bilder entwerfen.«

»Nun, dann soll sie in deinem Skriptorium ihren Wirkungskreis haben.«

Anna freute sich aufrichtig, als sie von der Schreibmeisterin, die sie inzwischen liebevoll Mutter Dionysia nannte, hörte, welche Aufgaben sie in Zukunft übernehmen würde. Ihr früheres Leben vermisste sie nicht mehr. Mit großem Eifer machte sie sich jetzt daran, die Feinheiten der Buchmalerei zu erlernen. Sie mörserte blauen Azurit und grünen Malachit, roten Ocker und Zinnober, später auch das giftige, gelbe Auripigment und das ebenfalls giftige Bleiweiß. Sie lernte, mit dem kostbaren Purpur und dem Safran umzugehen und Blattgold auf den Untergrund aufzutragen. Sie stellte Dornentinte her und spitzte Federn an, durfte Satzstrichel anbringen und die ersten kleinen ornamentalen Zeilenfüller selbst gestalten.

Der Winter kam über die Stadt, brachte Frost und Schneestürme. Die Armen starben in den ungeheizten Unterkünften, die Kinder humpelten mit Frostbeulen an den Füßen durch die Gassen, und die Reichen zahlten Unsummen für Brennholz und Kohle. Die weißen Schneehauben der Dächer färbten sich schwarz vom Ruß, und die Eisschollen auf dem Rhein zermalmten die Boote der unvorsichtigen Fischer. Die Stiftsdamen gehörten zu den privilegierten Bewohnern der Stadt. Das Refektorium war geheizt, im Badehaus gab es warmes Wasser, selbst in den Kammern der Kanonissen standen Kohlepfannen, deren Glut verhinderte, dass sich des Nachts der Raureif auf den Decken und Laken niederschlug. Dennoch litt Dionysia unter der Kälte. Ihre Finger schmerzten stärker als sonst, und Anna übernahm es mehr und mehr, die zierlichen Ranken um Initialen zu zeichnen und in akkuraten Buchstaben ausgewählte Textstellen aus den Evangelien abzuschreiben. Als die Tage wieder länger wurden und die Sonne wärmend in den Innenhof des Kreuzgangs schien, wagte sie erstmals, ihre Lehrerin um ein paar Lagen des kostbaren Pergamentes zu bitten, um ihr eigenes Buch zu beginnen. Denn in den ersten Monaten, als sie zum Schweigen verurteilt war, in den langen Winternächten, die sie einsam in ihrem Bett gelegen hatte, war in ihr die Idee gewachsen, ein Stundenbuch mit Szenen aus ihrem eigenen Leben herzustellen, ein Leben, über das sie mit niemandem sonst sprechen konnte, das sie aufgegeben hatte, um nicht irgendwann verbraucht und ausgezehrt in der Gosse zu landen.

»Und wozu soll das dienen, Anna?«, wollte Dionysia wissen.

»Ich möchte für meinen gütigen Wohltäter, dem Herren Hrabanus Valens, ein Stundenbuch anfertigen.«

»Gleich ein ganzes Stundenbuch? Du bist mutig, Kind.«

»Nun, ich habe Zeit, Mutter Dionysia. Es muss nicht

in diesem Jahr oder im nächsten fertig werden, denke ich. Aber seht, er hat sich großzügig für mich verwandt, und ich will es ihm auf irgendeine Weise danken.«

»Und die Arbeiten an diesem Buch hier?«

»Werde ich selbstverständlich weiter für Euch durchführen. Aber ich habe nach der Vesper oft Langeweile, denn die Bücher, die ihr besitzt, kenne ich schon.«

Die alte Kanonisse erlaubte sich ein trockenes Schnauben.

»Kind, du kannst noch immer in der Bibel lesen. Dieses Buch kennt man nie zur Gänze.«

»Das ist schon richtig. Aber regelmäßig wenn ich darin lese, sehe ich Bilder zu den Texten und möchte sie malen.«

»Schon gut, schon gut. Du sollst dein Pergament bekommen.«

So begann Anna mit der Vorbereitung für ihr eigenes Stundenbuch. Sie hatte große Blätter feinstes Pergament erworben, das zunächst in ein bestimmtes Raster unterteilt werden musste, um so die Felder für Text, Miniatur und Rahmen vorzugeben. Dazu wurde die rechteckige Lage einmal diagonal in der Längsrichtung gefaltet und einmal in der Mitte zusammengeschlagen, so dass sich insgesamt vier Seiten aus dem Blatt ergaben. Jede der vier Seiten war noch einmal diagonal unterteilt worden, und diese vier Linien gaben Anna die Aufteilung zwischen Bild und Rahmen vor. Als sie alle Bögen derart präpariert hatte, begann sie mit der Darstellung der ersten Hore. Es war nicht die Laudes, wie es zu erwarten gewesen wäre, sondern die Vesper, das Ende des Arbeitstages, die sie wählte. Sie tat dies, weil es die Zeit darstellte, die sie nun dafür nutzte, Eigenes zu gestalten. Lange hatte sie sich Gedanken darüber gemacht, welches Thema sie dieser Stunde zu Grunde legen sollte. Schließlich hatte sie entschieden, die Vesper dem Mond zu widmen, jenem Gestirn, das die weiblichen Gezeiten bestimmte, und dennoch nur Spiegel war, nicht Bild, Symbol des Wandels zwischen Hell und Dunkel, dessen Licht die Nacht mit geheimnisvollen Schatten füllte. Das Gestirn, dessen Einfluss die Menschen traumverloren machte oder manchmal hellsichtig, sie in die Abgründe beängstigender Gedanken und Vorstellungen lockte, die sie verwirrten und gelegentlich wahnsinnig machten. Doch die runde Scheibe des Vollmonds erinnerte sie auch an die tröstliche Gegenwart einer mütterlichen Freundin. Und als sie den Silbergriffel zur Hand nahm, um die erste Skizze zu entwerfen, war es Horsels rundes Gesicht, das sie in ihm sah. Anna lächelte. Ja, das war ein guter Anfang – Horsel, die Amme mit einem rauen, aber dennoch fürsorglichen Wesen, in ihrem Wirkungskreis abzubilden.

Die Bilder und die zugehörigen Texte würden die anderen Kanonissen sicher in Erstaunen setzen, dachte sie, als sie die Bögen sorgfältig in ihrem Schreibpult verbarg. Hrabanus Valens hingegen würde verstehen.

Sie hatte ihn seit ihrem Eintritt in das Stift nicht wieder gesehen, aber das war in gewisser Weise ihre Schuld. Sie hätte ihn durchaus mit Einwilligung der Äbtissin besuchen dürfen. Die Sternengasse lag nur wenige Schritte von Maria im Kapitol entfernt. Doch die wenigen Wochen in seinem Heim waren nicht eben dazu angetan, sich in die dort herrschende Gesellschaft zurückzusehnen. Aber auch Horsel hatte Anna seither nicht mehr gesehen. Das Haus auf dem Katzenbauch war an andere vermietet worden, und in eine derbe Schenke, wie sie ihre Amme betrieb, konnte sich die Stiftjungfer Anna selbstverständlich nicht begeben.

Doch das Bild von der properen Wirtin entstand, die

einem Gassenjungen einen Kanten Brot zusteckte und fröhlichen Zechern Bier ausschenkte. Ein Bild voller Lebensfreude und Fürsorge, so wie Anna Horsel in Erinnerung hatte.

Und dann wurde Annas Leben noch einmal auf den Kopf gestellt

11. Kapitel

Rosa tritt auf und ein

»Dies ist Rosa von Gudenau. Sie wird das Zimmer mit dir teilen, Anna. Sie ist genauso alt wie du, und ich bin sicher, ihr werdet euch gut vertragen!«, sagte die Priorin.

Die junge Frau, die während der Kapitelversammlung vorgestellt worden war, stand mit gesenktem Haupt hinter der fülligen Matrone, die für die Verwaltungsaufgaben des Stifts zuständig war. Anna hatte, seit sie bei den Kanonissen eingezogen war, ihre eigene, kleine Kammer bewohnt, die sie mit niemandem zu teilen brauchte. Doch nun waren alle Räume belegt, und die beiden jüngsten Mitglieder mussten sich der daraus erwachsenen Unbequemlichkeit anpassen.

»Begrüße Anna di Nezza, Rosa. Deine Truhe werden die Mägde gleich hochbringen, und eine Bettstatt wird sich noch finden.«

Bescheiden trat Rosa von Gudenau ein, und als die Priorin die Treppe hinuntergegangen war, hob sie den Blick. Stiefmütterchenbraune Augen betrachteten Anna von oben bis unten. Anna tat es ihr gleich. Sie maß ebenfalls jeden Zoll der jungen Frau. Sie fand ihre blonden Haare schön, doch verblüffte sie der Gegensatz zu der ungewöhnlich dunklen Gesichtsfarbe.

Mit einem Wortschwall in einem ihr unverständlichen Idiom überschüttete die Neuangekommene Anna und grinste dabei mehr und mehr. Ihre Stimme klang rau und kehlig.

Anna wurde starr und hob herausfordernd den Kopf. Sie mochte die Sprache nicht verstehen, der Tonfall aber machte klar, es waren keine Höflichkeiten, die da geäußert wurden. Sehr akzentuiert und hochmütig fiel sie der Blonden ins Wort: »Sprich Latein mit mir, wenn du ansonsten keine menschenwürdige Sprache kennst.«

Verdutzt schwieg Rosa und meinte dann in einem leicht südlich gefärbten Dialekt: »Also, eines ist ganz sicher, aus Neapel stammst du nicht. Sonst würdest du deine heimische Zunge nämlich für durchaus menschenwürdig halten.«

»Und du bist alles andere als eine Edle von Gudenau, denn sonst würdest du nicht diese Zunge so fließend beherrschen!«

»O doch, das bin ich sehr wohl.«

»Nicht von Geburt!«

»Mein liebster Gemahl, edle Anna di Nezza, verstarb plötzlich und unerwartet vor drei Monaten. Was soll eine arme, trauernde Witwe wohl anderes tun, als ihr Leben in Gebet und Kontemplation zu verbringen.«

»Nichts anderes offensichtlich als die arme, trauernde Waise eines neapolitanischen Adligen.«

»Na gut.«

Rosa setzte sich auf die Bettkante und sah sich in der Kammer um. Die beiden Wandteppiche hatte Anna mitgenommen und auch ihr Lesepult und die wenigen Bücher, die sie besaß. Ein Wollteppich, schon etwas abgetreten, lag auf den dunklen Bohlen, eine schlichte Truhe verbarg ihre Kleider und Hemden. Auf dem Pult stand ein zierlich geschnitztes Abbild von Annas Namenspatronin, der heiligen Anna, Mutter Marias, gebeugt über ihre Tochter, der sie mit geduldigem Blick aus einem Buch das Lesen beibrachte.

»Heiliger Vitus, eine Gelehrte!«

»Man braucht eine Beschäftigung.«

»Mich wundert's, dass du noch die Kraft dazu aufbringen kannst, wo du doch deine Nase die ganze Zeit so hoch tragen musst!«

»Besser hochnäsig und gebildet, als rotznäsig und eingebildet!«

Anna rauschte aus dem Raum und zog sich ins Skriptorium zurück. Die Szene um die Schenke herum wurde durch eine blonde Frau bereichert, die ausgeglitten und in einen Misthaufen gefallen war. Sie hatte eine verblüffende Ähnlichkeit mit Rosa.

Das Verhältnis zwischen Rosa und Anna blieb die nächsten drei Monate ausnehmend gespannt. Beide beobachteten einander mit misstrauischer Aufmerksamkeit, doch sie wechselten nur die notwendigsten Worte miteinander. Anna fiel auf, dass ihre Zimmergenossin über eine beachtliche Nachahmungsgabe verfügte. Sehr schnell kopierte sie in der Gesellschaft der anderen das vornehme, gezierte Benehmen der Kanonissen, konnte ein Bild der kontemplativen Versunkenheit bieten und zudem das der inbrünstig Betenden. Sie hatte auch ihre Stimme leiser und sanfter gemacht, aber wenn die Singmeisterin die Chorgesänge einübte, stellte Anna fest, bewegte Rosa nur stumm die Lippen. Und die feinen Stickarbeiten, mit denen sie sich beschäftigen sollten, ähnelten nach wenigen Tagen eher Putzlumpen als Ziertüchlein.

Anna verbrachte mehr und mehr Zeit im Skriptorium, um Rosa aus dem Weg zu gehen. Sie hatte inzwischen damit begonnen, die Vorzeichnung für ein buntes Ritterturnier mit dem Silberstift anzulegen, der letzten weltlichen Lustbarkeit, an der sie an der Seite von Hrabanus Valens teilgenommen hatte. Über diese laute, aufregende, farbenprächtige Veranstaltung dachte sie auch noch nach, als sie nach der Complet in ihrem Bett lag und der Vollmond, der durch die Ritzen der Holzläden schien, sie nicht schlafen ließ. Sie stellte sich vor, wie sie die smaragdgrünen und scharlachroten Schabracken der Pferde, die wehenden gelben und weißen Helmbüsche, die im Sonnenlicht gleißenden Rüstungen, die flatternden Wimpel, die kostbaren Kleider der Damen, den glitzernden Schmuck, ihre ausgefallenen Hauben und schimmernden Schleier darstellen würde. Es waren phantastische, ja überwältigende Bilder, sie sich ihr geboten hatten. Aber sie erinnerte sich ebenfalls an das brutale Zusammentreffen der Kämpen, die splitternden Lanzen und klirrend parierenden Schwerter. Sie sah noch die verrenkten Glieder, die gebrochenen Knochen und die blutverschmierten Köpfe der gestürzten Ritter vor sich, die sich zeigten, wenn ihre Knappen sie von den Helmen und Panzern befreiten. Es hatte Verwundete und Tote gegeben, und das Volk hatte sich daran ebenso ergötzt wie an den vornehmen Gewändern, den Musikanten und den feilgebotenen Leckerbissen.

Ruhelos drehte Anna sich wieder um und stieß die dünne Leinendecke von den Füßen. Es war warm geworden in diesem Juli. Stickig und heiß. Und außerdem – es ließ sich nicht leugnen – Rosa war nicht in ihrem Bett. Sie war nach der Vesper verschwunden. Bei der Complet hatte Anna sie mit Kopfschmerzen entschuldigt und sich dann bemüht, nicht weiter an diese hinterlistige Schlange zu denken. Erst vorgestern hatte sie sie erwischt, wie sie in einem ihrer wertvollen Bücher gestöbert hatte. Obwohl sie doch weder lesen konnte noch des Lateinischen mächtig war. Sie war zwar in der Lage, sehr gewissenhaft mit dem Finger den Zeilen zu folgen und die Lippen dabei zu bewegen. Um ihren Verdacht in dieser Hinsicht zu bestätigen, hatte Anna ihr nämlich einmal einen ganz anderen Text zitiert, als der, der in dem Psalter stand, in den Rosa so versunken schien. Sie hatte es nicht bemerkt.

Wo war dieses verrückte Weib? Ob sie ihr Verschwinden melden sollte?

Anna rang mit sich. Es wäre wohl ganz korrekt, ihre Abwesenheit zu melden. Aber sie hatte ja zur Complet schon einmal gelogen, warum, war ihr selbst nicht ganz klar. Eigentlich mochte sie Rosa nicht. Immer, wenn sich die Gelegenheit bot, spielte sie auf ihre Herkunft an, hänselte sie wegen ihrer Gelehrsamkeit, ihrer Keuschheit, der Farbflecken an den Fingern oder ihrem Pflichtbewusstsein, an den Stundengebeten teilzunehmen.

Ob ihr etwas zugestoßen war? Die nächtlichen Straßen Kölns waren nicht ungefährlich. Zwielichtiges Gesindel trieb sich herum. Zum einen die nächtlichen Arbeiter, die ihren Ekel erregenden Geschäften nachgingen, die Kloakenreiniger, die Hundschläger, die Schinder, die die Kadaver der verendeten Tiere aufsammelten, zum anderen die Dirnen, die Hurenwirte und die Diebe, die alle den Zechern auf die eine oder andere Weise das Geld aus der Tasche zogen.

Rosa musste etwas passiert sein. Seit Anbruch der Dämmerung war sie verschwunden. Aber was sollte sie tun? Anna stand auf, öffnete das verglaste Fenster und stieß die Läden auf. Ihre Kammer befand sich im ersten Stock des Kanonissenhauses, und unter ihr zog sich die Gasse entlang, die gemeinhin ›Hinter Sankt Marien‹ genannt wurde. Sie war leer und verlassen. Nur eine graue Katze huschte an der Hauswand entlang, eine Ratte im Maul. In einer der Kammern im Haus gegenüber flackerte noch ein Lichtchen, sonst war es dunkel in den Gebäuden. Von irgendwoher klang ein sägendes Schnarchen, und ein kleines Kind wimmerte nach seiner Mutter. Jemand sang. Jedoch nicht schön. Es mochte ein bekannter Gassenhauer sein, aber die Sängerin war nicht in der Lage, auch nur einen Ton halbwegs zu treffen. Die Stimme selbst war rau, als hätte sie schon zu viel und zu laut schreien müssen.

Dann tauchte sie auf und verstummte – die Gestalt in einem hellen Kleid mit tiefem Miederausschnitt und unbedeckten, zerzausten Haaren. Unter dem Fenster blieb sie stehen, bückte sich, hob etwas auf und wollte eben zum Wurf ausholen, als sie Anna in ihrem weißen Hemd in der Öffnung entdeckte.

»Oh, hast schon auf mich gewartet?«

»Bestimmt nicht.«

»Ach, tu nicht so. Nimm meine und deine Decke, Anna. Knote sie an den Zipfeln zusammen. Ich werde daran hochklettern. Anders komme ich heute Nacht nicht mehr in mein Bett.«

»Ich könnte dich auch der Äbtissin melden.«

»Könntest du natürlich, Anna.«

Anna nahm die Decke und hielt sie aus dem Fenster. Rosa bekam sie zu fassen.

»Halt sie gut fest, damit du nicht auf die Gasse purzelst!«, warnte sie. Geschwind schürzte sie ihr Kleid, und mit einer erstaunlichen Gewandtheit kletterte sie die Mauer hoch, während Anna den Gegenzug aufrechterhielt. Über den Sims wand sie sich dann wenig anmutig in den Raum und hätte einem Beobachter draußen einige interessante Einblicke unter ihre Röcke gewährt.

»Danke. Bist ja doch zu was zu gebrauchen!«, grinste sie dann und nahm die Decken an sich, um sie wieder über die Betten zu legen.

Anna schnüffelte. Bierdunst, verschütteter Wein, fettiges, stark gewürztes Essen.

»Du bist in einer Schenke gewesen.«

»Anna di Nezza, Anna, die Nase! Kluges Kind. Ja, ich bin in einer Schenke gewesen und habe mich prächtig unterhalten. Hätte ich es nicht getan, wäre ich wahrscheinlich dem schreienden Wahnsinn erlegen.«

»Warum, Rosa?«

»Mein Gott, heiliger Vitus und Sankt Anna, weil ich hier noch sterbe vor lauter Langeweile. Wie hältst du das nur aus, sag mal? Du bist doch noch keine achtzig!«

»Ich habe zu tun. Du nicht.«

Rosa ließ sich schwer auf ihr Bett fallen.

»Was soll ich schon groß tun in dieser Gruft?«

»Deine Gaben zur höheren Ehre Gottes nutzen.«

»Meine Gaben!« Rosa begann hilflos zu kichern. »Der würd' sich bedanken!« Aber dann wurde sie wieder ernst. »Denk nicht dran. Ich werde schon einen Ausweg finden. Und nun lass uns schlafen, die Nacht ist kurz, und in wenigen Stunden haben wir wieder auf den Knien zu liegen, um Seine Herrlichkeit zu rühmen.«

Die kurzen Sommernächte brachten es mit sich, dass die Laudes zu sehr früher Stunde gehalten wurde. Unausgeschlafen absolvierten Rosa und Anna die Gebete, doch als sie anschließend ins Refektorium gehen wollten, um das Frühmahl einzunehmen, wurden sie von der Priorin angehalten. Ihre nächtlichen Umtriebe waren beobachtet worden, was eine überaus unangenehme Unterredung bei der Äbtissin zur Folge hatte. Zwei Wochen Buße wurden ihnen auferlegt. Sie durften nicht an den Versammlungen im Refektorium teilnehmen, bekamen nur Fastenkost in ihre Kammer gebracht und mussten täglich zwischen Vesper und Complet die Bußpsalmen auf den Knien vor dem Altar beten.

Rosa grollte. Anna zuckte mit den Schultern. Sie war lediglich ärgerlich darüber, nicht ihrer eigenen Arbeit im Skriptorium nachgehen zu können, denn in der freien

Zeit, die sie für ihr Stundenbuch nutzte, musste sie nun Psalmen singen.

»Die Sonne scheint, die Vögel singen, am Rhein wird getanzt und musiziert. Und wir müssen in dieser stickigen Kammer sitzen und Löcher in die Wand gucken.«

»Du sollst für dein Seelenheil beten. Sei froh, dass sie dich nicht ausgeschlossen hat. Die Äbtissin hätte es tun können, das weißt du.«

»Hätte sie nur!«

»Und dann?«

»Ach, lass gut sein, Anna.«

Rosa legte sich auf ihre Bettstatt und zog sich die Decke über den Kopf. Anna rang eine Weile mit sich. Das enge Zusammensein mit Rosa würde anstrengend werden, wenn sie weiter in dieser Stimmung blieb.

»Also gut, Rosa von Gudenau. Ich bin bereit, dir in den nächsten zwei Wochen das Lesen beizubringen.«

»Was?«

»Du kannst es nicht.«

»Anna, die Nase, hat sich mal wieder in meine Angelegenheiten gemischt!«

»Sicher. Es ist aber nicht zu übersehen. Also?«

In den braunen Augen glomm ein Funke auf, und Anna fragte sich, ob es Wut war, die darin aufleuchtet.

»Anna, bist du sicher, dass ich es lernen kann?«

Es war nicht Wut, es war Unsicherheit und Begierde.

»Ich glaube nicht, dass du übermäßig dumm bist. Fangen wir an.«

»Und wie?«

»Dies hier, Rosa, ist ein Wachstäfelchen, und das da ist ein Griffel. Man ritzt die Buchstaben mit der Spitze in das Wachs. Mit der flachen Seite kann man sie wieder auslöschen. Und das, was ich jetzt hier schreibe ist der Buchstabe A.«

»Ah!«

»Genau, A wie Adel und A wie Anna.«

»A wie albern.«

»Richtig, A wie Armut.«

»Scheiße!«

»In diesem unaussprechlichen Wort ist kein A enthalten.«

»Schon gut. Wir sind beide nicht von Adel. Gib es zu.«

»Warum sollte ich?«

»Weil ich es getan habe.«

Anna schnaubte leise, aber es war Erheiterung, die sie mit diesem Geräusch überdecken wollte.

»Wo kommst du her, Rosa?«

»Von nirgendwo. Bin umhergezogen. Langt das? Wie heißt der nächste Buchstabe?«

»Wir machen mit den Vokalen weiter. Dies ist ein E. E wie Ehre.«

»E wie eklig, E wie Ende!«

»E wie Erbe, E wie Ehe.«

»Wo kommst du her?«

»Ich bin hier geboren, auf dem Katzenbauch!«

Rosa begann haltlos zu kichern: »Klar, Herzchen, da kommen alle kleinen Kinder her!«

»Nein, die kommen aus dem Kunibertspütz!«, gluckste Anna.

»Oh, doch nicht ganz blöd?«

»Die Straße heißt ›Auf dem Katzenbauch‹ und liegt nördlich von hier. Und der nächste Vokal lautet I. Wie Ida-Sophia, unsere ehrenwerte Äbtissin.«

»Wie igitt und Irre!«

»I wie Ideal und ich.«

»Quatsch.«

»Warst du wirklich mit dem von Gudenau verheiratet?«

»Sicher. Der Friederich war der jüngste Sohn, hatte zwar nicht viel zu erwarten, aber mir hat es wenigstens ein halbwegs vornehmes Dach über dem Kopf geboten. Der Junge war ein bisschen schwach im Denken, nur deshalb hat es ja geklappt. Hab ihn zum Priester geschleppt, bevor ihm klar war, was er eigentlich tat.«

»Die Familie hat dich vermutlich nicht mit offenen Armen aufgenommen?«

»Sie haben kein Kalb geschlachtet, nein, am liebsten hätten sie mich mit faulen Eiern beworfen.«

»Immerhin haben sie dir ermöglicht, hier unterzukommen.«

»Abgeschoben haben sie mich. Was glaubst du, wie dankbar ich ihnen dafür bin?«

»Besser als auf dem Berlich zu landen.«

»Woher weiß eine solch vornehme Dame vom Katzenbauch von dem Hurenhaus der Stadt?«

»Liegt nicht weit entfernt.«

»Oh!«

»Das ist der nächste Buchstabe, das O. Wie oben.«

»Und ohne und Not. Wer hat deine Mitgift bezahlt und dich hier reingebracht?«

»Ein gütiger Mann.«

»Dein Geliebter?«

»Aber nein. Ein Gewürzhändler.«

»Schließt das einander aus?«

»Der letzte Vokal lautet U. Wie …«

»Unehrlich und unehelich, was?«

Anna senkte den Kopf.

»Ich verrat's nicht, Anna. Und du verrätst nicht, dass ich eine Gauklerin bin, einverstanden? Gemeinsam schaffen wir das schon, unsere Ziele zu erreichen.«

»Rosa, ich wollte wirklich Stiftsdame werden. Der andere Weg kam für mich nie in Frage.«

»Ja, das glaube ich dir. Zur Hure taugst du nicht. Und nun lass uns sehen, was man mit diesen Buchstaben anfangen kann.«

Nach zwei Wochen war Rosa in der Lage, Texte in einfach geschriebenen Buchstaben zu lesen. Für sie tat sich eine neue Welt auf.

Und Anna hatte eine Freundin gefunden.

12. Kapitel

Die drei Marien

Der zehnte August barg für die Kanonissen ein ganz besonderes Ereignis. Man feierte den Todestag der Kirchenstifterin, die als Heilige verehrt wurde, und deren Grab sich in der Kirche selbst befand. Vornehme Gäste, Angehörige der Stiftsdamen, hohe kirchliche Würdenträger, reiche Bürger, die sich dem Stift verbunden fühlten, und sogar der Bürgermeister waren anwesend. Das Hochamt wurde abgehalten, anschließend hatte die Äbtissin ausgewählte Gäste zu einem Festmahl in ihr Haus eingeladen. Aber auch die Kanonissen fanden im Refektorium eine umfangreich gedeckte Tafel vor. Mit Kräutern und Rosinen gefüllte Kalbsbrust, kräftig abgeschmeckt mit Muskat, in safrangelber Milch gekochte, fette Aale, gewürzt mit Paradieskörnern und Nelken, knuspriger Schweinebraten mit Äpfeln und zerstoßenem Ingwer, dazu saftige Salbeitorte, luftig durch die vielen Eier, standen bereit. In den Schüsseln dampften dazu in Mandelmilch gesottene Hühnerbrüstchen für jene, die die scharfen Gewürze nicht mehr vertrugen. Daneben häuften sich auf den Platten brennend scharf gepfefferte Pasteten, Täubchen in Backteig, Hasenrücken in Rotweingelee und sauer eingelegte Gemüse. Brotlaibe, frisch und noch warm, luden ein, sie in die verschiedenen Saucen zu tunken, und kühler Rheinwein löschte den Durst, den die stark gewürzten Speisen verursachten. Süße Kuchen und Pasteten, in Honig eingelegte Früchte und Puddings lockten die Naschkatzen an.

Anna saß wie üblich neben Dionysia, die nur wenig aß. Auf ihrer anderen Seite jedoch häufte Rosa die Speisen üppig in ihre Schüssel. Vor allem der süßen Verlockung konnte sie nicht widerstehen.

»Diese Kirschen, Anna!«

»Rosa, du weißt, welche Sünden du demnächst beichten musst!«

»Habgier, Wollust und Maßlosigkeit.«

»Trägheit wird auch noch dazukommen. Oder glaubst du wirklich, du bist mit einem derart vollen Bauch noch in der Lage, in die Kirche zu kriechen?«

Dionysia belustigte das Gespräch der beiden jungen Frauen. Sie hatte vor zwei Tagen mit der Äbtissin über sie gesprochen und bemerkt, wie gut es Anna tat, sich um die ungebärdigere Rosa zu kümmern und Rosa hingegen von Annas Wissen und Zielstrebigkeit profitierte.

Nach dem Mahl, es war eine ruhige und schläfrige Stimmung aufgekommen, ergingen sich die Besucher im Stiftsgarten oder suchten die Kühle der Kirche auf, um die prunkvollen Seitenkapellen und die farbigen Glasfenster zu bewundern. Anna hingegen lehnte alleine an einer Säule im Kreuzgang und beobachtete zwei Rotkehlchen, die einige Brotkrumen aufpickten, die sie ihnen hingeworfen hatte.

»Und wie fühlt sich die Stiftsjungfer Anna di Nezza in ihrem neuen Heim?«

Anna hätte überrascht sein können, aber zu ihrer eigenen Verwunderung war sie es nicht. Obwohl sie Hrabanus Valens nicht unter den Besuchern gesehen hatte, kam es doch nicht unerwartet, dass er an diesem Tag den Stift besuchte. Sie drehte sich um und lächelte ihm zu. Sein vernarbtes Gesicht lag unter dem breiten Barett im Schatten, und die weite Schaube mit ihren Seidenbesätzen streifte flüchtig ihre strenge Tracht.

»Ich bin Euch von Herzen dankbar, Herr, hier leben und wirken zu können.«

»Du kannst wirken? In der Tat? Und was sind deine Aufgaben?«

»Die Schreibmeisterin fand meine Hand nicht zu ungelenk, und so beschäftige ich mich jetzt im Skriptorium.«

Er sah sich achtsam um und fragte dann leise: »So gibt es keine Schwierigkeiten bezüglich deiner Herkunft?«

»Nein, Herr. Ich halte mich sehr zurück. Es mag die eine oder andere geben, die mich für mundfaul hält, aber Mutter Dionysia gab mir auch Unterricht in der deutschen Sprache, und so kann ich allmählich an den Gesprächen teilnehmen.«

Anna kicherte ein wenig bei der Erinnerung an die Lektionen, die ihr die alte Kanonisse in der ersten Zeit erteilt hatte. Inzwischen hatte sie es aufgegeben und nur einmal verwundert bemerkt, sie habe eine erstaunlich gute Auffassungsgabe.

»Nun, das ist gut so. Je länger du hier bist, desto weniger wird man fragen. Ist für dein Wohlbefinden ausreichend gesorgt, Kind?«

»Auch das, Herr, obgleich ich seit einigen Monaten die Kammer mit einer anderen Kanonisse teilen muss. Aber es ist ganz recht, ein wenig Gesellschaft zu haben. Und Rosa ist nicht so hochnäsig wie manche der hochadligen Damen.«

Anna hätte sich am liebsten auf die Lippe gebissen, beinahe hätte sie Rosas Geheimnis gelüpft.

»Wer ist es?«

»Rosa von Gudenau«, antwortete sie diesmal nur ganz kurz.

»Schön, dann bist du also zufrieden mit deinem jetzigen Los.«

»Ja, Herr.«

Anna hob langsam den Kopf, um ihm ins Gesicht zu sehen. Er deutete ihr Zögern ganz richtig.

»Was liegt dir am Herzen, Kind?«

»Nun … ich will nicht unbescheiden sein …«

»Aber? Was wäre, wenn du dir noch etwas wünschen könntest?«

»Wisst Ihr, die Bibliothek des Stifts … Sie ist – mh – äußerst dürftig bestückt.«

»Du findest dort nichts zu deiner Erbauung?«

»Zur Erbauung, Herr, schreibe ich die Worte des Herrn. Zur Erbauung singe ich Seine Psalmen und höre die Lesungen aus Seinen Schriften.«

»Zur Unterhaltung aber möchtest du etwas anderes lesen.«

Mit einer plötzlichen Regung von Heftigkeit stieß Anna hervor: »Herr, mein Geist hungert danach, mehr über die Wunder dieser Welt zu erfahren.«

Sein Lachen hallte durch die mittägliche Stille des Kreuzgangs.

»Nun, dann werde ich der Ehrwürdigen Äbtissin eine weitere Stiftung für ihre Bibliothek machen. Ich persönlich werde mich um die Auswahl der Bücher kümmern, damit sie sicher sein kann, dass kein ketzerisches oder sittenloses Werk darunter ist.«

»Wollt Ihr das wirklich tun?«

»Es wird meinem Seelenheil nicht schaden, eine gute Tat zu vollbringen, glaubst du nicht auch, Anna?«

»Eine verdammt gute, Herr!«, flüsterte sie.

»Psst!«

Aber er lächelte sie trotz dieses Ausrutschers immer noch an.

»Anna, die Nase! Anna, du faule Kröte, wo steckst du? Wir sollen zur Singmeisterin kommen.«

Rosa kam mit wehenden Gewändern um die Ecke gefegt, die blonden Haare aufgelöst unter dem Schleier, und blieb abrupt vor Hrabanus Valens stehen.

»Herr, das ist meine Kammergefährtin, Rosa von Gudenau.« Rosa brachte trotz ihres stürmischen Auftritts einen höchst anmutigen Knicks zustande und musterte den Handelsherren mit verhaltener Neugier. »Mein Wohltäter, der Herr Hrabanus Valens.«

»Meinen ehrerbietigsten Gruß, Herr.«

»Seid auch Ihr gegrüßt, Rosa von Gudenau. Ich hörte, Ihr seid eine gute Freundin meines Mündels geworden.«

Rosa warf einen schnellen Blick auf Anna und nickte dann bestätigend. Aber besonders wohl schien sie sich nicht zu fühlen. Doch von einer weiteren Unterhaltung wurde sie erlöst, denn nun schlenderten auch andere Gäste in dem Kreuzgang, ihnen voran Berlindis in Begleitung von zwei verwaschenen alten Jungfern, die ihr gewöhnlich Gesellschaft leisteten.

»Hier seid Ihr also, mein Herr Gemahl. Wie üblich in Gesellschaft junger Weiber!«, fuhr sie Hrabanus Valens scharf an, als sie näher kam.

»Verzeiht, Berlindis, ich habe mich nur nach dem Befinden von Anna di Nezza erkundigt. Ihr erinnert Euch an die junge Waise, die im vergangenen Jahr eine kurze Weile bei uns verbrachte?«

»An den dummen Stummfisch erinnere ich mich natürlich. Kann sie inzwischen mehr als drei Worte in verständlicher Sprache stammeln?«

Bevor Hrabanus eine Antwort geben konnte, machte Anna eine kleine Verbeugung in ihre Richtung.

»Durchaus, Frau Berlindis. Ich verstehe Euch ganz ausgezeichnet!«

»Ach, was für eine wundersame Verwandlung. Und die da, mein Herr Gemahl? Die kennt Ihr auch?«

Das spitze Kinn wies auf Rosa, die gerade versuchte, ihre Haare unter den Schleier zu stopfen.

»Die Freiin Rosa von Gudenau ist meine Freundin. Sie kam im Augenblick vorbei, um mich zur Singmeisterin zu begleiten. Mein Herr, Frau Berlindis, mit Eurer Erlaubnis ziehen wir uns nun zu unseren Pflichten zurück.«

Berlindis lachte schrill auf. »Freiin von Gudenau? Die ist nie und nimmer eine Freiin, die ist eine Schlumpe, wenn ich je eine gesehen habe. Und du, Anna di Nezza, magst vielleicht aus Neapel stammen, aber vermutlich bist du auch nur ein weiterer Bastard meines edlen Herrn Gemahls, so wie er sich um dich bemüht. Oder warst du seine Buhle, der er sich elegant entledigen wollte?«

Hrabanus Valens nahm seine Frau am Arm und schob sie zum Ausgang des Kreuzgangs. Über die Schulter hin sagte er mit ruhiger Stimme zu Anna und Rosa: »Verzeiht, edle Damen. Mein Weib ist krank und leidet unter starken Schmerzen. Sie weiß nicht, was sie sagt.«

»Heiliger Vitus, was für ein Gespann. Eine Natternzunge und ein blatternarbiges Monstrum.«

Rosa sah ihnen mit einem Kopfschütteln nach.

»Sie ist eine Natternzunge und ein Schandmaul, das stimmt, Rosa. Und wer gelbe Galle im Übermaß besitzt, sollte nicht so viel fette Aalsuppe essen. Aber er ist kein Monstrum. Er ist ein großzügiger und kluger Mann.«

»Doch dein Geliebter?«

»Nein. Du bist unmöglich, Rosa!«

»Na ja, mit dem möchte ich das Bett auch nicht teilen.«

»Rosa!!«

»Außer er ist sehr, sehr großzügig!«, setzte sie kichernd hinzu.

Der Handelsherr machte sein Versprechen wahr, die Bibliothek des Stifts erhielt eine Truhe mit ausgesuchten Werken, darunter auch einige, die sich mit der Lehre der Himmelskörper befassten, insbesondere Übersetzungen arabischer Gelehrter. Aber es gab auch die erste gedruckte Beschreibung einer weiten Reise von einem Mann namens Marco Polo, die Geographica des Ptolemäus und, was Anna mit besonderer Freude erfüllte, eine Kopie des Codex, den der Nürnberger Patrizier Schürstab einst in Auftrag gegeben hatte, und in dem der Einfluss der Gestirne auf die vier Lebenssäfte beschrieben wurde.

»Anna, die Nase, hat ihre Nase wieder mal in ein Buch gesteckt«, spöttelte Rosa, die ihre Mitbewohnerin kaum noch vom Lesepult fortlocken konnte. »Dabei gibt es doch aufregende Neuigkeiten!«

»Ach ja? Du warst wieder einmal auf dem Markt und hast Geschwätz aufgelesen, nehme ich an.«

»Auflesen und lesen – beides erweitert den Horizont.«

Anna lachte und schlug den schweren Codex zu.

»Also, was gibt es?«

»Es heißt, sie haben unten im Süden einen heiligen Stein gefunden!«

»Unten im Süden?«

»Na, südlich der Stadt, bei Wesseling.«

»Und wieso ist der Stein heilig?«

»Er ist uralt, heißt es. Und er stellt die drei Marien dar, Anna. Außerdem sind schon Wunder geschehen.«

»Bist du sicher, dass es nicht nur ein Gerücht ist?«

»Es haben zwei Nonnen darüber gesprochen. Zwei Ursulinerinnen. Sie haben eine Pilgerfahrt dorthin gemacht, um für ihre kranke Schwester zu bitten. Und sie ist wieder gesund geworden.«

»Mh, vielleicht wäre sie auch ohne das wieder gesundet?«

»Aber am Stein direkt ist ein Lahmer wieder gehend geworden, sie haben es selbst gesehen. Und ein stummes kleines Mädchen hat plötzlich angefangen zu sprechen.«

Anna, die sich zwar mit großer Begeisterung den wissenschaftlichen Auslegungen widmete, war nicht frei vom Glauben an Wunder. Wunder gehörten zu ihrer Welt, in der so vieles nicht mit dem Verstand erklärt werden konnte. Wunder geschahen täglich, genau wie einen Schicksalsschläge jederzeit ereilen konnten. Innige Gebete wurden erhört, sei es vom Herrn selbst oder von den heiligen Fürbittern. Maria war eine oft gesuchte Fürbitterin, die sich in ihrer sanften Art besonders gerne für die Angelegenheiten der Frauen verwendete. In der Dreiheit von Maria, der Gottesmutter, Maria Kleophe und Maria Salome mochten sie sich vermutlich besonders wirkungsvoll der menschlichen Anliegen annehmen.

»Ob die Äbtissin uns wohl erlauben würde, auch eine Pilgerfahrt dorthin zu unternehmen?«, fragte Rosa jetzt, nachdem Anna so lange geschwiegen hatte.

»Ich weiß nicht. Wir können sie fragen.« Plötzlich kam Anna ein Gedanke. »Du möchtest die drei Marien um ein Wunder bitten, nicht wahr?«

Rosa senkte den Kopf.

»Du bist nicht gerne hier, ich weiß.«

»Du schon, aber – Anna, du hast mich lesen und schreiben gelehrt, aber jetzt ist mein Wunsch nur noch größer geworden, wieder in der wirklichen Welt zu leben.«

»Für mich ist diese Welt wirklich genug.«

»Hast du denn gar keine Wünsche?«

Das war eine Frage, der Anna geflissentlich aus dem Weg ging. Aber der Dämon in ihr wusste von der Heimlichkeit, und er jagte ihr das Blut in die Wangen. Rosa, die aufmerksame Rosa, bemerkte es.

»Wir werden zu dem heiligen Stein der drei Marien gehen.«

Es bedeutete einige Überredungskünste, ein paar sehr gewundene Formulierungen mussten gefunden werden und nicht zuletzt natürlich auch die Bestätigung, dass es sich wahrhaftig um einen alten Altarstein handelte, an dem wohl schon lange verstorbene Vorfahren die drei Marien angebetet hatten. Letzteres erwies sich jedoch noch am leichtesten. Der Priester, der die Pfarrkirche von Klein Sankt Martin betreute und auch dann und wann den Gottesdienst in der Stiftskirche abhielt, bestätigte das Gerücht. Auch er hatte von ernst zu nehmenden Zeugen über Wunder berichten hören. Und daher überlegten die Äbtissin und die Priorin, ob nicht auch für die Kanonissen ein Besuch dieser erbaulichen Stätte ein Segen wäre. Mitte Oktober, wenn die Tage noch schön, aber nicht mehr zu heiß waren, würde man sich in einer geschlossenen Gruppe auf den Weg machen.

»Würden wir zu Fuß gehen, wären wir in einem halben Tag dort!«, murrte Rosa, die dicht gedrängt an Anna in dem Wagen hockte, der die Kanonissen zu dem Marien-Stein transportieren sollte.

»Wir schon, aber Mutter Dionysia bestimmt nicht!«, korrigierte Anna sie.

Die zwei von kräftigen, aber langsamen Pferden gezogenen Wagen wurden von einer Eskorte Stadtsoldaten begleitet, die den Schutz der Stiftsdamen, ihrer Äbtissin und der Priorin garantieren sollten. Es wurde mehr auf Sicherheit als auf Reisegeschwindigkeit geachtet. Behäbig und von häufigen Pausen unterbrochen kam der Tross voran, und der Nachmittag war schon weit fortgeschritten, als sie das Kloster der Zisterzienser-Nonnen erreichte, in deren Gästehaus man Unterkunft für die Nacht finden sollte. Das Kloster war klein, das Gästehaus noch kleiner, die Betten bloße Strohschütten. Aber eine Pilgerreise, das hatte die Ehrwürdige Mutter klar gemacht, bedeutete auch immer, sich in Demut und Bescheidenheit zu üben. Hinweise auf barfüßige Pilger, die sich fastend und gelegentlich auf Knien rutschend den heiligen Stätten näherten, waren gemacht worden, daher gab es wegen der dürftigen Unterkunft keine hörbaren Proteste.

»Ich halte das nicht aus!«, murmelte Rosa in Annas Ohr. »Die alte Hadewig furzt wie ein Schwein mit Koliken, die Lucardis rotzt sich das Hirn aus dem Kopf, der Hilla quellen faulige Dämpfe aus dem zahnlosen Maul, wie aus einer Gruft voller verwesender Leichen. Zwischen diesen halb toten Kadavern soll ich die Nacht verbringen?«

»Rosa!« Anna verstand Rosas Ausrutscher in die derbe Sprache zwar, aber sie gab sich schockiert.

»Schon gut, es sind harmlose alte Wachteln. Aber es ist zu eng hier.«

»Es war deine Idee, diese Pilgerreise. Sei froh, nicht im Nesselhemd und mit bloßen Füßen herwandern zu müssen.«

Dennoch war auch Anna entsetzt von der Vorstellung, in der bedrängenden Enge des Gasthauses die Nacht zu verbringen. Zwar war ihr die menschliche Nähe nicht fremd, auch nicht unangenehm, aber einige der älteren Kanonissen hatten in der Tat Eigenschaften, die in den hohen, luftigen Gewölben der Stiftskirche gerade noch zu ertragen waren, in einem niedrigen, beinahe fensterlosen Raum jedoch ihre Leidensfähigkeit ein wenig strapazierten.

»Lieber das Nesselhemd und frische Luft!«, knurrte Rosa.

»Frische Luft ... mh!«

»Anna, lass uns verschwinden.«

»Sie werden es bemerken.«

»Glaub ich nicht. Die wollen essen, beten und dann in den Schlummer sinken. Wir nehmen unsere Decken mit. Ich schlafe lieber in einer Hecke, als in diesem Stall!«

»Wär wohl nicht das erste Mal, Euer Hochwohlgeboren, was?«, grinste Anna.

»Die Heckenkönigin hat schon häufiger dort Hof gehalten.« Auch Rosa grinste.

»Es gibt einen Pferdestall mit einem Heuboden.«

»Meinetwegen auch den.«

»Gut, ich mache mit. Trotzdem, ich sage Mutter Dionysia Bescheid. Sie wird uns verstehen, und wenn jemand nach uns fragt, weiß sie wenigstens, wo wir sind.«

»Bist du sicher, dass das gut ist?«

Anna nickte und ging zu der alten Stiftsdame, die vor dem Gästehaus auf einer Bank saß und mit ihrem Sehstein in ihrem Brevier las.

»Mutter Dionysia, verzeiht, wenn ich Euch störe.«

Der Sehstein, ein halbkugelig geschliffenes Glas, das die Schrift des Buches vergrößerte, rutschte ihr in die Falten der Tracht, aber sie sah freundlich auf.

»Was möchtest du, Anna?«

»Rosa und ich haben uns überlegt – wisst Ihr, wir sind jünger als die anderen. Ihr hättet mehr Platz, wenn wir unser Lager draußen im Heu über dem Pferdestall aufschlagen würden.«

Ein feinsinniges Lächeln huschte über Dionysias Gesicht.

»Wie aufopferungsvoll von euch Mädchen. Aber denkt an die Gefahren!«

»Aber Mutter Dionysia, das Schlimmste, was uns dort passieren kann, ist, dass uns eine Maus am Zeh nagt. Es ist noch immer Klostergelände, und die Männer lagern alle vor den Mauern.«

»Na, meinethalben.«

Anna und Rosa nahmen an dem Mahl nach der Vesper teil und schlüpften anschließend mit ihren Decken hinaus zur Scheuer.

»Puh, hier riecht es wenigstens nur nach gesundem Tier.«

»Und das Heu riecht auch frischer, als das Stroh im Gästehaus.«

Anna breitete ihre Decke aus und ließ sich auf die federnde Unterlage fallen.

»Was machen wir jetzt?«

»Auf die Complet warten.«

»Und eingepfercht in dem Kapellchen mit den Nonnen beten? Ein Mal hat mir gereicht. Komm, wir gehen zum Marienstein. Ich habe mich vorhin erkundigt. Es ist nicht weit von hier. Der Bauer vom Zehnthof hat ihn auf seinem Feld gefunden. Und der Zehnthof liegt nur eine Meile südlich von hier.«

»Aber wir können doch nicht …«

»Nein, nicht durch die Pforte. Die Mauer, liebe edle Dame. Raff die Röcke, wir klettern ein bisschen.«

Angesteckt von Rosas Übermut stimmte Anna nach kurzen Bedenken zu, und zwei unternehmungslustige, achtzehnjährige Kanonissen machten sich auf den Weg in ihr Abenteuer.

Sie wanderten durch Stoppelfelder, über die die langsam sinkende Sonne lange Schatten warf. Sie fanden schnell einen gut ausgetretenen Pfad, der zum Waldrand führte. Dort war das erste bunte Herbstlaub zu Boden gefallen, und das Gehölz strömte eine kühle Feuchtigkeit aus, die nach versteckten Pilzen und Moder roch.

»Schau, dort hinten wird es sein. Der Platz sieht mir ganz danach aus, als ob sich hier häufig Menschen versammeln.«

»Du bist erstaunlich, Rosa. Mir scheint, du hast auf Anhieb den richtigen Weg gefunden.«

»Ach, das ist nicht so schwer. Weißt du, wir sind viel umhergezogen, und da lernt man es sehr schnell, sich in einer neuen Umgebung zurechtzufinden. Es gibt immer Wegmarken, es gibt immer Leute, die man fragen kann, es gibt immer Stellen, die gemieden oder die gesucht werden. Man entwickelt ein Gefühl dafür. Wenn man überleben will.«

»Ja, ich verstehe.«

»Es war ein gutes Leben, Anna. Mir wird das erst jetzt richtig bewusst. Weißt du, ich wollte ihm entfliehen, dem unsteten Umherwandern, den Anfeindungen der selbst ernannten Sittenwächter, der Verachtung der Vornehmtuer und all diesen Dingen. Ich wollte Ansehen, Wohlstand, Ehrbarkeit. Ich habe sie bekommen. Aber, heiliger Vitus, wie langweilig das ist.«

»Rosa, wer ist eigentlich der heilige Vitus? Das wollte ich dich schon dauernd fragen.«

»Der Schutzpatron der Tänzer und Schausteller.«

»Zu denen du gehört hast?«

»Ja, Anna, zu denen ich gehört habe. Mein Vater war ein Theriakhändler, meine Mutter eine Tänzerin. Wir zogen mit einer Gruppe Fahrender durch die Lande. Ich bin ziemlich weit umhergereist, in meinen ersten fünfzehn Jahren, weißt du.«

»Bis nach Neapel, ja.«

Rosa lachte vergnügt auf.

»Wo ich die Sprache ein wenig aufgeschnappt habe, sicher.«

»Was für ein aufregendes Leben.«

»Ja, das war es wohl. Viel aufregender, als in einer zugigen alten Burg Hemden zu besticken. Viel aufregender, als sieben Mal am Tag den Herren zu lobpreisen.«

»Vermisst du deine Familie?«

»Du kannst dir nicht vorstellen, wie sehr. Aber wenn du jetzt fragst, ob ich nicht zu ihnen zurückgehen kann, dann muss ich dich enttäuschen. Sie sind weitergezogen. Ich weiß nicht, wohin. Sie haben es mir übel genommen, dass ich den jungen adligen Schwachkopf geheiratet habe. Das macht unsereins nämlich nicht. Auch wir haben ein Standesbewusstsein.«

»Ja, das haben wohl alle Stände«, murmelte Anna und dachte an ihren eigenen.

»Es ging uns nicht schlecht. Wir hatten zwar keine Häuser, aber unsere Wagen waren gemütlich und sauber. Wir hatten immer satt zu essen, warme Kleider, buntes Flitterzeug. Ich konnte frei reden und lachen, Späße machen und Zoten reißen und tanzen, wenn mir danach war. Alles das, was ich jetzt nicht mehr kann.«

Rosa sah plötzlich ungewohnt bedrückt aus.

»Da ist noch etwas mehr, nicht wahr?«

»Ja, da ist noch etwas mehr.«

Sie schwieg wieder, und als sich der Pfad erweiterte, lenkte sie der Anblick ab, der sich ihnen bot. Ein kleiner freier Platz am Waldrand lag vor ihnen. Er war zwar von wilden Gewächsen bestanden, doch wirkte er seltsam gepflegt, wie ein Gärtchen. Auf dem grasbewachsenen Boden stand ein behauener Stein, der ein tempelartiges Standbild trug. Rechts von ihm rankte sich eine Heckenrose darüber, deren letzte weiße Blüten sich über den steinernen Giebel neigten. Das Laub begann bereits, gelb zu werden, und rote Hagebutten hingen an den schwarzen Ästchen. Links stand ein dunkelgrün belaubter Weißdorn mit seinen ebenfalls leuchtend roten Früchten, hinter dem Stein ragte ein Vogelbeerbaum auf. Anna wurde mit einem Mal klar, was den gepflegten Eindruck hinterließ – kein einziges herabgefallenes Blättchen lag auf dem samtigen Rasen. Doch schimmerten einige Herbstzeitlosen in ihrem durchscheinenden Violett, und die Blätter von lange verblühten Maiglöckchen bildeten eine Insel unter den Büschen.

Sie gingen näher heran, um die dargestellte Szene zu betrachten. Der Stein zeigte drei Frauen in langen, faltenreichen Gewändern, die nebeneinander saßen. Die beiden äußeren trugen runde Heiligenscheine, das Mädchen in der Mitte war mit offenen Haaren abgebildet. Zu Füßen der einen älteren Maria lag ein kleines Tier, Hund oder Katze, die andere hielt ein Füllhorn im Schoß. Die mittlere Maria jedoch hatte eine leere Schale in den Händen. Leer von steinernen Gaben, doch gefüllt mit einigen goldgelben Getreidekörnern und ein paar winzigen roten Blüten. Die Inschrift darunter war verwittert und kaum mehr zu lesen.

»Das sind sie!«, hauchte Rosa ehrfürchtig. »Die drei Marien.«

»Ja, das sind sie wohl.«

Anna schauderte, und einen kleinen Moment lang schien ihr, als habe sie schon oft vor diesem kleinen Altar gekniet und mit den Marien gesprochen. Aber das konnte doch nicht sein? Sie war noch nie aus Köln herausgekommen. Hatte dieses Heiligenbild denn eine solche Macht, dass es sie wie magisch anzog?

Rosa hatte die Hände gefaltet und sah traumverloren

aus. Auch Anna legte ihre Hände zusammen und sprach ein stilles Gebet. Aber dann wurde sie von Rosa unterbrochen, die leise zu erzählen begann.

»Es ist wegen Julius, Anna. Julius Cullmann, meinem Vetter. Er ist sechs Jahre älter als ich und ein wunderbarer Sänger und Musikant. Ein sanfter Junge ist er gewesen, viel zu verträumt. Aber er hat eine bezwingende Stimme, und wenn er zur Laute singt, dann schweigen alle Leute. Ich kann nicht singen, weißt du ja. Ich habe eine grässliche Stimme und kann keinen Ton halten. Ich kann laut plärren, und darum habe ich seine Nummern immer angekündigt. Aber gesungen hat er. Er konnte auch schauspielern. Wen er alles nachmachen konnte! Die Zuschauer haben sich die Tränen aus den Augen wischen müssen, wenn er den trunkenen Bischof spielte oder den gehörnten Ehemann. Aber die Narreteien waren ihm gleichgültig, er spielte sie, wenn wir Geld brauchten. Seine ganz große Gabe war es, alle möglichen Neuigkeiten aufzuschnappen. Viele kamen zu uns, um seine Nachrichten zu hören und andere zu überbringen.« Rosa lachte leise auf. »Er verpackte alles in handliche Reime. Mein Gott, war er gut darin!«

»Was ist mit ihm passiert?«

»Nichts. Mit mir ist etwas passiert. Ich war ein dummes kleines Mädchen, aber er war stets nett zu mir. Er hat mir Geschichten erzählt, Balladen vorgesungen, solche, die er sich selbst ausgedacht hat, aber oft auch alte. Ich Törin jedoch musste ja nach Höherem haschen. Heute weiß ich, ich hätte besser alles daran geben sollen, um bei ihm zu bleiben.«

»Du bist in ihn verliebt?«

»Ich liebe ihn. Und ich wünsche, ich würde wenigstens wissen, ob es ihm gut geht. Ich würde so gerne wissen, wo er jetzt ist. Und am liebsten würde ich ihn wieder sehen.«

Tränen nässten Rosas Wangen, als sie sich zu dem alten Stein umdrehte und niederkniete.

Anna fühlte sich seltsam berührt. Sie hatte Rosa für ein lebenslustiges Mädchen gehalten, aber tiefere Gefühle hatte sie ihr bisher nicht zugetraut. Sie ging zu ihr hin und streichelte ihr die Schulter.

»Darum sind wir also alle hierher gepilgert?«, fragte sie leise.

»Nun ja...« Rosa wischte sich mit dem Handrücken die Tränen ab und meinte: »Ich will dir von meiner Lieblingsgeschichte berichten. Eine, um die ich ihn so oft bat, dass es ihm schon langweilig geworden sein musste. Aber er hat sie mir wieder und wieder erzählt.«

»Ja, erzähle, Rosa.«

Sie setzen sich auf einen Baumstamm, und in den goldenen Strahlen der Abendsonne begann Rosa zu erzählen: »In alten Tagen lebte ein Mann in einem kleinen Dorf, der Thomas hieß und ein Spielmann war. An einem strahlenden Sommertag machte er sich zu einer Wanderung auf, und als er einen kleinen, schattigen Wald erreichte, wurde er müde und setzte sich nieder. Müßig zupfte er ein paar Akkorde auf seiner Laute, als er plötzlich eine schöne Dame auf einem braunen Zelter sah. Sie trug ein Kleid aus laubgrüner Seide, ihr rotes Haar flatterte wie ein Schleier hinter ihr her, und in der Mähne ihres Pferdes klingelten silberne Glöckchen. Höflich begrüßte Thomas die Dame, und sie bat ihn, etwas für sie auf der Laute zu spielen. Also spielte Thomas im grüngoldenen Schatten der Bäume, und er spielte so schön wie nie zuvor in seinem Leben. ›Ich will dich für deine Musik belohnen‹, sagte die Schöne, als er geendet hatte. ›Um was du mich bittest, werde ich dir gewähren.‹

Und Thomas bat darum, ihre Lippen küssen zu dürfen. Sie lächelte und warnte ihn: ›Wenn du mich küsst, wirst du verzaubert und musst mir sieben Jahre dienen.‹

›Was sind schon sieben Jahre?‹, meinte Thomas und küsste die Fremde innig.

Die Dame befahl Thomas alsdann, sich hinter sie auf ihr Pferd zu setzen, und schnell wie der Wind trug es beide über das Land. Schon bald merkte Thomas, dass sie nicht mehr in der Welt der Lebenden weilten, denn die Wildnis vor ihnen war leer und weglos wie das Meer. ›Dies ist der Zugang zum Feenreich, Thomas, und ich bin die Königin hier. Wenn du mir ab jetzt bedingungslos gehorchst und kein Wort über deine Lippen kommt, was immer du auch erlebst, dann bringe ich dich in sieben Jahren zurück in deine Welt. Wenn nicht, wirst du Zeit deines Lebens in der Wildnis zwischen dem Feenland und dem Menschenreich wandern müssen.‹

Thomas nickte, und so führte die schöne Dame ihn in ihr seltsames Reich.

Er hielt sich treu an seine Anweisungen und schwieg sieben Jahre lang. Als die Zeit schließlich um war, geleitete die Feenkönigin ihn in einen zauberhaften Garten voller leuchtender Blumen, saftiger Früchte und raschelnder Büsche, unter denen Einhörner weideten. Sie pflückte einen Apfel und reichte ihn Thomas. ›Du darfst nun wieder sprechen, und für deine Dienste werde ich dir diese verzauberte Frucht schenken. Wenn du sie isst, wirst du nie mehr eine Lüge aussprechen können.‹

Thomas betrachtete den Apfel zweifelnd. ›Manchmal muss man aber unter Menschen die Unwahrheit sagen, und wenn auch nur aus Höflichkeit!‹

Die Schöne beruhigte ihn jedoch, und verabschiedete sich. Doch als sie ging, wusste Thomas, dass seine Liebe zu ihr nie sterben würde. Er sah ihr lange nach. Noch hörte er das leise Klingeln der Silberglöckchen, doch eine Wolke weißer Apfelblütenblätter wirbelte auf und nahm ihm die Sicht. Dann fiel er in einen tiefen Schlaf, und als er die Augen aufschlug, befand er sich wieder an dem kleinen Wäldchen, an dem er vor sieben Jahren gerastet hatte. Die Rückkehr war nicht ganz leicht, denn die Leute glaubten zunächst, er sei von den Toten auferstanden. Aber da Thomas nun nicht mehr lügen konnte, begann er den Menschen die Wahrheit zu erzählen. Er tat es in klingenden Reimen, und sein Rat wurde mehr und mehr geschätzt, denn man konnte sich immer darauf verlassen, dass er stets die Wahrheit sagen würde, auch wenn er in seinen Versen von unangenehmen Ereignissen berichtet. Sie nannten ihn Thomas den Reimer, und Fürsten und Könige suchten ihn auf. Er wurde reich und angesehen und gab viele Feste.

Doch dann, eines Tages geschah es. Eine milchweiße Hirschkuh und ihr Kitz kamen im silbernen Mondlicht den Berg hinunter zu Thomas' Haus. Er stand auf, ohne sich um seine Gäste zu kümmern, und trat zwischen die beiden Tiere. Voller Freude ließ er sich von ihnen zurück ins Feenreich führen, zurück zu der geliebten Feenkönigin.«

»Wie wundervoll, Rosa. Ich kann verstehen, dass du diese Geschichte oft hören wolltest.«

»Ja. Julius ist wie Thomas der Reimer. Er hat mich immer verstanden. Sogar als ich fortging.«

»Liebt er dich auch?«

»Ich weiß nicht. Wir haben darüber nie gesprochen. Und ich hätte es wohl damals auch nicht erkannt. Er war wie ein großer Bruder für mich.« Sie schwieg eine Weile und fragte dann: »Anna, hast du auch eine Familie verlassen?«

»Nein, Rosa. Meine Mutter, Cosima Dennes, starb, als ich vierzehn war, mein Vater angeblich noch vor meiner

Geburt. Ich will es manchmal nicht glauben. Ich habe mir oft ausgemalt, dass er ein bedeutender, ansehnlicher Mann war, denn solche liebte meine Mutter. Vielleicht sogar ein Ritter, der fortzog und im Kampf fiel. Oder ein Adliger aus einem fremden Land, der sie wieder verlassen musste, um seinem König zu dienen. Er sollte auftauchen und mich auf seine Burg mitnehmen und mir dort ein Leben in Ehrbarkeit und Ansehen ermöglichen. Kinderträume, Rosa. Wie die deinen. Denn meine Mutter hat mir nie gesagt, wer er war. Sie war keine ehrbare Frau.«

»Ja, so etwas habe ich mir schon gedacht.«

»Es gab eine Zeit, da war ich deshalb recht unglücklich. Aber jetzt … jetzt geht es.«

»Was wünschst du dir?«

»Ich habe alles, was ich mir wünsche, Rosa.«

»Sicher?«

Anna lachte leise auf. »Ich könnte mir etwas völlig Unmögliches wünschen, nur um zu sehen, ob die Marien wirklich so wundertätig sind, wie es heißt. Was meinst du?«

»Aber Anna!« Rosa war ehrlich entsetzt.

»Doch, Rosa. Ich möchte wissen, wer mein Vater war.«

»Kann sein, dass das genauso schwierig zu erfüllen ist, wie meine Wünsche«, meinte Rosa. »Aber komm, wie wollen den Marien ein kleines Opfer bringen, damit sie wissen, wie ernst es uns damit ist.«

»Ich habe nichts bei mir, das ich opfern könnte.«

»Ich schon.« Rosa schlug den Rock hoch und zog einen kleinen, scharfen Dolch aus der Lederscheide, die sie um ihren Unterschenkel geschnallt hatte. »Das lernt man, wenn man viel unterwegs ist!«, erklärte sie mit einem Grinsen. »Man weiß nie, wer einem begegnet.«

Dann zupfte sie eine Strähne ihres blonden Haares unter dem Gebände hervor und schnitt es ab.

»Eine gute Idee.«

Anna zog ebenfalls eine Locke hervor und ließ sie sich von Rosa abschneiden.

»Wir vergraben sie vor dem Stein.«

Mit dem Dolch löste Rosa ein Stückchen der Grassode, und Anna half ihr mit dem beinernen Löffel, den sie in ihrer Gürteltasche mitführte, ein Loch auszuheben. Es war etwa eine Handbreit tief, als sie plötzlich einen leisen Schrei ausstieß.

»Rosa, schau mal!«

Sie kratzte an dem glitzernden Gegenstand und lockerte ihn. Und dann hielt sie einen Ring in der Hand. Aus Gold war er, und in Gold gefasst war der rote Stein. In ihn eingeschnitten erkannte man ein kleines, sich aufbäumendes Pferdchen. Und innen im Ring bildeten feine Buchstaben die Worte: In perpetuam memoriam.

»Zum immerwährenden Gedenken!«, sagte Anna.

»Das heißt es?«

»Ja. Wer mag den hier vergraben haben?«

»Jemand wie wir, Anna. Glaubst du nicht?«

»Ich weiß nicht. Es ist ein bisschen unheimlich.«

»Ich finde, wir sollten ihn als ein Zeichen sehen.«

Anna drehte den Ring nachdenklich zwischen den Fingern. Sie fühlte sich seltsam. Etwas war ihr vertraut an diesem kleinen Schmuckstück. Aber dann reichte sie ihn mit einer spontanen Bewegung an Rosa weiter.

»Nimm du ihn.«

»Nein, Anna. Der gehört dir. Du hast ihn gefunden.«

»Ich habe schon einen Ring…«, sagte Anna unsicher.

»Dann hast du jetzt zwei. Komm, wir wollen uns beeilen, damit wir zurück sind, ehe die Sonne untergegangen ist.«

Sie vergruben die beiden Locken, die blonde und die schwarze, und legten sorgsam das Stückchen Grassode wieder darüber.

»Wir wollen Freundinnen sein!«, sagte Anna und nahm Rosas Hand.

»Wir sind Freundinnen, Anna. Bis ans Ende der Zeit.«

Rosa drückte sie an sich, und Anna erwiderte tief bewegt diese Umarmung. Es war das erste Mal, dass ihr Rosa auf diese Weise ihre Zuneigung gezeigt hatte.

In den letzten Strahlen der Sonne gingen sie schweigend am Waldrand entlang. Kurz bevor der Pfad in die Felder abbog, hörten sie den dumpfen Hufschlag eines Pferdes auf dem Waldboden. Zwischen dem niedrigen Gehölz tauchte eine Reiterin auf, und als sie der beiden Mädchen ansichtig wurde, zügelte sie ihr Pferd.

Anna und Rose hielten den Atem an.

Die Reiterin saß auf einem braunen Zelter und trug ein laubgrünes Kleid.

»Ehrwürdige Schwestern!«, sagte sie mit sanfter Stimme. »Ach, könnt Ihr mir sagen, wie ich zum Zehnthof finde? Ich habe den Weg verloren.«

Rosa und Anna konnten sie trotz ihrer sehr irdisch wirkenden Worte nur anstarren. Ein wenig irritiert spielte die Fremde mit ihrer Reitgerte.

»Was ist, habe ich Euch erschreckt?«

»Nein, edle Dame.« Anna hatte sich etwas gefasst. »Nur – Ihr kamt uns vor, wie aus einer alten Ballade entsprungen.«

Zu ihrer Überraschung sah die Reiterin auf ihr Kleid und fing hell an zu lachen.

»Oh, ich weiß, was Ihr meint, ehrwürdige Schwestern.« Sie kicherte noch einmal, und es klang wie das Läuten der Silberglöckchen am Zaumzeug des Pferdes. »Thomas der Reimer. Nein, nein, keine Angst, ich will

Euch nicht ins Reich der Feen entführen. Mein Name ist Thekla von Spangenberg, und ich weile hier auf Besuch.«

»So kennt Ihr die Geschichte auch?«, fragte Rosa.

»Ich hörte sie unlängst, auf dem Markplatz zu Nürnberg. Ein Spielmann trug sie vor – und ich eitler Fratz hatte darauf nichts Besseres zu tun, als mir dieses grüne Kleid schneidern zu lassen.«

»Ein junger Spielmann, der zur Laute sang, mit braunen, langen Locken?«

»Ja, Schwester. Ein solcher. Ist er auch hier durchgekommen? Oh, wie klein doch die Welt ist.«

»Julius Cullmann ist sein Name. Und er ist …«

»Meine Freundin war tief beeindruckt von seiner schönen Stimme«, fiel Anna ein, damit Rosa nicht weitersprach.

»Ja, sie war zu Herzen gehend.«

»Wisst Ihr, welche weitere Route er genommen hat?«

Ein kleines Zwinkern in den Augen der Fremden verriet, was sie dachte. Sie mochte wohl vermuten, dass die jungen Mädchen in der geistlichen Tracht dem Zauber des Bänkelsängers erlegen waren. Aber sie war gutherzig und freundlich, und darum sagte sie: »Ich hörte es zufällig, sie wollten den Winter südlich der Alpen verbringen. Eine beschwerliche Reise zwar, aber der junge Mann sah gesund und kräftig aus, also wird er wohl sein Ziel erreichen. Ob ich meines allerdings noch vor Anbruch der Dunkelheit erreiche, hängt nun von Euch ab. Wo finde ich den Zehnthof?«

»Folgt diesem Pfad, edle Dame, dort hinten, an den drei Birken, verzweigt er sich. Schlagt den rechten Weg ein, dann ist es lediglich eine halbe Meile, und Ihr seht schon das Gehöft.«

»Den rechten Weg, ja, ich werde ihn nehmen. Und Ihr?«

»Wir, edle Dame, befinden uns schon auf dem rechten Weg«, sagte Anna und konnte das Zucken ihrer Lippen nicht verhindern. Die Heiterkeit in ihr drohte überzuquellen.

»Ah, natürlich. Der Eure wird der rechte sein. Nun, habt Dank, ehrwürdige Schwestern. Und lebt wohl.«

Rosa hingegen war sehr ernst geworden und sagte mit großer Aufrichtigkeit: »Gott segne Euch, edle Dame.«

»Und Maria beschütze Euch«, fügte Anna hinzu.

Sehr höflich verbeugte sich die Fremde im Sattel und setzte dann ihren Weg fort. Im weichen Töltgang entfernte sich der Zelter, und die beiden Mädchen hörten noch lange die Silberglöckchen in der sinkenden Dämmerung klingeln.

Zwei Tage nach der Rückkehr von der Pilgerfahrt erhielt Annas Stundenbuch ein neues Bild – eine rothaarige Dame in laubgrünen Gewändern auf einem braunen Zelter ritt am Waldrand entlang. Die drei Marien wachten über sie. »Du füllst mein Herz mit Freude, größer als wenn sie Weizen und Wein ernten im Überfluss«, lautete der Vers aus dem vierten Psalm, der darunter geschrieben stand.

Rosa war begeistert, und so beschloss Anna, dass ihr Werk nicht nur Szenen aus ihrem eigenen vergangenen Leben enthalten sollte, sondern auch die ihrer Freundin Rosa. Im Herbst und im Winter entstand ein Bild, auf dem ein Spielmann zur Laute sang, eine Tänzerin ihre Röcke schwenkte, ein alter Theriakhändler seine Elixiere an die Leidenden verkaufte, ein junges Mädchen mit offenem Haar Münzen einsammelte. Darunter aber schrieb sie die Worte aus dem Psalm 104: «Singen will ich dem Herren ein Leben hindurch, meinem Gott auf der Harfe spielen, so lange ich bin.«

Beide Bilder ordnete Anna der Prim, der ersten Stunde zu, und die Kapitelszene zeigte den orangegelben Himmel bei Sonnenaufgang, der sich über einem laubgrünen Wald wölbte. Mercurius widmete sie die erste Stunde des Tages, dem wortgewandten Überbringer der Botschaften.

Rosa fand in jenen dunklen Tagen auch eine neue Beschäftigung. Seit sie mit Griffel und Feder umzugehen gelernt hatte, übte sie sich im Schreiben. Doch ihre Buchstaben waren zu krakelig, als dass sie hätte Schriften kopieren können. Hingegen flossen ihr Ranken und Blumen, zierliche Ornamente, Schnörkel und verschlungene Muster wie von selbst aus der Hand. Die Schreibmeisterin beobachtete sie eine Weile, und dann saßen Anna und Rosa täglich gemeinsam über den Blättern des Evangelistars und füllten sie mit Worten und Bildern. Nach der Vesper aber arbeiteten beide einträchtig an Annas Stundenbuch.

13. Kapitel

Der Bär ist los

Fünf Jahre verstrichen in stiller Beschaulichkeit für Anna. Sie teilte mit Rosa nach wie vor ihre Kammer im ersten Stock des Kanonissenhauses, die sie bei ihrem Eintritt bezogen hatte. Als sie an diesem Sommermorgen aufwachte, streckte sie sich behaglich unter ihren Laken und blinzelte in die Helligkeit. Die Kammer war zwar nicht geräumig, aber an den weiß gekalkten Wänden hingen die beiden Wandteppiche, die ihre Mutter so sehr geliebt hatte. Das erste Morgenlicht sickerte durch die Ritzen und Spalten der Läden und zog helle Streifen auf den Boden. Ein schöner Tag stand ihr bevor. Heute würde sie mit Dionysia, der alten Schreibmeisterin, zum Buchbinder gehen und die endlich fertig gestellten Seiten des Evangelistars abliefern. Es handelte sich um das Werk, an dem sie beide viele Jahre einträchtig miteinander gearbeitet hatten. In der letzten Zeit aber war es beinahe ausschließlich Anna gewesen, die die akkuraten Buchstaben geschrieben und die Initialen mit Ornamenten verziert hatte. Dionysias Hände waren vom Alter steif geworden und ihre Augen, wenn auch in der Ferne noch scharfsichtig, ermüdeten doch bei feinen Arbeiten schnell. Sie hatten lange überlegt, wie das Buch gebunden werden sollte und einen Buchbinder gesucht, der ihre Vorstellungen erfüllen würde. Schließlich hatten sie sich für einen Meister entschieden, der am anderen Ende der Stadt, auf dem Hunsrücken vor Sankt Ursula, seine Werkstatt hatte. Für einen Gang quer durch

Köln lud das sonnige Wetter wahrhaftig ein, und Anna schlüpfte voller Vorfreude in ihre dunkle Kanonissen-Tracht, um an der Laudes teilzunehmen. Im Winter verabscheute sie dieses erste Stundengebet des Tages, weil es kalt und klamm in der großen, ungeheizten Kirche von Sankt Maria im Kapitol war. Doch im Sommer begrüßte sie den Tag in der Morgenkühle mit aufrichtigem Jubel. Anschließend fanden sich die Kanonissen im Refektorium ein, um ein kleines, morgendliches Mahl zu sich zu nehmen. Um die notwendige Ruhe musste die Priorin nicht bangen, die meisten Frauen waren noch verschlafen und wenig zur Unterhaltung aufgelegt. Die folgende Gebetsstunde, die Prim, weckte aber auch die müdesten Kanonissen, selbst diejenigen, die unwissentlich oder manchmal auch wissentlich die Glocke überhört hatten, die zur Laudes bei Sonnenaufgang rief, erschienen nun.

Anna und Dionysia hatten die Erlaubnis erhalten, die Terz und die Sext auszulassen, um sich dem Buchbinder zu widmen. Zwar hätte Anna lieber eines der leichten, bunten Kleider getragen, die ihr erlaubt waren, außerhalb der Gebetszeiten zu tragen, aber da sie in offizieller Mission für das Stift unterwegs waren, behielt sie die schwarze Tracht, das weiße Gebände mit dem schwarzen Schleier darüber an. Ein wenig sah sie aus wie eine Nonne, doch die Kleidung war aus feinstem Material und sorgsam gearbeitet.

Die alte Schreibmeisterin, genauso gewandet wie sie, wartete im Kreuzgang, den Stapel Seiten sehr säuberlich zwischen zwei dünne Holzbretter gesteckt und in ein festes Wachstuch gewickelt. Anna begrüßte sie mit einem freundlichen Lächeln und nahm ihr die Last ab.

»Wie fühlt Ihr Euch heute Morgen, Mutter Dionysia? Ich sah Euch nicht in der Kirche?«

»Ach Kindchen!«, seufzte die alte Stiftsdame, »das schwere Wetter lastet auf mir. Du bist jung und genießt die Wärme, aber mir verursacht sie Schwindel und Ohrensausen.«

»Soll ich nicht lieber alleine gehen? Es wäre besser, Ihr ruhtet Euch aus. Auch ich merke, es könnte sich etwas zusammenbrauen. Wahrscheinlich wird es heute noch ein Gewitter geben.«

»Ganz gewiss wird es eines geben. Wir sollten uns sputen, Anna. So viel Kraft habe ich noch, dass ich dieses Werk zu Ende bringe.«

So machten sie sich langsam auf den Weg. Schnelles Ausschreiten wäre aber ohnehin nicht möglich gewesen, denn die Hohe Straße, die sie Richtung Dombaustelle nahmen, wimmelte von Leben. Eng an eng schmiegten sich die schmalbrüstigen Fachwerkhäuser, deren obere Stockwerke weit über die Straße ragten und die Eingänge in Schatten hüllten. Unter diesen Vorbauten saßen an trockenen und warmen Tagen die Handwerker und gingen ihrem Gewerbe nach, boten Pastetenbäcker und Suppenköche ihre Gerichte feil, spielten dann und wann kleine Kinder mit Murmeln oder schlugen die bunt bemalten Holzkreisel auf dem Pflaster. Zwischen all diese Beschäftigungen drängten sich die Fuhrwerke und Karren, beladen mit allerlei Waren oder Passagieren. Fässer mit gesalzenem Hering hinterließen eine fischig riechende, feuchte Spur, krakeelende Hühner in einem engen Weidenkäfig überschrien die Bäuerin, die mit der Fischmengerschen stritt. Ein schwerer Wagen rumpelte heran, hoch beladen mit hölzernen Weinfässern und ein bis über die Ohren mit Heu beladenes Eselchen trottet an einer Leine hinter einem schmuddeligen Jungen her. Drei Landsknechte in roten, grünen und gelben geschlitzten Wämsern, zweifarbigen Hosen und federgeschmückten

Baretten stolzierten an ihnen vorbei und bedachten die Wäscherinnen mit frechen Bemerkungen, die mit ihren Körben zum Brunnen gingen. Eine Gruppe Dominikaner in ihren weißen Kutten, die Hände tief in den Ärmeln vergraben, sandten ihnen missbilligende Blicke zu.

»Scheint ein gutes Jahr zu werden!«, meinte Dionysia, die einem mit Mehlsäcken beladenen Fuhrwerk auswich und dabei beinahe in einen Haufen Pferdeäpfel getreten wäre. »Die Ernte war gut, sagen die Leute, und der Handel blüht wieder, seit König Maximilian den Streit um den Rheinzoll beigelegt hat.«

»So gut, dass es viel Gesindel in die Stadt lockt.«

»Ja, das allerdings auch. Halte das Bündel nur gut fest, Anna.«

»Keine Sorge, ich habe schnelle Füße!«

Sie näherten sich der Dombaustelle, wo der Südturm mit seinem knarrenden Kran aufragte. Er war in den vergangenen Jahren nicht sonderlich viel weiter nach oben gewachsen. Das Geld für den Bau war knapp geworden. Immerhin gab es ein prächtiges Geläut, und wenn die Pretiosa, die Speziosa und die Dreikönigsglocke ihre Stimmen über die Stadt erschallen ließen, dann fühlte man die wahrhaftige Erhebung.

Am Dom bogen die beiden Kanonissen nach Westen ab, vorbei an der Rechtsschule der Dominikaner und entlang der sechzehn Mietshäuser, denen die Straße den Namen »Unter Sachsenhausen«, verdankte. Sie hatten diese Gasse gewählt, um nicht durch die Schmierstraße wandern zu müssen, die nicht nur wegen der Talgmenger und ihrem übel riechenden Gewerbe unangenehm zu begehen war, sondern auch, weil sie als beliebtes Quartier für Gaukler und anderes fahrendes Volk galt. Doch es ließ sich nicht vermeiden, einer solchen Truppe zu begegnen, die sich auf einem grünen Fleckchen am Hundsrücken niedergelassen hatten. Ein paar Wagen bildeten ein halb offenes Geviert, Wäsche flatterte an den zwischen ihnen gespannten Leinen. Über einem offenen Feuer hing an einem Dreibein ein Kessel, in dem eine Frau rührte. Ein Mädchen putzte Gemüse, und zwei Hunde stritten sich knurrend um einen Knochen. Das alles war nicht besonders aufregend, und Anna wäre sicher zielstrebig an dieser Versammlung vorbeigegangen, ohne ihnen mehr als einen Seitenblick zu gönnen, hätte nicht plötzlich Geschrei ihre Aufmerksamkeit geweckt. Es kam aus einer schattigen Ecke, und plötzlich rollten ihr zwei miteinander raufende Buben vor die Füße. Ein dritter und vierter Junge folgten und warfen sich ins Getümmel. Zuunterst befand sich ein schmächtiges, strohblondes Geschöpf, das Verwünschungen kreischte. Anna drückte Dionysia kurzerhand das Bündel in den Arm und griff ein. Den halbwüchsigen Jungen, der den kleinen mit dem Kopf auf den Boden schlagen wollte, packte sie gerade noch rechtzeitig an seinem schmutzigen Kragen und zerrte ihn von seinem Opfer weg, dem zweiten, der zu einem Fußtritt ausholte, verpasste sie eine Ohrfeige, die nur so klatschte, und der dritte setzte unter ihren flammenden Augen zum Rückzug an.

»Feiglinge! Drei Große gegen einen Kleinen!«, fauchte sie die empört schnaufenden Helden an. Und dann sagte sie nicht unfreundlich zu dem verschmierten, zerlumpten Geschöpf zu ihren Füßen: »Steh auf, Junge! Was hat die Bengel dazu gebracht, über dich herzufallen?«

»Die haben den Bären geärgert!«

»Den was?«

»Da, die Bärin. Die ist lieb, die alte Bärin, ehrlich. Aber die haben sie gepiekt und mit Steinen beworfen.«

Anna blinzelte, dann erkannte sie im Schatten eines

Wagens, an einen Pfahl gebunden, einen gewaltigen braunen Koloss, der auf seinen vier Pfoten stand und misstrauisch seinen allmählich abziehenden Quälgeistern nachsah.

»Oh, ich verstehe.«

»Ich weiß nicht, ob Ihr wirklich versteht, Schwester Nonne. Das ist ein Tanzbär. Eine Sie. Die Gaukler haben sie mitgebracht. Sie ist ganz friedlich und mag gelbe Rüben und Äpfel. Ich gebe ihr manchmal welche. Wenn ich sie finde«, fügte das magere Geschöpf hinzu, wohlwissend, dass »finden« ein Euphemismus war.

»Du würdest sie besser selbst essen.«

»Ach, das macht nichts. Ich mag eben die Bärin. Die ist so wie eine Mutter, wisst Ihr.«

Der Kleine schniefte kräftig und wischte sich mit dem Handrücken die Nase ab.

Anna musste lächeln. Sie griff in ihre Tasche und holte zwei kleine Kupfermünzen heraus.

»Man soll gut zu Tieren sein, das sagt schon der heilige Franziskus. Darum sollt ihr beide ein Festmahl haben. Da vorne ist ein Bäcker, der frischen Honigkuchen verkauft. Hol dir und der Bärenmutter einen.«

»Oooch, danke, Schwester Nonne!«

Das Kind stob davon, und Anna nahm der Schreiberin wieder das schwere Paket ab.

»Du bist sehr unvorsichtig, Anna. Das ist doch genau das Gesindel, von dem du vorhin gesprochen hast.«

»Mutter Dionysia, ich kann es nicht mit ansehen, wenn Schwächere unter der Willkür von Stärkeren leiden.«

Die alte Kanonisse hatte sich wieder in Bewegung gesetzt und schmunzelte dabei leicht.

»Nein, Anna. Das kannst du wohl nicht. Gott segne deine barmherzige Seele.«

»Ach, so barmherzig ist die gar nicht.«

Schweigend setzten sie ihren Weg Richtung Zeughaus fort, wo sich das Haus des Buchbinders befand. Es war eine sehr befriedigende Unterhaltung, die sie mit dem Meister in seiner Werkstatt führten. Das Evangelistar würde in dunkelblaues Leder eingebunden werden, eine aufwändige Goldprägung erhalten und mit zwei prächtigen Verschlüssen versehen werden. Bewundernd betrachtete der Buchbinder die einzelnen Seiten mit ihren farbigen Verzierungen, sorgfältig ausgeführten Texten und Miniaturen aus dem biblischen Leben.

»Es gibt nicht mehr viele, die eine solche Arbeit ausführen, ehrwürdige Schwestern. Die schwarze Kunst der Buchdruckerei nimmt den Schreibern das Brot. Jetzt wird die Druckerpresse bedient, und Dutzende von Seiten entstehen auf billigem Papier. Was lohnt es da noch, kostbare Einbände herzustellen.«

»Da mögt Ihr Recht haben, Meister. Doch ist es nicht auch eine gute Tat, dass nun viel mehr Menschen die Schriften der Gelehrten und die frommen Werke der Weisen lesen können?«

»Glaubt Ihr ernsthaft, dass das von Nutzen ist? Die Menschen wollen nicht gelehrtes oder weises Schriftgut lesen, sie wollen über Helden und willfährige Frauen lesen. So wie sie den Komödianten zuschauen und lieber Moritaten lauschen, als der Predigt über die Leiden unseres Herren.«

Dionysia gab Anna einen kleinen Wink, sich nicht weiter dazu zu äußern. Der Mann mochte ein Künstler seines Faches sein, aber er war offensichtlich verbittert über den Fortschritt, der ihm sein Geschäft, wie er meinte, verdarb.

»Mein Kopf schmerzt mich von dieser drückenden Hitze, Anna. Lass uns zurückgehen, bevor die Sonne noch höher steigt.«

»Natürlich, Mutter Dionysia.«

Anna musste die alte Schreibmeisterin am Ellenbogen fassen, als sie auf die sonnendurchglühte Gasse traten, denn sie schwankte ein wenig. Sehr langsam, und stets darauf bedacht, möglichst den Schatten auszunutzen, machten sie sich auf den Rückweg.

In der Höhe der Schmiergasse geschah das Unglück.

Schreiend kam ein Pulk Menschen um die Ecke gelaufen und hätte sie beinahe umgerannt. Anna drängte Dionysia an eine Hauswand und stellte sich vor sie.

»Der Bär ist los! Der Bär ist los!«, brüllte ein Maurer und warf seine Speiskelle in die Gosse. Eine Mutter kreischte auf und zerrte ihre zwei Kinder hinter sich her.

»Der Bär ist los! Er wird uns fressen!«, schrie eine junge, dralle Magd und raffte die Röcke bis hoch zur Taille, um besser laufen zu können.

»Der Bär ist los! Gnade Gott uns allen!«, röhrte ein schwarz berockter Mönch, dessen feistes Gesicht rot glühte.

»Der Bär ist los! Holt die Wachen!«, dröhnte ein Pastetenbäcker, dessen Stand umkippte, als er die Flucht ergriff.

Sie stürmten vorbei, und hinter ihnen trottete die braune Bärin.

»Ich kann nicht …!«, japste Dionysia.

»Psst, schon gut.«

»Lauf, Kind.«

»Nein, Mutter Dionysia. Bleibt ganz still stehen. Dann bemerkt das Tier uns nicht.«

Verzweifelt versuchte die alte Kanonisse, ihr Keuchen zu unterdrücken. Der Bär schien seine ungewohnte Freiheit zu genießen und rieb sich den Rücken an einem Baumstamm. Die Straße war inzwischen menschenleer.

Bis auf eine kleine, schmutzige Gestalt in Lumpen. Die ging ganz langsam auf den Bären zu und murmelte irgendeinen Singsang vor sich hin. Die Bärin bemerkte das Kind und drehte sich behäbig um. Anna hielt den Atem an.

Mit einer ausgestreckten Hand, in der sich ein staubiges, angebissenes Stück Honigkuchen befand, näherte es sich weiter. Die Bärin brummte und trabte auf den Kleinen zu. Rückwärts gehend lockte der so das Tier von Anna und Dionysia fort.

Wahrscheinlich wäre es ihm sogar gelungen, die Bärin zurück in das Lager zu führen, wären nicht in dem Augenblick die herbeigerufenen Stadtsoldaten im Laufschritt erschienen. Einer von ihnen trug eine Donnerbüchse in der Hand, und als sie des Bären ansichtig wurden, kniete der Mann nieder, zündete eine Lunte an und zielte auf das sich langsam entfernende Tier. Es gab ein ohrenbetäubendes Krachen, Pulverqualm stieg schwarz auf, beißend von Geruch. Die Bärin gab einen qualvollen Todesschrei von sich und stürzte in den Straßenstaub. Noch qualvoller aber schrie das Kind auf. Es rannte zu dem gefällten Pelzriesen und wollte nach seinem Kopf fassen, aber einer der Gaukler, der inzwischen herangeeilt war, riss es geistesgegenwärtig von dem sterbenden Tier fort.

Anna hätte sich gerne um den Kleinen gekümmert, doch es war Dionysia, die ihre ganze Aufmerksamkeit verlangte. Sie war wortlos zusammengebrochen und lag, halb an die Hauswand gelehnt am Boden. Anna fühlte nach ihrem Herzschlag. Ganz unregelmäßig klopfte es noch, und ihr Atem ging rasselnd. Sie brauchte Hilfe.

Die Menschenmenge hatte sich wieder eingefunden,

weidete sich an dem Drama der Bärenhatz und kümmerte sich keinen Deut um die beiden Kanonissen. Doch Anna, verwundert über sich selbst, stand auf, schnappte sich einen halbwüchsigen Töpfergesellen und fragte ihn: »Wie heißt du?«

»Iwan!«, grinste der und zeigte eine schwarze Zahnlücke.

»Hier gibt es eine Schenke, ›Zum vollen Krug‹. Wird die noch von der Becker'schen Horsel betrieben?«

»Sischer dat!«

»Dann lauf zu ihr hin und sag, Anna Dennes braucht ihre Hilfe. Hier, das wird dir den Weg versüßen!« Sie zeigte ihm eine Silbermünze, nach der er gierig greifen wollte. Sie zog die Hand zurück. »Wenn du mit ihr wiederkommst!«

Ohne weiteres Wort rannte er los.

Es dauert nicht lange, und eine propere Wirtsfrau segelte durch die Menschentraube, die sich vor ihr teilte wie das Rote Meer vor Moses. Es war sechs Jahre her, dass Anna Horsel gesehen hatte, doch sie erkannte sie sofort. Viel hatte sie sich nicht verändert, ihre alte Amme. Zwar war ihr Gesicht noch etwas runder geworden und auch ihre Hüften, die Strähnen unter der weißen Haube ein wenig grauer. Aber es war Horsel, die Frau, die Anna seit ihrer Kindheit betreut hatte.

»Ehrwürdige Schwester!«, sagte sie, als sie Anna erreicht hatte. »Was kann ich für Euch tun?«

»Meine Begleiterin ist ohnmächtig geworden. Der Bär, der Schuss, die Hitze – es war zu viel für sie. Ich muss sie von der Gasse fortbringen. Hast du eine Stube für sie?«

»Hab ich. Iwan, hol ein Brett vom Hof.«

Die Münze tat noch immer ihre Wirkung, und kurz darauf betrat Anna, die mit Iwan zusammen das Brett trug, auf dem Dionysia lag, das erste Mal die Schenke, die Horsel betrieb. Zwar hatte sie ihr Leben lang im Haus gegenüber gewohnt, doch es war ihr streng untersagt worden, diese Stätte zu betreten. Jetzt nahm sie nicht viel mehr wahr, als den schalen, abgestandenen Geruch von Bier und verschüttetem Wein, kalter Asche im Kamin und leicht ranzigem Fett.

»Hab nur hier hinten die Kammer. Nach oben kriegen wir sie nicht!«, murmelte Horsel und öffnete widerstrebend die Tür.

Es war ein ebenerdiger, kleiner Raum, der nicht viel mehr als ein breites Bett enthielt, ein Nachtgeschirr, eine angeschlagene Schüssel und einen Wasserkrug. Annas Blick fiel auf die fleckigen Laken, die Horsel mit einem schnellen Griff von dem Bett zog. Eine trübe Ahnung, zu welchen Zwecken diese Kammer wohl benutzt wurde, streifte sie. Die Tatsache, ihre mütterliche Freundin hier unterbringen zu müssen, verursachte ihr Übelkeit. Aber dann lag ein frisches Laken auf dem durchgelegenen Polster, und vorsichtig betteten sie die alte Kanonisse darauf.

Anna löste ihr das Gebände und die Schnürungen des Gewandes. Noch immer rasselte der Atem, ihre Lippen und Fingernägel hatten sich blau verfärbt, und kein Zeichen von Aufwachen war zu erkennen. Auch nicht, als sie ihr die Stirn mit kühlem Wasser netzte.

»Wird wohl der Schlag getroffen haben«, murmelte Horsel leise. »Können versuchen, ihr eine Tinktur einzuflößen, die das Herz anregt und die Schmerzen nimmt. Ich hab so etwas hier.«

Ganz leise fragte Anna: »Sollten wir nicht besser einen Arzt holen?«

Und genauso leise antwortete Horsel, die Schenkenwirtin: »Anna, sie wird's nicht mehr lange machen. Bleib bei ihr sitzen. Mehr kann man nicht tun.«

So war es dann auch. Nach der Sext war der Priester der benachbarten Pfarrkirche Maria Ablass gekommen und hatte Mutter Dionysia die letzte Ölung gespendet, und als der Nachmittag in den frühen Abend überging, die Hitze allmählich nachließ und sich dunkle Wolken über der Stadt zusammenballten, da erwachte die alte Schreibmeisterin noch einmal mit flatternden Lidern. Anna nahm ihre Hand in die ihre. Dionysias Lippen bewegten sich mühsam, und die Jüngere neigte sich vor, um die gehauchten Worte zu verstehen, die die Sterbende von sich gab.

»Mein Werk ist vollbracht.«

»Ja, Mutter Dionysia, Euer Werk ist vollbracht, und es gereicht Euch zu großer Ehre.«

»Zur Ehre Gottes, Kind, nicht zu meiner.«

»So wird er Euch dafür einen Platz im Himmel einräumen.«

»Ich hoffe. Ich habe mich bemüht …«

»Ihr seid eine herzensgute Frau, Mutter Dionysia. Ich danke Euch von Herzen für all die Güte, die Ihr mir erwiesen habt.«

»Du bist nicht die, die du vorgibst zu sein, Anna di Nezza, stimmt es?«

»Nein, Mutter Dionysia. Ich bin Anna Dennes, die uneheliche Tochter einer Buhle und bin hier aufgewachsen.«

»Ja, ich dachte es mir von Beginn an.«

»Und dennoch habt Ihr mich unter Eure Fittiche genommen, dafür stehe ich in tiefer Schuld bei Euch.«

Dionysias Augen waren zum Fenster gewandt, und sie schien in die dunkel dräuende Ferne zu schauen.

»Die Fittiche, Kind, breitet der Rabe über dich«, sagte sie plötzlich mit unerwartet lauter Stimme. »Doch hüte dich vor der Sünde, die Lots Töchter begingen!«

Anna streichelte beruhigend die trockene, vom Alter verkrümmte Hand.

»Ja, Mutter Dionysia. Ich will mich bemühen, ein gutes Leben zu führen, und die Kunst, die Ihr mich gelehrt habt, wird mir dabei helfen.«

»Der Herr behüte dich. Ich gehe heim, Kind, doch – nicht alles endet mit dem Tod.«

Mit einem letzten Seufzer verschied die alte Stiftsdame.

Und Anna weinte.

14. Kapitel

Vergebliche Suche

»Was haben Lots Töchter verkehrt gemacht?«, fragte Cilly neugierig.

»Keine Ahnung, lies Moses. Ich glaube, bei dem steht etwas darüber. Das ist doch die Geschichte mit der Salzsäule.«

»Ich lese ständig in der Bibel, aber den alten Moses finde ich echt ätzend. Der zeugt den und der zeugt den Nächsten, und alle haben sie total unmögliche Namen. Aber weißt du was, mir ist gestern das Gedicht wieder eingefallen, Anita. Kennst du das?«

Cilly setzte sich grade hin und deklamierte:

»Sie ritten durch den grünen Wald
Bei Vogelsang und Sonnenschein,
Und wenn sie leicht am Zügel zog,
So klangen hell die Glöckelein.«

»Cilly? So gebildet?«

»Fontane, Thomas der Reimer. Ich musste es vor zwei Jahren oder so auswendig lernen. Aber sie ritt ein weißes Ross und keinen braunen Zelter.«

»Es war ja auch nicht die Feenkönigin. Natürlich kenne ich das Gedicht. Es wurde von Carl Loewe vertont, Julian hat es mir manchmal vorgesungen.«

»Mir auch, Anita!«

»Es passte ihm wohl sehr gut in die Geschichte von Anna und Rosa. Möglicherweise hat ihn dieses Bild auf die Idee gebracht.«

Ich legte die Seiten aus dem Stundenbuch vor uns auf

den Tisch. Die grün gewandte Reiterin, die Spielmannsszene und den Sonnenaufgang. Umrandet waren sie von Haselzweigen. Bei dem letzten Bild trugen sie wie im Frühling gelbe Kätzchen, im zweiten waren sie belaubt und im dritten trugen sie braune Nüsse in ihren grünen Krönchen.

»Die Ornamente in den Rahmen aller anderen Kapitel sind erheblich kunstreicher gearbeitet als die der Vesper, seht ihr? Ich denke, wir können mit gutem Grund annehmen, dass zwei Personen an der Gestaltung gearbeitet haben. Denn die erzählenden Szenen und die Schrift-Einfügungen sind von gleich bleibender Qualität.«

Wir hatten unser drittes Wochenende miteinander verlebt und immerhin eine gewisse Ordnung in einen Teil der Bilder gebracht.

»Und es ist eindeutig so, dass unser Vater seine Geschichte entlang dieser Szenen gestrickt hat.«

Ich stimmte Rose zu, und wir legten die Blätter in die Reihenfolge, die sich aus der Erzählung ergab. Ein System war aber auch darin nicht zu erkennen.

»Sehr rätselhaft!«

»Sehr. Aber wir haben einen gewissen Wiedererkennungswert in den Figuren der Geschichte, findest du nicht?«

»Wir haben Anna und Rosa.«

»Aber ich bin noch nicht dabei«, meinte Cilly betrübt. »Keine Gratia oder Valeria oder so was.«

»Kommt schon noch. Dafür ist der Sänger wieder von der Partie. Diesmal als Julius Cullmann, alias Julian Kaiser.«

»Ja, und meine Rosa ist in ihn verliebt. Das kommt dem Inzest ziemlich nahe, was?«

»Wer weiß, ob sie ihn kriegt.«

»Und die Ursa oder Uschi ist sogar zweimal dabei, einmal als Bärenmutter und als Schenkenwirtin, was ziemlich irritierend ist.«

»Dafür ist dieser Hrabanus Valens eindeutig dein Valerius«, sagte Rose. »Und verheiratet mit einer Natternzunge namens Berlindis. Du solltest noch mal diese reizende Verkäuferin in dem Antiquitätengeschäft aufsuchen. Vielleicht ist sie ja doch seine Frau.«

»Verkäuferin ist übrigens gut. Die Dame aus dem Juwelierladen hat sich gemeldet.«

»Oooch, erzähl. Kennt sie ihn?«

Ich hatte Cillys Vorschlag, den Juwelier noch einmal aufzusuchen, bei dem ich Valerius getroffen hatte, natürlich sofort in die Tat umgesetzt. Es ließ sich viel versprechend an.

»Womit kann ich Ihnen helfen?«, hatte mich eine der Verkäuferinnen gefragt.

»Mein Name ist Anita Kaiser. Ich habe bei Ihnen im Laden vor ungefähr drei Wochen einen Mann wieder getroffen, der mir sehr viel bedeutet. Und dummerweise ist er mir kurz darauf verloren gegangen.«

Die Dame hatte Humor. Sie fragte: »War er ein so hochkarätiges Exemplar, dass Sie bei uns nachfragen?«

»Außerordentlich hochkarätig. Eventuell gibt es jemanden von Ihrem Verkaufspersonal, der sich an ihn erinnert? Er hat seine Uhr abgegeben, die stehen geblieben war.«

Ich musste wohl ziemlich jämmerlich ausgesehen haben, denn sie rief alle Anwesenden zusammen, um sie zu befragen. Möglicherweise war es auch nur eine willkommene Abwechslung, denn montags morgens um zehn herrschte wenig Betrieb. Ein junger Mann unter ihnen konnte sich in der Tat genau an die Situation erinnern. Mein Gesicht hatte Eindruck hinterlassen. Die

Tatsache, dass ich beinahe in dem Laden sang- und klanglos umgekippt wäre, ebenfalls. Ja, er entsann sich sogar, dass der Herr mit dem dunklen, grau durchzogenen Bart seine Uhr, ein recht wertvolles Stück, abgegeben hatte.

»Hat er sie inzwischen abgeholt?«, wollte ich wissen.

»Das kann ich Ihnen leider nicht sagen. Aber wenn Sie mir den Namen des Herren nennen, werde ich versuchen, Ihnen behilflich zu sein.«

»Das ist ja genau mein Problem. Ich kenne nur seinen Vornamen. Zumindest ist er etwas ungewöhnlich, er heißt Valerius. Hat er jemandem von Ihnen seinen vollen Namen genannt?«

»An dem Tag hat Frau Berger ihn, glaube ich, bedient. Und die ist seit Freitag in Urlaub. Sie kommt erst in drei Wochen zurück.«

»Oh, mh. Könnten Sie wohl nachsehen, ob er irgendetwas unterschrieben hat – einen Abholzettel, eine Rechnung, einen Kartenbeleg?«

Sie waren wirklich alle sehr hilfsbereit und suchten die Daten des achten Januar heraus, aber an diesem Tag gab es keinen Beleg, den ein Valerius, dessen Nachname mit C begann, abgezeichnet hatte.

»Ich entsinne mich, Sie sind ziemlich überstürzt aufgebrochen, Frau Kaiser. Möglicherweise hat er seinen Namen nicht auf dem Abholschein hinterlassen. Vermutlich hat er ihn noch nicht einmal mitgenommen«, versuchte der junge Mann hilfreich zu erklären.

»Wie würde er denn dann die Uhr zurückbekommen?«

»Die Frage ist, ob er sie bereits abgeholt hat…«

»Ach Gott, ja, er ist an jenem Tag noch nach Rom geflogen. Sie könnte sogar noch hier sein. Liegt in Ihrer Werkstatt etwa eine herrenlose Uhr herum?«

»Nein, bestimmt nicht, aber ich sehe eben mal die Posten durch, die noch auf ihre Abholung warten.«

Er verschwand in der Werkstatt, und ich nahm meine Visitenkarte aus der Tasche und legte sie der hilfsbereiten Dame auf die Theke.

»Sollte der Herr sich hier noch einmal einfinden, wäre es sehr nett, wenn Sie ihm diese Karte geben würden. Und könnten Sie ihre Kollegin auch bitten, mich nach ihrem Urlaub einmal anzurufen.«

»Machen wir, Frau Kaiser. Man wird in unserem Beruf nicht jeden Tag zum Postillon d' amour ernannt.« Sie lächelte verschmitzt. »Ein lupenreiner Diamant sollte er wohl schon sein, Ihr Valerius, da Sie sich solche Mühe machen.«

»Es ist eine lange und nicht ganz einfache Geschichte damit verbunden. Sie läuft aber ganz einfach darauf hinaus, dass ich ihn wieder finden muss. Tut mir Leid, Ihnen nicht mehr dazu sagen zu können.«

»Schon gut, Liebelein.« Die typische Kölnerin verstand. »Sie sagen, er ist an jenem Tag noch nach Rom geflogen? Versuchen Sie es am Flughafen, eventuell finden Sie ihn auf der Passagierliste.«

»Daran habe ich nicht gedacht. Danke für den Tipp.«

Der junge Mann kam zurück und zuckte bedauernd mit den Schultern.

»Keine herrenlose Uhr, kein Valerius, noch nicht einmal ein Kunde, der seinen Vornamen mit V. abkürzt. Tut mir Leid.«

Mein nächstes Ziel lag nicht weit entfernt – der Flughafen in Wahn. Ein kurzer Blick auf die Abflugzeiten sagte mir, dass montags um 17.15 Uhr ein Flug der Germania nach Rom ging. Alle anderen Termine passten nicht, dieser aber machte Sinn. Ich begab mich zum Counter der Airline und versuchte mein Glück.

Was die Herrschaften im Juweliergeschäft an Freundlichkeit und Hilfsbereitschaft bewiesen hatten, wurde hier ins Gegenteil verkehrt. Man hatte zwar Passagierlisten, natürlich. Aber meinen Freund suchen zu helfen, um den ich mich sorgte, weil er sich nicht meldet, dazu sah man sich außer Stande. Es gab Vorschriften, ich müsse verstehen. Und wenn er sich angeblich nicht meldete, dann solle ich eine Vermisstenanzeige aufgeben. Die junge Dame, deren Namensschild sie als Bettina Wolf auswies, wies sich selbst als Zicke im Wolfspelz aus. Ihr war überdeutlich anzumerken, dass sie, selbst wenn sie Valerius eigenhändig das Ticket ausgestellt hätte, mir nicht die gewünschte Auskunft erteilen würde, weil sie Frauen nicht ausstehen konnte, die hinter Männern herliefen, die vermutlich aus gutem Grund das Weite gesucht hatten.

Deprimiert fuhr ich noch einmal zurück nach Marienburg und kreuzte durch die Straßen. Vergeblich.

Und dann hatte gestern Frau Berger netterweise angerufen.

»Sie hat sich an Valerius und mich selbstverständlich erinnert«, sagte ich zu Rose und Cilly. »Unser Auftritt war bemerkenswert. Aber seinen Namen hat er ihr nicht genannt, sie hat ihm den Abholzettel gerade noch in die Hand drücken können, bevor er mit mir aus dem Laden gegangen ist. Die Uhr ist dann am Freitag derselben Woche abgeholt worden. Von einer jungen Chinesin, sagt sie.«

»Ach du lieber Gott! Das Reich der Mitte soll ziemlich groß sein«, bemerkte Cilly.

»Aber seine Vertreter sind in Köln nicht ganz so zahlreich. Wusste sie wenigstens, wie die junge Dame hieß? Ich meine, sie wird Valerius doch wohl zumindest so gut kennen, dass er sie seine Botengänge machen lässt.«

»O ja, sie hatte einen Namen, Rose. Du wirst es nicht glauben, die Asiatin hört auf den guten kölschen Namen Schmitz.«

»Heiliger Vitus und Sankte Anne!«, stöhnte Rose theatralisch. »Du bist von feindlichen Kräften umringt, die nicht wollen, dass Valerius und du zusammenkommen.«

»Den Eindruck habe ich auch langsam. Ich frage mich, ob ich die ganze Sache nur geträumt habe. Wie eine dieser Geschichten, die wir uns hier erzählen. Wahrscheinlich täte ich ganz gut daran, Carls Werben nachzugeben. Er ist wenigstes ein verlässlicher, greifbarer Mann mit Adresse und Telefonnummer, nicht so ein flüchtiges Gespenst wie Valerius, der Rabe.«

»Ist dir eigentlich schon mal die Idee gekommen, sein Nachname könnte gar nicht mit C beginnen? Vielleicht ist es sein zweiter Vorname. Caspar, Carolus, Caesar, Cornelius, Constantin oder so. Und er heißt eigentlich Rabe oder Hrabanus.«

»Du machst mir Mut, Rose!«

»Das wird er nicht. Er heißt bestimmt Corvus, wie in der römischen Geschichte!«, begehrte Cilly auf. Sie glaubte noch immer, das unsere Erzählungen reale Ereignisse betrafen.

»Ach Cilly, das wäre so einfach. Aber komm, verwandeln wir uns in die drei Grazien und suchen unsere Ablenkung auf dem Maskenball der Mediziner.«

Ich hatte nach mehreren eindringlichen Anrufen Carls Bitten nachgegeben und war am Valentinstag mit ihm Essen gegangen. Es entwickelte sich eine freundschaftliche Beziehung, auch wenn er, sehr gut versteckt, nach wie vor die Hoffnung hegte, es könne mehr daraus werden. Ich machte ihm zwar keinen Mut, aber ich fand ihn so sympathisch, dass ich ihn nicht einfach fortschicken mochte. Darum hatte ich auch die Einladung zum jährlichen Medizinerball der Studentenschaft angenommen, zu dem er regelmäßig eingeladen wurde. Er hatte, auf meine Bitte hin, diese Einladung auch auf Rose und Cilly ausgedehnt, erfreut, mit einer Eskorte von drei Schönheiten dort auftauchen zu können.

»Blass vor Neid sollen sie werden!«, hatte er genickt und von einer Wikingertracht gesprochen.

Das hatte uns auf die Idee gebracht, aus einigen Metern weißem Stoff schlichte römische Tuniken zu nähen. Darüber trug Rose ein blaues, Cilly ein grünes und ich ein safrangelbes Obergewand, das wir mit goldenen Geschenkbändern kunstreich um die Taille gürteten und in elegante Falten legten. Wir betrachteten uns im Spiegel und brachen in hemmungslose Heiterkeit aus.

»Das hätte Julian gefallen!«, schnaufte Rose endlich. »Kommt, Anna Denezia und Valeria Gratia, gehen wir Männerherzen brechen!«

Carl erschien pünktlich, um uns abzuholen und machte einen ziemlich haarigen Eindruck. Zotteliger Pelz umgab seinen Oberkörper, grobe Leinenhosen seine Beine und bis zu den Waden geschnürte Pelzgamaschen seine Füße.

»Ich habe auch einen Helm, aber der wirkt beim Autofahren ein wenig hinderlich.«

»Hast du einen Auerochsen mit bloßer Hand erlegt?«

»Nicht mit bloßer Hand, Domina. Mit der Axt. Sie liegt ebenfalls im Kofferraum.«

Es versprach, heiter zu werden. Carl stellte uns einigen seiner Kollegen vor, und sogar die Ärztin, die mir die Narbe in meinem Gesicht so gerne entfernt hätte, war als Nonne erschienen, zeigte jedoch bedenklich viel schwarz bestrumpftes Bein unter dem Habit.

Es gab ein paar wirklich gute Büttenreden, einige

waren allerdings nur für die Insider der medizinischen Fakultät verständlich. Ein hinreißendes Männerballett brachte Rose, Cilly und mich schier um die Fassung, und ein Blödelbarde verursachte Cilly schließlich einen Schluckauf vor Lachen, den die anwesenden Doktores mit einem Glas Punsch bekämpfen mussten. Danach wurde getanzt. Carl versuchte, mich in Beschlag zu nehmen, aber nach dem zweiten Schunkelwalzer entkam ich ihm mit einem Scheich. Rose und Cilly hatten ebenfalls Partner gefunden und amüsierten sich sichtlich. Ich machte eine Tanzpause und gesellte mich zu ihnen, als Carl wieder auftauchte und uns ein Tablett mit Gläsern und einer großen Flasche Wasser brachte.

»Du bist kein raubeiniger Wikinger, du bist ein schlichter Engel!«, sagte Rose dankbar.

»Irgendwie muss man sich ja bei den Damen beliebt machen. Ach du liebe Zeit!« Er stellte das Tablett ab. »Die Juristen kommen!«

»Razzia?«

»Nein, das nun grade nicht. Aber die saufen uns immer das Kölsch weg.«

Drei unheimliche Gestalten in roten Wämsern, die Köpfe unter schwarzen Henkersmützen versteckt, mit Schwert, Beil und Hanfseil bewaffnet, kamen direkt auf uns zu. Carl lockerte seine Axt im Gürtel.

»Da ist er, der Schlächter vom Stadtkrankenhaus. Der amputiert immer gleich mit dem Hackebeil. Ergib dich, Carl, du feiger Hund, und versteck dich nicht hinter den hilflosen Frauenzimmern.«

Wir drei machten Front vor Carl.

»Wagt es, den römischen Göttinnen in den Weg zu treten!«, fuhr ich sie an.

»Ah, Göttinnen? Drei? Das werden wohl die Parzen mit den Warzen sein?«

»Falsch, Schinderhannes. Das sind Juno, Minerva und selbstverständlich Justitia, unsere Schutzpatronin.«

Der eine Henker nahm Roses Hand, lüpfte seine Maske ein wenig und beugte sich ehrfürchtig darüber.

»Da seht ihr's wieder, unser Meister Fix!«

»Trotzdem falsch geraten, meine Herren!«, erklärte ich.

»Hör auf, der Göttin die Finger abzulecken, Henkersbruder. Das sind die drei Grazien, wenn mich nicht alles täuscht! Meine Damen, ich bin der scharfe Richter Fabian. Und Ihr nennt Euch?«

»Valeria Gratia natürlich!«, sagte Cilly hochnäsig.

»Anna Denezia!«, stellte ich mich vor.

»Und Ulpia Rosina selbstverständlich! Und nun zeigt endlich Eure Gesichter, zum Henker!«

»Ah, wir hätten es wissen müssen. Hannes, ich denke, diese Mützen wirken nicht eben vertrauensbildend. Wir sollten sie entfernen.«

Die drei nahmen die scheußlichen schwarzen Mützen ab, und ich merkte, wie Rose neben mir zusammenzuckte. Ihr Blick blieb an dem scharf geschnittenen Gesicht von Meister Fix hängen, der sich mit der Hand gerade durch die zerzausten schwarzen Haare fuhr.

»Wie graziös tanzen denn die Grazien?«, fragte mich der um die Mitte recht rundliche Scharfrichter Fabian, dessen mausbraune Locken um die Stirn sich schon ein wenig lichteten.

»Überirdisch graziös, wie könnt Ihr fragen?«

Er schob energisch sein Richtschwert zur Seite, entführte mich auf die Tanzfläche und entpuppte sich überraschenderweise als ausgesprochen guter Tänzer.

»Diese Art von Walzer lernt man aber nicht im Gerichtssaal?«

»Nein, dort lernt man nur das Tanzen auf rohen Eiern.

Solche Schritte lernt man im Tanzsportverein. Aber du bist auch nicht unbefleckt von dieser Kunst. Versuchen wir den Cha-cha-cha?«

Wir hatten Spaß miteinander, und wie sich zeigte, war er ein sehr umgänglicher Mensch mit einem ausgeprägten Sinn fürs Lächerliche. Ich fasste Vertrauen zu ihm.

»Bist du Carls Freundin?«

»Eine Freundin bin ich schon. Aber nicht in dem Sinne, wie du meinst. Ich schätze ihn sehr.«

»Der arme Kerl.«

»Wieso denn das?«

»Ich werde das Gefühl nicht los, er erhofft sich mehr als nur Wertschätzung von dir. Kriegt er wohl nicht, was?«

»Herr Richter, ich bitte um Erbarmen, mein Herz gehört einem anderen.«

»Und wo ist dieses Musterexemplar, dem dein Herz gehört.«

»Das – wenn ich's wüsste …!«

»Ist er dir abhanden gekommen?«

»So könnte man es vermutlich ausdrücken.« Und plötzlich kam mir ein Gedanke. Wenn schon mit einem Juristen tanzen, dann doch auch gleich seinen fachlichen Rat erfragen. »Sag mal, was sind die Voraussetzungen für eine Vermisstenanzeige?«

»Hoppla, so schlimm?«

Ich erzählte ihm in einer stark verkürzten Fassung mein Erlebnis mit Valerius.

»Vergiss es. Du hast keinen Namen, du hast kein Foto, du hast, entschuldige mal, auch keine rechtliche oder familiäre Beziehung zu ihm.«

»Ja, war eine Schnapsidee. Ich hab schon alles Mögliche versucht, manche Leute waren sogar recht hilfsbereit, aber weder die Mitarbeiter der Airline noch das Straßenverkehrsamt haben die Infos rausgerückt. Was soll ich nur tun?«

»Zeig ihn an.«

»Was?«

»Na ja, du hast einen Teil des Kennzeichens und die Automarke. Zeig ihn wegen Nötigung an. Dann müssen sie ermitteln, und es gibt eine Gegenüberstellung.«

Mein Herz klopfte plötzlich bis zu den Ohren.

»Und dann?«

»Siehst du ihn wieder. Kannst ja sagen, du kennst ihn nicht, muss ein anderer gewesen sein, der einen ähnlichen Wagen fährt.«

»Kann ich das wirklich machen? Ich meine, das ist jetzt über einen Monat her.«

»So schnell verjährt das nicht. Du könntest in der Zwischenzeit ja verhindert gewesen sein.«

»War ich auch, Carl kann's sogar bezeugen. Er hat mich nämlich unterm Messer gehabt, um noch ein paar Spuren zu beseitigen. O Fabian, das ist ein zwar ziemlich schäbiges Unterfangen, aber die erste wirklich aussichtsreiche Lösung.«

»Wir können Falko fragen, wie du das am besten eintütest. Er ist Staatsanwalt.«

»Falko?«

Ich schnappte nach Luft.

»Meister Fix, und unter dem Namen tritt er nicht nur im Karneval auf, das kann ich dir verraten.«

»So, so, Falko. Ich sehe ihn nicht. Mh, und Rose ist ebenfalls verschwunden.«

»Da spürte ich vorhin eine sonderbare Anziehungskraft. Na, es geht auch ohne ihn.«

»Was ist mit dem Schinderhannes?«

»Der ist Notar, der schindet nur die Kontostände seiner Klienten. Es ist gar nicht so schwer, Anna Denezia oder wie heißt du bürgerlich?«

»Anita Kaiser.«

»Also, Anita, geh zur Polizei, erzähl denen eine Schauerstory, wie dieser Autofahrer dich bedrängt hat, verfolgt, möglicherweise ausgestiegen und dich bedroht hat. Dass du nicht mehr als die Buchstaben auf dem Nummernschild behalten hast, ist glaubhaft. Tja, und dann warte ab, bis die Vorladung kommt. Hey, du zitterst ja, Anita. Meine Güte, so sehr hat es dich erwischt?«

»Mehr als du dir vorstellen kannst.«

»Du brauchst ein Bier, Mädchen. Komm mit.«

Dieser Abend sollte Konsequenzen haben. Die erste bestand darin, am nächsten Morgen zur Polizei zu gehen und Anzeige gegen den Fahrer des Wagens mit dem Kennzeichen K-VC zu erstatten, der mich am achten Januar auf das Übelste belästigt und mich körperlich bedroht hatte. Die Geschichte eines längeren Krankenhausaufenthaltes in der Zwischenzeit nahm man mir mit meinem ungeschminkten Gesicht ohne Fragen ab. Eine kleine Bemerkung, eher eine seltsame Reaktion war es, die mich ein wenig stutzig gemacht hatte, als der Dienst habende Beamte meine Angaben aufnahm.

»K-VC?«, sagte sein Kollege. »Oha!«

»Kennen Sie den Mann?«

»Nein, Frau Kaiser. Jetzt bitte Ihre Personalien.«

Mehr war nicht zu erfahren, aber ich verließ die Wache mit gemischten Gefühlen. War Valerius etwa ein notorischer Frauen-Nötiger? Nun, ich würde es in Kürze erfahren.

Die zweite Folge des Karnevalsfestes war Roses geistige Verfassung. Die befand sich nämlich im Ausnahmezustand.

»Anita, ich habe die gleiche Scheiße gemacht wie du. Ich weiß nur, dass er Falko heißt.«

»Prima. Aber ich weiß, dass er Staatsanwalt ist. Und Fabian ist Richter und Hannes Notar. Außerdem scheint Carl die Jungs zu kennen. Du hast um etwa vierhundert Prozent bessere Karten als ich.«

»Rufst du Carl bitte an, meine liebste, meine aller-, allerliebste Schwester?«

»Natürlich.«

Carl kannte die drei selbstverständlich. Falko Roman war Staatsanwalt in Düsseldorf, und er wusste sogar seine private Telefonnummer. Doch Rose stand eine Enttäuschung bevor.

»Es meldete sich eine Frau mit einer wundervoll sexy Stimme. Ich hab nach ihm gefragt, aber ich fürchte, die wird ihm nicht ausrichten, dass er mich zurückrufen soll.«

»Vielleicht war es seine Mutter oder seine Schwester.«

»Oder seine Tochter oder seine Cousine, klar.«

»Die Putzfrau?«

»Nicht am Sonntag und nicht mir der Stimme. Ich sollte ihn besser vergessen. Aber weißt du – ich habe ihn schon einmal gesehen. In dem Antiquitätenladen.«

»Ernsthaft? Da hast du schon ausgesehen, als wäre dir eine Erscheinung begegnet.«

»Ja. Ich fürchte, mich hat's erwischt.«

»Lass ein paar Tage vergehen und ruf dann noch mal an. Später erwischst du ihn wahrscheinlich selbst, und dann kannst du sachte vorfühlen, wie ernst es ihm wirklich war.«

»War für ihn nur ein kleiner Flirt, glaube ich.«

»Wart es doch ab. Ja, ja, ich weiß, wie schwer warten ist.«

Ich legte meine Arme um sie und drückte sie an mich. Wir waren zwei dumme, kleine Häschen und weinten ein bisschen um unsere verlorenen Lieben.

»Das geht auf Dauer nicht so weiter. Los, wir haben noch den halben Sonntag vor uns, Cilly kommt gleich und will mehr von Anna und Rosa hören.«

»Das soll sie auch, und vor allem soll sie etwas über Valeska erfahren. Das wird sie freuen.«

Wir breiteten die Blätter des Stundenbuchs wieder aus, und ich zeigte auf eines, auf dem im Vordergrund ein sehr junges Mädchen abgebildet war, das mit einer roten Katze spielte. Dahinter war eine düstere Gasse abgebildet, von Ochsen zertrampelter Untergrund, zerlumpte Wäschestücke hingen an einer Leine zwischen den schiefen, baufälligen Häusern, ein verkrüppelter Bettler lehnte an einer Ecke, eine Mutter saß im Dreck und wiegte ihr Kind und streckte nach Almosen heischend die Hand aus. Darunter standen die Worte aus dem 86. Psalm: »Danken will ich dir, Herr, von ganzem Herzen und ewig deinen Namen ehren. Deine Huld ist so groß über mir. Du hast mein Leben gerettet vor den Tiefen der Unterwelt.«

»Das mag ja wenigstens stimmen, wenn sie aus dieser Umgebung gerettet wurde.«

»Ja, hier passt der Spruch zum Bild. Und hier erscheint unsere leibhaftige Valeska!«

Cilly war verständlicherweise aufgeregt.

»Geduld, meine Liebe, erst müssen wir der Zauber'schen noch einen Besuch abstatten!«, sagte Rose und begann.

15. Kapitel

Bei der Hexe

Sie kamen heimlich zu ihr, nachts zumeist. Sie klopften verstohlen, verschleiert, maskiert, verängstigt an die Hinterpforte. Es waren Menschen aus allen Schichten und Ständen, die sie aufsuchten und um Hilfe baten. Da war die Gattin des Gaffelführers, die Magd aus dem Melatenhaus, der Kapitän eines Oberländers, die Tochter eines Ratsherren, ein Stadtsoldat, eine Goldstickerin, zwei Mönche, die Meisterin eines Beginenkonvents, ein Buchdrucker, die Hökerin mit den geschwollenen Füßen, eine Schwangere und eine Unfruchtbare, ein Fuhrknecht und die Dirnen. Zumeist hatten sie ein und denselben Wunsch. Und die Zauber'sche, die in ihrer Küche geheimnisvolle Tränke braute, versprach ihnen Erfüllung. Sie verteilte Krüglein mit einer Mischung aus Wein, Zimt, Muskatnuss, Kümmel und Drachenwurz, dessen Genuss jene zur Liebe verführt, die sich gegen sie wehren. Oder, bei härteren Fällen, das in Eidotter verrührte Sperma eines Bocks, vermischt mit Melisse und getrockneten Tausendfüßlern. Manchmal ließ sie sich auch gutes Gold für Küchlein zahlen, die zerstoßene spanische Fliege und menschliches Blut enthielten. Besonders wertvoll aber war das Pulver, das immerwährende Leidenschaft wecken sollte und neben getrockneter Kröte, Rattenschwänzen, Quecksilber, Arsen, Oregano und Minze auch das Haar eines Gehenkten beinhaltete. Amulette fertigte sie ebenfalls, nicht solche aus Holz oder Pergament mit magischen Sprüchen, sondern sie verwendete die getrockneten Herzen von Schwalben oder Tauben, von Hasen oder Katzen, je nachdem, welche Eigenschaften geweckt werden sollten – Treue oder Sanftmut, Fruchtbarkeit oder Verführungskünste. Sie hatte so ihre Quellen, die Zauber'sche. Kräuter in ihrem Garten, Gewürze aus der Küche, manches erwarb sie von herumziehenden Quacksalbern, anderes von einem schmuddeligen Alchimisten. Doch auch von den Hundschlägern und Schindern erhielt sie die eine oder andere delikate Zutat. Den Scharfrichter allerdings hatte sie noch nicht gefragt. Und darum war das Fett eines Mörders doch nur Schweineschmalz und die Haare eines Gehenkten solche, die sie aus dem Laken klaubte, das das Bett in ihrer Hinterstube bedeckte. Das Bett in jener Stube, in der oft die Wirksamkeit ihrer Elixiere auf die Probe gestellt wurde.

*

»Pfui Deibel!«

»Das kannst du wohl sagen, Cilly. Mich schaudert es gewaltig bei dem Gedanken, derartige Gebräue einzunehmen. Aber genau das macht wohl ihren Reiz und ihre Wirkung aus.«

»Meist ist es von psychologischer Wirkung gewesen, aber manches hat auch physischen Einfluss gehabt«, meinte Rose. »So hat mir Julian das damals erklärt.«

»Arsen und Quecksilber zeigen mit Sicherheit Wirkung. Aber wohl kaum in der gewünschten Form. Die sind doch giftig.«

»Ja, Cilly, das sind sie im Prinzip. Aber es kommt darauf an, in sehr kleinen Mengen können sie als heilendes Medikament wirken. Wie schon Paracelsus es so richtig bemerkte, macht die Dosis das Gift.«

»In großen Dosen kann also eine harmlose Substanz giftig sein?«

»O ja, Schwester. Schokolade kann beispielsweise enorm giftig sein. In zu großen Mengen genossen, besteht die Gefahr, Diabetes zu bekommen.«

»Darum, liebe Anita, habe ich beschlossen, in der Fastenzeit auf diesen Genuss zu verzichten.«

»Cilly, wir haben eine lebende Märtyrerin unter uns!«

»Na, wenn das mal gut geht!«, kicherte Cilly. »Aber lass uns dieses Kapitel beenden. Erzählt mir endlich von Gratia oder Valeria oder so. Ich will meine Rolle haben, Anita!«

»Bekommst du. Hör zu!«

16. Kapitel

Valeska

Die alte Stiftsschreiberin war auf dem Lichhof hinter der Kirche von Maria im Kapitol begraben worden, und nicht nur Anna hatte Tränen in den Augen. Später hatte die Äbtissin Anna dann zu sich gebeten und lange mit ihr gesprochen.

»Ihr wollt mir wirklich dieses Amt anvertrauen, Ehrwürdige Mutter?«, hatte Anna schließlich gefragt.

»Nun, warum nicht? Du hast den besten Überblick über Dionysias Aufgaben. Und wahrscheinlich hast du in den vergangenen Jahren auch viele ihrer Schreibarbeiten für sie erledigt. Mir will es vorkommen, als ob deine Handschrift immer häufiger auf den Schriftstücken, Urkunden und Briefen erscheint.«

»Ja, nun …«

»Auch meine Augen beginnen nachzulassen. Ich weiß, wie es Dionysia ergangen ist. Also, Anna?«

»Gerne, Ehrwürdige Mutter.«

»Gut, aber neben den Schreibarbeiten für mich und die Priorin wirst du auch die Unterweisung der jungen Kanonissen übernehmen, die nicht lesen und schreiben können. Dass du das kannst, hast du ja bei Rosa bewiesen.«

Äbtissin Ida-Sophia erlaubte sich ein kleines Lächeln.

»Ja, Ehrwürdige Mutter.«

»Wir werden sehen – das Zimmer von Dionysia ist ja nun frei, und es dürfte deinem Amt entsprechen, wenn du es beziehst. Oder fürchtest du dich davor, die Kammer einer Verstorbenen zu bewohnen?«

»Nein, Ehrwürdige Mutter. Ich habe Mutter Dionysia von Herzen lieb gehabt. Ich will ihr Angedenken hochhalten und für sie beten. Wo besser als in ihrer Kammer.«

»Gut. Dann soll es so sein.«

»Verzeiht, Ehrwürdige Mutter. Da ist noch etwas.«

»Ja, mein Kind?«

»Der kleine Betteljunge, der den Bären von uns gelockt hat … Ich würde ihm gerne danken. Etwas Gutes tun.«

»Das Ansinnen macht dir Ehre. Nur, wie willst du ihn finden?«

»Ich glaube, die Wirtin, zu der wir Dionysia gebracht haben, kennt ihn.«

»Na gut. Aber ich sehe es nicht gerne, dass du in diese Straßen gehst. Gesindel und fahrendes Volk haust da, es mag gefährlich für dich sein.«

»Ich werde nicht alleine gehen. Ich nehme Rosa mit.«

»Oh, Rosa … Ist das die rechte Wahl, zwei junge Frauen?«

»Eine kräftige junge Frau mit flinken Füßen ist eine bessere Begleitung als eine alte, fußlahme Magd.«

Die Äbtissin gab diesem Argument nach, und so wanderten am selben Nachmittag Rosa und Anna zum Katzenbauch und besuchten Horsel in ihrer Schenke. Rosa hielt sich zurück und sah sich nur neugierig um, während Anna das Gespräch mit der Wirtin führte.

»Ich kenn die Göre. Sie treibt sich häufig hier herum. Lass die Finger von dem Pollacken-Bengel.«

»Der Junge war tapfer, Horsel. Und er wird sich um die Bärin grämen. Ich will sehen, ob ich ihm nicht helfen kann.«

»Helfen?«, schnaubte die Amme. »Wenn du dem Balg Geld gibst, werden es ihm seine Leute wegnehmen und versaufen.«

»Dann werde ich mir etwas anderes ausdenken. Wo wohnt der Junge?«

»Da gehst du besser nicht hin, Anna.«

»Horsel, die christliche Barmherzigkeit muss sich auch in tätiger Nächstenliebe zeigen. Übrigens – du steckst den hungrigen Kindern doch auch immer mal wieder einen Kanten Brot zu.«

Die Schenkenwirtin murrte leise und machte sich an dem Teigballen zu schaffen, den sie auf dem Tisch geknetet hatte. Vor drei Tagen war die alte Stiftsdame in ihrem Hinterzimmer gestorben und hatte für unliebsame Aufregung gesorgt. Jetzt war Anna, die vornehme Stiftsjungfer, schon wieder bei ihr aufgetaucht. Sie sollte sie eigentlich überhaupt nicht mehr kennen.

»Komm schon, wo finde ich das Kind?«

»Am Alten Graben, wo die Bettler und die polnischen Viehtreiber hausen. Der Bengel wird Vally gerufen. Aber, um der Liebe Christi willen, Anna, geh da nicht alleine hin! Auch nicht zusammen mit der da.« Ihr Kinn wies auf Rosa, die in einer halbdunklen Ecke stand.

»Dann gib uns jemanden mit. Einen deiner Knechte.«

Horsel knurrte zwar weiter, lenkte dann aber ein.

»Schon recht. Erwin ist zwar ein alter Nichtsnutz, aber mit dem Prügel kann er noch umgehen.«

Und so besuchten Anna und Rosa in Begleitung eines knorrigen alten Gnoms, der mit einem massiven Knüppel bewaffnet war, eine der düstersten Gasse Kölns. Der stinkende Karren des Goldgräbers stand vor einer baufälligen Toreinfahrt, Kinder in schmierigen Fetzen balgten sich im Straßendreck, zwei Frauen mit bis zur Taille aufgeschürzten Röcken schrubbten stumpfsinnige graue Lumpen im schmuddeligen Wasser eines Waschzubers. Die Hütten der Bewohner hatten keine Fenster, die meisten Läden waren morsch, zwischen ihnen häufte sich der Unrat. Anna bewegte sich so vorsichtig wie es ging zwischen den Abfällen, dem herumlaufenden Federvieh und den übel riechenden Rinnsalen hindurch und wollte die beiden Frauen nach dem Kind fragen, als ein magerer Hund mit einem Bein im Maul ihren Weg kreuzte. Ein alter Schuh hing noch an dem Fuß und ein zerfetzter Lappen war um die Wade gewickelt. Doch darüber stand der weiße Knochen hervor. Erwin gab dem Hund einen Tritt. Der winselte und ließ seine nach Verwesung stinkende Beute vor Annas Füße fallen.

Sie würgte.

»Dem aale Joos sing Fooß!«, kommentierte Erwin. Als er sah, dass seine Begleiterinnen die Farbe abgestandenen Haferschleims angenommen hatte, erklärte er ihnen zuvorkommend, dass es sich um einen der Kalbsschlegel handelte, den der Bettler Joos gewöhnlich dazu verwendete, besonderes Mitleid bei den Kirchgängern zu wecken, indem er ihn durch geschickte Drapierung als seinen Unterschenkel ausgab, bis es der Erhaltungszustand nicht mehr weiter erlaubte. Dann erhielten die Straßenköter ihren Anteil daran.

Anna atmete tief durch, und Rosa kicherte.

»Frag die Weiber dort nach dem Jungen Vally«, befahl Anna dem knorrigen Gnom mit dem Prügel.

Erwin nickte und verwickelte die beiden Frauen in ein munteres Gespräch, das von anzüglichen Gesten und viel Gegacker begleitet war. Aber es führte zum Erfolg, und Erwin deutet auf eine heruntergekommene Behausung hin, die einige Schritt weiter die Gasse hinein stand.

Die Hütte hatte nur einen Raum, und es roch nach modrigem, feuchtem Stroh, Hühnermist und schalem Alkohol. Niemand hielt sich darin auf, aber Anna nahm ihren Mut zusammen und trat ein.

»Hallo, Junge! Vally? Bist du hier?«

Die Hintertür scharrte über den gestampften Lehmboden, und das magere Kind kam in den Raum.

»Oh, edle Damen? Was macht Ihr denn hier?«

Anna hatte zwar ein schlichtes, dunkelbraunes Kleid gewählt, aber selbst das musste in dieser Gegend Aufsehen erregen. Ihr fiel aber jetzt ein, dass das Kind sie womöglich nicht erkennen würde, da sie bei der ersten Begegnung ihre Kanonissentracht getragen hatte.

»Wir haben uns vor drei Tagen getroffen, Junge. Und ich wollte mich bei dir bedanken. Du hast mir und Mutter Dionysia sehr geholfen, als der Bär los war.«

»Ach!«, seufzte das Kind und lehnte sich an den Türpfosten. »Die Bärin. Ich wollt, ich könnt's vergessen.« Er schniefte. »Ihr seid die Schwester Nonne. Was ist mit der alten Nonne?«

»Sie starb. Vor Schreck vermutlich. Aber sie war auch wirklich schon alt und nicht mehr recht gesund.

»Das tut mir Leid, Schw... ehrwürdige Schwester.«

»Wir sind übrigens Kanonissen vom Marienstift und keine Nonnen. Das ist Rosa von Gudenau, und ich heiße Anna di Nezza.«

»Anna Dennesa?«

»So ähnlich. Sag, wo sind deine Eltern? Hast du noch Geschwister?«

»Eltern? Meine Mutter ist fort. Mein Alter und der Bruder sind auf Viehtrieb. Die Schwester ist auf'm Berlich. Kann Euch nicht weiterhelfen.«

So ähnlich hatte sich Anna das auch vorgestellt. Keine bekömmliche Umgebung für einen Jungen mit einer liebevollen Seele.

»Wenn hier jemand helfen soll, dann bin ich es. Kann ich irgendetwas für dich tun, Vally?«

»Ach, es geht schon. Oder... Ihr könntet mir ein paar

Groschen für Hühnerfutter geben. Gibt nicht viel zu picken im Moment. Und ich brauch die Eier. Zum Tauschen, wisst Ihr.«

»Das will ich auch gerne tun, aber – mh, sag mal, wie alt bist du eigentlich?«

»Weiß nicht genau.«

Leicht verloren sah sich Anna um. Ihr Vorhaben hatte sie etwas planlos begonnen, musste sie jetzt feststellen. Mit Geld war dem Kind wahrhaftig nicht geholfen. Das war zu flüchtig. Immerhin machte der Junge einen aufgeweckten Eindruck und konnte sich sogar einigermaßen ausdrücken. Außerdem sah die Hütte nicht ganz so verwahrlost aus, wie es hätte sein können. Die Herdstelle war aufgeräumt, die angeschlagenen Steingutschüsseln waren sauber gewischt, die verschlissenen Decken auf den Strohsäcken in der Ecke zusammengefaltet.

»Wer sorgt hier für dich?«

»Ich.«

»Hör mal, du kannst nicht viel älter als acht oder neun Jahre sein. Seit wann lebst du denn alleine?«

»Seit Ostern, Frau Anna Dennesa. Es geht ganz gut, ehrlich. Ihr braucht Euch nicht kümmern. Ich hab die Bettelerlaubnis an der Findeltür am Dom.«

»Wer hat sich denn bis Ostern um dich gekümmert?«

»Die alte Moen, von nebenan. Aber die ist gestorben. Sie war Magd bei den Reuerinnen. Da hat sie mich früher oft mit hingenommen. Die Schwestern Humilia war nett zu mir. Sie hat mir drei Hühner geschenkt, als die Moen nicht mehr war.«

»Mehr haben sie nicht für dich getan?«

Der Junge zuckte mit seinen knochigen Schultern.

»Ich hätt' bleiben können. Aber, verzeiht, Frau Anna, die waren mir zu heilig. Ich hab's nicht so mit dem Beten. Hier komm ich gut zurecht.«

Anna schmunzelte. Plötzlich kamen ihr zwei Gedanken. Beide miteinander ergaben eine Lösung.

»Sag mal, Vally – du bist gar kein Junge, nicht wahr?«

»Hier ist's besser, ich bin einer. Aber Ihr habt Recht.«

»Wie heißt du wirklich?«

»Valeska.«

»Weiter?«

»Nix.«

»Valeska Nix.«

Die Kleine kicherte.

»Valeska, hättest du Lust, meine Magd zu werden? Ich meine, wir müssten zwar noch ein wenig an dir polieren, aber ich denke, du verstehst es zumindest, Ordnung zu halten.«

»Eu ... Eure Magd?«

»Ich habe bislang keine eigene gebraucht, die Mägde vom Stift haben sich um alles gekümmert. Aber jetzt sieht es so aus, als ob ich neue Aufgaben übernehmen muss, und es wäre sehr nützlich, wenn ich jemanden zu meiner persönlichen Bedienung hätte. Jemand, der für meine Kleider sorgt, meine Kammer rein hält, Besorgungsgänge macht und so weiter.«

»Aber Ihr seid eine vornehme Dame. Das kann ich nicht.«

»Du wirst lernen müssen. Traust du dir das nicht zu?«

»Doch, schon. Aber Ihr seid fromme Damen ...«

»Ja, das sind wir. Beten musst du zwar nicht ständig, aber zur Messe gehen und brav beichten gehört mit dazu.«

In Valeskas lebhaftem Gesicht arbeitete es.

»Ein eigenes Bett wirst du wohl bekommen und jeden Tag satt zu essen. Anständige Kleider brauchen wir für dich, und über einen kleinen Lohn können wir auch sprechen.«

»Und was mach ich mit den Hühnern?«

»Verkauf sie an die Horsel Becker'sche in der Schenke ›Zum vollen Krug‹. Sie kann gute Leghennen immer gebrauchen.«

»Woher kennt Ihr die alte Kuppelmutter denn, Frau Anna?«

Anna biss sich auf die Unterlippe. Das Kind stellte wirklich gescheite Fragen. Solche, die sie nicht gerne beantwortete.

»Das erzähle ich dir später einmal. Also – schlägst du ein?«

Anna streckte dem Mädchen die Hand entgegen. Die Kleine spuckte in die ihre und klatschte sie auf Annas.

Es gab ein paar Schwierigkeiten mit den adligen Kanonissen, als Anna und Rosa am Mittag mit dem abgerissenen Bettelkind im Stift ankam. Auch die altgedienten Mägde rümpften die Nase über das schmutzige Geschöpf, das nun in ihre Reihen aufgenommen werden sollte. Ida-Sophia, die Äbtissin, war alarmiert und zitierte Anna zu sich. Doch diesmal lernte sie eine ganz andere Seite der sonst so gefügigen Stiftsjungfer kennen. Mit beredten Worten und zähem Disputieren überzeugte sie die Oberin des Damenstifts davon, dass es ihre heilige Pflicht war, dem selbstlosen und unschuldigen Kind ein Heim zu geben. Als sie noch immer zögerte, griff Anna zu ihrem letzten Mittel. Sie suchte den inzwischen zum Ratsherren ernannten Gewürzhändler Hrabanus Valens auf und schilderte ihm ebenfalls ihre Entscheidung.

»Selbstverständlich hast du das Recht auf eine eigene Magd, Kind. Aber muss es denn eine aus der übelsten Gosse sein?«

»Sie ist ein aufgewecktes Mädchen, Herr. Sie wird schnell lernen.«

»Aber ihre Herkunft…«

»Der Alte Graben liegt nicht weit vom Katzenbauch entfernt, Herr!«, betonte Anna, und ihre Augen blitzen herausfordernd. »Ich habe es auch gelernt, die vornehme Anna di Nezza zu sein!«

»In der Tat. Also gut. Bring das Kind her, wir werden es präsentabel machen.«

»Danke Herr. Sie wartet draußen.«

In Gedanken schlug Anna drei Kreuze, dass Frau Berlindis den vergangenen Winter das Zeitliche gesegnet hatte. Sie war ihrem Magenleiden erlegen, das sie immer beständiger Gift und Galle hatte speien lassen. Seither galt Hrabanus Valens, Ratsherr und sagenhaft reicher Gewürzhändler, trotz seiner Verunstaltung als begehrter Witwer. Die nicht ganz unwahren Gerüchte besagten, er betrachte diesen Zustand nicht als besonders unangenehm.

Eine Woche später brachte eine Magd aus Hrabanus Haus das sauber gekleidete Mädchen mit blank geputztem, spitzem Gesicht und ordentlich unter einem Tuch versteckten blonden Haaren in das Stift zu Sankt Maria im Kapitol und übergab es der Obhut der neuen Schreibmeisterin Anna di Nezza.

In dem Stundenbuch aber widmete Anna dem Bettelkind, das sich unter ihrer Obhut zu einem lebenssprühenden Mädchen entwickelte und sie häufig mit seiner altklugen Lebensweisheit und schnellem Witz erheiterte, die morgendliche Gebetsstunde. Die erste Seite zeigte eine rosige Morgendämmerung, die weiße Wolkenbäuschchen über einer grünenden Wiese färbte. Vögel erwachten in blühenden Hecken und begannen jubelnd, den Tag zu begrüßen. Laudes, der Lobgesang. »Er schuf für die Sonne daselbst ein Zelt.« Den neunzehnten Psalm hatte sie für dieses frohe Bild bestimmt. Die zweite Seite allerdings war von dramatischerer Stimmung. Uniformierte Stadtsoldaten erschossen einen Bären mitten auf der Straße. Ein Kind stand Hände ringend daneben, und Gaffer umstanden zwei in schwarze Trachten gewandete Frauen, die in einem Hauseingang knieten. Darunter standen die Worte des 91. Psalms: »Du gehst über Schlangen und Nattern, trittst Löwen nieder und Drachen.«

Anna musste immer lächeln, wenn sie den Psalm sang. Die tierliebe Valeska hatte zwar keinen Drachen, doch eines Tages einen kleinen, roten Löwen angeschleppt. Das maunzende Fellbündel hatte sich heimlich in die Stiftsküche geschlichen und der empörten Köchin ein gebratenes Hühnerbein geraubt. Vor der strengen Bestrafung hatte Valeska das Kätzchen gerettet und war damit zu Anna gelaufen. In ihrer Kammer hatte es Asyl gefunden, und eine wortreiche und höchst überzeugende Fürbitte bei der Priorin hatte erwirkt, dass Feli, wie das Mädchen das Tier nannte, zur Mäuse jagenden Stiftskatze ernannt wurde. Nicht alle Einwohner des Stifts schätzten die Katze, zwei ältere Kanonissen murmelten etwas von einem bösen Blick und hinterhältigen Augen, die Köchin blieb reserviert, und die Singmeisterin war angeekelt, da sie vor allem mit den Opfern der kätzischen Beutezüge beglückt wurde. Doch ansonsten konnte sich das schöne, schlanke Tier durchaus einer zärtlichen Aufmerksamkeit erfreuen. Es fand damit auch Eingang in Annas Stundenbuch in einer Szene, in der ein Mädchen mit einem roten Kätzchen spielte.

Die letzte Seite der Bilder und Texte zur Laudes stellte schließlich ebenfalls ein junges Mädchen dar, dessen strahlendes Gesicht von einem leuchtenden, goldenen Flammenkranz umgeben war. Die Sonne, das helle, lichte Kind des Tages, verspielt und heiter, warmherzig, voller Leben und Gesundheit. Anna wusste, sie hatte das sonnige Wesen in Valeska geweckt, und sie war glücklich darüber. Und darum schrieb sie die Worte des 136. Psalmes unter dieses Bild: »Er schuf die Sonne zur Herrschaft bei Tag; denn ewig währt seine Huld.«

17. Kapitel

Hrabanus Vorschlag

Ein Jahr nachdem Anna Valeska zu sich genommen hatte, hatte sich das Mädchen zu einer anstelligen Magd entwickelt und gewann ständig an Lebensfreude und Heiterkeit. Mit jedem Lot Gewicht, das sie bei dem reichhaltigen Essen im Stift ansetzte, nahm auch ihre herzerwärmende Fröhlichkeit zu. Sie trällerte und sang bei der Arbeit, hatte immer ein freundliches Lächeln auf den Lippen und bemühte sich nach Kräften, Anna so viel Bequemlichkeit zu schaffen wie es ihr nur möglich war. Anna und Rosa hatten nun jede ihre eigene Kammer, aber Anna hatte Valeska beauftragt, sich zusätzlich um ihre Freundin zu kümmern. Rosa, die anfänglich die Nase gerümpft hatte, ließ sich schon nach wenigen Tagen von Valeskas Frohsinn anstecken, und hin und wieder bemerkte Anna, wie die beiden gegenseitig ihr Repertoire an höchst bedenklichem Liedgut ergänzten.

Hrabanus Valens hatte sich im September, kurz vor Annas dreiundzwanzigstem Geburtstag, zu einem Besuch angekündigt, um mit ihr, wie er der Äbtissin verraten hatte, eine wichtige Angelegenheit zu besprechen. Welche, das hatte er nicht mitgeteilt, nur dass er sie nach der Non zu sprechen wünschte. Anna hatte sich von den Stundengebeten beurlauben lassen und dafür beschlossen, ein ausgiebiges Bad zu nehmen. Sie ging quer über den Hof, wo sich in dem Wirtschaftsgebäude des Stifts neben der Küche gleich die Badestube der Bewohnerinnen befand. Hier war es wegen des großen Küchenkamins, der nebenan für die Herstellung der Mahlzeiten dauerhaft in Betrieb gehalten wurde, ständig warm. Aber es gab auch einen eigenen Ofen, in dem der Kessel mit dem Badewasser erhitzt wurde und durch eine kunstreiche Einrichtung in die beiden großen Holzbottiche geleitet werden konnte. Die Stiftsdamen waren dankbar für diese bequeme Badestube, denn den Besuch der öffentlichen Häuser mit ihrem gemischten Publikum, lehnten die adligen Frauen als äußerst widerwärtig ab.

Valeska kam hinter Anna hergerannt. Sie legte Holz im Ofen nach und prüfte die Wassertemperatur.

»Es ist nur lauwarm, Herrin. Einen Moment werdet Ihr noch warten müssen.«

»Nein, es geht schon so. Der Herr kommt bald, und ich muss fertig werden. Lass Wasser einlaufen.«

Valeska gehorchte und half ihr, die schlichten Kleider abzulegen, die sie gewöhnlich bei ihrer Arbeit im Skriptorium trug.

»Ihr habt Euch mal wieder die Stirn, das Gebände und die Haare mit roter Farbe beschmiert, Herrin. Ihr seht aus, als hättet ihr Euch gerauft und einen Schlag auf den Kopf bekommen. Ihr müsst Euch die Haare waschen, Herrin. Schnell, schnell, in die Wanne!«, befahl sie jetzt und half Anna, in den Bottich zu steigen. »Kommt Ihr selbst zurecht? Dann hole ich Euch das blaue Kleid und eine Haube.«

»Ich bin noch nicht so gebrechlich, dass ich mir nicht selbst die Haare waschen könnte. Geh zu Rosa und bitte sie, den Herrn zu begrüßen und in den Kapitelsaal zu führen.«

Valeska klemmte sich die Kleider unter den Arm und schloss die Tür hinter sich. Anna goss sich das laue Wasser über den Kopf und begann, die rote Farbe abzuwaschen. Als sie fertig war, stellte sie verärgert fest, dass Valeska weder mit einem Handtuch noch mit frischen Kleidern gekommen war. Nass und ein wenig zitternd stand sie in der Wanne und wrang die bis zu den Hüften reichenden, schwarzen Haare aus. Ein kühler Luftzug bedeutete ihr, dass sich die Tür geöffnet hatte, und ungehalten rief sie: »Wo bleibst du denn, Valeska?«

»Oh!«, sagte eine männliche Stimme. »Verzeih, Kind, man hat mir offensichtlich den falschen Weg gewiesen!«

Mit einem Ruck drehte Anna sich um und sah Hrabanus Valens in der Tür stehen. Das helle Nachmittagslicht fiel von dort direkt auf ihren feuchten, nackten Körper. Fassungslos sah sie den Mann an, der sie einen Moment lang schweigend betrachtete und sich dann abwand und den Raum verließ.

Kurz darauf stürzte Valeska, schnaufend unter der Last der Kleider, in die Badestube.

»Sag mal, wer hat den Ratsherrn hier hineingeschickt?«

Valeska kicherte.

»Rosa. Sie sagte, er solle mal einen hübscheren Anblick haben als nur seine fadenscheinigen Pfeffersäcke.«

»Rosa ist eine hinterlistige Schlange.«

»Warum werdet Ihr so rot, Herrin? Ihr seid doch hübsch gewachsen.«

»Im Gegensatz zu dir und Rosa fehlt mir eben nicht jedes Schamgefühl!«

»Ach Herrin, der Ratsherr ist ein alter Mann, der wird schon mehr Frauen nackig gesehen haben!«

»Er ist kein alter Mann, und ich bin keine Dirne.«

»Aber Ihr mögt ihn doch?«

»Valeska!«

»Jetzt seid Ihr ganz und gar rot geworden! Sogar Euer Bauch!«

Anna wand sich das Handtuch um den Kopf, um sich die feuchten Haare abzutrocknen und ihr brennendes Gesicht zu verstecken. Denn die Bemerkungen der unbotmäßigen kleinen Magd rührten an ein schlimmes Geheimnis. Eines, das Rosa vermutlich entdeckt hatte.

Doch dann nahm sie sich zusammen, und in ihrem blauen Kleid sittsam bedeckt, die noch ein wenig feuchten Haare unter einer mit gekräuseltem Rand verzierten Haube verborgen, ging sie zum Kapitelsaal, um den Ratsherren Hrabanus Valens in gebührender Form zu begrüßen.

Er bot eine ansehnliche Erscheinung, wie er so auf sie zukam. Über seinen breiten Schultern lag eine schwarze Schaube, und unter diesem, in weite Falten gelegten, mit Samt gefütterten Mantel trug er ein dunkelrotes Wams mit bauschigen Ärmeln über einem gefältelten Hemd, gleichfarbige Kniehosen und schwarze Strümpfe. Den Kopf hatte er wie üblich mit einem weichen Barett bedeckt, in dessen Schatten die tiefen Blatternnarben auf seinem Gesicht undeutlich wurden. Doch der dunkle, inzwischen schon von zwei silbernen Strähnen an den Wangen durchzogene Bart und die kurzen schwarzen Locken zeigten ihr einen Mann, der einst wohl gut ausgesehen hätte, wäre die entstellende Krankheit nicht mit ihren Verwüstungen über ihn gekommen.

»Du bist hübsch, mein Kind!«, begrüßte er sie.

»Meine Magd ist sehr geschickt mit Kleidern und Hauben.«

»Nicht alle Schönheit verdankst du deiner Magd, wie ich eben feststellen konnte.«

»Ihr sprecht, so hoffe ich, von meiner inneren Schönheit. Denn sie ist es, an der ich täglich arbeite und versuche, sie mit Gebeten und frommer Gesinnung zu vervollkommnen.«

»Auch diese Schönheit mag Euch natürlich zur Ehre gereichen.«

»Ihr wolltet sicher nicht meine körperlichen und charakterlichen Vorzüge erörtern, Herr, sondern etwas Schwererwiegendes besprechen, nehme ich an.«

»Du hast einen Sinn für das Praktische, Anna. Das schätze ich an dir.«

»Dann setzt Euch, damit ich nicht immer zu Euch aufsehen muss.«

»Gelegentlich schätze ich es, wenn man zu mir aufsieht. Dennoch, würdest du mich in das Skriptorium führen? Ich möchte sehen, wo du deinen Aufgaben nachgehst. Und ich möchte ungestört mit dir sprechen!«, sagte er, und sein Blick verfolgte die beiden Stiftsdamen, die neugierig durch die Tür spähten.

»Das ist nicht erlaubt, Herr.«

»Mir schon. Ich habe mit der Äbtissin gesprochen.«

»Wie kommt es, dass sie Euch gegenüber ein solches Wohlwollen zeigt?«

»Ein Kistchen Paradieskörner, ein Beutelchen Nelken – sie liebt kostbar gewürzte Speise, mein Kind. Hast du das noch nicht bemerkt?«

»So ist sie bestechlich!«

»In kleinen Dingen, ja. Nicht in allen. Sie ist eine sehr ehrbare Frau, die ich hoch achte, Anna.«

Anna wies ihm den Weg in die Schreibstube und zeigte ihm das Pult, an dem sie arbeitete. Er ließ sich neben ihr nieder, stützte einen Fuß auf einem Schemel ab und betrachtete das Schriftstück, an dem sie an diesem Tag gearbeitet hatte.

»Ein sehr ordentlicher Platz. Eine schöne, gleichmäßige Schrift. Deine Arbeit bereitet dir Freude?«

»Ja, Herr, große zumeist.«

Er nickte, schwieg einen Moment und meinte dann: »Nun ja, ich will in der Tat etwas Wichtiges mit dir besprechen, Stiftsschreiberin Anna. Und dazu solltest du mir zunächst eine Frage beantworten. Sag, könntest du dir auch ein Leben außerhalb des Stifts vorstellen?«

Verblüfft und plötzlich ein wenig heiser antwortete Anna: »Ich sagte doch, ich bin zufrieden hier, Herr. Ich habe eine angenehme Wohnung, gute Kleidung, reichliches Essen, eine eigene Magd, eine wunderbare Aufgabe als Schreibmeisterin. Und für mein Seelenheil bete ich siebenmal am Tag. Dank Euch habe ich auch ausreichend Nahrung für meinen Geist. Ich vermisse die Welt außerhalb des Stifts nicht sehr.«

»Nicht sehr. Also ein wenig. Anna, du bist ein junges Weib, und normalerweise wünschen sich junge Frauen einen Mann und Kinder. Ich habe dich in den ersten Jahren nicht gefragt, ob das dein Wunsch sein könnte, denn ich hatte das Gefühl, du wolltest zunächst der Erinnerung an dein früheres Dasein entfliehen. Doch nun bist du seit vielen Jahren eine ehrbare Stiftsjungfer, und dir steht auch der Weg in eine Ehe offen.«

Annas Finger verknoteten sich in ihrem Schoß.

»Ja«, sagte sie.

»Könntest du dir die Heirat mit einem achtbaren Mann vorstellen?«

Anna sah ihm ins Gesicht, mit offenen Augen und einem leisen Lächeln.

»Ja, Herr.«

»Das ist recht. Ich glaube, du wirst ein gutes Eheweib, Kind. Du bist klug und gebildet. Du bist nicht scheu und«, er lächelte sie wissend an, » – wahrhaft schön.«

Röte überzog Annas Gesicht, aber sie hielt seinem Blick stand.

»Findet Ihr?«

»Ja, Kind, finde ich.«

Anna senkte jetzt doch den Blick. Der warme Ton, in dem Hrabanus zu ihr sprach, ließ kleine Schauder über ihre Haut laufen. Vielleicht hatte Rosa doch richtig gehandelt…?

»Ja, Anna, du wirst dir, wenn du einwilligst und du mutig bist, sogar den Wunsch erfüllen können, in ferne Länder zu reisen.«

»Herr, Ihr… ja…«

Er nahm ihre verkrampften Hände in die seinen und lächelte sie mit großer Freundlichkeit und Verständnis an.

»Wenn du also einverstanden bist, dann werde ich dir am nächsten Sonntag einen wohlerzogenen und wohlgestalten jungen Mann vorstellen. Er arbeitet seit drei Jahren als mein Partner im Gewürzhandel und hat sich in vielerlei Hinsicht ausgezeichnet. Carolus Teutscher genießt mein ganzes Vertrauen. Ich glaube, er ist deiner würdig.«

»Wer?«, keuchte Anna.

»Carolus, ein jüngerer Sohn eines Handelsherren, der seine Lehre bei mir gemacht hat und sich dabei sehr ausgezeichnet hat.«

»Ihr… Ihr wollt mich an einen Fremden verheiraten?«

»Anna, noch eben hast du dich erfreut über die Aussicht gezeigt, eine Ehe einzugehen.«

Sie entzog ihm mit einem Ruck ihre Hände.

»Aber doch nicht mit irgendeinem jungen Mann.«

»Kind, sei nicht so widersätzig. Ich kann ihm einen guten Leumund ausstellen. Das sollte dir doch genügen.«

»Ich will keinen jungen Mann!«

»Anna! Carolus ist siebenundzwanzig, und es ist für ihn an der Zeit, ein Weib zu nehmen.«

»Und so verfügt Ihr über mich, diese Stelle einzunehmen?«

»Ich habe… nun, ich habe keine Tochter. Sonst würde ich sie ihm geben. Du siehst, wie hoch ich ihn schätze.«

»Herr Hrabanus, Ihr habt kein Recht, über mich zu bestimmen.« Anna schüttelte den Kopf. »Auch wenn Ihr mich so hoch achtet, als sei ich Eure Tochter.«

Hrabanus stand auf und durchmaß den Raum mit einigen Schritten.

»Heirate ihn, Kind. Es soll dir an einer reichen Mitgift nicht fehlen.«

»Nein, Herr. Drängt mich nicht.«

Hrabanus blieb vor ihr stehen, sah sie plötzlich streng an und fragte scharf: »Hast du etwa jemanden kennen gelernt, der dein Herz betört hat?«

Sie drehte sich weg, um ihn nicht ansehen zu müssen.

»Anna?«

»Ja, Herr.«

»Wer, Anna?«

»Das kann ich Euch nicht sagen, Herr.«

»Es wäre besser für dich, du tätest es!«

»Nein, Herr.«

»Er ist dir wohl nicht ebenbürtig, was? Hast du dir und mir Schande bereitet?«

»Nein, Herr, das tat ich nicht.«

»Und wie konnte dann ein Mann deine Sinne verwirren? Ich glaubte, du führtest hier im Stift ein keusches Leben!«

Sie stand auf und ging zum Fenster. Als sie sich umdrehte, lag eine Welt des Jammers in ihren Augen. Und er verstand.

»Nun ja, ich bin eben nur eine kleine Schlampe vom Katzenbauch«, flüsterte sie erstickt.

Der Ratsherr dämpfte seinen Ton ein wenig und sagte: »Du bist keine Schlampe, Anna. Niemand zweifelt mehr an deiner guten Abstammung, Stiftsjungfer.«

»Daran vermutlich nicht, Herr. Aber Ihr wisst es, nicht wahr? Und auch, dass ich keine Jungfer mehr bin.«

Er stand jetzt hinter ihr und sah ebenfalls zum Fenster hinaus auf den Hof.

»Ja, ich habe mir gedacht, dass du deine Unschuld verloren hast. Noch bevor ich dich kennen lernte, nicht wahr?«

»Kurz zuvor. Ja.«

»Horsel sorgte dafür?«

Anna nickte. »Seht, und schon darum kann ich Euren werten Carolus nicht heiraten. Noch einen anderen Mann. Es wäre nicht recht.«

Die Glocken der Kirche riefen zur Vesper. Sie lauschten beide schweigend, und als sie verklungen waren, meinte Hrabanus: »Anna, auch dafür kann man eine Lösung finden.«

Anna atmete tief ein und setzte sich aufrecht hin.

»Danke, Herr. Ich achte Eure Fürsorge. Aber ich will lieber hier im Stift leben, hier fühle ich mich sicherer und geborgener als in der Welt.«

»Wie du wünschst, Anna.«

»Ja, ich wünsche es.«

Er nahm seine Wanderung durch den Raum wieder auf, sprach aber nicht weiter.

Sie blieb still stehen und drückte sich die Hände auf den Magen. Schließlich fragte sie: »Da ist noch etwas, das Ihr mir sagen wollt. Und es … es fällt Euch schwer?«

Er hielt inne und sah sie an. Es war ihr, als läge Bedauern in seinem Blick.

»Ja, Kind, da ist noch etwas, das ich dir mitteilen wollte.«

»Ihr werdet wieder heiraten, nicht wahr? Ihr habt keine Kinder von Eurer ersten Gemahlin.«

»Ja, ich brauche einen Erben.«

»Darf ich Euch Glück wünschen?«

»Anna, ob ich Glück finde, wird sich zeigen. Aber es scheint mir eine passende Lösung. Doch für dich mag es ein Verlust sein.«

»Wen, Herr, wollt Ihr ehelichen?«

»Ich habe bereits mit der Äbtissin darüber gesprochen. Ich brauche keine junge Frau mit einer großen Mitgift, sondern nur ein achtbares Mädchen. Sie schlug mir vor, um die junge Rosa von Gudenau zu freien.« Er lachte leise auf: »Wenn mich nicht alles täuscht, ist die ehrenwerte Ida-Sophia nicht ganz abgeneigt, sie fortgehen zu sehen. Rosa fühlt sich nicht wohl im Stift, scheint es, und ein Leben in der Welt würde ihr mehr behagen.«

Anna drückte ihre Hände fester auf den Magen, brachte aber dann gelassen ihre Antwort vor: »Ja, Rosa ist unglücklich hier, und ich befürchte, sie wird irgendwann ausreißen.«

»Du hast sie mir bisher immer als klug und gutherzig geschildert, sie kann lesen und schreiben …«

»Und sie ist – mindestens genauso schön wie ich.«

Annas Versuch, der Nachricht eine heitere Wendung zu geben, endete mit einem kläglichen Lächeln.

»Anna, es ist das Beste so, glaube mir. Du wirst immer ein gern gesehener Gast im Hause ›Zum Raben‹ sein.«

»Ja, Herr. Aber bitte, lasst mich jetzt alleine. Ich möchte noch an etwas arbeiten.«

Er stand auf, legte ihr die Hand auf die Schulter und verließ leise das Skriptorium.

Anna zog ihr Stundenbuch hervor und betrachtete die Seiten der vierten Hore, der Sext. Auf der Frontseite prunkte bereits ein leuchtender Sommertag vor dem breiten Fluss. Handelsschiffe schwankten voll beladen im Hafen, geschäftiges Treiben herrschte vor den Toren, eine gleißende Sonne stand im Zenit und ergoss ihr goldenes Licht verschwenderisch über die Szene. Darunter hatte sie die Worte aus dem 19. Psalm geschrieben: »Die Himmel erzählen die Herrlichkeit Gottes, vom Werk seiner Hände kündet das Firmament.« Umgeben war die Miniatur von Eichenlaub und Purpurwinden. Die folgende Seite hatte ebenfalls ihren ornamentalen Rahmen, aber weder Bild noch Spruch. Ihn schrieb Anna nun und zwang sich, ihre Finger dabei ruhig zu halten. »Herr, du bist mein Gott, dich suche ich. Meine Seele dürstet nach dir, mein Leib schmachtet nach dir wie dürres, lechzendes Land ohne Wasser.« Es waren Worte aus dem 63. Psalm, doch sie wirkten sehr wunderlich zu der Vorzeichnung, die sie mit dem Silbergriffel entwarf. Es war eine gar gewagte Szene, die stark an die Darstellungen von der badenden Batseba erinnerte.

Als das Licht zu schwach zum Zeichnen wurde, räumte Anna sorgfältig ihr Handwerkszeug zusammen und ging ins Kanonissenhaus zurück. Dort klopfte sie an Rosas Kammertür.

»Da bist du ja! Du hast das Essen versäumt, Anna!«

»Ich hatte keinen Hunger!«

Rosa hatte bereits das Gewand abgelegt und saß im Hemd vor dem Kohlebecken, um sich die Haare zu Zöpfen zu flechten. Ein mutwilliges Funkeln lag in ihren Augen, als sie fragte: »Hast wohl andere Nahrung bekommen. Luft und Liebe können auch sehr sättigend sein.«

»Du wirst es bald am eigenen Leib erfahren. Darf ich dir Glück wünschen, meine Freundin?«

Rosa sah verblüfft auf.

»Mir? Wieso mir?«

»Nun, das Haus ›Zum Raben‹ ist groß und komfortabel, du wirst deine eigenen Gemächer haben, bei weitem schöner als diese kleine Kammer. Und deine Börse wird sicher reich gefüllt sein, so dass du nie wieder über die mindere Qualität deiner Gewänder jammern musst.«

»Anna?«

»Auch Schmuck wirst du erhalten, glitzernde Ringe, um deine zarten Hände zu schmücken, perlenbestickte Hauben und klingende Ketten.«

»Anna, was meinst du damit?«

»Und ich bin mir sicher, er wird ein wundervolles Fest ausrichten, wenn ihr in den heiligen Stand der Ehe tretet.«

»Anna? Anna, ich heirate nicht.«

»Doch, du heiratest. Noch dieses Jahr. Und zwar den hochachtbaren Ratsherren Hrabanus Valens.«

»Nein!«

Rosa schrie und hielt sich dann die Hand vor den Mund.

»O doch.«

»Nein!«, sagte sie leiser. »Nicht diesen blatternnarbigen …«

»Rosa von Gudenau, Gauklerin und Stiftsdame, was willst du mehr vom Leben? Du entfliehst diesem Stift – stell dir vor, keine Gebete mehr zu frühmorgendlicher Stunde, keine strengen Ausgehregeln, keine schwarze Tracht mehr.«

»Anna, was hast du mir angetan?«

»Ich habe dir gar nichts angetan. Aber es ist das Beste,

was dir passieren kann. Ein reicher, großzügiger und sanftmütiger Mann.«

»Du irrst, Närrin. Er ist reich, er mag großzügig sein, sanftmütig ist Hrabanus Valens nicht. Ich will nicht.«

»Du wirst schon noch wollen. Er hat bereits mit der Äbtissin gesprochen.«

Völlig entgeistert sah Rosa sie an.

»Aber du willst ihn doch für dich selbst?«

Anna ließ sich auf die Bettstatt fallen und schluchzte herzzerreißend auf. Rosa setzte sich neben sie und schlang die Arme um sie.

»O Gott, du Ärmste. Ja, ich werde ihn heiraten. Für dich.«

18. Kapitel

Hochzeit

Im November des Jahres 1493 nahm der Ratsherr Hrabanus Valens Rosa zur Frau. Die Trauung fand in der Stiftskirche vor dem soeben vom Bürgermeister Hirtz gestifteten Seitenaltar statt. Die Kanonissen in ihrer schwarzen Tracht nahmen geschlossen an dieser Feier teil, und der Chorgesang auf der Empore füllte die hohen Gewölbe mit seinem Jauchzen. Nur Anna sang nicht mit.

Nach der Trauung ließ sie sich von Valeska in ihr schönstes Gewand kleiden. Unter einem blauen, mit Silberfäden bestickten Mieder bauschte sich ein blütenreines, weißes Hemd mit feinen Spitzen, der gleichfalls blaue Rock schwang wie eine Glocke von verschwenderischer Weite um ihre Beine. Ein silbernes, mit kleinen Perlen besticktes Netz fing ihre schwarzen Haare ein wie eine schimmernde Wolke.

»Wollt Ihr Euren Schmuck anlegen, Herrin? Frau Rosa wird sicher mit dem ihren prunken!«

»Muss ich mich mit ihr messen, Valeska?«

»Ihr müsst nicht, aber …«

»Sie soll sehen, dass sie nicht die Einzige ist, der der Ratsherr Geschenke macht, meinst du?«

Hrabanus hatte ihr anlässlich seiner Verheiratung einen wertvollen, edelsteinbesetzten Anhänger in Form eines Kreuzes geschenkt, der an einer feinen Goldkette hing.

»Nun, es ist wohl angemessen, es zu tragen. Gib es her.«

»Erzählt Ihr mir später, was es zum Festmahl gab?«

»Wie bescheiden du plötzlich bist, Valeska. Du verlangst gar nicht, dass ich dir von den Marzipanküchlein mitbringen soll?«

Die Magd leckte sich sehnsüchtig die Lippen.

»Ich habe hier eine so hübsche Tasche für Euren Gürtel, Herrin…«

»Mal sehen, was sich da hineinschleicht.«

Mit der Priorin, der Äbtissin und zwei weiteren Stiftsdamen, besuchte Anna das auf die Trauung folgende Fest im Hause des Ratsherren Hrabanus. Es war ein großzügiges Fest, wie es sich für einen wohlhabenden und einflussreichen Mann gebührte. Zu den Gästen gehörten die ersten Familien Kölns, Patrizier und Ratsmitglieder; der Abt von Sankt Gereon und zwei Domherren waren vertreten und auch mehrere Professoren der Universität. Daneben aber waren auch Fremde eingeladen worden, Geschäftsfreunde des Hausherren. Zwei Handelsherren aus England und eine Gruppe in ungewöhnlich gemusterten Brokatgewändern und edelsteingeschmückten Turbanen aus den maurischen Ländern saßen neben französischen und italienischen Weinhändlern. Die Damen des Haushaltes jedoch verhielten sich ausnehmend zurückhaltend, beinahe mürrisch. Es waren die beiden Schwestern von Hrabanus' erster Frau Berlindis, drei ältliche Basen, unverheiratet und gemeinschaftlich in nüchternes Grau gekleidet, und eine jüngere, schöne, aber überaus scheue Frau, die Anna als Hrabanus' verwaiste Nichte vorgestellt wurde. Ein junger, untersetzter Mann mit offenem Gesicht, semmelblonden Haaren und etwas abstehenden Ohren saß am Tisch dann neben ihr. Nicht zufällig, wie sie vermutete, als sie seinen Namen erfuhr – Carolus. Der junge Geschäftspartner des Gewürzhändlers war ihr nicht unsympathisch. Im Gegenteil, sie fand, man konnte sich recht gut mit ihm unterhalten. Er besaß zwar nicht einen so gebildeten Geist wie der Ratsherr, aber konnte unterhaltsam über allerlei Themen sprechen. Trotz seiner Jugend war er schon weit gereist und schien sich seine eigenen Gedanken über die Menschen zu machen, die er in anderen Ländern getroffen hatte. Er erzählte ihr von seltsamen Gebräuchen und Sitten, doch sie hatte den Eindruck, er strebte danach, sie zu verstehen und nicht zu verdammen, wie es manch einer tat, der sich unsicher in der Fremde fühlte. Unsicher erschien Anna Carolus gewiss nicht, eher als ein gefestigter, zielstrebiger Mann, und das Einzige, was sie ihm eventuell hätte vorwerfen können, war sein etwas schwerfälliger Sinn für Humor.

Das Mahl war dem Fest angemessen. Die Tische bogen sich unter den Speisen, das Tischgeschirr war aus gediegenem Silber, ein Tafelaufsatz in Form einer Hansekogge versetzte Anna in atemloses Staunen. Die geblähten Segel waren aus durchsichtigem Bergkristall gefertigt, und es schien ihr, als ob dieses Schiff vom Winde getrieben durch die Lüfte reiste. Wein wurde in silbernen oder gläsernen Pokalen gereicht, aber die erstaunlichste Sache war das eigenartige Essgerät, das ein jeder an seinem Platz vorfand. Carolus erklärte es ihr.

»Eine Gabel, Frau Anna. Sehr praktisch. Seht, man kann klebrige oder tropfende Bissen damit zum Mund führen, ohne sich die Finger zu beschmutzen.«

Ein wenig ungeschickt hantierte sie zunächst damit, sah aber den Nutzen dieses Bestecks schnell ein. Der fetttriefende Gänsebraten, die in Buttersauce schwimmenden Fische, das knusprige Spanferkel waren damit einfacher zu essen. Die Gerichte waren selbstverständlich, wie es sich im Hause eines Gewürzhändlers gehörte, verschwenderisch gewürzt. Manche der exotischen

Geschmacksrichtungen waren Anna unbekannt, aber Carolus erklärte ihr, was sie jeweils aß. Safran und Muskat, Piment und Kurkuma, Anis und Zimt wurden reichlich verwendet. Einmal schob Anna ein Gericht schon nach einem Bissen zur Seite, denn der allzu beißende Geschmack des Chilipfeffers brannte ihr in der Kehle, und Tränen stürzten ihr aus den Augen. Der leichte, weiße Wein hingegen half ihr, die Fassung wiederzugewinnen.

Rosa schien sich mit ihrem Schicksal ausgesöhnt zu haben. Sie war in der Kirche eine ruhige, würdevolle Braut gewesen, hatte mit aufrechter Haltung und freundlichem Lächeln die Glückwünsche an der Seite ihres Gatten entgegengenommen und in ihrem smaragdgrünen Kleid mit rosenfarbenem Untergewand ein vollendetes Bild geboten, zumal sie ihre langen blonden Haare nur von einem dünnen, golddurchwebten Schleier bedeckt hatte. Jetzt saß sie an Hrabanus' Seite und handhabte ebenfalls zierlich die Gabel. Doch ihre Wangen begannen sich zu röten, und dann und wann wanderten ihre Augen zum offenen Fenster hin, durch das die goldene Herbstsonne fiel. Sie bemerkte Annas Blick, hob ihren Pokal und leerte ihn mit einem Zug. Man füllte ihn ihr sofort wieder nach.

Hrabanus hingegen unterhielt sich intensiv mit seinem Tischnachbarn, der Kleidung nach einer der Universitätsprofessoren.

Schließlich war das Mahl beendet, und die Tische wurden abgetragen. Dafür kamen die Spielleute. Auch hier hatte der Ratsherr für beste Unterhaltung gesorgt. Rebek und Laute, Flöte und Trommeln, Leier und Zither erklangen. Fröhliche Weisen waren es, und Anna, die Musik liebte, erfreute sich an ihnen, auch wenn die beiden Kanonissen und die Priorin verächtliche Gesichter zogen. Chorgesang war ihnen vertraut, diese aufmunternden Melodien hingegen schienen ihnen nicht geheuer. Die Äbtissin aber, bemerkte Anne, klopfte fröhlich mit dem Knöchel den Takt zu den Liedern. Es kamen auch Akrobaten in bunten Kleidern, die ihre Kunststücke vorführten, Räder schlugen, mit bunten Stöcken und Kugeln jonglierten und allerlei Narreteien vollführten.

Die Stimmung war gelöst, die Gäste gesättigt und manche vom Wein aufgekratzt. Am meisten jedoch war es die Braut. Von ihrem Platz aus konnte Anna sehen, wie ihre Augen blitzten, als die Musik lauter wurde. Sie stand auf, um zu ihr zu gehen. Was in Rosas Kopf vorging, konnte sie sich nur zu gut vorstellen.

»Sind sie nicht wunderbar?«, fragte sie, als Anna neben ihr stand. »Eine wunderbare Musik! Genau die richtige Musik, um zu tanzen!«

»Rosa, du bist jetzt die Ratsherrin.«

»Eine Frau von Einfluss und Macht, jaja. Ich darf tanzen. Tanzt du mit?«

»Rosa, lass es besser.«

Aber schon hatte Rosa übermütig ihre Freundin um die Taille gefasst und drehte sich mit ihr in wilden Sprüngen im Kreis.

»Rosa, hör auf!«

Anna machte sich mit Gewalt los, und Rosa taumelte.

»Anna, die Nase. Für keinen Pfennig Mut im Leib! Hier, Spielmann, kennt Ihr das Lied vom tanzenden Tod?«

Der Spielmann lachte.

»Natürlich, edle Dame. Soll ich spielen oder soll ich singen?«

»Spielt, ich singe die Strophe vom Kaufmann!«

Und ehe Anna oder sonst jemand eingreifen konnte, sang Rosa – falsch, aber erschreckend laut:

»Herr Kaufmann, lasst Euer Werben,
Die Zeit ist hie, ihr müsst jetzt sterben,
Der Tod nimmt weder Geld noch Gut,
Nun tanzet her mit frischem Mut!«

Und der Spielmann antwortete ihr:

»Hab mich zum Leben versorget wohl,
Kist und Kästen immer voll.
Der Tod hat meine Hab verschmacht,
Hat mich um Leib und Leben bracht!«

Rosa lachte kreischend auf und leerte einen weiteren Weinpokal.

»Ich sing Euch die Strophe vom Abt, Spielmann!«

»Ihr singt nichts mehr, Weib!«, donnerte Hrabanus, der neben ihr aufgetaucht war und packte sie hart am Arm.

»Au, Ihr tut mir weh!«

»Benehmt Euch, Rosa!«

»Spielt, Spielmann! Spielt einen Tanz für die Braut und den Bräutigam! Trommler, stimmt an!«

Die Spielleute hatten ihren Spaß an dem übermütigen Verhalten der Braut und ließen sich das nicht zweimal sagen. Rosa entwischte Hrabanus' Griff und tanzte einen wilden Tanz. Ihre Röcke flogen, der Schleier löste sich von ihrem Haar und schwebte zu Boden, ihre Haare peitschten wild um sie herum, und ihr Gesicht glühte.

Die Gäste sahen teils amüsiert, teils peinlich berührt zu. Anna war es schließlich, die dem ungestümen Tanz ein Ende setzte. Sie goss beherzt ihrer Freundin eine Kanne Wasser über den Kopf.

»Anna, komm mit.«

Der Ratsherr hatte die verdutzte Rosa diesmal fester im Griff und führte sie grimmig schweigend aus der Festhalle.

»Lasst mich los, Hrabanus. Lasst mich feiern!«

»Halt den Mund. Hoch mit dir.«

Er schob Rosa die Treppe hinauf und auf eine Kammertür zu.

»Da hinein. Es ist unser Ehegemach. Und du bleibst so lange hier, bis du dich wieder gesittet benimmst. Anna, du bleibst bei ihr. Schließ hinter ihr ab. Du gibst mir Gewähr, dass sie nicht eher nach unten kommt, als bis sie zu Verstand gekommen ist.«

»Aber Herr!«

»Tu, was man dir befiehlt!«

»Ihr habt mir nichts zu befehlen, Herr!«

»So, habe ich nicht?«

»Eure Wohltätigkeit verlangt, scheint's, einen hohen Preis, Herr Kaufmann!«

»Willst du zukünftig darauf verzichten?«

»Ich brauche sie nicht mehr, Herr. Ich bin Schreibmeisterin in meinem Stift, man braucht mich. Wohnung und Brot werde ich dort immer haben. Was könntet Ihr mir noch darüber hinaus geben?«

»Kleider, Schmuck, silberne Haarnetze bedeuten dir nichts?«

»Ich habe meine Kanonissentracht. Sie reicht, um meine Blöße zu decken. Euren Tand benötige ich nicht!«

»Brot, Kleid und Obdach für deine Magd?

»Ich werde meines mit ihr teilen!«

»Und die Bücher?«

Anna schwieg.

»Jeder hat seinen Preis, was?«

»Lasst sie in Ruhe, Hrabanus, mein Gatte!«, sagte Rosa mit müder Stimme. »Scheltet mich aus, nicht sie.« Sie saß zusammengesunken auf der Bettkante des prunkvollen Himmelbettes und versuchte, ihre feuchten Haarsträhnen zu entwirren.

Hrabanus sah von der einen zur anderen.

Rosa zuckte mit den Schultern und meinte: »Herr, Ihr habt keine vornehme Adlige geehelicht.«

»In der Tat, das sieht mir ganz so aus.«

»Aber Ihr habt mich ja auch nicht gefragt.«

»Einen schlechten Handel bin ich da wohl eingegangen.«

Anna stellte sich vor ihn.

»Genau so schlecht, wie den, den Ihr mit mir eingegangen seid, Herr.«

»Bei dir wusste ich zumindest, woher du stammst!«

»Hättet Ihr Euch je die Mühe gemacht, Herr, mehr als nur Rosas hübsches Gesicht zu betrachten, dann hättet Ihr auch mehr über sie erfahren.«

»Willst du widersätzige Göre mir unterstellen, ich hätte Rosa wegen ihres Lärvchens geheiratet?«

»Ihr habt sie geheiratet, um keine Bastarde zeugen zu müssen, sondern einen Erben!«

»Kinder zu zeugen ist die Aufgabe eines Mannes.«

»Bastarde auch?«

»Anna!«

»Es heißt, Ihr habt derer etliche!«

»Aus welcher gottverdammten Gosse habe ich euch beide hochgezogen?«

»Aus dem Katzenbauch mich, Herr. Woher Rosa stammt, müsst Ihr sie schon selber fragen!«

»Ja, Ratsherr Hrabanus Valens, und mit mir habt Ihr die Katze im Sack gekauft!«

Rosa kicherte schon wieder, aber es war nicht mehr ein trunkenes Lachen, sondern es lag eine leise Herausforderung darin.

»Sie ist aber eine sehr hübsche Katze, Herr!«, gab Anna zu bedenken und lächelte ihn ebenfalls an.

Er setzte sich in einen hölzernen Sessel und schüttelte den Kopf.

»Rosa, Tanzen und Spielmannslieder sind dir nicht fremd, scheint mir?«

»Nein, mein Gemahl. Sie sind mir nicht fremd.«

»Schön. Ich habe also einen faulen Handel gemacht. Statt der Stiftsdame eine Gauklerin geheiratet. Und was noch?«

»Keine Hure, mein Gemahl. Mit dem strohköpfigen jüngeren Sohn derer von Gudenau war ich wirklich verheiratet. Es war genau so ein fauler Handel, wie der, den Ihr jetzt eingegangen seid. Er starb, und die Familie schob mich in das Stift ab.«

»Gut, Rosa. Dann wollen wir sehen, ob wir den Handel nicht doch noch einen Gewinn abringen können. Ich vergesse deine Vergangenheit, und du vergisst sie auch. Das dürfte dir wohl nicht zu schwer fallen, die Schauspielkünste scheinen dir ja im Blut zu liegen!«

»Einverstanden, mein Gemahl. Ich werde mich bemühen. So wie Ihr Euch auch bemühen werdet.«

Er nickte und reichte ihr die Hand.

»Darf ich jetzt gehen, Herr?«, fragte Anna.

»Nein.«

»Nein? Noch ein Befehl?«

»Ja. Komm her, Kind.«

Er stand auf.

»Gelegentlich könntet Ihr bei Euren Befehlen das Wort ›bitte‹ einflechten.«

Seine Augen wurden schmal, dann aber war sein zernarbtes Gesicht wieder ausdruckslos.

»Nun, würdest du bitte herkommen?«

»Gerne, Herr.«

»Ich sollte dich bestrafen für deine Widerworte. Aber ich denke, wir lassen Frau Rosa jetzt eine Weile alleine, damit sie ihre Haare und Kleider richten kann und suchen derweil die Bibliothek auf. Ich habe neue Bücher mitgebracht.«

»Ich habe also Euer Wohlwollen nicht zur Gänze verspielt?«

»Nicht völlig, Kind, nicht völlig.«

19. Kapitel

Malaria

Nachdem Rosa das Stift verlassen hatte, wurde das Leben für Anna ruhiger. Manchmal, dachte sie, zu ruhig. Obwohl sie die Erlaubnis hatte, Rosa jede Woche zu besuchen, fehlte ihr doch deren beständige Gegenwart. Sie widmete sich ihren Schreibarbeiten, unterrichtete die jungen, adligen Mädchen im Stift, nahm gewissenhafter als zuvor an den Stundengebeten teil, kümmerte sich um die heranwachsende Valeska und ergänzte ihr Stundenbuch. Die ornamentalen Ausschmückungen der Seiten überließ sie nach wie vor Rosa, der Hrabanus eigens ein Schreibzimmer dafür eingerichtet hatte. Es war für Anna immer wieder ein willkommener Anlass, in die Sternengasse zu gehen, um mit Rosa über den Fortschritt der Buchmalerei zu sprechen.

Nach dem anfänglichen heftigen Zusammenstoß zwischen dem Ratsherren und seiner Braut schien sich das Zusammenleben des Ehepaares einigermaßen harmonisch zu gestalten. Rosa lebte in einem nie gekannten Luxus und schwelgte in neuen, kostbaren Gewändern, benahm sich bei Festen und Besuchen zurückhaltend und höflich, aber an manchen Tagen wirkte sie gedrückt, und Anna erschien es, als ob ihre überschäumende Lebenslust nach und nach erlosch.

»Diese beiden alten Krähen hacken ständig auf mir herum«, sagte sie einmal. Hrabanus' unverheiratete Schwägerinnen und ältlichen Basen ließen in der Tat keine Gelegenheit aus, Rosa wegen irgendwelcher Kleinigkeiten zu korrigieren, ihr Benehmen zu kritisieren, ihr kleine, gehässige Nadelstiche zu versetzen oder auf ihre nicht ganz durchsichtige Herkunft anzuspielen. Anna konnte sich nur zu gut an ihre spitzen Zungen erinnern. Rosa hingegen war nicht so sanftmütig wie sie damals. Sie gab zurück, was sie erhielt, und es schwelte ein ständiger Kleinkrieg zwischen den Frauen.

Auch Hrabanus' Wunsch nach einem Erben hatte sich bislang nicht erfüllt, und einmal fragte Anna ihre Freundin danach.

»Nicht dass er es nicht oft genug versucht hätte. Aber – ich denke, es liegt an mir. Ich ekele mich nun mal vor seiner schrundigen Haut und dem narbigen Gesicht.«

»Ich werde für dich beten, Rosa.«

»Lass es lieber. Er fordert diese Pflicht, dem Himmel sei Dank, nicht mehr allzu oft. Und ich kann ganz gut ohne ein quakendes Balg leben.«

Anna hatte an jenem Tag bei weitem mehr Mitleid mit dem Ratsherren als mit ihrer Freundin. Dann ging Hrabanus Valens wieder auf Reisen, und Rosa lebte sichtlich auf. Über ein Jahr war der Gewürzhändler unterwegs, um seine weit verzweigten Geschäfte zu führen. Doch als monatelang keine Nachrichten von ihm eintrafen, wurde selbst Rosa unruhig.

»Es heißt, es tobe da ein Krieg um die Stadt Neapel. Kaiser Maximilian ist gegen die Franzosen gezogen. Und Hrabanus ist noch immer in Italien!«

»Aber doch sicher nicht in Neapel. So unklug handelt er nicht.«

»Wer weiß, was sich dort abspielt. Du, ich will nicht schon wieder Witwe werden, Anna! Wer weiß, wohin seine Familie mich abschiebt.«

Und dann kam eines Tages die Botschaft, der Ratsherr sei auf dem Heimweg, dass er jedoch länger brauche als erwartet, denn ihn hatte ein Überfall von Straßenräubern beinahe das Leben gekostet.

Endlich kam der Moment, an dem lautes Rufen, Räderrumpeln und Hufgeklapper im Hof ankündigten, dass die Wagen und Reittiere der Reisegesellschaft nach Köln zurückgekehrt waren. Anna hielt sich bei Rosa auf, als Hrabanus Valens das Haus betrat. Erschrocken stellte sie fest, dass er gealtert und abgemagert wirkte und sich schwer auf einen Stock stützen musste. Ihn begleitete ein jüngerer Mann, den er als Marcel le Breton vorstellte. Der ehemalige Söldner war groß und breitschultrig, trug sein Gesicht bis auf einen Schnauzbart glatt rasiert, und seine blonden Locken waren glänzend gebürstet… Er bevorzugte die gängige Landsknechtstracht mit ihren Fetzen und bunten Hosen, doch waren es keine durch Verschleiß und Waffengewalt zerfetzten Kleidungsstücke, aus denen das Futter und die Unterkleidung hervorsah, sondern ein sorgfältig geschneidertes Wams und Beinkleider. Allerdings wirkte er auf Anna keinen Augenblick lang geckenhaft oder eitel, sondern männlich und stark. Er sprach recht gut die deutsche Sprache, aber man hörte ihm an, dass er aus einem anderen Land stammte.

Rosa begrüßte den Ratsherren mit echter Herzlichkeit.

»Kommt, mein Gemahl, und setzt Euch nieder. Ich will Euch einen Becher roten Wein holen, Ihr habt eine schwere Reise hinter Euch.«

»Ja, das habe ich wohl, Rosa. Anna, mein Kind, schön dich zu sehen. Trink mit mir auf meine Heimkehr.«

»Gerne, Herr. Ebenso soll Euer Begleiter seinen Begrüßungsschluck haben.«

»Natürlich. Setzt Euch, Marcel!«

Rosa brachte eine Karaffe mit und schenkte ein.

»Könnt Ihr uns berichten, was geschehen ist, mein Gemahl? Wie haben nur wenige und beängstigende Nachrichten erhalten.«

»Ja, bitte erzählt uns, wenn es Euch nicht zu sehr anstrengt.«

»Zwei neugierige Katzen finde ich in meinem Haus vor.«

Auch die restlichen Familienmitglieder hatten sich eingefunden und umflatterten den Hausherren wie eine Schar grauer Gänse.

»Setzt Euch endlich hin, ihr Weibsleut, und gebt Ruhe! Den Wegelagerern bin ich entkommen, jetzt finde ich hier durch lauter Geschnatter mein Ende!«

Das Geflatter legte sich, und Hrabanus erzählte, was ihm widerfahren war. Wegelagerer hatten ihn und seine Gesellschaft auf dem Weg von Venedig nach Verona überfallen, doch sie waren von einer kleinen Gruppe von Söldnern gerettet worden. Diese Männer hatten im Dienst des Kaisers Maximilian gestanden, der sie für den Krieg gegen die Franzosen um die Stadt Neapel gedungen hatte. Da der Feldzug jedoch auf Grund fehlender Mittel, mangelnder Unterstützung aus dem Reich und widriger Witterungsbedingungen abgebrochen werden musste, hatten sich die Landsknechtsverbände aufgelöst. Kleine Fähnlein wanderten auf der Suche nach neuen Betätigungsfeldern durch das Land. Jene, die Hrabanus Valens gerettet hatten, wurden von einem Mann namens Marcel le Breton angeführt, einem Söldner aus dem Norden. Er hatte, nachdem die Strauchdiebe in die Flucht gejagt worden waren, dem verletzten Hrabanus geholfen, einen Bader zu finden, der sich seiner Verletzungen, vor allem aber der bösen Messerwunde an seinem Bein annahm.

Sie hatten sich lange unterhalten und schließlich angefreundet. So hatte Hrabanus erfahren, dass Marcel le Breton seit seinem achtzehnten Lebensjahr als Landsknecht in den Heeren Maximilians diente und nun, in seinem dreißigsten Lebensjahr, beschlossen hatte, diese Art des Herumziehens zu beenden. Er war ein kluger Mann, der sich große Kenntnisse über die neuen Feuerwaffen angeeignet hatte und nun dieses Wissen der Stadt Köln zur Verfügung stellen wollte.

»Ich habe bereits mit den Ratsmitgliedern korrespondiert, und wir werden in den nächsten Tagen bei einigen von ihnen vorstellig werden.«

Rosa bedachte den Gast mit einem hinreißenden Lächeln.

»Es wird mir, jetzt, da ich Euer schönes Weib kennen gelernt 'abe, eine besondere Ehre sein, dieser Stadt zu dienen!«, sagte Marcel le Breton und erwiderte Rosas Lächeln.

Anna war bald gegangen, und ihre Dankgebete fielen an diesem Abend sehr innig aus.

Fünf Tage später saß sie über ihrem Stundenbuch und betrachtete die Seiten, die Rosa mit Ranken von knospenden Heckenrosen eingefasst hatte. Das erste Blatt wurde beherrscht von einer Burg, die ihren langen Schatten in der Nachmittagssonne warf. Non, die neunte Stunde das Tages, stellte es dar. »Du bist es, der den Himmel ausspannt wie ein Zeltdach«, hatte sie aus dem Psalm 104 darunter geschrieben. Dann folgte eine Hochzeitsszene, Spielleute in bunten Kleidern, fröhlicher Tanz, reich gedeckte Tische, das Paar nebeneinander sitzend, doch einander seltsam fremd. Sie, eine junge blonde Frau in smaragdgrünem Kleid, starrte sehnsuchtsvoll nach links aus dem Fenster, er, ein gesetzter, dunkler Mann in gravitätischer, pelzverbrämter Robe, unterhielt sich mit einem grau gewandeten Gelehrten rechts von ihm.

Die Rosen, die das Bild umrahmten, standen in voller Blüte.

»Er heilt, die zerbrochenen Herzens sind, verbindet all ihre Wunden« stand darunter, ein Vers aus dem Psalm 147. Doch die Buchstaben, sonst so akkurat und kunstfertig geschrieben, schienen hier ein wenig zittrig.

Auf der dritten Seite fehlte noch das Bild und der Spruch, doch die vierte Seite war fast fertig. Mit einem feinen Pinsel vollendete Anna das Gesicht der Planetenherrscherin, denn für sie regierte die schöne, liebreiche Venus die neunte Stunde. Und sie trug das Gesicht der Frau Rosa Valens.

»Frau Anna!«

»Was gibt es, Valeska?«

»Eine Nachricht von Frau Rosa. Eine Magd hat das für Euch abgegeben.«

Valeska überreichte Anna ein zusammengefaltetes und gesiegeltes Stück Papier. Das war ungewöhnlich, denn Rosa ließ gewöhnlich ihre Nachrichten mündlich überbringen.

»Anna, Hrabanus ist auf den Tod krank. Er verlangt nach dir. Komm.«

Mehr stand auf dem Zettel nicht, und Anna fühlte, wie ihre Hände kalt wurden.

»Frau Anna? Schlimme Nachrichten?«

»Ja, Valeska. Ich… Hilf mir, die Tracht anzulegen, schnell. Ich muss mit der Äbtissin sprechen.«

Ida-Sophia war einverstanden, dass Anna noch zur gleichen Stunde das Haus ›Zum Raben‹ aufsuchte, um ihren erkrankten Wohltäter zu besuchen.

Rosa empfing sie und nahm sie mit in ihre Schreibkammer.

»Das Weibervolk macht mich wahnsinnig. Immer huschen sie hinter mir her, begackern jeden Handgriff und müssen in alles ihre langen Nasen stecken.«

»Was ist mit Hrabanus?«

»Er hat hohes Fieber. Es hat ganz plötzlich eingesetzt.«

»Hast du einen Arzt geholt?«

»Natürlich. Er hat ihn zur Ader gelassen und etwas von Wundfieber gemurmelt. Aber das glaube ich nicht. Das Fieber verschwand genauso schnell wie es kam. Vor drei Tagen. Und nun hat es heute wieder begonnen.«

»Und die Wunde?«

»Er hat diese Wunde am Oberschenkel, ja, aber er lässt sie mich nicht sehen.«

Anna wusste, Rosa hatte einige Erfahrung mit Krankheiten und Verletzungen. Die Tochter eines Theriakhändlers kam nicht umhin, sich derartiges Wissen anzueignen. Sie selbst allerdings hatte zwar einige Schriften der großen Ärzte gelesen, aber nur wenig praktische Erfahrung gesammelt.

»Kann ich mit ihm sprechen, oder geht es ihm zu schlecht?«

»Du kannst es versuchen. Ich weiß aber nicht, ob er dich erkennt.«

Anna folgte ihr in das Schlafgemach mit dem prunkvollen Pfostenbett. Eine der Basen saß bei ihm, beschäftigt mit ihrer unvermeidlichen Stickarbeit. Gestützt von hohen Polstern saß Hrabanus mehr als er lag, doch seine Augen waren geschlossen, seine schwarzen, von Grau durchzogenen Haare wirr und verklebt und sein narbiges Gesicht blass.

»Base, verlasst uns bitte!«

Mürrisch, aber gehorsam packte die ältere Frau ihre Handarbeit zusammen und ging.

»Hrabanus, Herr, hört Ihr mich? Anna ist aus dem Stift gekommen, um Euch zu besuchen.«

Seine Lider hoben sich kurz, aber sein Blick war unstet. Er erkannte weder Rosa noch Anna.

»Wie lange hält das Fieber schon an?«

»Es begann heute um die Mittagsstunde.«

»War der Arzt noch einmal hier?«

»Nein. Er tut doch nichts anderes, als ihn zur Ader zu lassen. Ich habe ein Fieberwasser gebraut, es hat ihm ein wenig geholfen. Zumindest hat der entsetzliche Schüttelfrost nachgelassen, der ihn gepackt hielt.«

»Was enthält dein Fieberwasser?«

»Eisenkraut, Lindenblüten und Minze. Mit Honig gesüßt. Mein Vater gab es mir als Kind zu trinken, wenn ich fieberte.«

»Vielleicht solltest du dir die Wunde am Bein ansehen, Rosa. Wenn es Wundfieber ist, wird sie wohl schwären.«

»Er wird ungehalten sein.«

»Er wird kaum etwas bemerken.«

Doch als sie die Decke von seinen Beinen zogen, wachte Hrabanus auf und protestierte.

»Lasst mich in Ruhe, verdammt noch mal. Geht fort.«

»Nein, Herr. Wir werden Eure Beinwunde versorgen.«

»Verfluchtes Weibsvolk! Hört auf!«

Er zog die Decke wieder zu sich, aber Anna setzte sich neben ihn auf die Bettkante.

»Lasst Rosa nur machen, Herr. Sie weiß ein wenig über Wunden.«

»Der Bader hat sie gut behandelt!«

»Und Euer Fieber?«

Er schüttelte den Kopf, war aber zu schwach, um mehr als unwillig zu knurren, als Rosa noch einmal die Decke zurückschlug. Anna wandte ihr den Rücken zu, während sie das Hemd hochzog und das Bein entblößte.

»Der Verband sollte gewechselt werden. Ich brauche Wasser und eine Salbe. Aber das Bein ist nicht geschwollen oder gerötet.«

Hrabanus zitterte, und Anna zog die Decke wieder über ihn.

»Dann tu das, und das Fieberwasser solltest du ihm auch noch einmal brauen. Seine Haut ist sehr heiß und trocken.«

Als Rosa ihre Behandlung durchführte, war Hrabanus wieder in seine fieberglühende Welt zurückgekehrt, und außer ein paar Lauten des Unmuts wehrte er sich nicht dagegen.

»Das ist kein Wundfieber, Anna.«

»Nein. Es muss einen anderen Grund geben. Ich will bei ihm bleiben, und sehen, dass ich ihm so viel von dem Trunk geben kann, wie möglich ist. Das Fieber verbrennt ihn, und es dickt die Körpersäfte ein.«

»Ich habe nichts dagegen, aber sie werden dich im Stift vermissen.«

»Ich bleibe.«

Rosa betrachtete Anna nachsichtig und ließ sie dann mit Hrabanus alleine.

Es wurde ein unruhiger Nachmittag und Abend. Das Fieber stieg weiter, und schien dem Kranken Angstträume zu bescheren. Manchmal murmelte er unverständliche Sätze, versuchte, sich aus den Decken zu befreien und schlug Annas Hand fort, wenn sie versuchte, ihm von dem Fieberwasser zu trinken zu geben. In den frühen Morgenstunden allerdings begann er heftig zu schwitzen, und sie mühte sich, mit kalten Tüchern, sein Gesicht zu kühlen. Plötzlich jedoch öffnete er die Augen, richtete sich ein wenig auf und sah sie mit einem klaren Blick an.

»Anna?«

»Ja Herr. Ihr seid wach? Fühlt Ihr Euch besser?«

»Was machst du hier?«

»Ihr habt hohes Fieber gehabt. Nun scheint es gebrochen.«

»Anna, warum bist du hier?«

»Rosa rief mich. Und ich hole jetzt Hilfe. Die Laken müssen gewechselt werden.«

Er sank zurück und schloss die Augen.

»Ich fühle mich schwach wie ein neugeborenes Kind.«

Mit Hilfe eines Dieners wurde das Bett neu gerichtet, und Anna sorgte dafür, dass in der Küche heiße Brühe zubereitet wurde. Er trank sie und schlief dann ein, ruhig und tief. Rosa wies auch Anna eine Schlafstatt zu.

Als sie erwachte, war es Mittag, und Rosa berichtete ihr, Hrabanus ginge es erstaunlich gut.

»Im Moment, ja. Ich habe mir Gedanken über dieses Fieber gemacht, als ich bei ihm saß, Rosa. Ich muss ihn etwas fragen.«

»Tu das, er ist wach und hat sich ankleiden lassen.«

Sie trafen Hrabanus in seinem Kontor an, wo er an seinem Schreibpult Warenlisten prüfte.

»Ihr solltet Euch schonen, Herr.«

»Es gibt Arbeit zu tun!«

»Sicher, aber kann das nicht Euer Verwalter übernehmen?«

Er sah noch immer erschreckend erschöpft aus, aber er hielt sich aufrecht und schüttelte nur den Kopf.

»Kehr ins Stift zurück, Anna. Es war aufmerksam von dir, mich an meinem Krankenlager zu besuchen, aber dein Bleiben hier ist nicht mehr vonnöten.«

»Ich kehre zurück, Herr. Aber vorher beantwortet mir eine Frage.«

»Lästiges Kind!«

Es klang nicht unfreundlich.

»Seid Ihr auf Eurer Reise durch sumpfiges Gebiet gekommen, Herr?«

»Gott im Himmel, warum willst du das wissen?«

»Weil ich dann erraten könnte, welcher Art Euer Fieber war.«

»Bist du klüger als der Medikus?«

»Könnte sein. Ich habe die Schriften der alten Ärzte gelesen. Ihr selbst habt mir die Bücher zur Verfügung gestellt.«

»Mh.«

»Es heißt, es gibt ein Fieber, das durch die schlechten Lüfte entsteht, wie sie in Sumpfgebieten herrschen, die mal aria. Es kommt und geht, Herr, manches Mal nach drei Tagen, ein andermal nach vier Tagen. Es wird auch das Wechselfieber genannt.«

Hrabanus sah sie mit neu erwecktem Interesse an.

»Sagen das die Schriften?«

Anna zitierte aus dem Gedächtnis: »Die Krankheit beginnt mit einem sehr heftigen Zittern. Auf den Schwächeanfall erfolgen heftige Schweißausbrüche. Der ganze Anfall dauert ungefähr zehn bis zwölf Stunden.«

»Das stimmt.«

»Alexander von Tralles hat es geschrieben. Und wenn es wahr ist, werdet Ihr morgen oder übermorgen wieder von diesem Fieber befallen, und dann wieder und wieder.«

»Gütiger Gott!«

»Bis zu zwanzig Mal, heißt es. Und… Herr, es kann Euch so schwächen, dass Ihr zu Tode kommt.«

Jetzt sah er sie sehr aufmerksam an.

»Nun, dann werden wir es bald wissen, nicht wahr?«

Anna nickte.

»Und wenn es so ist, dann ist meine Zeit abgelaufen.«

Anna hatte die Hände im Schoß gefaltet, aber ihre

Knöchel waren weiß geworden, so fest hatte sie die Finger verschränkt.

»Nein, Herr.«

»Kind, ich fürchte den Tod nicht. Ich bin ihm mehr als einmal begegnet. Aber es dauert mich um die, die mich brauchen.«

»Es muss nicht sein, dass Ihr sterbt, Herr!«, sagte Anna leise.

»Geben denn deine alten Schriften etwa auch Kunde von einem Heilmittel?«

»Ja, das tun sie. Aber …«

»Nun? Welchen Schrecken bergen sie? Muss ich das Blut einer Jungfrau trinken oder lebende Kröten essen?

»Ihr spottet, Herr.«

»Entschuldige, Kind. Ich sehe, du willst mir helfen. Was muss ich tun, wenn das Fieber wiederkehrt?«

»Einige sagen, das Herz eines Krokodils helfe, getrocknet und am linken Puls getragen. Andere schwören, dass Spinnen gegessen Heilung bringen.«

»Krokodilsherzen sind schwer zu bekommen, Spinnen hingegen nicht. Aber ich bezweifle ihren Nutzen in diesem Punkt.«

»Ja, ich ebenfalls.«

»Was also schlägst du vor?«

»Alexander von Tralles hat mit Arsenik dieses Fieber geheilt.«

»Endgültig, vermute ich.«

»Ich weiß, es ist giftig, Herr. Aber in sehr kleinen Mengen kann es vielleicht helfen. Auch andere giftige Stoffe sind Medizin, wenn man die Dosis richtig wählt.«

»Wer sagt dir, welche Dosis die richtige ist?«

»Niemand. Ich weiß es nicht.«

»Also habe ich die Wahl, am Fieber oder am Gift zu sterben. Kind, ich ziehe das Fieber vor. Und nun lass mich arbeiten, denn diese Aussicht verlangt, dass ich noch einiges zu regeln habe.«

Bedrückt kehrte Anna zum Stift zurück, doch sie hatte Rosa bereits angekündigt, dass sie am kommenden Abend, wenn das Fieber nach ihrer Berechnung wieder einsetzen musste, vorsprechen würde.

Es kam wie erwartet. Als sie an die Tür des Hauses ›Zum Raben‹ klopfte, teilte ihr Rosa mit, Hrabanus sei erneut von heftigem Schüttelfrost gepackt worden. Sie eilte an sein Lager.

»Du hast Recht gehabt!«, stieß er mit klappernden Zähnen hervor. »Sumpffieber, Wechselfieber. Der Medikus ... Aderlass empfohlen ... und Spinnen.«

»Ich habe das nicht zugelassen!«, sagte Rosa.

»Herr, wollt Ihr auf mich hören?«

Er stöhnte leise auf, als er sich aufrichten wollte.

»Ihr habt Schmerzen.«

»Alle Glieder. Und mein Kopf.«

»Hört, das Fieber wird bald zu steigen beginnen, und Ihr werdet das Bewusstsein verlieren. Trinkt so viel von Rosas Fieberwasser, wie Ihr könnt.«

Er nickte, zitterte dabei heftig, und sie legte eine weitere Decke über ihn.

Die Nacht wachte sie wiederum bei ihm. Einmal wachte er in seinem Traum auf und griff nach ihrer Hand.

»Anna«, flüsterte er.

»Ich bin bei Euch, Hrabanus.«

»Mein Kind ... ich werde sterben.«

»Nein, Herr, das werdet Ihr nicht.«

»Kind, ich muss dir etwas sagen ...

Er klammerte sich an ihre Hand, und sie beugte sich über ihn. Sacht legte sie ihre Wange an die seine und flüsterte: »Still, mein Herr. Ich bleibe hier bei Euch.«

»Wichtig, mein Kind… so wichtig…«

»Es ist nur wichtig, dass Ihr lebt, Hrabanus. Nur das ist wichtig.«

»Anna, mein Herz! Die Sterne… Sie wollen es nicht…«

»Mein Geliebter.«

»Mein Kind…«

Er versank wieder in wirre Träume. Anna hielt immer weiter seine Hand, und Tränen flossen ihr über die Wangen.

Ein heftiger Schweißausbruch beendete am Morgen das Fieber und ließ den Kranken erschöpfter denn je zurück. Am Nachmittag jedoch ging Hrabanus langsam und auf seinen Stock gestützt zu seinem Schreibpult. Als er seine Arbeit dort getan und das lange Schriftstück versiegelt hatte, rief er Anna und Rosa zu sich.

»Rosa, mein Weib, Anna hat dir gewiss gesagt, um welche Krankheit es sich handelt.«

»Ja. Und auch die Folgen hat sie mir genannt.«

»Ich habe mich entschlossen, ihre Kur zu versuchen. Aber ihr beide wisst, was das bedeutet.«

»Arsenik?«

»Ja.«

»Ich habe es bereits beschafft, mein Gemahl. Aber – ich habe Angst.«

»Es ist mein Leben. Ich habe hier niedergelegt, dass ich freiwillig in diese Behandlung einwillige. Wenn mich auf die eine oder andere Weise der Tod ereilt, wird für euch beide gesorgt sein. Und nun bereitet das Medikament zu und lasst mich alleine.«

Anna hatte in manchen Büchern nachgeschlagen, Rosa hatte versucht, sich an alles zu erinnern, was sie von dem Gift wusste, und gemeinsam stellten sie eine verdünnte Lösung von Arsenik her, von der sie hofften, dass es keine schädlichen Wirkung zeigte. Der Hofhund schließlich bekam davon einige Tropfen in sein Futter und überlebte unbeschadet die nächsten Stunden.

Hrabanus nahm ohne zu zögern die Arznei ein, und der nächste Fieberanfall verlief etwas glimpflicher. Doch Anna verbrachte die Nacht betend auf ihren Knien. Der darauf folgende Anfall war ebenfalls milder, und schließlich schien es, als ob der kräftige Körper des Ratsherren die schädlichen Miasmen der italienischen Sümpfe besiegt hätten.

Doch Anna erfuhr nicht, was Hrabanus ihr Wichtiges hatte mitteilen wollen, als er sich am Rande des Todes wähnte. Sie fragte ihn auch nicht.

Stattdessen befragte sie die Sterne. Viele Stunden lang berechnete sie die Stellung der Planeten, wie sie für sie und den Ratsherren sich zum Zeitpunkt ihrer Geburt darstellten. Was sie daraus ablas aber war, dass Hrabanus' Aussage stimmte. Die Sterne waren ihnen nicht günstig gesonnen. Sie waren gegen ihrer Liebe. Sie verboten ihre Liebe.

Sie sprachen von Todsünde.

In den nächsten Monaten, wenn Anna bei Rosa zu Gast war, traf sie dann und wann auch Marcel le Breton im Haus »Zum Raben« an. Der Ratsherr hatte sein Versprechen wahr gemacht, und dem ehemaligen Söldner ermöglicht, im Geschäftsleben von Köln Fuß zu fassen. Es waren unterhaltsame Stunden, die Marcel ihnen bescherte, wenn er mit Hrabanus aus dem Kontor kam und die Einladung der Hausfrau annahm, auf einen Schoppen zu bleiben. Er wusste spannende Episoden aus seinem bewegten Leben zu berichten, und, wenn der Hausherr nicht anwesend war, gelegentlich auch ein recht gewagtes Getändel mit Rosa oder Anna anzufangen. Rosa lachte leichtherzig darüber. Anna reagierte zunächst ein wenig verstimmt, aber es gelang Marcel meist, sie zum Lachen zu bringen. Ein paar Mal bot er sich auch an, sie zurück zum Stift zu begleiten. Sie begann, seine kameradschaftliche Art zu schätzen. Vor allem aber gewann er ihr Herz, als er um die Weihnachtszeit des folgenden Jahres im Haus »Zum Raben« mit ihr über seine Heimat sprach. Er hatte ein paar Gläser des schweren roten Weines getrunken, den Hrabanus seinen Gästen kredenzte, und auf ihre Fragen begonnen, ihr von dem fernen Land am Meer zu erzählen. So, wie er es schilderte, vermutete Anna, dass er unter Heimweh litt. Sie fühlte mit ihm, als er von den rauen Klippen berichtete, um die das graugrüne Meer tobte, aufgewühlt von den Winterstürmen. Sie sah die hoch aufsprühende Gischt, die sich an dem schroffen Gestein brach, Muscheln und Kiesel zermahlte, Treibgut anschwemmte, sich gelegentlich wütend in das Land fraß. Sie hörte das Rauschen, mit dem das Wasser über den weißen Sand schäumte, mit sich lange braune Tangbänder führte, die Schreie der Möwen, die mal wie höhnisches Gelächter klangen, mal in namenloser Einsamkeit über die kalten Fluten hallten. Sie roch den blühenden Ginster, der im frühen Sommer die Bienen mit seiner strahlend gelben Pracht anlockte, die blaue Luzerne und die weiße Kamille, die dem frisch gemähten Gras den süßen Duft schenkte, wenn es nach einem Regenschauer langsam trocknete. Sie fühlte das Moos und die graugrünen Flechten, die den alten, geheimnisvollen Steinen ihre bärtige Oberfläche gaben, die glatt geschliffenen, runden Granitsteine, von der Sonne gewärmt, rosa, gelblich, blau und immer ein wenig glitzernd. Sie schmeckte die Luft, von der Gischt mit feinem, salzigen Nebel gefüllt, aber auch die Süße der Feenbeeren, die in ihren dornigen Nestern schwarz schimmerten.

»Wollt Ihr nicht zurückkehren, Herr Markus?«

»Möglicherweise, eines Tages, Frau Anna. Es ist schön dort, und ich vermisse das Meer, die Felsen und die Wälder. Doch es ist auch sehr einsam dort. Hier gibt es Menschen, Geschäfte, Aufregungen, schöne Frauen …«

»Und Geld.«

»Und Geld, sicher. Ich werde als reicher Mann dorthin zurückkehren, von wo ich jung und mittellos aufgebrochen bin. Ich werde ein Schloss bauen, Pferde züchten und ein angesehener Landjunker sein. Aber erst muss ich reich werden.«

Anna lachte ihn an. Er strahlte eine Lebensfreude aus, die sie ansteckend fand.

»Große Pläne habt Ihr. Wo liegt dieses Land, auf dem Ihr Euer Schloss bauen werdet?«

»Am Ende der Welt!«

»Natürlich.«

»Ich verspotte Euch nicht. Man nennt es Finis Terrae, und es liegt am Ende dieses Kontinents, unserer alten Welt. Das Meer, das daran grenzt, ist jenes, das der Cristoforo Columbo vor fünf Jahren überquert hat. Am anderen Ufer dieses Ozeans liegt die Neue Welt.«

»Und wer ist Herr dieses Landes?«

»Nun, es hätte unser gütiger Kaiser Maximilian sein können, der die Erbin des Herzogtums geehelicht hat, Eure Namensschwester, Frau Anna, die Herzogin Anna de Bretagne. Leider raubte sie der französische König, und nun saugt er mein armes Land bis aufs Blut aus. Nein, im Augenblick möchte ich nicht zurückkehren.«

Nach dieser Unterhaltung hatte Anna eine weitere Seite ihrem Stundenbuch hinzugefügt. Der Terz, der dritten Stunde, die sie dem Mars gewidmet hat, gab sie die Worte aus dem 104. Psalm mit: »Du schufest den Mond, den Zeiten Gesetz zu geben, die Sonne weiß, wann sie untergeht.« Abgebildet aber hatte sie das mit so großer Eindringlichkeit geschilderte Land am Ende der Welt, und obwohl sie das Meer nie gesehen hatte, gelang ihr ein erstaunlich gutes Bild einer gischtumtosten Küste, an der die Menschen mit fliegenden Kleidern gegen den Sturm ankämpften. Die letzte Seite erhielt kurz darauf das Bildnis des kriegerischen Mars, der die Züge des ehemaligen Landknechts Marcel le Breton trug, und darunter standen die Worte des 27. Psalms: »Erfülle mit Kraft dein Herz und harre des Herrn.«

Gelegentlich ertappte Anna sich bei dem Gedanken, was wohl geschähe, wenn sie sich den unverschämten, aber vergnüglichen Annäherungen dieses Mannes etwas geneigter zeigte.

20. Kapitel

Plektrudistag

Insgesamt zwölf Jahre lebte Anna nun schon im Stift von Maria im Kapitol. Wieder näherte sich der Plektrudistag, der 10. August des Jahres 1498. Morgen würde er festlich begangen, und morgen würde sie auch Hrabanus wieder sehen.

Der lange helle Sommerabend machte es möglich, noch eine Weile an dem Stundenbuch zu arbeiten, und so hatte sie sich in das verwaiste Skriptorium zurückgezogen. Anna hatte vielfältige Aufgaben als Schreibmeisterin des Stifts zu erledigen und arbeitete viel mit der Priorin zusammen, die sich um die Verwaltung des Stiftsvermögens kümmerte. Auch die Äbtissin verlangte oft ihre Dienste. Viel Zeit für ihr Stundenbuch blieb ihr dabei nicht. Doch Jahr für Jahr waren mehr Blätter gestaltet worden. Und nun waren nur noch wenige Seiten unbeschrieben.

An diesen Abend schwebte der Silbergriffel unschlüssig über dem Pergament. Die erste und zweite Seite der Sext waren inzwischen vollendet, die dritte Seite hatte einen Rahmen, doch der Spruch und das Bild fehlten. Daran hatte Anna weiterarbeiten wollen, aber nun ließ sie den Griffel sinken und schlug das Blatt um. Sie verweilte lange über der letzten Seite, auf der sie aus dem 27. Psalm zitiert hatte: »Zu dir redet mein Herz, nach dir sucht mein Gesicht, nach deinem Antlitz suche ich, o Herr.« Hier gab es ebenfalls eine fertige Miniatur, und es zeigte, wie jedes vierte Bild einer Lage, den astrologischen Herrscher, dem Anna die Stunde gewidmet hatte. An dieser Stelle war es Jupiter, und er trug das narbige Antlitz des großherzigen Stifters, ihrem Wohltäter, dem Ratsherren Hrabanus Valens.

Die Tauben, die auf dem Sims des offenen Fensters saßen und leise gurrende Laute von sich gaben, waren die Einzigen, die sahen, welch unbeschreiblich traurigen Ausdruck das Gesicht der Stiftschreiberin Anna trug.

»Nein!«, sagte sie schließlich und schob das Blatt vorsichtig zwischen die hölzernen Platten, zwischen denen sie es geschützt aufbewahrte. Stattdessen nahm sie ein anderes heraus und betrachtete es.

Die Tauben auf dem Fenstersims waren aufgeflogen, als ein Rabe krächzend den Sitz begehrte. Nun saß er dort, blauschwarz glänzte sein Gefieder, und seine klugen Augen spähten in das Gemach.

»Der Rabe hat mich unter seine Fittiche genommen. So ist es, Vogel. Aber – ich wünschte, er hätte es auf eine andere Art getan.«

Anna stützte den Kopf in die Hände. Und wie an so manchen Abenden fragte sie sich, ob die Entscheidung richtig war, ein derart zurückgezogenes Leben zu führen. Als Rosa noch im Stift weilte, war es heiterer gewesen.

Ein klagendes Miauen weckte die Schreibmeisterin Anna aus ihren Grübeleien. Eine prächtige rote Katze strich um ihre Knie und begehrte, gestreichelt zu werden.

»Komm, Feli. Komm auf meinen Schoß.«

Das Tier sprang hoch und rollte sich mit einem zufriedenen Schnurren auf ihrem Rock zusammen. Feli war zur anerkannten Stiftskatze aufgestiegen und hatte das Mäusefangen in den Vorratsräumen übernommen. Nun ließ sie sich genüsslich von Annas Fingern kraulen, und während sie so gedankenverloren in dem warmen, vibrierenden Fell spielte, formte sich ein Bild in ihrem Geist. Es wurde klarer und klarer, und die Worte, die es begleiten sollten, standen wie in goldenen Lettern vor ihr.

Das rätselhafteste Stifterbild, das je ein Stundenbuch erhalten hatte, entstand mit schnellen Strichen des Silbergriffels auf dem Pergament. Es war ein blauschwarzer Rabe mit ausgebreiteten Flügeln, der auf einem Eichenast saß. Und auf den feinen rot punktierten Linien schrieb Anna sorgfältig die Worte aus dem 91. Psalm: »Mit seinen Fittichen schirmt er mich, unter seinen Flügeln finde ich Zuflucht, Schild und Schutz ist seine Treue.«

Und während sie zeichnete, wanderten ihre Gedanken zum kommenden Tag.

Der Plektrudistag war ein herrlicher Sommertag in diesem Jahr. Anna hatte der Messe beigewohnt und auf der Singempore zusammen mit den Kanonissen die Choräle vorgetragen. Für ihren vollendeten Chorgesang war das Stift in ganz Köln bekannt. Nun suchte sie ihre Kammer auf, um sich von Valeska in ihr neues Kleid helfen zu lassen. Goldgelb war es und mit dunkelroter Seide gefüttert, die an den gebauschten und geschlitzten Ellenbogen und an den an den Schultern angenestelten Ärmeln wirkungsvoll hervorquoll. Nachdenklich sah sie dabei die jetzt ungefähr vierzehnjährige Magd an. Valeska war in den letzten Monaten gewachsen, und selbst bei aller Anstrengung würde sie nicht mehr als Junge durchgehen. Sie war ein hübsches Mädchen geworden, auch wenn ihrem Gesicht eine rundliche Lieblichkeit fehlte. Ihre Nase war ein wenig zu scharf geschnitten, ihr Mund zu breit. Aber er war fast immer zum Lachen bereit, und gelegentlich kamen treffende, aber nicht besonders schmeichelhafte Bemerkungen aus ihm heraus.

»Das wird Frau Rosa in den Schatten stellen! Sie ist blond und kann solche goldene Farben nicht tragen.«

»Dafür sieht sie in anderen überwältigend aus, wie sie uns regelmäßig vorführt!«, kicherte Anna.

»Sie ist höllisch hochnäsig geworden, die edle Frau Ratsherrin!«

Anna drohte der vorlauten Magd zwar mit dem Finger, musste ihr aber dennoch zustimmen. Ja, Rosa hatte es nicht lassen können, den Stiftsdamen immer mal wieder ihre neue Stellung unter die Nase zu reiben. Besonders gern rauschte sie in vollem Prunk und Staat in die Messe, bei der sich die Kanonissen in ihren dunklen Gewändern zeigten. Die vielen kleinen Sticheleien in den Jahren ihres Aufenthaltes hatte sie nicht vergessen.

»Sie kommt heute nicht, Valeska. Und ich will die beiden Ringe tragen, den Siegelring und den Bernsteinring. Beide passen zu diesem Gewand.«

»Und das goldene Kreuz oder die Kette aus Neapel?«

»Nein. Heute nicht.«

Hrabanus hatte ihr seither einige passende Kleinode gegeben, darunter Fibeln und Spangen und einen Rosenkranz aus zierlich geschnitzten Korallen. Nach seiner Genesung von dem furchtbaren Wechselfieber hatte er ihr jedoch eine kostbare Perlenbrosche geschenkt. Sie hatte die Schmuckstücke angenommen, denn sie wusste, dass er ihr eine Freude damit machen oder eine unklare Schuld abtragen wollte. Heute würde er auch wieder das Stift besuchen, und sie freute sich darauf, ihn zu sehen. In den beiden vergangenen Jahren war er in der Zeit um den Plektrudistag auf Reisen gewesen, und das Fest war nicht das, was es für sie sein sollte.

Diesmal kam er jedoch, Rosa hingegen begleitete ihn nicht. Aber dank der Privilegien, die Hrabanus im Stift genoss, konnten Anna und er sich nach dem Festmahl in den Gärten der Äbtissin unterhalten.

»Du siehst sehr anmutig aus, mein Kind«, begrüßte er sie, als sie ihm auf den schnurgraden, gepflegten Pfaden des Gartens entgegenkam, der nach Art der Klostergärten in rechteckige Beete aufgeteilt war.

»Und Ihr seht beeindruckend aus, Ratsherr. Euer Bein scheint inzwischen völlig geheilt zu sein. Ich sehe, Ihr verwendet keinen Stock mehr.«

»Es braucht mehr als einen Messerstich ins Bein, um mich zum Krüppel zu machen.«

»Wie geht es Eurer Gemahlin, Herr? Ich habe Rosa schon seit Pfingsten nicht mehr gesehen.«

»Sie ist bei guter Gesundheit, gelegentlich auch bei guter Laune. Warum besuchst du sie nicht häufiger, Anna?«

Im Garten der Äbtissin war es ruhig, nur die Bienen summten in den Salbeiblüten. Hrabanus und Anna wandelten langsam zwischen den Beeten einher. Mit der Antwort zögerte Anna etwas.

»Hast du Angst, dass du Schwierigkeiten mit der Äbtissin deswegen bekommst? Ich rede mit ihr, wenn du willst.«

»Nein, Herr, das ist es nicht., Nur ... ich hatte den Eindruck, dass Rosa meine Besuche ungelegen kamen.«

Hrabanus lachte, und es klang ein wenig grimmig.

»Rosa ist gelegentlich launisch, das weißt du doch. In der letzten Zeit häufiger als sonst. Mag sein, dass es meine Schuld ist. Sie hätte Kinder haben sollen, aber es scheint, dass die Blattern mehr als nur mein Gesicht zerstört haben.«

»Oh ...«

»Die Gerüchte über meine zahllosen Bastarde, die dir zu Ohren gekommen sind, übertreiben reichlich, Anna«, sagte er leise. »Keine andere Frau hat je von mir empfangen. Berlindis gab ich die Schuld daran, aber nun …«

Anna schüttelte den Kopf, um ihm anzuzeigen, dass sie nichts weiter über dieses Thema hören wollte.

»Ich hörte, dass Euer Freund, Marcel le Breton, sich einen Namen gemacht hat.«

»O ja, er ist inzwischen zum Büchsenmeister am Bayenturm aufgestiegen und hat die Aufsicht über Pulver, Musketen und Geschütze. Ein fleißiger und ehrgeiziger Mann. Nebenbei betreibt er eine Werkstatt, in der er das Pulver für die Feuerwaffen herstellt. Er verdient gutes Geld damit.«

»Habt Ihr ihm das Kapital dafür vorgestreckt?«

»Aber nein, ich habe ihm nur den Weg geebnet. Mein Einfluss im Rat reicht gerade so weit. Er hat selbst genügend Kapital angehäuft – aus vermutlich zweifelhaften Quellen, aber das steht mir nicht an zu hinterfragen.«

»Wieso?«

»Sei nicht so neugierig, Kind.«

»Das sagt Ihr immer, wenn meine Fragen Euch unbequem sind. Sonst schätzt Ihr meine Wissbegierde durchaus.«

»Kannst du es dir nicht selbst zusammenreimen? Der Sold alleine macht einen Mann nicht reich, wohl aber Plünderungen …«

»Aber es ist unmoralisch, es ist Geld aus Verbrechen.«

»Kind, was glaubst du wohl, wie viel ehrlich verdientes Geld es gibt?«

»Eures?«

»Meines? Ich verdiene mein Geld mit dem Gewürzhandel. Hast du eine Ahnung, wie viel ein Sack Pfeffer wert ist? Die Wege sind lang, die kostbare Fracht geht durch viele Hände. Wer weiß, was davon geraubt, von Piraten den Kauffahrern entrissen und wieder auf den Märkten angeboten wurde? Ich kaufe, ohne viel zu fragen.«

»Das ist nicht recht, finde ich.«

»Findest du? Hast du eine Vorstellung, wie viele Ladungen mir schon gestohlen wurden? Oft genug haben wir Truhen und Säcke geöffnet, in denen nur noch Sand oder minderwertige Körner zu finden waren.«

»Ich habe nie darüber nachgedacht, Herr. Euer Geschäft ist ein hartes und unbarmherziges.«

»Wohl wahr, Kind. Aber einträglich.«

»Es ist nicht christlich.«

»Ist der Handel von Ablasszetteln christlich? Ist es christlich, sich mit Geld von seinen Sünden loszukaufen?«

»Nur weil andere unchristlichen Handel führen, ist das kein Recht, es ebenfalls zu tun.«

»Gut argumentiert, Kind. Was soll ich also tun, um deinen Gefallen zu finden? Den Handel mit Gewürzen aufgeben und Bibeln verkaufen?«

»Es würde wohl nichts ändern. Dann würden eben andere die Spezereien kaufen. Die Welt ist nicht gut.«

»Nein, die Welt ist ein Sündenpfuhl. Und wir werden alle unsere Strafe erhalten.«

»Ihr steht dem gleichmütig gegenüber, scheint mir.«

»Ja, Kind. Wie sonst?«

»Ihr glaubt nicht an die Erlösung?«

»Anna, ich bin zu weit herumgekommen, ich habe zu viel gesehen und gehört. Aber wir wollen nicht darüber disputieren. Du, mein Kind, führst ein reines und christliches Leben. Dir ist die Erlösung gewiss.«

»Nein, Herr, wenn Euch nicht, dann mir auch nicht. Ich … ich habe auch gelegentlich meine Zweifel daran, dass mein Drohnendasein, zwar keusch und tugendhaft, mir dereinst die Tore zum Paradies öffnen wird. Aber ich bin träge, Herr, und ich scheue die Vorstellung, mich einem dienenden Bettelorden anzuschließen.«

»Du könntest dich um Rosa kümmern, vielleicht gelingt es dir, ihre Schwermut zu heilen.«

»Ich will sie in der nächsten Woche aufsuchen, und sehen, ob ich sie aufheitern kann.«

»Bitte tu das, Anna. Nimm dich ihrer an, denn ich werde wieder auf Reisen gehen müssen.«

»Wohin diesmal, Herr?«

»Nicht sehr weit, nur nach Burgund. Im Herbst bin ich wieder zurück.«

»Wie wünsche ich mir, Euch begleiten zu können. Ach, erzählt mir von den fernen Ländern, Herr!«

»Du bist unersättlich, Anna!«

Aber er erfüllte ihr den Wunsch und berichtete von seiner Reise nach Spanien, über die erstaunlichen Berichte, die er dort über die weiten Fahrten des Cristoforo Columbo gehört hatte, der den Seeweg nach Indien finden wollte. Er hatte die Heiden gesehen, die er mitgebracht hatte, Indianer mit dunkler Haut und seltsamem Gebaren. Fremdartige Pflanzen hatte er ebenfalls mitgebracht, deren Verwendung noch unbekannt war. Hrabanus hatte die neu gezeichneten Karten gesehen, die die Welt ganz abbildeten. Aber es war das Gold, das sie gefunden hatten in jener neuen Welt, das vor allem Anlass dazu gab, eine weitere Expedition zu starten. Und nun waren wieder Schiffe aufgebrochen, um das Land weiter zu erkunden, mehr Gold zu scheffeln und den Heiden das Christentum zu bringen.

»Wie groß die Erde ist. Und wie viel Wunder sie birgt.«

»Sie ist groß, aber nicht unendlich, Anna.«

»Ich weiß. Sie ist eine Kugel, sagt man, und eine Kugel ist nicht unendlich. Aber es ist schwer, sich vorzustellen, über Kopf zu leben und den Himmel unter sich zu sehen.«

»Das werden sich die Menschen auf der anderen Seite der Erde genauso von uns denken.«

»Ihr verspottet mich!«

»O nein. Aber streng deine Vorstellungsgabe an, Anna. Diese Kugel Erde ist so gewaltig groß, dass sie uns kleinen Menschen überall flach wie ein Teller erscheint. Columbo hat nichts davon berichtet, dass der Himmel in jenem Land unten und die Erde oben sei.«

Anna bedachte das und erkannte die Weisheit darin.

»Ich habe auch neue Bücher erworben, Anna. Wenn du Rosa besuchst, bitte sie, sie dir zu zeigen. Du kannst mitnehmen, was dich davon interessiert. Sie sind recht interessant, eine Abhandlung über Kräuterkunde wird dich erfreuen.« Er zupfte ein Zweiglein Thymian ab und zerrieb es zwischen den Fingern. »Und eines über die Sphärengestalt der Welt.«

»O ja, ich habe davon schon gehört. Die Erde, das feste Element ist die unterste Sphäre, sie wird umgeben vom Wasser, und die Kontinente ragen als Inseln daraus hervor.«

»Richtig. Darüber liegt die Hülle aus Luft und dann folgt die Sphäre des Feuers.«

»Und über allem erstrecken sich die Sphären der Planeten.«

»Und erfüllen das All mit ihrer Musik. Ja, Kind, nimm dir dieses Werk auf jeden Fall mit. Aber eines der Bücher hat meinen Ärger erregt. Es ist eine Schande, dass es überhaupt gedruckt wurde. Es nennt sich Malleus Maleficarum und stammt aus der Feder eines tollwütigen

Dominus Canus. Er legt darin fest, welche Eigenschaften eine Hexe ausmachen, und es ist ausgesprochen ärgerlich. Was mich besonders wütend macht, Anna, ist die Tatsache, dass sich die gelahrten Professoren unserer Universität bereit erklärt haben, Stellungnahmen dazu zu verfassen, die dieser Dominikaner Institoris auch noch als Lobhudelei mit abdrucken ließ. Ein Werk, so barbarisch an Sprache wie an Gesinnung!«

»Ja, ich habe von diesem Inquisitor gehört. Aber ich weiß von keinen Hexenprozessen hier in Köln.«

»Nein, nicht zu deiner Zeit, Anna. Es gab nur einen vor fünfzehn Jahren, da starb eine alte Zaubersche an der Folter. Aber nun, da dieses Buch verbreitet wird, kann es sein, dass man genauer auf die Frauen schaut, die Männer mit Blicken verfolgen, aus den Sternen lesen oder um Kräutertränke wissen, die wilde Träume verursachen.«

»Ein Buch kann gefährlicher sein als ein Schwert, nicht wahr?«

»Ja, Bücher sind gefährliche Dinge! Und magst du auch noch so belesen sein, Kind, halte dich zurück mit deinem Wissen, wenn du mit Fremden sprichst.«

»Ich kann mich nicht verstellen, das wisst Ihr doch.«

»Du kannst den Mund halten.«

Anna grinste.

»Sogar das fällt mir gelegentlich schwer.«

»Ja, ich weiß.«

»Aber mit Euch kann ich reden, Herr, und das ist mir eine große Freude.«

»Kind, mir auch.«

»Dann darf ich Euch etwas fragen?«

»Natürlich.«

»Ihr habt mir letzthin das Werk eines römischen Dichters gegeben, Herr. Ovid heißt er, und darin stand ein

Satz, der mich in Unruhe versetzt hat. Ist es wahr, dass die Heiden glauben, dass die Seele eines Menschen nach seinem Tod in einen anderen Körper übergeht?«

»Ja, so glauben sie. Sie sagen, dass der Tod nur das Ende des fleischlichen Körpers bedeutet. Und so glauben doch auch wir, dass die Seele unsterblich ist.«

»Ja... Wir werden dereinst auferstehen und uns dem Gericht stellen müssen. Aber wir leben nur ein Mal.«

»Das nehmen wir an.«

»So sagt es die Bibel.«

»Ja, so sagt sie.«

»Ihr glaubt es nicht, Herr?«

»Ich weiß es nicht.«

Anna überlegte einen Moment und drehte dabei den Siegelring an ihrem Finger.

»Herr, ist es Euch schon einmal passiert, dass Ihr an einen fremden Ort kamt, und ganz sicher wart, ihn schon einmal betreten zu haben?«

»Ja, Anna. So etwas ist mir schon geschehen. Und ich habe schon Menschen getroffen, die mir zuvor nie begegnet sind, und die mir dennoch seltsam vertraut vorkamen. Du hast so etwas auch erlebt?«

Anna nickte.

»Dieser Ring... Ich fand ihn an einem alten Marienaltar. Er... er kam mir so bekannt vor, als habe ich ihn mein Leben lang getragen.«

»In einem anderen Leben, bevor deine Seele in diesem Körper Wohnstatt nahm.«

»Könnte es sein, dass die Heiden Recht haben?«

»Anna, wir wissen weder das eine noch das andere. Aber ich will dir sagen, was mir geschah. Damals, als ich mit den Blattern geschlagen auf den Tod darniederlag, da wanderte ich in meinen Fieberträumen durch seltsame Gefilde. Ich kann mich nicht an alles erinnern, was sich sah, ich möchte es auch nicht. Manches war erschreckend, anderes unglaublich schön. Doch die Gestalten, denen ich begegnete, schienen keine Fremden zu sein.«

»Wem seid Ihr begegnet?«

»Königen und Bettlern, Kriegern und Sängern.«

»Und den Dieben und den Richtern, den Törichten und den Weisen?«

»Den keuschen Jungfrauen und der Verführerin, der liebenden Mutter und der Verräterin. Ja, Anna, all diesen bin ich begegnet. Und es hat sich so tief eingeprägt, dass ich ihnen allen nun in dieser Welt wieder zu begegnen scheine.«

Anna nickte stumm, und er fuhr fort: »Die Versuchung war in manchen Zeiten groß, dort zu bleiben und nicht wieder in das irdische Jammertal zurückzukehren, von dem ich wusste, dass mich Trauer und Leid erwarteten. Dann aber, eines Nachts, traf ich eine Gestalt, ein junges Weib, umgeben von Licht und Süße, das mich bat, sie zu begleiten. Sie nahm mich – oder auch nur meine Seele – an die Hand, und gemeinsam wachten wir in dieser Welt auf.« Hrabanus sah verloren in die Ferne. »Sie war nicht mehr bei mir, als ich mein Bewusstsein wiedererlangte. Doch ich weiß, dass sie lebt ...«

Anna lehnte an eine Buchsbaumhecke, und die Kehle war ihr eng. So gab es denn eine Frau, die Hrabanus liebte, nach der er sich sehnte, und die er nie gefunden hatte. Wie ähnlich sich ihr Schicksal war.

»Ja, auch ich denke, dass die Seele wandern kann. In den Träumen des tiefsten Schlafes manchmal, und seltsamerweise, wenn ich Bilder male.«

»Sei achtsam, mit wem du darüber sprichst, mein Kind. Wir beide tragen an einem Zweifel an der kirchlichen Lehre, den wir für uns behalten müssen. Sprich mit niemandem darüber, denn heidnische Gedanken sind nicht gerne gesehen. Schon gar nicht bei einer Frau. Und nun lass uns von anderen Dingen reden. Anna – Carolus, mein Kompagnon, hat im Winter seine Frau verloren. Ein sieches, mageres Geschöpf, das nie recht den Kopf gehoben hat. Es war keine gute Ehe.«

»Was, Herr, möchtet Ihr damit andeuten?«

»Er schätzt es, auf Reisen zu gehen. Und auch er hat einen gebildeten Verstand und einen offenen Geist. Ich würde es noch immer begrüßen, Anna, wenn du ihn heiraten würdest.«

Anna blieb stehen und zerdrückte Salbeiblättchen in der Hand. Ihre langen, nachdenklichen Abende im Skriptorium kamen ihr in den Sinn. Ihre Zweifel an dem Wert des zurückgezogenen Lebens. Die Lebenslust, die Marcel le Breton mit seinen Tändeleien in ihr geweckt hatte.

»Herr, ich will darüber nachdenken. Wenn Ihr von Eurer Reise zurückkommt, werde ich Euch eine Antwort geben.«

»Du bist nicht mehr völlig abgeneigt?«

Sie schüttelte lächelnd den Kopf.

»Nicht völlig.«

21. Kapitel

Beim Quacksalber

Er hatte geschwitzt wie ein Stier, hatte sich abreiben, mit Ruten schlagen und bürsten lassen, bis die Haut brannte, hatte den schaurigen, heißen Absud heruntergewürgt und sich schließlich vor Bauchschmerzen auf der Latrine gekrümmt. Purgation, innere Säuberung, nannte es der Badstuber, ein feister, rotgesichtiger Mann von derbem Benehmen. Aber er hatte einen guten Ruf. Angeblich war er ein guter Wundheiler und auch überaus geschickt mit dem chirurgischen Besteck. Nicht dass der Mann einen derartigen Eingriff benötigt hätte, vielmehr ging es ihm darum, die lästigen Geschwüre loszuwerden, die sich seit einigen Wochen an einer delikaten Stelle entwickelt hatten. Schon einmal, vor drei Jahren, hatte er derartige hässliche Pusteln gehabt. Mit Schaudern dachte er an die Zeit zurück, als er glaubte, sich die Pest eingefangen zu haben. Aber ein kluger Apotheker hatte ihm eine Pillenkur verabreicht, und die Sache war glimpflich abgelaufen. Nichts war zurückgeblieben, nicht einmal Narben, wie sie die Pocken hinterließen. Doch nun hatte es wieder angefangen. Der kundige Apotheker war weit entfernt in Neapel. Der hiesige Quacksalber hatte keine Ahnung, und seine Salben brannten nur auf der Haut, brachten aber keine Heilung. Deshalb hatte er sich dem Bader anvertraut, der bei gebührender Vorauszahlung bereit gewesen war, ihn zu behandeln. St.-Jobst-Krankheit hatte er sie genannt und behauptet, er habe einen solchen Fall schon einmal kuriert. Mit einem Grinsen hatte er es behauptet und sich anschließend über die Unkeuschheit seines ersten Patienten ausgelassen. Ein deutlicher Hinweis darauf, dass er wusste, worin diese Beschwerden ihre Ursache hatten. Der Mann hatte mit den Schultern gezuckt. Schon möglich, dass eine der italienischen Huren ihn angesteckt hatte.

Nach der Säuberung hatte der Bader ihm ein schmales Bett oben unter dem Dach zugewiesen, in einem zugigen Raum, wo der Wind durch die Ritzen pfiff, ungemütlich und düster. Aber der Kranke war so mitgenommen durch das starke Abführmittel, dass er dankbar die geflickte Decke über sich zog und versuchte, über den Lärm, der aus der Badestube drang, doch noch einzuschlafen. Die nächsten sieben Tage würde er sich der Kur mit Pillen, Tinkturen und Schröpfköpfen unterziehen und hoffen, dass die Krankheit genauso spurlos verschwinden würde wie beim ersten Mal. Denn da war eine junge Frau, die seine Aufmerksamkeit erregt hatte. Mehr als andere zuvor. Keine Hure, o nein! Eine ehrbare Dame. Und doch hatte er bemerkt, dass sie nicht ganz so unnahbar war, wie sie tat. Dass sie verbotenes Gut war, erhöhte den Reiz des Abenteuers nur noch.

22. Kapitel

Marcs Besuch

»Du liebe Zeit, was hat der arme Mann denn?«, wollte Cilly wissen.

»Pass im Bio-Unterricht demnächst etwas besser auf, Süße. Diese Szene habe ich Julian zu verdanken, der mir etwas über Geschlechtskrankheiten nahe bringen wollte.«

»Welche?«

»Der Held dieser Geschichte hat sich mit der Syphilis angesteckt. Zum Ende des fünfzehnten Jahrhunderts gab es in unseren Breiten die ersten Ausbrüche der so genannten Franzosenkrankheit oder Lustseuche, weshalb man noch nicht so recht wusste, wie man sie behandeln sollte.«

»Sie ist doch tödlich, oder?«

»Aha, doch aufgepasst. Ja, nach einiger Zeit. Das Unberechenbare an dieser Krankheit ist, dass sie ausbricht und dann wieder von selbst verschwindet. Später, nach Monaten oder erst nach Jahren kehrt sie zurück, und irgendwann befallen die Geschwüre auch die inneren Organe, und die Erreger greifen das Nervensystem und das Gehirn an.«

»Und das war's dann?«

»Krämpfe, Lähmungen, nachlassende Gehirnfunktion – schließlich Tod. Vermutlich ein unangenehmer.«

»Wie grässlich. Kann man das heute heilen?«

»Mit Antibiotika ist das möglich.«

Rose unterbrach unseren medizinischen Exkurs und

fragte: »Gibt es eigentlich bei dir Neuigkeiten, Anita? Wir waren so vertieft in Annas Geschichte, dass ich gar nicht mehr daran gedacht habe, zu fragen, ob du deinem Valerius näher gekommen bist.«

»Wenn das Schicksal es will, Rose, werde ich am Mittwoch diese Frage beantwortet bekommen.«

»Was? Hast du seine Spur gefunden? Das sagst du jetzt erst?«

»Ich habe einen Bescheid vom Amtsgericht erhalten. Am Mittwoch ist die Verhandlung, zu der ich als Zeugin geladen bin. Aber...«

»Gegen Valerius? Wegen Nötigung? Was heißt da ›aber‹?«

»Tja, der Angeklagte heißt Valentin Cornelius.«

»Hört sich fast so an wie Valerius. Das könnte also trotzdem stimmen. Du hast ihn doch ziemlich überrumpelt mit deiner Anrede.«

»Das sage ich mir auch. Und jetzt bin ich so nervös, dass mir alle Nerven flattern.«

»Das glaube ich dir. Anita, ich drücke dir die Daumen!«

»Wird eine interessante Woche, die ich vor mir habe. Zwei Vorstellungsgespräche stehen zusätzlich im Kalender. Eines davon geht schon in die zweite Runde.«

Seit dem letzten Klinikaufenthalt hatte ich begonnen, wieder Bewerbungen zu schreiben. Weit gestreut erst einmal, Museen, Institute, Kunstverlage, Auktionshäuser in ganz Deutschland. Ich hatte auch wieder Kontakt mit Professoren und Kommilitonen aufgenommen, und so allmählich nahm meine Zukunft eine konkretere Gestalt an. Meine Hoffnung zielte darauf, Mitte des Jahres eine Anstellung zu haben. Wo allerdings, das würde sich zeigen. Rose war nicht glücklich bei der Vorstellung, dass ich nach Hamburg, Dresden oder München gehen würde.

»Wo sind denn die Gespräche?«

»Morgen das in Heidelberg, das andere, das viel spannender ist, in München.«

»Hast du denn so gar nichts in Köln?«

»Ich könnte Putzfrau im Wallraf-Richartz-Museum werden. Oder das Dionysos-Mosaik im Römisch-Germanischen Museum feudeln.«

»Du bist aber auch wählerisch, Frau Doktor. Na gut, ich werde lernen müssen, alleine fertig zu werden. Ich bin nicht so unternehmungslustig wie diese Rosa. Komisch, sie gleicht mir so gar nicht. Und die Anna ist viel zurückhaltender, als du es bist, viel mehr in sich gekehrt.«

»Es scheint, als seien die Charaktere vertauscht. Unser Vater hat sein Spielchen getrieben. Er hat Anna zur adligen Stiftsdame erhoben und ihr das introvertiertere Dasein gegeben. Rosa hingegen hat das unruhige Leben der Fahrenden gekannt und dabei die Kunst des Überlebens gelernt. Die Umstände sind völlig andere als die bei den beiden Frauen aus der Römerzeit.«

»Und anders als bei uns beiden. Da bist du wieder die Welterfahrenere und ich das behütete Heimchen. Aber ich lerne, Anita! Und wenn ich jetzt erst einmal meine Erfahrungen mit der Ausstellung gemacht habe, dann wird es mir auch leichter fallen, selbst so etwas auf die Beine zu stellen.«

»Du wirst darüber Kontakte knüpfen, das eine oder andere wird sich von selbst ergeben. Und aus der Welt bin ich nicht, selbst wenn ich nach München gehen sollte. Hast du übrigens schon mit dieser Harfenspielerin gesprochen, von der ich dir erzählt habe?«

»O ja. Sie hat am sechsten April Zeit und ist begeistert. Sie wird bei der Vernissage spielen.«

»Und die Einladungen?«

»Habe ich gestern in den Briefkasten geworfen.«

Wir besprachen noch ein paar Dinge, die mit der Abwicklung der Ausstellung zu tun hatte, und dann verabschiedete ich mich, um in meine eigene Wohnung zu fahren. Die Geschichte um Annas Stundenbuch musste jetzt ein paar Tage warten, das Leben in der Gegenwart forderte seinen Tribut.

Mittwochvormittag um halb zwölf stand ich sehr pünktlich in den Räumen des Amtsgerichts und wartete auf meinen Aufruf zur Zeugenaussage im Fall Valentin Cornelius. Es war ein kühler und feuchter Märztag, die Nacht war sogar stürmisch gewesen. Das war aber nicht der Grund für meine Schlaflosigkeit. Daran waren die Gedanken schuld, die wie ein durchgedrehtes Karussell im meinem Kopf kreisten. Würde ich den Mann, den ich als Valerius kennen gelernt hatte, wieder sehen? Und wenn ja, wie würde er darauf reagieren, dass ich ihn auf diese Weise vor Gericht gezerrt hatte? Die Aussicht, ihm jetzt gegenüberzustehen, bewirkten, dass meine Hände eisig kalt wurden und mein Magen sich zu einem einzigen, harten Knoten zusammenzog. Würde er sich überhaupt noch meiner erinnern? Er musste mich ja für die letzte Schlampe halten, so wie ich mich benommen hatte. Andererseits – die seltsame Reaktion der Polizisten hatte ich noch deutlich im Gedächtnis. Was, wenn er nun wirklich so eine schräge Gestalt aus den zwielichtigen Bereichen war? Notorisch aktenkundig und gerichtsbekannt?

Ich hatte mich betont seriös gekleidet, ein dunkelgraues Kostüm, eine hellgraue Seidenbluse, die Haare zu einem festen Knoten im Nacken aufgesteckt, nur einen Hauch Rosa auf den trockenen Lippen. Ganz bewusst hatte ich es unterlassen, Make-up aufzulegen.

Meine Narbe, das wusste ich, war deutlich zu sehen, ein rosiger Strich quer durch mein blasses Gesicht.

Er würde mich wieder erkennen.

Wenn er es war.

Ich wurde aufgerufen. Es war eine Verhandlung vor einem Einzelrichter, einem Dr. Pönsgen. Keine große Straftat, so eine Nötigung. Mit einem klammen Gefühl betrat ich das Sitzungszimmer. Drei Männer waren anwesend. Hinter seinem Schreibtisch saß der Richter. Er sah mich mit einem kleinen, verschmitzten Lächeln an. Himmel, es war mein karnevalistischer Tanzpartner Fabian, der scharfe Richter. Vor seinem Schreibtisch saßen mit dem Rücken zu mir ein blonder und ein dunkelhaariger Mann. Er drehte sich zu mir um.

Er trug einen dunklen, grau durchzogenen Bart. Für eine Sekunde stockte mir der Atem. Er sah ihm sogar vage ähnlich.

»Dat Pferdschen hab' isch noch nie jesing«, höhnte er. »So wat belästischt ewwer doch keiner, der wat auf sisch hält. Vergisset.«

Sein Anwalt, das war wohl der Blonde, brummte irgendetwas Beruhigendes, aber ein wütender Blick traf mich, der mich beinahe versengte.

Fabian blieb ganz gelassen und wickelte die Formalitäten ab. Seine Ruhe half mir, die richtigen Antworten zu geben, und als ich aufgefordert wurde, den Sachverhalt zu schildern, fuhr der Angeklagte wieder auf und fauchte: »Björn, wat sull de Quatsch? Nötigung! Dat Minsch mit de lädierten Fisasche hät mir doch ens vonner Konkurrenz auf'n Hals jehetzt. Hey, Scarface, war dat die Rasierklinge von ding sin Macker?«

»Herr Cornelius!«, donnerte Fabian ihn an und wurde plötzlich zu einem scharfen Richter. Beleidigung der Zeugin duldete er nicht.

Ich sagte schnell: »Hier muss ein Missverständnis vorliegen, Dr. Pönsgen. Diesen Mann habe ich in meinem Leben noch nie gesehen.«

»Er ist der Fahrer des Wagens mit dem Kennzeichen K-VC 137.«

»Ja, aber ich habe zu Protokoll gegeben, dass ich mich nur an die Buchstaben erinnere. Ich wiederhole, dieser Mann hat mich nie belästigt oder genötigt.«

»Dat will isch wohl meinen. An disch hättsch mir nämlisch erinnert, Schätzgen. «

Valentin Cornelius erhielt die nächste Verwarnung.

Ganz plötzlich wurde mir die Komik der Situation bewusst, und ich musste lächeln.

»Ihre Ermittler, Richter, werden sich weiter bemühen müssen!«

»Sie bleiben bei Ihrer Aussage?«

»Ja.«

»Gut, dann verlassen Sie bitte das Sitzungszimmer. Aber bitte halten Sie sich noch zur Verfügung.«

Ich kehrte in den Gang zurück und setzte mich auf einen leeren Stuhl zwischen eine vollbusige Rothaarige und einen schlampigen jungen Mann. Nicht sehr viel später öffnete sich die Tür zum Sitzungszimmer, und Cornelius samt Anwalt traten heraus. Die Rothaarige stand auf und ging ihm entgegen. Er aber hielt vor mir und fragte, noch nicht einmal unfreundlich und sogar bemüht, verständlich zu sprechen: »Wer hat dich denn belästigt?«

»Ein Mann, der einen ähnlichen Wagen fährt wie Sie.«

»Jib mir mal ding Telefonnummer, Liebschen. Isch hab Kontakte, Freunde, weiß Bescheid? Die sin aufmerksam. Isch muss nur mitm Finger schnippen. Wenn isch ihn finde, stelle isch ihn dir zusammenjefaltet zu.«

»Lassen Sie nur. Ich überlasse das den Mühlen der Justiz.«

»Dann leck misch doch. Wollt nur höflisch sin.«

Er klatschte der Rothaarigen auf den voluminösen Hintern und schob ab.

Fabian tauchte kurz darauf auf, nickte mir zu und fragte: »Hast du Zeit, mit mir essen zu gehen?«

»Ja, habe ich.«

»Komm, nebenan gibt es eine erträgliche Sushi-Bar.«

Wir schwiegen, bis wir einen Platz gefunden hatten.

»Ich hatte schon befürchtet, dass du dem guten Valentin um den Hals fallen würdest. Du sahst ein wenig bleich um die Nase aus, als du hereinkamst.«

»Dein Valentin scheint kein Fremder in diesen heiligen Hallen zu sein.«

»Worauf du wetten kannst. Offiziell ist er Gebrauchtwagenhändler, aber er hat nebenbei auch ein paar ganz andere Pferdchen laufen. Nötigung ist ganz sein Stil. Darum ging das auch so schnell. Die Jungs haben sich keine große Mühe gemacht.«

»Tja, das war's dann wohl.«

»Noch nicht ganz. Wenn du die Anzeige nicht zurückziehst, werden sie weiter ermitteln. Aber das kann jetzt dauern. Die Angaben sind ziemlich dürftig.«

»Und ich kann ja schlecht sagen, dass ich mich plötzlich daran erinnere, dass der Mann Valerius hieß.«

»Könntest du schon. Aber es wird trotzdem dauern. Mal sehen, vielleicht kann ich auf inoffiziellem Weg was erreichen. Aber auch das erst in drei Wochen. Am Freitag fahre ich nämlich erst einmal mit Frau und Kind in Urlaub.«

»Macht nichts, Fabian. Ich fange langsam an, die Sache zu verdrängen. Wahrscheinlich habe ich mir sowieso alles nur eingebildet.«

»So resigniert?«

Ich zuckte mit den Schultern.

»Läuft momentan alles etwas chaotisch bei mir. Na, reden wir von etwas anderem. Rose hat am sechsten April eine Vernissage. Bist du dann schon wieder zurück?«

»Rose?«

»Rose, meine Schwester, dir besser bekannt als die Römerin Rosina.«

»O ja, die blonde Römerin, die unseren Meister Fix so betört hat. Was stellt sie aus?«

»Sie ist Glaskünstlerin.«

»Interessant. Meiner Frau wird das gefallen. Zur Vernissage wird es nicht reichen, aber die Ausstellung geht sicher noch ein paar Tage länger. Wo findet sie statt?«

Ich gab ihm die gewünschte Auskunft und fragte dann so harmlos wie möglich: »Was ist mit Falko, dem Meister Fix?«

»Keine Ahnung, er sitzt in Düsseldorf und beschert der kleinkriminellen Szene schlaflose Nächte. Hannes, Falko und ich treffen uns inzwischen nur noch zu Karneval und im Herbst zu einer Weinprobe. Ein Jammer, aber den Terminen fallen selbst die besten Freundschaften zum Opfer.«

»Tja, das habe ich auch schon bemerkt. Wir haben vergeblich versucht, ihn zu erreichen.«

Fabian balancierte geschickt eine Sushi-Rolle auf seinen Stäbchen und schenkte mir einen fragenden Blick über den Thunfisch hinweg.

»Wir?«

»Rose.«

»Gib ihr einen Tipp, Anita. Falko ist derzeit in einer mistigen Situation. Er kann es sich im Augenblick nicht erlauben, irgendwelche Bekanntschaften zu kultivieren. Seine Frau Ellen macht Scheidungsstress.«

»Tja dann.«

»Ich habe ihn auf der Fete im Februar das erste Mal seit Monaten wieder lachen gesehen. Also soll sie nicht jede Hoffnung aufgeben. Aber es wäre besser, sie wappnet sich mit Geduld. Und spart sich abendliche Anrufe!«

»Ich werde es ihr sagen. Und du könntest ihm ja flüstern, dass er ihr einen Wink geben soll, wenn sich die Lage entkrampft hat. So er noch interessiert ist.«

Ich legte ihm Roses Geschäftskarte neben den Teller. Er steckte sie wortlos ein.

»Und – fällt es unter den Datenschutz, oder könntest du mir ein bisschen mehr von ihm erzählen? Mit Rose scheint er nämlich nichts weiter als geturtelt zu haben.«

»Ein paar offizielle Daten kann ich dir wohl schon geben. Was willst du wissen?«

»Was ist er für ein Mensch?«

»Das sind aber ziemlich subjektive Angaben, die du da verlangst. Wer weiß schon, was für ein Mensch der andere ist.«

»Wie wahr. Wer weiß das schon von sich selbst. Aber ich wollte eigentlich nicht ins Philosophieren geraten. Hat er Familie, wie alt ist er, welche Hobbys?«

»Er ist vier Jahre jünger als ich, fünfunddreißig also jetzt.«

»Uih, ist das nicht ziemlich jung für einen Staatsanwalt?«

»Er wird nicht umsonst von seinen Freunden und Feinden Meister Fix genannt. Der Knabe ist eine von diesen hochbegabten Intelligenzbestien. Hat die Schule im Galopp gemacht und schon mit siebzehn angefangen zu studieren. Auch das hat er in Rekordzeit hinter sich gebracht. Und jetzt stürmt er die Karriereleiter der Justiz. Ich nehme an, in zehn Jahren wird die Welt von ihm hören.«

Ob das der richtige Partner für Rose, die sanfte Künstlerin war?

»Hat dieser Überflieger auch weichere Seiten?«

Fabian lächelte.

»Er ist nicht so hart gesotten wie du denkst. Er hat eine ziemlich ungewöhnliche Vergangenheit. Seine Eltern sind umgekommen, als er sechs Jahre alt war. Ein Segelunglück, er war dabei. Sein Onkel hat ihn gerettet, er hat ihn später auch zu sich genommen. Die beiden verbindet immer noch ein sehr enges Verhältnis.«

Ich nickte. Ein intelligentes Kind, das mit einem solchen Schock fertig wurde, hatte sicher einige besondere Fähigkeiten entwickelt.

Fabian lachte leise auf. »Er nennt ihn Val, aber ich vermute mal, dass es sich bei dem alten Knaben nicht um deinen Valerius handelt.«

Ich überschlug kurz die Jahre, der Onkel musste zu Falkos Elterngeneration gehören und war so bestenfalls Mitte, wahrscheinlicher aber Ende fünfzig.

»Nein, passt nicht.«

»Nein, außerdem ist er irgendwo in Frankfurt in einem Auktionshaus beschäftigt, soweit ich weiß. Vergessen wir das. Falko hat bald nach dem Studium geheiratet, aber die Ehe war, zumindest meiner Meinung nach, nicht besonders gelungen. Seine Frau ist ebenfalls Juristin, ehrgeizig wie der Teufel und zielfixiert. Sie fühlte sich von ihm aber immer in den Schatten gestellt. Zum Glück haben sie keine Kinder. Nun ja, er hat jetzt seine Versetzung beantragt und wird vermutlich in den nächsten Monaten hier nach Köln kommen.«

»Danke Fabian. Das ist schon mal was, um als Pflästerchen für ein krankes Herz zu dienen.«

»Hast du für Carl auch schon so eines vorbereitet?«

»Der hat seine Herzflicker in der Inneren!«

»Na, ich weiß nicht.«

»Fabian, er kennt meine Geschichte. Ich kann ihm nicht helfen. Ich kann ja noch nicht einmal mir helfen.«

Die Woche war wirklich reichlich durchmischt von Höhen und Tiefen wie eine Fahrt in der Berg- und Talbahn. Das Vorstellungsgespräch in München lief überaus erfolgreich, ich nahm den Eindruck mit, dass man sich für mich entscheiden würde, aber als ich abends nach Hause kam, gab es wieder einen abrupten Richtungswechsel. Uschi rief mich an. Sie hatte in den letzten Wochen wenig von sich hören lassen, und auch ich war nicht in der Stimmung gewesen, mich zu melden. Der Auftritt im Krankenhaus hatte mich zu stark verärgert. Diesmal begann sie ihr Gespräch wieder mit dem üblichen Lamento, wie einsam sie sei. Und dass das Haus so leer sei ohne Julian.

»Es macht mich krank, durch die leeren Räume zu gehen. Und der Garten sieht so trostlos aus.«

»Das wird sich bald ändern, die Krokusse blühen doch schon, und die Tulpen werden auch bald kommen.«

»Ja glaubst du denn, ich hätte letzten Herbst den Nerv gehabt, Zwiebeln zu stecken?«

»Nein, wahrscheinlich nicht.«

»Und dann wollte ich die Schränke ausräumen.« Sie schluchzte auf. »Julians Sachen fortgegeben. Es ging nicht. Es war, als risse man mir das Herz heraus.«

Plötzlich hatte ich wieder Mitleid mit ihr. Ja, das war sicher eine schreckliche Belastung. Wahrscheinlich wäre es besser, ich würde das für sie übernehmen. Ich tröstete sie, so gut es mir möglich war. Aber als sie sich beruhigt hatte, bekam ich noch einen Schlag ab.

»Und im Übrigen habe ich einen Immobilienmakler beauftragt, das Haus zu verkaufen. Ich brauche ja nur noch eine ganz kleine Wohnung.«

Ich war sprachlos. Damit hatte ich nicht gerechnet. Natürlich war es ihr Haus. Und natürlich war es zu groß für sie alleine. Aber dennoch … Sie hätte mich wenigstens fragen können.

Als sie aufgelegt hatte, fiel mir ein, dass sie den Verkauf vermutlich gar nicht vornehmen durfte. Der Todesfall meines Vaters war noch nicht endgültig geklärt.

Also rief ich am nächsten Morgen Julians Rechtsberater Dr. Schneider an. Er war nicht nur geschäftlich sein Berater gewesen, sondern zusätzlich ein Freund der Familie. Er hatte das Testament erstellt und kannte die gesamten Umstände, einschließlich Roses Existenz, schon seit langem.

»Ihre Mutter kann das Haus verkaufen, Anita. Der Fall Julian Kaiser ist abgeschlossen. Tod durch Unfall.«

»Seit wann das?«

»Seit letzter Woche. Sie werden in Kürze einen Bescheid kommen. Dann ist auch das Erbe freigegeben. Wahrscheinlich wird noch etwas Arbeit auf Sie zukommen.«

»Das ist zu erwarten. Aber sagen Sie, kann ich nicht irgendwie das Vorkaufsrecht auf das Haus bekommen? Ich weiß nicht, ich möchte nicht, dass Uschi es verkauft. Lieber erwerbe ich es selbst und vermiete es.«

»Mh. Sie hängen daran, Anita?«

»Seltsamerweise ja.«

»Wer ist der Makler?«

»Hat sie mir nicht gesagt.«

»Na, das werde ich schon herausfinden. Will sehen, was sich tun lässt. Aber können Sie das finanzieren?«

»Sie wissen besser als ich, was Julian mir überschrieben und jetzt noch vererbt hat. Ich denke, es müsste reichen. Zumindest kann ich es als Sicherheit für eine Finanzierung angeben, wenn ich an die Papiere selber nicht drankomme.«

»Mh.«

Es hörte sich nicht allzu bedrückt an, und ich schöpfte Mut. Der alte Fuchs war gerissen in solchen Dingen.

»Wie geht es Ihrer Schwester Rosewita?«

Ich erzählte ihm von ihrer Arbeit und lud auch ihn zu der Ausstellungseröffnung ein. Er sagte zu.

Ich war ein wenig ausgelaugt von den Wechselbädern der vergangenen fünf Tage, als ich am Nachmittag in Roses Werkstatt eintraf. Cilly war ebenfalls da und verpackte sorgfältig feine Glaswaren in Luftpolster-Folie. Die Vorbereitungen für die Ausstellung waren in vollem Gange.

»Du siehst aus, als wär eine Dampfwalze über dich gerollt, Anita.«

»Ungefähr so fühle ich mich auch. Oder besser, als wäre ich unvorbereitet in einen Betonmischer geraten. Mal kopfüber, mal kopfunter.«

»Rose dagegen pfeift sich ständig eins, seit du ihr von Falkos zerrüttetem Familienleben erzählt hast.«

»Ist doch schön, wenn man Freude verbreiten kann.«

»Hast du für mich nicht auch mal so was? Ich meine, die Esther und die Ingrid tönen ständig mit ihren Freunden herum.«

»Und nun möchtest du auch so ein Statussymbol besitzen?«

»Ist doch an der Zeit, oder? Ich werde dieses Jahr schließlich fünfzehn. Da hat man früher schon geheiratet.«

»Die Fragen der Gleichberechtigung und der Emanzipation sind an dir offensichtlich vorübergegangen, ohne Spuren zu hinterlassen. Cilly, eine Frau ist eine Frau, und braucht dafür nicht einen Mann, um sie darin zu bestätigen.«

»Und warum fahndest du dann hinter deinem Valerius her?«

Ich gebe zu, wenn ich in einer Diskussion unterlegen bin und sagte einfach nur: »Treffer!«

Doch mitten im Tohuwabohu von Kisten, Folie, Listen, Holzwolle und Klebebändern erreichte diese bewegte Woche einen weiteren, und ich hoffte endgültigen Höhepunkt.

Die Klingel an der Tür zum Vorraum der Werkstatt erklang, und Rose schnaufte ungehalten: »Wer will denn jetzt noch was von mir.«

»Ein Kunde mit einem lukrativen Auftrag. Streif dir die Holzwolle aus den Haaren!«, sagte ich und bekam als Antwort von einer männlichen Stimme: »Nicht nötig, ich weiß ja, was sich in ihrem Hirn befindet! Es entstellt dich nicht, weiße Rose, wenn es hervorquillt.«

»Marc!«, quietschte Cilly auf und hätte beinahe eine fertig gepackte Kiste vom Tisch gefegt.

»Marc!«, rief auch Rose mit einem strahlenden Lächeln.

»Marc!« Ich musste feststellen, dass Freude in meinem Ausruf mitschwang.

»Das ist ein gebührender Empfang für einen weit gereisten Fotografen. Und jetzt die Küsse!«

Es war Cilly, die sich das nicht zweimal sagen ließ.

Marc sah umwerfend aus. Die blonden Locken von der brasilianischen Sonne mit hellen Strähnen durchzogen, der Schnauzbart golden in dem dunkelbraunen Gesicht, die weiche Lederjacke lässig über die Schulter geworfen, die unvermeidliche Kameratasche in der Hand.

»Dich hätte ich bald abgeschrieben, Marc. Die letzte Nachricht von dir war eine spärlich bekritzelte Ansichtskarte mit ebenso spärlich bekleideten Sambatänzerinnen. Sie kam in der ersten Januarwoche hier an.«

»Na ja, ich war in Gebieten, wo man zum nächsten Postkasten durch alligatorenverseuchte Flüsse schwimmen musste. Das habe ich mir eben nicht so häufig angetan.«

»Hat's denn was gebracht?«, fragte ich ihn.

»Das eine oder andere. Ein Buschfeuer, eine Überschwemmung, einen kleinen Bandenkrieg, einen abgestürzten Bus ...«

»Halt ein, halt ein! Ich weiß ja, dass du Katastrophen anziehst.«

»Die größte Katastrophe hat mich selbst betroffen!«

»Ach ja? Hast du eine der Sambatänzerinnen geschwängert und musstest sie heiraten?«

»Schlimmer, Anita. Ich hab mir in Rio die Syph geholt.«

Das Schweigen war einen Moment lang abgrundtief.

»Äh – der nächste Automat mit Präservativen war wohl auch ein paar alligatorenverseuchte Flüsse weiter aufgestellt?«, fragte ich mit erstickender Stimme. Marcs Bräune wurde noch etwas tiefer und dunkler.

»Na ja ...«, murmelte er, und Rose setzte noch eins nach: »Äh – wie ich hörte, hätte man in solch prekären Situationen früher wenigstens zum französischen Tüchlein gegriffen.«

Dann gab Cilly plötzlich einen Laut von sich, der irgendwie zwischen Schluckauf und Niesen lag. Rose drückte sich verzweifelt die Hand auf den Mund, konnte aber einen seltsamen Schnarchton nicht vermeiden.

Ich hingegen versuchte, mir von innen auf die Wangen zu beißen, was angesichts dieser Geräuschkulisse leider keinen großen Erfolg hatte.

»Wenn ihr langsam mal wieder aufhört, euch vor Lachen halb umzubringen, dann werdet Ihr mir sicher sagen, was ihr daran so spaßig findet. Ich fand das nämlich nicht lustig!«

Marc war pikiert.

»Entschuldige«, keuchte ich und wischte mir die Tränen von den Wangen. »Wir haben gerade gehört, wie man die Syphilis im Mittelalter behandelt hat.«

»Ach ja, da hat man sie allerdings auf erschröckliche Weise kuriert.«

»Du leidest hoffentlich aber noch nicht an Gehirnerweichung?«, würgte Cilly zwischen ihren Lachkrämpfen hervor.

Inzwischen hatte unsere Heiterkeit auf ihn übergegriffen, und er lächelte sie an.

»Gelegentlich schon, aber nicht aufgrund der Syph. Die ist geheilt.«

»Dann bist du ja auch wieder so fit, dass du in zwei Wochen Roses Ausstellung fotografieren kannst.«

»Sag mal, bin ich dir noch was schuldig, Anita?«

»Nicht wirklich. Nein. Aber deine hingebungsvolle Liebe zu mir wird dir Antrieb genug sein.«

»O nein, mein Schätzchen, diesmal will ich meinen Lohn dafür haben. Und im Übrigen schuldest du mir noch immer ein T-Shirt!«

Marc, dem viel gereisten Fotograf, der mich vor jetzt beinahe einem dreiviertel Jahr aus den Trümmern des Flugzeugunglücks auf den Kanarischen Inseln gezogen hatte, verdankte ich zwar nicht mein Leben, aber ganz gewiss die Tatsache, dass ich nicht noch durch weitere Brandwunden entstellt war als durch die am Arm und über der Brust. Seine Forderung nach dem T-Shirt war berechtigt, das seine hatte ich damals ziemlich voll geblutet.

»Du bekommst dein T-Shirt, und ich lade dich heute Abend zum Essen ein.«

»In deiner Wohnung? Mit Kerzenschein und allem?«

»In der Dönerbude nebenan, an Stehtischen mit Neonbeleuchtung!«

»Kannst du vergessen. Kerzen und Wein, und das Futter aus deiner Küche! Kuschelmusik brauchst du nicht, ich kann auch ohne.«

»O.k., o.k., Marc. Mal sehen, was sich auftauen lässt. Um acht?«

»Klar!«

»Wolltest du uns nicht auch mit einladen?«, fragte Cilly.

»Nein!«, antwortete Marc und gab ihr einen schnellen Kuss auf die Wange. »Für solche Einladungen bist du noch zu jung!«

»Du kannst bei Anita sowieso nicht landen. Die hat doch ihren Valerius!«

»Wen? Was verheimlicht man mir hier?«

»Das, liebster Marc, erzähle ich dir bei Kerzenlicht und Wein. Um acht!«

Ich nahm mir also von meiner Schwester frei und tätigte die Einkäufe. Marc war nach meiner Einschätzung nicht der Mann, den man mit den Finessen der vegetarischen Küche locken konnte, Marc war ein Mann für Steaks. Das machte die Zubereitung leicht. Salat, Folienkartoffeln und natürlich das, was alle harten Männer so schätzten – ein süßes Dessert. Unschlüssig stand ich am Marktstand, da fiel mein Blick auf die rotbackigen Äpfel. Gebacken, gefüllt mit Rosinen und mit Vanillesauce serviert würden sie das Essen gefällig abrunden.

Er kam pünktlich, und ich überreichte ihm als Erstes ein T-Shirt, pompös eingewickelt und mit Goldband verziert.

Natürlich wollte er wissen, was es mit Valerius auf sich hatte, der, wie er sagte, zu seinem Rivalen um meine Gunst aufgestiegen war.

»Du hast schon einmal von ihm gesprochen, erinnere ich mich. In der Nacht, als ich dein Bettchen teilen durfte.«

»Was?«

»Hast du das berauschende Ereignis etwa vergessen?«

»Oh, Scheiße, nein. Die Amokfahrt meiner Mutter. Nein, die Nacht werde ich so schnell nicht vergessen.«

Uschi hatte es sich in einer frostigen Nacht bei Schneetreiben, alkoholisiert und unter Medikamenteneinfluss, in den Sinn gesetzt, mit dem Wagen an die Stelle zu fahren, an der mein Vater verunglückt war. Marc und ich hatten versucht, sie daran zu hindern. Anschließend hatte er sich mal wieder um mich gekümmert, und mich zittrig und erschöpft von dem Drama, nach Hause und ins Bett gebracht. Wider Erwarten war es eine keusche Nacht gewesen. Aber er hatte Recht, damals hatte ich von Valerius geträumt. Jenem Römer, Titus Valerius Corvus, der durch Julians Geschichten geisterte, die Rose und ich rekonstruierten. Ich erzählte Marc also zum wiederholten Male die Episode, ließ aber die römische Vergangenheit weg.

»Die berühmte Liebe auf den ersten Blick?«

»Ja, gibt es also doch. Ich hätte es auch nie gedacht.«

»Und was hast du getan, um ihn wieder zu finden?«

»Alle möglichen sinnigen und widersinnigen Versuche. Mein schäbigster war, ihn wegen Nötigung anzuzeigen.«

Ich erzählte ihm von der Verhandlung, und diesmal war es Marc, der sich vor Lachen nicht halten konnte.

»Das ist zumindest originell. Aber langwierig«, gab er zu bedenken, als er sich gefangen hatte.

»Hast du eine besser Lösung? Dann nur her damit.«

Wie bei dem Essen, so hatte ich auch mit dieser Frage Marc richtig eingeschätzt. Einem Problem oder einer ungelösten Frage konnte er nicht widerstehen.

»Du weißt nichts weiter über ihn, als seinen Vornamen und seinen ungefähren Wohnort. Irgendeine Vorstellung, was er beruflich macht?«

»Überhaupt nicht. Aber am Hungertuch nagt er nicht, und im Rotlichtmilieu scheint er auch nicht tätig zu sein.«

»Die meisten Menschen verraten sehr viel über sich durch ihre Kleidung, ihre Autos und ihre Wohnungen. Gibt es Anhaltspunkte?«

»Daraus habe ich geschlossen, dass er kein mitteloser Penner ist. Er hat Kleidung, Auto und Wohnung, alles drei aus der gehobenen Klasse.«

»Anzug und Krawatte?«

»Zumindest an dem Tag nicht. Rollkragenpullover, Wildlederblouson.«

»Also nicht unbedingt Banker. Oder Freizeit?«

»Ich glaube nicht, er sagte etwas von einem geschäftlichen Termin zuvor. Kein Banker oder etwas in der Art.«

»Wohnungseinrichtungen sagen ebenfalls sehr viel aus. Ich könnte dir eine Menge über dich erzählen, wenn ich mir das hier so ansehe.«

»Ach ja? Was?«

»Eine junge Frau, die Wert auf eine gewisse Ordnung

und Geradlinigkeit legt. Aber nicht zu pedantisch. Mehr geistig arbeitend als körperlich, was mich stutzig macht, meine Süße. Du hast für eine Sportanimateurin viel zu viele Bücher.« Er stand auf und ging in meinem Wohn-Esszimmer herum. »Diese Wohnung ist eine Übergangslösung, du hast sie noch nicht lange und wirst sie bald aufgeben.«

»Das ist zu einfach, du weißt, wann ich hier eingezogen bin.«

»Falsch, ich weiß auch, dass du in Kürze wieder verschwinden wirst.« Er tippte auf einen Ordner, auf dessen Rücken »Bewerbungen« stand. »Wär ein Leichtes, das Ding aufzuschlagen, und deinen Lebenslauf nachzulesen, meinst du nicht?«

»Das wäre unfair.«

»Richtig. Aber dies hier«, er wies auf die vollen Bücherregale, »macht mich glauben, dass du keine Anstellung in einem Feriendorf suchst. Da sind mir zu viele Klassiker drunter. Ovid, Tacitus, Apuleius, du lieber Gott, und auch noch in Latein. Mädchen, du hast irgendwas studiert, das liest man nicht so zum Frühstück.«

»Ich könnte die Bücher auch geerbt haben.«

»Dann würdest du sie dazu verwenden, wackelige Tische damit abzustützen. Die Bücher aber haben Knickohren und bunte Zettelchen eingeklebt, und die Tische wackeln bei dir nicht. Auch wenn die ganze Möblierung mehr auf eine Studentenbude schließen lässt als auf die einer reichen Erbin. Kommt das hin?«

»Ja.«

Er grinste selbstgefällig, und ich meinte: »So, und nachdem du mir jetzt das Hemd ausgezogen hast, kommen wir bitte wieder zum eigentlichen Thema zurück.«

»Ach, hätte ich dir doch das Hemd ausgezogen!«

Ich gönnte ihm einen langmütigen Blick.

»Na gut. Also, wie war die Wohnung von deinem Valerius eingerichtet?«

»Du stellst Fragen!«

»Hör mal, selbst im Hormonrausch sind nicht alle Sinne ausgeschaltet. Mach die Augen zu und konzentrier dich!«

Ich tat es.

»Also gut. Da war ein großes Wohnzimmer mit einem bodentiefen Fenster. Mh – ohne Gardine, denn ich konnte draußen die Baumwipfel sehen.«

»Was für Bäume?«

»Eben Bäume. Große und kleine, ohne Laub, wie üblich im Winter.«

»Keine Nadelbäume? Kein Mischwald?«

»Nein, kein Wald. Nein, Gärten vielleicht.«

»Viele Bäume in Stadtgebieten zeugen meist von Parks.«

»Na gut. Dann ein Park.«

»Ein altes oder ein modernes Haus?«

»Modern, mit Tiefgarage, normaler Raumhöhe, wahrscheinlich Fußbodenheizung, an Heizkörper kann ich mich nicht erinnern.«

»Wir kommen weiter. Einrichtung?«

»Tja… ein schwarzes Ledersofa, ein Glastisch, ganz schlicht, ganz unauffällig. Darauf… darauf ein Aschenbecher aus Marmor, schwarz. Mit einer Pfeife drin.«

»Wunderbar, Anita. Weiter. Schränke?«

»Schränke. O ja, das ist… Ja, ich habe mich einmal kurz an einen gelehnt. Eine Anrichte, vermutlich alt. Das Ding war echt, nicht aus der Sperrholzfunierstilmöbelmassenherstellung. Daran hat Mister Chippendale noch persönlich Hand angelegt. Stimmt! Dass mir das entfallen ist!«

»Weiter, Schätzchen. Was war in dem Schrank?«

»Keine Ahnung, Röntgenaugen habe ich nicht. Ah, aber es stand etwas auf dem Vorsprung. Etwas, das glitzerte. O ja, ein Silbertablett mit Schliffkaraffen. Irisch würde ich sagen.«

»Mit Flüssigkeit drin?«

»Braun.«

»Whisky, Cognac, Calvados – aber das ist geraten. Weitere Möbel?«

»Ja, eine passende Kommode. Mehr nicht. Kein Fernsehgerät.«

»Würde auch den Stil verderben. Weiter – Bilder an den Wänden?«

»Nein.«

»Nein? Das scheint mir sehr spartanisch.«

»Doch, es gab… verdammt Marc, du bist ein Genie!«

»Ich weiß. Was hing da? Der röhrende Hirsch bei Sonnenuntergang?«

»Aber nein, das Bildnis einer bezaubernden jungen Frau.«

»Ah, Epoche?«

»Gegenwart.«

»Gegenständlich oder abstrakt?«

»Überaus gegenständlich, jede Einzelheit war zu erkennen. Auch die Narbe!«

»Anita?«

»Ein Spiegel, ziemlich groß, ziemlich üppig, venezianisch, würde ich sagen.«

»Noch besser. Auf dem Boden?«

»Weiches, Gemustertes. Blau, beige, floral, leicht schimmernd. Muss ein echter Orientteppich gewesen sein. Teppiche sind nicht meine Stärke, aber ich tippe Täbris.«

»Wirkte der Raum bewohnt?«

»Ja, obwohl von peinlichster Ordnung, als hätte die Putzfrau gerade das Staubtuch zusammengefaltet und wäre gegangen. Aber es lag ein Buch auf dem Sofa und eine aufgeschlagene Zeitschrift.«

»Was für eine?«

»Himmel!«

»Das könnte wichtig sein. Mit nackten Mädchen?«

»Nein, mit … mit Möbeln?«

»Ah, das passt ja wohl. Kommt mir aber vor wie ein repräsentativer Ausstellungsraum. Entweder eine Luxusabsteige oder ein ungemein nüchterner Typ.«

»Das Schlafzimmer war anders.«

»Das will ich eigentlich gar nicht wissen, Schätzchen.«

»Würde das Bild des nüchternen Typs aber etwas mildern.«

»Kann ich mir denken. Darf ich trotzdem mal zusammenfassen, was wir da jetzt haben.«

»Aber gerne doch.«

»Ein Mann von konservativem Geschmack und Hang zum Echten und Wertvollen. Keine Statussymbole, aber offensichtlich ein Gespür für gelungenen Stilmix. Zusammen mit der legeren, aber korrekten Kleidung würde ich jetzt auf eine Verbindung von Kunst und Geschäft schließen. Was meinst du, sollen wir mal das Branchenverzeichnis nach Pfeife rauchenden Architekten oder Innenarchitekten durchflöhen, und den anrufen, der in Marienburg in einem modernen Mehrfamilienhaus am Park wohnt?«

»Und wenn du dabei auf eine Sekretärin triffst, die Schmitz heißt und das ›l‹ und das ›r‹ in der Aussprache verwechselt, dann hast du zumindest seine chinesische Assistentin gefunden.«

»Wo hast du die denn jetzt her?«

»Die hat die Uhr von ihm beim Juwelier abgeholt.«

»Nicht schlecht. Und jetzt noch ein ganz anderer Ansatz, Anita-Schätzchen. Ist dir in deiner egomanischen Leidversunkenheit eigentlich schon mal die Idee gekommen, Freund Valerius könnte dich genauso suchen, wie du ihn?«

Mir fiel der Unterkiefer buchstäblich nach unten.

»Nein, dachte ich es mir doch. Du bist es gewöhnt, deine Spuren zu verwischen, das habe ich nur zu deutlich gemerkt. Es ist an der Zeit, dein hübsches Konterfei der Welt zu präsentieren. Lass mich ein paar Fotos von dir machen. Ich bringe die schon in die Presse! Du und deine Schwester! Das Vermächtnis des Caesar King!«

»Marc, das meinst du nicht ernst? Du, nicht schon wieder den ganzen alten Staub aufwirbeln!«

»Opfer müssen gebracht werden!«

»Meine Mutter rastet erneut aus!«

»O ja, ich vergaß, du hast ja eine etwas impulsive Mama! Na, dann stell dich wenigstens dekorativ bei der Vernissage in Positur.«

Ich dachte einen Moment darüber nach, und dieser Vorschlag kam mir erträglich vor.

»Also gut, das ginge.«

Irgendwie war es Marc gelungen, mich aus der Resignation herauszurütteln. Er hatte wirklich eine besondere Art, das Leben zu nehmen. Er würde zwar die nächste Woche noch unterwegs sein, versprach aber, auf jeden Fall zwei Tage vor Roses Ausstellung vorbeizuschauen.

Als er gegangen war und ich die Küche aufräumte, fiel mein Blick auf die beiden Äpfel, die noch übrig waren. Opfer, hatte er gesagt, müssten gebracht werden.

Am nächsten Morgen, bevor ich zu unserer mittelalterlichen Geschichtsrunde zu Rose aufbrach, fuhr ich nach Köln und besuchte Sankt Maria im Kapitol. Ein weiterer Apfel gesellte sich zu denen, die zu Füßen der Mutter mit ihrem Sohn lagen.

23. Kapitel

Besuch bei Rosa

Schon als Anna vor ihrem Eintritt in das Stift einige Wochen in dem Haus des Gewürzhändlers gelebt hatte, war es ihr als reich und gepflegt erschienen. Doch die neue Herrin hatte noch weitere Veränderungen eingeführt. Die Stube, in die sie geführt wurde, wurde beherrscht von einem hohen Kamin, auf dessen Sims silberne Kandelaber standen. Die Wände waren mit kunstvoll geschnitzten Holzpaneelen bis in Schulterhöhe verkleidet, darüber spannte sich grüner, mit eingewebten gelben Mustern versehener Stoff. Ein breiter Schrank, ebenfalls sorgfältig geschnitzt, stand offen, und Rosa nahm eben zwei gläserne Pokale heraus. Mit schwellenden Polstern belegte Bänke standen an den Wänden, auf dem Tisch davor lag ein geknüpfter Teppich mit einem komplizierten Rankenmuster. Ein Strauß Sommerblumen stand darauf und verbreitete einen süßen Duft. Durch die bleiverglasten breiten Fenster strömte das Licht herein und ließ die Farben des Raumes üppig aufglühen.

»Welche Ehre, die Stiftsschreiberin Anna di Nezza besucht mich.«

Rosa stellte die Pokale ab und ging auf Anna zu. Doch die Begrüßung fiel weniger herzlich aus als sonst. Die beiden Frauen nahmen auf den Bänken Platz und ließen sich von der Magd mit Gebäck und Wein versorgen. Rosa gab sich heiter, aber es war ein seltsam hektischer Zug in ihrem Benehmen. Sie sprach über ihre neuen Kleider, die gesellschaftlichen Verpflichtungen, denen sie als Gattin des Ratsherren nachkommen musste, die Sorgen, die in einem so großen Haushalt wie dem ihren allgegenwärtig waren, aber sie sagte kein Wort über das, was sie so unruhig machte.

Anna hingegen sprach über ihre vielfältigen Aufgaben als Schreibmeisterin. Die Anforderungen, die die Priorin und die Äbtissin an sie stellten, waren hoch. Sie hatte Verzeichnisse und Listen aufzusetzen, Verträge und Urkunden für das Stift zu kopieren, Briefe zu schreiben und den Kanonissen Unterricht im Schönschreiben zu erteilen.

Sie unterhielten sich beinahe den ganzen Nachmittag miteinander, und doch schien es Anna, als hätten sie einander nichts gesagt. Schließlich nahm sie zwei der Bücher aus dem Stapel mit, den Hrabanus für sie bereitgelegt hatte und verabschiedete sich. Ihr eigentliches Anliegen hatte sie nicht zur Sprache bringen können. Da gab es nämlich ein hässliches Gerücht, das leise, ganz leise die Runde machte. Es besagte, die Ratsherrin Rosa führe in Abwesenheit ihres Gatten einen fröhlichen Lebenswandel als Schlupfhure. Anna war trotz der Jahre im Stift zu lebenserfahren, um nicht zu wissen, dass eine ganze Reihe von Frauen, und nicht nur solche aus den unteren Schichten, gelegentlich ein Zubrot durch Hurerei verdienten. Es gab genügend Kupplerinnen in der Stadt, die ihnen dabei gerne behilflich waren. Sie waren auch, wie sie wusste, durchaus behilflich dabei, gelegentliche unerwünschte Folgen zu beseitigen. Wie weit sich Rosa aber auf dieses Gebiet hervorgewagt hatte, war dem Gerücht nicht zu entnehmen. Möglicherweise beruhte es auch auf schlichter Gehässigkeit. Rosas Auftreten als reiche Frau war nicht immer von Verbindlichkeit geprägt, und mit ihrer hochfahrenden Art mochte sie sich Feindinnen geschaffen haben. Anna bedauerte, dass die alte Verbundenheit mit ihrer Freundin in den vergangenen Monaten einer zunehmend größer werdenden Kühle gewichen war. Denn sie hätte auch gerne mit ihr über Carolus gesprochen, den jungen Partner, der an Hrabanus Seite arbeitete. Sie erinnerte sich noch daran, wie sie ihn bei Rosas Hochzeit kennen gelernt hatte, einen freundlichen, Ruhe ausstrahlenden, untersetzten Mann mit semmelblonden Haaren. Später hatte sie ihn noch ein-, zweimal getroffen, aber sich nur wenig mit ihm unterhalten. Jetzt hätte sie von Rosa, die wesentlich häufiger mit ihm zusammentraf, gerne mehr über ihn erfahren. Aber ihre Zurückhaltung verbot derartige Vertraulichkeiten.

Valeska war an ihrer Seite, als sie aus dem Haus in der Sternengasse auf die Straße traten. Sie hatte in der Küche den Klatsch mit der Köchin genossen und wie es aussah, auch einen süßen Kuchen erhalten. Sie leckte sich mit strahlender Miene noch die Krümel von der Lippe. Dröhnend begannen die Glocken zu läuten, als sie sich der Hohen Straße näherten.

»Herrin, es heißt, der Rentmeister von der Stasse solle heute hingerichtet werden. Deshalb läuten die Glocken!«

»Ich habe es auch gehört, Valeska. Er hat die Stadt geschädigt und sich aus der Renttruhe bereichert. Nun ereilt ihn die gerechte Strafe.«

»Können wir nicht zum Heumarkt gehen und zuschauen?«

»Nein.«

»Aber Herrin, es ist eine großartige Sache. Der von der Stasse soll sehr stolz sein. Und sonst sind die Hinrichtungen doch immer vor den Toren. Da komme ich nie hin!«

»Was erfreut dich am Anblick des Todes, Mädchen?«

»Nichts. Aber ich will den Henker sehen.«

»Ich nicht!«

Aber die Entscheidung wurde Anna abgenommen. Als sie die Straßenkreuzung erreicht hatten, musste sie feststellen, dass ein Weitergehen zum Stift beinahe unmöglich war. Die Prozession der Schaulustigen riss sie mit Richtung Heumarkt, wo schon am Morgen die Tribüne aufgebaut worden war, auf der die Enthauptung erfolgen sollte. Sie wurden an eine Hauswand gedrängt, als eine Gruppe Bewaffneter den Weg frei machte. Der Schuldige, ein stiernackiger Mann von imponierender Gestalt, trug ein kostbares Gewand und war offensichtlich von der Folter nicht so geschwächt, um nicht noch selbst zur Richtstätte gehen zu können. Die Fahrt auf dem schwarzen Schinderkarren blieb ihm damit zwar erspart, aber begleitet wurde er von den Bütteln, um zu vermeiden, dass er noch im letzten Moment sein Heil in der Flucht suchte. Ihm folgten die Schöffen und die Vertreter der Zünfte in ihren Amtsroben.

Als sie vorüber waren bahnte sich Valeska, geschmeidig und geübt im Drängeln, ihren Weg durch die Menschen, und notgedrungen folgte Anna ihr, um sie nicht aus den Augen zu verlieren. So kam es, dass sie nahe an dem schwarz verkleideten Gerüst zum Stehen kam, und eine Hand auf Valeskas Schulter drückte, um zu verhindern, dass sie im Gewimmel verschwand. Auf der Tribüne wartete ein Dominikaner-Priester in seinem weißen Habit neben dem Sarg. Ein Raunen ging durch die Menge, als der verurteilte Rentmeister die Stufen erreichte, die zum Richtplatz hinaufführten. Er strauchelte, und Anna konnte sehen, wie bleich und schmerzverzerrt sein Gesicht war. Einer der Umstehenden half ihm wieder auf die Füße und stützte ihn. Mit Hilfe des Büttels erklomm er die Stufen. Der Priester trat auf ihn zu und führte ihn, leise auf ihn einredend, zur Mitte. Der Mann straffte sich und hob den Kopf. Mit lauten Worten verkündete er seine Schuld und bat das Volk, für seine Seele zu beten. Dann ließ er sich die Augen verbinden und kniete nieder. Es wurde absolut still auf dem Heumarkt, die Menschen schienen den Atem anzuhalten und jede Bewegung zu vermeiden. Ein Glöckchen begann scheppernd zu läuten, und der Mann in Schwarz mit einem roten Wams trat hervor. Langsam und gemessen trat er neben den Knieenden.

»Das ist Falkomar, der beste Scharfrichter, den Köln je hatte«, raunte eine Frau neben Anna.

Dem Volk gönnte der Scharfrichter jedoch keinen Blick. Gebannt folgten sie dem glänzenden Stahl, als er mit beiden Händen das lange Richtschwert hob. Er hielt es einen Augenblick erhoben, dann fiel es mit einem harten Schlag herunter und trennte sauber den Kopf des Rentmeisters von seinem Leib.

Das Volk sog gleichzeitig die Luft ein, und ein zischendes Geräusch kündete von der Zustimmung für diese glatte und kunstreiche Enthauptung. Dann aber begann die Klage für den Toten. Der Scharfrichter, unberührt von dem Tosen um sich herum, reinigte mit einem weißen Tuch das Richtschwert vom Blut des Hingerichteten und stieg dann langsam, wie er gekommen war, wieder von der Tribüne herunter.

»Herrin, das war wunderbar, nicht wahr? Herrin? O heilige Anna, Herrin, Ihr werdet doch hier nicht umfallen! Man wird Euch zu Tode treten.«

Valeska zerrte an Annas Arm und schaffte es, sie mit Tritten und Ellenbogenstößen aus der Menge zu führen.

»Herrin, lehnt Euch hier an.«

Sie hatten eine Seitenstraße betreten, die menschenleer war. Anna schüttelte den Kopf.

»Nein, es ist schon gut. Lass uns nach Hause gehen.«

»Herrin, ich wusste nicht, dass es Euch so graut. Entschuldigt meinen Vorwitz.«

»Schon gut, Valeska. Und nun schweig.«

Gehorsam trottete die kleine Magd hinter Anna her, die mit zunehmender Geschwindigkeit dem Stift entgegenstrebte. Als sie hier ankam, zog sie sich sofort in ihre Kammer zurück und schloss die Tür hinter sich.

Mit bedächtigen Bewegungen zog sie unter den zusammengelegten Gewändern in ihrer Kleidertruhe das Kästchen hervor, in dem sie ihren Schmuck aufbewahrte. Sie öffnete es und nahm den Bernsteinring heraus. Das Licht ließ den polierten Stein wie goldenen Honig aufschimmern, in dem sich ein dunkleres Kreuz verbarg.

Ein Rätsel hatte sich gelöst.

Der Ring, den sie aus der Hand des ersten und einzigen Mannes erhalten hatte, der ihren Leib besessen hatte, war der Ring des Henkers Falkomar.

Nicht das Blut, nicht der allmählich nach vorne sinkende Körper des Rentmeisters, nicht der rollende Kopf mit seinem im stummen Schrei geöffneten Mund hatte sie beinahe ohnmächtig werden lassen. Es war der Anblick des Scharfrichters, den sie auch nach zwölf Jahren noch wiedererkannt hatte. Jetzt verstand sie sein Verhalten und seine Worte von damals besser. Er hatte ihr seinen Namen verweigert, um ihr das Wiedererkennen zu ersparen. Nun ja, Falkomar hatte den Ruf, ein geübter Scharfrichter zu sein, der seine Opfer schnell und sicher dem Tod übergab. Es hieß sogar, er sei barmherzig, wenn es um die Vollstreckung der Köperstrafen wie Rädern und Vierteilen ging. Angeblich tötete er die Verurteilten durch einen heimlichen Griff, bevor die Torturen zu schlimm wurden. Möglicherweise stimmte das, dachte Anna. Der Mann war kein tierischer Schlächter. Aber ob sie noch jemals den Bernsteinring tragen würde bezweifelte sie.

Nach der Vesper ging sie ins Skriptorium und nahm sich das Blatt, von dem sie bislang nur die erste Seite vollendet hatte. Für die Complet hatte sie eine verzauberte Flusslandschaft in der Abenddämmerung entworfen. Nebel schlich sich durch das Schilf, bizarre Kopfweiden warfen purpurne Schatten, und silbrige Forellen sprangen aus dem stillen Gewässer. Ein einzelner, sehr heller Stern stand am indigoblauen Himmel. Darunter hatte sie die Worte aus dem 19. Psalm geschrieben: »Die Himmel erzählen die Herrlichkeit Gottes, vom Werk seiner Hände kündet das Firmament.«

Nun aber gestaltete sie die Szene der Hinrichtung, die sie an diesem Tag erlebt hatte, mit dem Silbergriffel. In den nächsten Tagen würde sie sie farbig auslegen. Den Spruch bereitete sie ebenfalls vor und schrieb auf die feine Linie unterhalb des Bildes: »Unter den Heiden hält er Gerichtstag und Tote liegen zuhauf, weithin auf Erden zerschlägt er die Häupter.«

Als das Licht zu schwach zum Zeichnen wurde, räumte sie ihre Utensilien zusammen und verließ das Skriptorium. Zum Chorgebet der Complet war sie nicht gegangen, und das erste Mal in ihrem Stiftsdasein war ihr dieses Versäumnis vollkommen gleichgültig. In ihrer Kammer fand sie Valeska vor, die sorgsam ein Kleid zusammenfaltete. Sie sah schuldbewusst auf, als Anna eintrat.

»Du solltest zu Bett gehen, Kind. Es gibt hier nichts für dich zu tun.«

»Ihr seid nicht in der Kirche gewesen, Frau Anna.«

»Ich habe an meinem Buch gearbeitet.«

»Ich habe Eure Seele schwer gemacht.«

»Nein, Vally, das hast du nicht.«

Die Magd schluchzte auf, als sie sich mit dem Kosenamen angesprochen hörte, den ihre Herrin dann und wann gebraucht hatte, als sie das Kind, das sie einst war, trösten wollte. Valeska und Anna pflegten eine viel engere Bindung als üblicherweise zwischen Magd und Stiftsschreiberin zu erwarten wäre, doch beide sprachen nie darüber und vermieden es sorgfältig, den anderen Zeugnis davon zu geben. Nur Rosa wusste noch davon.

»Darf ich Euch die Haare bürsten, Herrin.«

»Ja, tu das.«

Anna setzte sich auf den Schemel am Fenster, und Valeska stellte die Kerze auf den Sims. Mit geschickten Fingern löste sie die schwarzen Flechten und begann, die langen Haare gründlich auszubürsten. Anna schloss die Augen. Nach einiger Zeit fragte Valeska vorsichtig: »Ihr macht Euch Sorgen um Frau Rosa, nicht wahr?«

»Ja, das tue ich. Sie war heute sehr zurückhaltend, als sei ich eine Fremde für sie.«

»Sie verbirgt etwas vor Euch. Aber ich weiß, was sie tut. Herrin, es ist besser, Ihr wisst es. Vielleicht könnt Ihr mit ihr reden.«

»Was ist es, Valeska?«

»Sie geht nachts wieder zur Schmierstraße.«

»O nein.«

»Doch, wie einst, als sie noch hier gewohnt hat.«

»O heilige Anna, sanfte Mutter Mariens! Das habe ich nicht gewusst.«

»Doch, sie ist oft nach Einbruch der Dunkelheit noch einmal fortgegangen.«

»Wie konnte sie das? Die Pforten sind nachts geschlossen, und die Pförtnerin wird sie schwerlich für sie geöffnet haben.«

»Sie hatte einen Schlüssel von der Pforte am Lichhof. Fragt mich nicht, woher.«

»Und, bitte schön, Valeska, woher weißt du das?«

»Ich bin ihr einmal gefolgt. Ich konnte nicht schlafen und habe aus dem Fenster der Mägdekammer geschaut. Ich sah eine Gestalt über den Hof huschen und dachte, es sei ein Gespenst. Aber dann fiel die Kapuze herunter, und ich erkannte ihr Gesicht.«

»Neugierig wie eine Katze!«

Valeska kicherte ein wenig.

»Ja, ich bin hinter ihr her. Sie ging zum Lichhof. Ich hatte Angst zwischen den Gräbern im Dunkeln. All die Gräber und die Toten. Aber Frau Rosa schritt aus, als kennte sie den Weg und fürchtete sich nicht vor den Geistern. Sie schloss das Tor auf und schlüpfte hinaus.«

»Hat sie es etwa offen gelassen?«

»Nein. Sie schloss es von außen wieder ab.«

»Und du bist ins Bett zurückgegangen?«

»N… nein.«

»Nein! Aha.«

»Nein, ich habe… es gibt da eine Stelle…«

»Über die man klettern kann, wenn man jung und geschmeidig ist.«

»Und nicht schwer ist. Der Apfelbaum an der Südwand…«

»Ich verstehe. Du bist ihr also gefolgt.«

»Ja. In der Gasse ist sie schnell weitergegangen, Richtung Alter Graben. Da kenn ich mich aus, Herrin. Sie suchte den ›Kessel‹ auf und auch den ›Vollen Krug‹. Sie kennt die Beckersche Horsel und hat mit ihr geschwatzt. So hab ich herausgekriegt, dass sie Ausschau nach den Fahrenden hält, die dort einkehren. Meistens steigen die im Hospiz Ipperwald ab, dem Fremdenhospital.«

»Ich weiß.«

»Ja, Herrin, Ihr wisst das. Aber Ihr solltet es besser vergessen.«

»Das kann ich nicht. Und seit heute schon gar nicht mehr.«

»Es ist bei der Hinrichtung etwas geschehen, das Euch erinnert hat.«

»Ja, Valeska. Und das ist wirklich nicht deine Schuld. Lassen wir es ruhen. Sag mir lieber, wie dein nächtliches Abenteuer ausgegangen ist.«

»Nun ja, ich kann mich ganz gut unsichtbar machen. Das hab ich als Kind dort gelernt. Frau Rosa hat mit den Leuten geredet, Bier getrunken und viel gelacht. Mehr ist nicht passiert. Gegen Mitternacht ist sie dann wieder aufgebrochen und zurückgelaufen. Ich bin hinter ihr her. Es war ein bisschen schwierig, denn sie ist ziemlich gut darin, nicht auf der Gasse aufzufallen. Immer im Schatten, immer im Dunkeln. Beinahe hätte ich sie verloren. Aber ich kam dann doch gleichzeitig mit ihr an der Pforte an. Da hat Frau Rosa gemerkt, dass ich ihr gefolgt bin. Sie hat mich sehr gescholten.«

»Recht hatte sie.«

»Ja, aber dann hat sie gelacht. Sie war nicht richtig böse, und ich hab ihr versprochen, nichts zu sagen.«

»Mir hättest du es sagen müssen. Bist du noch häufiger mit ihr ausgeflogen?«

»Ich … ich …«

»Valeska?«

»Herrin, ich habe … Also, mein Vater …«

»Du hast dich nachts also dort herumgetrieben, von wo ich dich fortgeholt habe?«

»Ja, Herrin. Es war schlecht, ich weiß. Aber ich wollte sehen, ob mein Vater zurück war. Oder der Bruder.«

»Waren sie?«

»Nein, sie sind nie wieder zurückgekommen von ihrem letzten Viehtrieb.«

»Und Rosa?«

»Sie hat mir manchmal den Schlüssel geliehen.«

»Hast du ihn noch?«

»Ja, als sie den Ratsherren geheiratet hat, hat sie ihn mir gegeben. Aber ich habe ihn nicht mehr gebraucht, Herrin. Ich will dorthin nicht mehr zurück.«

»Du wirst ihn mir geben, Valeska.«

»Ja, Herrin.«

»Und woher weißt du, dass Rosa jetzt wieder dort hingeht?«

»Die Mägde in ihrem Haus wissen es. Sie ist nicht sehr vorsichtig, wenn der Herr auf Reisen ist.«

»Trifft sie sich mit einem anderen Mann?«

»Ich weiß es nicht, es heißt, sie spricht mit den Gauklern und Musikanten.«

»Valeska, schwöre mir, mit keinem anderen Menschen darüber zu reden!«

»Ja, Herrin. Aber wollt Ihr nicht mit Frau Rosa sprechen? Es... es ist nicht gut für den Herrn Hrabanus, wenn das bekannt wird.«

»Ich will es versuchen, Vally.«

Anna stützte den Kopf in die Hände und dachte an den Besuch bei den drei Marien. Sie wusste, wen Rosa suchte.

24. Kapitel

Am Bayenturm

»Herrin, Ihr mögt bitte zur Priorin kommen. Es ist wichtig. Und Ihr mögt auch den Pachtvertrag für die Rheinmühle mitbringen.«

Valeska schnaufte ein wenig, als sie die Botschaft im Skriptorium hervorsprudelte. Die beiden Kanonissen ließen ihre Federn sinken und äugten neugierig hinter ihrer Schreibmeisterin her, die der kleinen Magd folgte.

Bei der Priorin saß die Pistorin, die Stiftsbäckerin Heilgard. Sie wirkte aufgebracht.

»Anna, wann haben wir den Pachtvertrag mit dem Müller an der Rheinmühle am Bayenturm ausgestellt?«, fragte die Priorin.

»Vergangenes Jahr, zu Martini.«

»Was, fast ein Jahr betrügt der Schuft uns jetzt schon?«, grollte Heilgard. »Anfangs war es ja nur wenig, aber mich hat von Anfang an geärgert, dass der Steinabrieb im Mehl ständig zugenommen hat. Ich komm aus dem Sieben nicht mehr heraus.«

»Und Hilla hat sich letzte Woche einen Zahn an einem Stein im Brot ausgebissen«, fügte die Priorin hinzu. »Es ist ein Ärgernis.«

»Er behauptet, wir müssten für die Mühlsteine zahlen, Anna. Stimmt das?«

»Soweit ich weiß, zahlen wir im Wechsel mit dem Müller die Steine. Aber lasst mich im Pachtvertrag nachlesen.«

Sie überflog die Klauseln und schüttelte dann den Kopf.

»Nein, das hatten wir mit seinem Vorgänger, Gott hab ihn selig, so vereinbart. Mit Jobst Mühlmann vereinbarten wir nichts dergleichen. Er hat für die Steine selbst aufzukommen. Dafür ist die Pacht um einen Florin geringer.«

»Welches Gewicht haben wir für die Säcke gemahlenes Gut angegeben?«

Anna las es vor, und die Miene der Pistorin wurde immer grimmiger.

»Er behält den zehnten Teil für sich. Und das, was in den Säcken ist, wiegt mehr, weil er die Steine nicht heraussiebt. Kerl, der!«

»Wir werden nicht umhinkommen, mit ihm zu reden. Schick einen Boten, Pistorin, und bestelle ihn her.«

Das Stift besaß eine der Mühlen auf dem Wasser, die südlich der Stadt vor dem Bayenturm lagen. Sie versorgten nicht nur die Kanonissen und Stiftsangehörigen mit Roggen- und Weizenmehl, obwohl das einen Großteil ausmachte. Der Müller durfte auch für andere Kunden arbeiten. Und da hatte es ebenfalls Klagen gegeben. Der Müller aber zeigte sich als ein dreister Geselle, der schlichtweg den Betrug leugnete und sich auf die Anklagen der Priorin wie ein Aal wandt. Doch er machte den Fehler, die rundliche, gelassen wirkende Stiftsdame zu unterschätzen. Sie war nicht das einfältige Weib, das seinen frommen Geschäften nachging, sondern eine überaus fähige Verwalterin des Stiftsvermögens und kannte sich im Feilschen und in kaufmännischen Winkelzügen genauso gut aus, wie jeder gewiegte Handelsherr. Aus diesem Grund wanderte Anna zusammen mit der Pistorin zwei Tage später bei strahlendem Sonnenschein und einem erquicklichen Wind am Rheinufer entlang, um bei den Wachen am Bayenturm die Festsetzung des Pächters Jobst Mühlmann wegen Betrugs und Bereicherung zu erwirken.

»Wenn der erst einmal zwei Tage am Kax gestanden hat, dann wird der keine falschen Gewichte mehr verwenden!«

»Glaubt Ihr, Pistorin, er kommt damit davon? Wenn er falsch gewogen hat, dann hat er auch den Molter falsch berechnet. Das wird einen größeren Ärger geben.«

»Ist mir auch recht. Es hat ihn niemand gezwungen, seine Kunden, uns oder die Stadtkasse zu betrügen.«

Der Bayenturm, der südlichste Turm der Stadtmauer, ragte trutzig vor ihnen auf, doch mussten sie noch an dem Wischgassentor, der Holzpforte und der Dreikönigspforte vorbeigehen. Sie wanderten auf der Rheinseite außerhalb dieser Tore entlang und beobachteten dabei das geschäftige Treiben auf dem Strom. Schwer beladene Oberländer schwammen langsam an der Rheinvorinsel vorbei, um ihre Fracht an einem der zuständigen Tore zu löschen – die einen am Weinpförtchen ihre Fässer, die anderen an der Fischpforte ihre Heringe, oder am Salzgassentor ihre würzige Ladung. Doch die Stadtmauer umschloss weit mehr als das bebaute Stadtgebiet, und hinter ihr lagen im Süden die Felder und Weingärten, die zum Sürter- und zum Brempter Hof und zum Clarenhof gehörten. Auf dem Fluss selbst aber lagen in zwei Reihen nebeneinander die Wassermühlen, deren Mahlwerke durch die beständige Strömung des Wassers angetrieben wurden. Das Klappern der hölzernen Mühlräder klang bis zum Ufer herauf.

»Da sitzt der Halunke und glaubt, uns um den Finger gewickelt zu haben«, schnaubte die Pistorin bei diesem Anblick.

»Nicht mehr lange. Die Wache wird ihm bald einen

Besuch abstatten. Ich hoffe, seine Gesellen sind in der Lage, den Betrieb weiterzuführen.«

»Die Priorin hat schon mit einem anderen Müller gesprochen. Wir finden schnellen Ersatz. Das Geschäft auf den Rheinmühlen ist einträglich.«

Anna lüpfte ein wenig den Schleier über ihren Haaren, um den Wind zu spüren.

»Na, na, Frau Anna! Passt auf, dass Ihr keine Kopfschmerzen bekommt.«

»Nein, vom Wind nicht. Eher von dem zu fest gebundenen Tuch.«

»Ihr seht, mit Verlaub gesagt, recht unternehmungslustig aus.«

Anna lachte. »Ja, mir ist seit ein paar Tagen leicht ums Herz. Mag sein, es liegt an den Sonnenstrahlen.«

»Oder an Eurer Jugend. Obwohl, so jung seid Ihr doch nicht mehr, nicht wahr? Ihr seid schon im Stift gewesen, als ich die Bäckerei übernommen habe.«

»Ich habe achtundzwanzig Sommer gesehen, Heilgard. Dieser ist mein zwölfter im Marienstift.«

Die ältere, resolute Frau verhielt ihre Schritte für einen Augenblick und sah die Schreibmeisterin an.

»Mir will scheinen, es wird Euer letzter sein.«

»Wie meint Ihr das?«

»Ich weiß nicht, möglicherweise sehe ich zu viele Geheimnisse darin. Aber Ihr habt Euch seit dem Plektrudistag verändert.«

»Ihr scheint viel zu sehen in Eurer Backstube.«

»Natürlich. Ich sehe, wer bedrückt über den Hof schleicht, wer sein Brot zerkrümelt, ohne es zu essen. Ich beobachte, wer heißhungrig alles in sich hineinstopft, um einen Hunger zu stillen, den Brot und Brei nicht befriedigen können. Ich sehe, wer den Kopf hoch trägt und wer ihn in gespielter Demut senkt. Und ich sehe, wenn ein Weib plötzlich einen herausfordernden Schritt bekommt. Wie den Euren, Frau Anna.«

»Herausfordernd!«

»Nehmt es mir nicht übel. Ihr seht aus, als ob Ihr Euch der Welt stellen und den Schutz der Immunität verlassen wollt. Und ich, Frau Anna, bin die Letzte, die Euch das vorhalten wird. Ich war verheiratet und hatte meine drei Kinder, bevor ich mich in ihren Schutz zurückzog. Für mich ist es besser, mein Handwerk für das Stift auszuüben als in der Stadt. Als Witwe hat man es schwer, wenn der Mann nicht mehr da ist und den Laden führt. Meine Jungens und ihre Frauen machen das ganz ordentlich. Mich braucht man dabei nicht. Nun, es ist ja auch gleichgültig. Da ist der Turm, sehen wir zu, es hinter uns zu bringen. Ich will den Jobst Mühlmann am Schandpfahl sehen!«

»Rachsüchtiges Weib!« Anna grinste sie an, und auch Pistorin Heilgard verzog den Mund zu einem schiefen Lächeln.

»Bin ich eigentlich gar nicht.«

Die Anklage wurde dem Turmmeister unterbreitet, eine Abschrift des Pachtvertrages hatte Anna dabei und übergab sie ihm zusammen mit den Listen der gelieferten Mehlsäcke und deren Gewichtsabweichungen. Der Schreiber nahm den Fall auf, und der Turmmeister versprach eine zügige Abwicklung des Falles. Anna und die Pistorin waren bald entlassen. Sie traten aus der Kammer heraus und standen unerwartet vor einem breitschultrigen Mann mit blonden Locken.

»Frau Anna!«

»Oh, der Büchsenmeister Marcel le Breton!«

»Was macht Ihr im Turm? Ihr seid doch hoffentlich nicht in Schwierigkeiten?«

»Aber nein. Andere werden Schwierigkeiten bekommen. Hier also ist Euer Wirkungsbereich, Büchsenmeister?«

»Ja, und es ist ein prachtvoller Turm, Frau Anna. Und eine wunderbare Befestigungsmauer. Letztes Jahr sind die Bauarbeiten für den Wehrgang darauf abgeschlossen worden.«

»Ja, ich habe davon gehört.«

»Seid Ihr schon einmal dort oben gewesen?«

»Nein, das Wachegehen am Fluss gehört nicht zu den Aufgaben einer Schreibmeisterin!«

Er lachte sie strahlend an, und auch Heilgard, jetzt, nachdem die Amtshandlung vollbracht war, in gelöster Stimmung, fügte hinzu: »Und auch nicht die einer Bäckerin. Aber sehen tät ich ihn schon ganz gerne mal.«

Anna nickte und sagte zu Marcel le Breton: »Das ist Heilgard, unsere Pistorin. Würdet Ihr uns beide auf den Wehrgang führen?«

»Aber mit Vergnügen. Folgt mir.«

Marcel le Breton stieg die Wendeltreppe voran und stieß dann die verriegelte Holztür auf. Sie öffnete sich auf den schmalen Gang über der Stadtmauer, der sich am Rhein entlangzog. Der Wind wehte hier ein wenig stärker und riss an Annas Schleier und Röcken.

»Hui!«, lachte sie und hielt das Tuch fest, das ihr entfliehen wollte. »Aber der Ausblick ist beeindruckend.«

»O ja, ich liebe ihn auch. Seht, hier geht es zu den Arken. Wagt Ihr Euch auf den Strom hinaus?«

Von dem Turm am Ufer zog sich eine Mauer in den Fluss hinein, deren weit gespannte Steinbögen mit dem Wehrgang über den Leinpfad führte und in einem überdachten Erker endete.

»Ja, ich wage es. Aber wozu dient dieser Vorbau?«

»Damit verhindern wir, dass Feinde der Stadt ohne weiteres vom Wasser an Land kommen können!«

»Mir ist das zu windig dort. Geht Ihr, ich genieße den Ausblick über den Rheinhafen von hier aus«, sagte Heilgard, die ebenfalls mit ihrem Schleier kämpfte.

»Kommt mit, Ihr seid ein mutiges Weib, Frau Anna!«

Zwei Stadtsoldaten hielten Wache auf dem Wehrgang und grüßten ihren Büchsenmeister mit gebührender Achtung. Sie gingen an ihnen vorbei bis zu dem äußersten Ende, das mit einem Wachhaus abschloss. Davor blieben sie stehen, und Anna blickte den Strom hinauf, fort von der Stadt.

»Heilige Anna, wie gerne möchte ich reisen!«, seufzte sie.

»Möchtet Ihr das wirklich? Ihr überrascht mich, Stiftsdame!«

Sie sah ihn an und zuckte mit den Schultern.

»Auch Stiftsdamen dürfen sich nach der Ferne sehnen. Nicht nur nach dem Himmel.«

Er lachte schallend auf, seine gesunden, weißen Zähne blitzten in dem wettergegerbten Gesicht, und seine blonden Locken wirbelten in einer plötzlichen Brise auf wie ein Heiligenschein.

»Ja, es ist aufregend, fremde Länder kennen zu lernen. Ich verstehe Euch. Auch mich hat es einst in die Ferne getrieben. Aber für einen Mann ist es leichter.«

»Viel leichter. Obwohl es auch Frauen gibt, die reisen.«

»Landsknechtshuren, Marketenderinnen, Gauklerinnen, Zigeunerinnen.«

»Die meine ich nicht. Fernhändlerinnen, Schifferinnen, Pilgerinnen.«

»Dann geht auf Pilgerfahrt, Frau Anna di Nezza. Rom ist eine schöne Stadt!«

Er sah sie herausfordernd an.

»Vielleicht. Oder ich finde einen Mann, der seinen Handel mit fernen Ländern ausübt.«

Der Wind zerrte an ihrem Schleier, und mit einem Ruck zog sie ihn vom Kopf. Strähnen lösten sich aus ihrem Zopf und flatterten, schwarzen Schlangen gleich, um ihre Schultern.

»Jesus Christus, seid Ihr schön, Frau Anna.«

Sie lachte und strich sich die Haare aus dem Gesicht. »Findet Ihr?«

»Ja, finde ich.«

Er stellte sich vor sie und verdeckte mit seinem Rücken die Sicht vom Land auf sie. Dann umfasste er ihre Taille, zog sie mit einer schnellen Bewegung an sich und küsste sie hart auf den Mund. Doch genauso schnell ließ er sie wieder los.

»Räuber!«, sagte Anna, nicht besonders ungehalten.

»Pirat, wir sind auf See!«

Sie lachte und drehte sich von ihm weg, um über das glitzernde Wasser zu schauen, das sich in einem weiten Bogen nach Süden wand.

»Wann kann ich Euch wieder sehen, Frau Anna?«

»Ich weiß es nicht. Meine Aufgaben lassen mir wenig Zeit, und die Regeln sind sehr streng im Stift.«

»Und es gibt kein Schlupfloch – in den Regeln oder in der Mauer?«

»Ich habe noch nie danach gesucht.«

»Dann schärft doch Euren Blick einmal. Ihr wisst, wo Ihr mich findet.«

»Wir gehen jetzt zurück, Büchsenmeister. Begleitet uns über den Wehrgang bis zum Rheingassentor. Von dort ist es nicht weit bis zum Marienstift.«

Im Windschutz des Bayenturms ordnete Anna ihre Haare wieder einigermaßen und ließ sich von Heilgard helfen, den Schleier so zu befestigen, dass er ihr nicht wieder entschlüpfen konnte. Als die beiden sich von dem Büchsenmeister verabschiedet hatten und die Rheingasse Richtung Stift gingen, sagte die Pistorin: »Der nicht, Frau Anna. Der nicht! Der ist ein Freibeuter und wird Euer Herz zerbrechen.«

»Ich weiß, Heilgard.«

»Madonna! Ist es schon geschehen? In Euren Augen liegt die Schwärze der Trauer.«

»Es ist nichts geschehen. Mein Herz hat ein anderer zerbrochen. Vor langer Zeit schon.«

»Oh. Verzeiht.«

»Es macht nichts mehr.«

Aber da war die Stiftsbäckerin anderer Meinung.

Doch die Begegnung mit dem Büchsenmeister, diesem gesunden, kraftvollen Mannsbild, mit seiner unbekümmerten Dreistigkeit, hatte Anna nachdenklich gemacht. Und nicht nur er.

Marcel le Breton, Falkomar der Henker und Hrabanus' Partner Carolus – diese drei Männer in ihrem Leben gaben Anna viel Stoff zum Nachdenken, brachten ihr schlaflose Nächte und bewogen sie schließlich zu zwei ungewöhnlichen Handlungen.

Die eine bestand darin, dass sie mehrmals die Gebete zur frühmorgendlichen Laudes versäumte und bereits einen Rüffel von der Äbtissin erhalten hatte. Doch er fiel milde aus, denn das Gesicht der übermüdeten Schreibmeisterin dauerte Ida-Sophia, und sie trug Anna auf, nicht mehr so lange an ihrem Stundenbuch zu arbeiten.

Die zweite Handlung hatte subtilere Auswirkungen. An dem folgenden Sonntag stattete Anna nach der Vesper dem Lichhof einen Besuch ab und pflückte von dem knorrigen Apfelbaum an der sonnigen Südwand einen der ersten rotbackigen Äpfel. Mit einem feinen Wolltuch polierte sie ihn, bis er schimmerte und glänzte. Sie barg ihn in den Falten ihres Chorgewandes, und als sich nach der Komplet die Kirche leerte, blieb sie zurück, um sich zu einem inbrünstigen Gebet vor die Marienstatue zu knien. Es war ein schlichtes Bildnis, das Maria als zärtliche Mutter zeigte, die ihren Sohn, kein Säugling mehr, sondern etwa drei oder vier Jahre alt, liebevoll an sich gedrückt hielt. Die Legende sagte, der heilige Herman Joseph von Steinfeld habe vor beinahe dreihundert Jahren als Junge hier häufig gebetet. Eines Tages reichte er, in völliger Versunkenheit, dem Jesuskind einen roten Apfel, den er eigentlich selbst hatte essen wollen. Der Knabe streckte die Hand aus und nahm den Apfel. Danach erfüllte sich dem frommen Jungen der brennende Wunsch, Priester zu werden. Seither hieß es, ein Apfel zu Füßen der Madonna helfe, dass innig vorgetragenen Wünsche der Betenden sich erfüllten. Es lagen stets zwei, drei Äpfel, von unbekannter Hand gespendet, zu Füßen der heiligen Mutter und ihrem Kind.

Nun lag Anna vor dieser Marienstatue auf Knien und betete zu der Himmelskönigin aus so vollem Herzen, wie sie es zuvor noch nie getan hatte. Sie bat um Hilfe, denn die Entscheidung, für die, wie sie spürte, jetzt die Zeit reif war, würde ihr Leben grundlegend verändern. Sie betete lange. In der Kirche war es schon dunkel geworden, nur das ewige Licht über dem Altar und die Kerze, die sie für Maria und ihren Sohn angezündet hatte, spendeten noch ein wenig Helligkeit. Der allgegenwärtige Duft des Weihrauchs mischte sich mit dem Geruch des Apfels in ihren Händen, als sie schließlich ihre stumme Zwiesprache mit der barmherzigen Fürsprecherin beendete. Sie sah zu ihr auf, aber ihre Gedanken wanderten trotz der zuvor geäußerten Bitten zu Hrabanus, dem Mann, der ihr das zweite Mal die Möglichkeit eröffnete, ein neues Leben zu beginnen. Und Anna, die siebenmal am Tag und an sieben Tagen in der Woche die Psalmen sang, dachte nicht mehr über die Formulierungen nach, die sie verwendete. So sprach sie laut, ohne es wirklich zu bemerken: »Lege ich mich nieder, so schlaf ich auch bald in Frieden, denn du, o Herr, hältst mich in deiner Hut.«

Mit einer bittenden Geste legte sie den Apfel zu Mariens Füßen nieder und sah zu dem zappelnden Jungen in ihrem Arm auf. Zappelnd?

*

»Stimmt, da liegen auch heute noch Äpfel. Ich wusste nicht, was das bedeutet!«, meinte Cilly. »Werden die Wünsche wirklich erfüllt, wenn man da betet?«

»Natürlich. Du musst nur einen roten Apfel hinlegen und dreimal laut sagen: ›Ich wünsche mir ein gutes Zeugnis!‹, und schon hast du es!«

»Anita, du verarschst mich!«

»Cilly, du forderst es heraus.«

»Du hältst mich für doof.«

»Nein, für naiv. Aber süß!«

»Wie ich dich hasse. Ich bringe dir keinen Berliner aus der Küche mit.«

»Dann verschmachte ich eben.«

»Nein, das geht auch nicht, denn dann erfahre ich ja nie, wen Anna heiratet.«

Cilly trabte in die Küche, und ich hörte, wie sie die Kaffeemaschine anstellte.

Rose streckte sich, rieb sich die Augen und fuhr sich mit den Fingern durch die Haare. Ihre blonden Locken standen daraufhin wirr ab, und die Wimperntusche hinterließ einen dunklen Schatten unter den Augen. Sie sah aus wie eine Putte, die gelumpt hatte.

»Für mich keinen Berliner, nur ein Knäckebrot!«, sagte sie.

»Konsequent in der Fastenzeit, meine Liebe!«

»Ich habe jetzt schon seit Wochen den Süßigkeiten entsagt und vier Kilo verloren. Es ist gar nicht so schwer!«

25. Kapitel

Bei der Zauberschen

Es hatte nichts geholfen, der Quacksalber hatte versagt. Das Geschwür wollte nicht verschwinden, es waren sogar zwei weitere dazugekommen. Dem Mann war das nicht geheuer. Und vorsichtig, ganz vorsichtig begann er Erkundigungen einzuziehen, ob es denn nicht noch andere Heilkundige in der Stadt gab, die sich derartig delikater Probleme annahmen. Einen Arzt, der ihm empfohlen worden war, hatte er konsultiert. Der hatte seine Unwissenheit hinter hochtrabendem Gerede über Säfte und Planeten, Schröpfköpfe und unsauberes Blut versteckt, ihn zur Ader gelassen und eine übel riechende Salbe aufgelegt, die das Ganze nur noch schlimmer machte. Außerdem hatte er ein Heidengeld dafür verlangt.

Aber nun hatten ihm die Gerüchte zugetragen, es gäbe auch noch andere Möglichkeiten. Ganz überzeugt war er nicht, und – zugegeben – etwas unheimlich war ihm der Vorschlag ebenfalls. Aber was sollte ein Mann machen, dessen wertvollster Körperteil langsam aber sicher zerfressen wurde? Er suchte die Zaubersche auf, die angeblich über Heilkräfte verfügte, die nur Frauen ihrer Art kannten.

Es war eine ganz normale Schenke, die er dazu aufsuchen musste, und als er der mondgesichtigen Wirtin ansichtig wurde, die angeblich über dieses geheime Wissen gebot, erleichterte ihn der Anblick ein wenig. Er hatte befürchtet, eine Angst erregende alte Hexe aufsuchen zu müssen, die in ihrer nach Fäulnis und Verderbnis riechenden Hinterstube mit den düsteren Geistern der Hölle Verkehr pflegte. Danach sah die Wirtin aber nun wirklich nicht aus, und ihr Eintopf war geradezu köstlich. Auch das Bier, das sie selbst braute, ließ sich gut trinken. Gestärkt mit den Erzeugnissen des Hauses flüsterte er ihr, als sie wieder einmal an seinen Tisch kam, ins Ohr, er wünsche sie dringend zu sprechen.

»Kommt, wenn die Schenke sich geleert hat, zur Hinterpforte«, hatte sie gemurmelt. Er war noch eine Weile sitzen geblieben, dann aber demonstrativ aufgestanden und gegangen. Doch nicht weit. Aus dem Schatten eines Torbogens beobachtete er, wie ein Gast nach dem anderen das Wirtshaus verließ. Dann wurden die Läden zugezogen und die Türe verschlossen. Er ging um die Häuserzeile, fand den Eingang zum Hof und klopfte an die Pforte.

Die Wirtin, mit einem dunklen Wolltuch über Schultern und Kopf, öffnete ihm.

»Kommt mit.«

Er folgte ihr in eine Kammer, die nichts außer einem Bett, einen Waschtisch, einen Nachtstuhl und zwei Hocker enthielt.

»Was ist so dringend, dass Ihr mich sprechen wollt?«

»Ihr wisst, wer ich bin?«

»Gibt kaum jemanden, den ich nicht kenne. Aber vertraut mir, Eure Geheimnisse sind sicher bei mir. Was wollt Ihr also?«

»Man sagt, Ihr hättet Heilkräfte.«

»So, sagt man. Und Ihr benötigt derartige Kräfte? Tut es nicht der Bader oder der Apotheker genauso gut wie ich?«

»Die können nichts!«

Die Wirtin lachte leise auf.

»Worunter leidet Ihr denn? Funktioniert Euer Schießprügel nicht mehr?«

Der Mann hatte etwas Mühe, über den derben Witz zu lachen, aber er berichtete, unbehaglich auf seinem Schemel hin- und herrutschend, von seinem Leid.

»Nun, man kann etwas versuchen. Aber das Heilmittel ist teuer.«

»Am Geld soll's nicht liegen.«

»Ach nein? Gut. Aber Ihr habt noch eine Aufgabe zu erfüllen, damit das Mittel wirken kann. Ihr müsst das betroffene Glied mit dem Blut einer Jungfrau reinigen. Seid Ihr dazu bereit?«

Seine Beklommenheit nahm zu, aber trotzdem fragte er forsch: »Gibt es in dieser unheiligen Stadt denn noch Jungfrauen?«

»Aber sicher. Wenn Ihr auch dafür zahlt, beschaffe ich Euch eine.«

»Dann tut das!«

»Kommt jeden Abend vorbei. Wenn ich Euch das Bier in dem roten Krug serviere, kommt wieder an die Hinterpforte.«

Als er gegangen war, setzte sich die Schenkenwirtin zufrieden mit einem Becher des wirklich ausgezeichneten, selbst gebrauten Bieres an den Kamin. Auf diese Gelegenheit hatte sie schon lange gewartet. Jetzt würde Anna Dennes die Rechnung begleichen, die Rechnung für die Verluste, die sie erlitten hatte, dass sie, die Kupplerin, nicht über ihre Dienstleistungen so verfügen konnte, wie einst über die ihrer Mutter. Über den Umweg der kleinen Gossengöre, die die vornehme Stiftsschreiberin zu ihrer Magd gemacht hatte. Noch wusste sie nicht recht, wie sie des Mädchens habhaft werden konnte, aber da würde sich bestimmt etwas ergeben.

26. Kapitel

Die Gaukler kommen

Mitten auf dem Alten Markt stand der Tod auf dem Podium und sang:

»Komm heiliger Vater, werter Mann,
Ein Vortanz müsst Ihr mit mir han:
Der Ablass Euch nicht hilft davon,
Nicht zwiefach Kreuz und dreifach Kron.«

Vor ihm kniete der Papst und hielt verzweifelt seine Tiara fest. Er jammerte:

»Heilig ward ich auf Erd genannt,
Nach Gott führt ich den höchsten Stand.
Der Ablass tät mir gar wohl lohnen,
Nun will der Tod mich nicht verschonen.«

Straßenhändler, Bürgersfrauen, Fuhrknechte, Mägde, Bierbrauer, Harnischmacherinnen, Maurergesellen, zwei Benediktiner-Novizen, Küfer, Seidweberinnen, Gewandschneider, eine Gruppe grauer Beginen, Barbiere, Baderhuren, die Stiftsschreiberin Anna mit ihrer Magd Valeska und einer jungen Schreibgehilfin namens Elfrieda – sie alle hatten sich auf dem Platz versammelt und schauten den Spielleuten zu, die ihre Künste darboten. Führend war ein Mann in schwarzem Wams und schwarzen Hosen, auf die in grellem Weiß die Knochen des Skelettes abgebildet waren. Er trug eine weiße Kappe, und sein Gesicht war ebenfalls weiß geschminkt. Nur die Augen und die Wangenhöhlung waren schwarz. Der Tod, leibhaftig. Und zu den Klängen der Sackpfeife und der Trommel tanzte er nun einen grotesken Tanz mit dem Papst, bis dieser leblos zusammenbrach. Zwei bunt gekleidete Narren trugen ihn fort, und der Tod sah sich im Publikum um.

Valeska, die ansonsten so keck nach vorne drängelte, klammerte sich fest an Annas Hand. Aber der Tod sah über sie hinweg und zeigte mit knochiger Hand auf eine Nonne neben dem Podium.

»Gnädige Frau Äbtissin rein,
Wie habt Ihr so ein Bäuchlein klein:
Doch will ich Euch das nicht verweisen,
Wollt ich mich eher in Finger beißen.«

Die Äbtissin musste sich von ihm um die Mitte fassen lassen und wurde zur Musik herumgewirbelt. Dann sang auch sie:

»Ich hab gelesen aus dem Psalter
In dem Chore vor dem Fronalter:
Nun will mich helfen hier kein Beten
Ich muss dem Tod entgegentreten.«

Ein letzter Wirbel, und die Äbtissin sank nieder. Die Narren taten ihre Pflicht.

Valeska zerrte an Annas Hand und sagte: »Herrin, wir müssen ins Rathaus.«

»Ja, gleich, Valeska. Aber lass mich noch ein paar Strophen hören. Der Mann ist richtig gut!«

»Aber der macht mir Angst!«

»Vally! Du hast mich zu einer Hinrichtung geschleppt

und hast zugesehen, wie der Scharfrichter einen Mann enthauptet hat. Das hier ist nur ein Schauspiel, und davor fürchtest du dich?«

»Der Rentmeister war ein Verbrecher. Aber dieser hier holt jeden!«

»Natürlich, Valeska, der Tod holt jeden. Sieh mal, jetzt hat er einen Ratsherren am Wickel.«

Der Tod sang:

»Seid Ihr ein Herr gewesen in der Stadt,
den man im Rat gebrauchet hat?
Habt wohl geraten Ihr, ist's gut,
Doch werd ich Euch auch zieh'n den Hut.«

Der Tod riss dem Ratsherren das Barett vom Kopf und drehte eine fröhliche Runde mit ihm auf dem Podium. Dann ließ er den Mann zu Worte kommen, der sich mit Schaube und klimpernder Amtskette als Ratsherr verkleidet hatte. Er antwortete dem Tod:

»Hab mich bemüht bei Tag und Nacht,
Dass der Gemeinnutz wird beacht,
Sucht Reich und Armer Nutz und Ehr,
was mich gut dünkt, tät ich gern mehr.«

»Bitte, können wir jetzt gehen?«

»Ja, Valeska, ja. Elfrieda, das Mädchen fürchtet den Tod. Kommt, wir versuchen, uns da vorne durchzudrängen.«

»Ja, aber nehmt besser Ihr die Tasche, die sie trägt, Frau Anna. Hier laufen Langfinger herum.«

Ein wenig half ihnen ihre schwarze Kanonissentracht, um sich den Weg zu bahnen, aber gerade als sie an dem Podium vorbeikamen, beugte sich der Tod hinunter und griff nach Valeska. Er legte ihr den Zeigefinger unter das Kinn und sah ihr tief in die Augen. Sie schrie auf, und die Umstehenden johlten.

»Ach Jungfrau, Euer roter Mund
Wird bleich jetzund zu dieser Stund.
Ihr springtet gern mit jungen Knaben
Mit mir nun müsst Ihr Vortanz haben.«

»Lasst Sie, Gevatter Tod. Sie ist jung und hat noch ein langes Leben vor sich.«

»Glaubt Ihr, Stiftsdame? Dann behütet sie gut!«

Elfrieda war es gelungen, die zitternde Valeska hinter sich zu ziehen, und Anna folgte ihnen durch das Gedränge zum Rathaus.

Sie hatte ein paar Abschriften von Urkunden und Schreinsakten zu machen, und als sie fertig waren, hatte sich der Marktplatz vor dem Rathaus weitgehend geleert. Anna hatte es nicht eilig, wieder in das Stift zurückzukehren, und auch Elfrieda genoss die unerwartete Freizeit. Sie schlenderten an den Buden vorbei und betrachteten das Angebot.

»Kommt, wir kaufen uns ein Mandelbrot!«, schlug Anna vor, und Valeskas Augen strahlten. Sie hatte mit ihrem heiteren Gemüt schon fast vergessen, wie sehr sie sich noch vor geraumer Zeit entsetzt hatte. Süßigkeiten konnten sie immer trösten. Auch die Spezereien-Händler, der Honigmann mit seinen goldenen Waben und die Frau, die bunte Bänder verkaufte, fesselten sie und lenkten ihre Aufmerksamkeit von dem jetzt leeren Podium ab. Die Spielleute aber hatten sich umgezogen. Derjenige, der die männlichen Tanzpartner gespielt hatte, war ein untersetzter Graubart in dunklen Kleidern, der einen Kasten mit verschiedenen Tiegeln und Fläschchen öffnete, von denen er behauptete, sie enthielten wirkungsvolle Allheilmittel. Die Frau hatte die grelle Schminke der Tanzpartnerinnen ebenfalls abgewaschen und bot jetzt in einem sternenbestickten Umhang den Vorübergehenden an, ihnen aus der Hand zu lesen. Auch der Tod hatte seine bleiche Maskerade abgelegt. Er trug nun ein grünes Wams und rote Hosen. Sein Haar war braun und fiel in weichen Locken auf seine Schultern. Mit einer Laute in der Hand setzte er sich gemütlich auf den Rand des Podestes und spielte eine gefällige kleine Melodie. Nach und nach blieben die Passanten wieder stehen und lauschten.

»Valeska, schau, er ist ein hübscher junger Mann, der vorhin den Tod gespielt hat. Wollen wir seinen Liedern lauschen?«

Elfrieda liebte die Musik, sie war eine der Vorzugsschülerinnen der Singmeisterin. Aber auch Anna wollte hören, was der begabte Sänger jetzt zu bieten hatte. Als sie näher kamen, erkannte sie die Melodie eines alten Liebesliedes.

> »Ich kam gegangen zu der Aue,
> da was mein Friedel kommen eh;
> Ich ward empfangen, here Fraue,
> dass ich bin selig immer meh.
> Er küsste mich wohl tausend Stund,
> Tanderadei, seht wie rot ist mir der Mund!«

Er hatte eine wunderbare Stimme, tragend und weich, und die Umstehenden summten leise das Lied mit. Valeska drängelte sich wieder vor, und als der Sänger geendet hatte und sein Barett herumreichte, da legte sie ihre sorgsam gesparten Pfennige hinein. Der Sackpfeifer und der Trommler kamen ebenfalls zurück, sie hatten ihre Kehlen mit Bier gekühlt, und der Trommler entlockte seinem Instrument einen fröhlichen Wirbel.

»Hört, verehrte Herren, edle Damen. Hört unseren Sänger Julius Cullmann, der nicht nur als Gevatter Tod die Lebenden erfreut, sondern auch mit seinen Sängen und Balladen die Herzen rührt. Er singt Euch von Treue und Opfer, von Trauer und Stolz, von Ruhm und Demut, von Wunden und Heilung. Er beschwört für Euch die hohen Tugenden, den großen Mut und die Tapferkeit, die Gottesfurcht und reine Keuschheit. Doch weiß er ebenso von Verrat und Niedertracht zu singen, von hinterhältiger Bosheit, Habgier und Dummheit. Vor allem aber lauscht und lasst Eure Herzen anrühren, wenn er das Lied anstimmt, das von einer unendlichen Liebe handelte, die über alle Zeiten und Welten bestehen bleibt.«

»Julius!«, flüsterte Anna. Sie dachte an Rosa, die ihr einst von diesem Mann erzählt hatte, den geliebten Freund ihrer Jugend. Ob sie es wohl herausgefunden hatte, dass er in der Stadt weilte? Wenn sie ihre nächtlichen Ausflüge fortsetzte, würde das wohl unvermeidlich sein. Wenn nicht – nun, auch der Gang über den Alten Markt am lichten Tag oder der Klatsch der Nachbarinnen und Mägde würde ihr von dem begnadeten Sänger Kunde bringen.

Und begnadet war er. Er sang nun eine alte Ballade, eine gewaltige Sage von Rittern und Bettlern, Kriegern und Barden, von einem mächtigen König und klugen Frauen, von den Dieben und den Richtern, den Törichten und den Weisen. Er sang von den frommen Jungfrauen und der unkeuschen Verführerin, der liebenden Mutter und der kaltherzigen Verräterin. Und der Faden, der die Gestalten miteinander verwebte, war die Liebe. Er beschwor sie mit den Worten der Sehnsucht, einer zeitlosen, nie endenden, unerfüllbaren Sehnsucht. Anne und Elfrieda standen wie verzaubert in der Menge und lauschten, sie hatten die Arme umeinander gelegt, und ihre tränenfeuchten Wangen berührten sich.

Als er geendet hatte, spendeten ihm seine Zuhörer lauten Beifall, und Anna erwachte aus ihrer Versunkenheit.

»Wo ist Valeska?«, fragte sie, als ihr plötzlich bewusst wurde, dass das Mädchen nicht mehr in ihrer Nähe stand.

»Sie wird sich mal wieder nach vorne gedrängelt haben.«

»Wir müssen sie suchen. Es wird Zeit, zurückzugehen. Hör, Elfrieda, die Glocken läuten schon zur Vesper.«

Aber die kleine Magd blieb verschwunden, und Elfrieda meinte: »Lasst sie, es ist nicht weit bis zum Stift, und sie kennt sich in den Gassen aus. Gönnt ihr ein wenig Freiheit.«

Anna nickte. Valeska hatte oft genug alleine Botengänge für sie gemacht. Sie würde schon sehr bald zurückkommen, denn zumindest eine Mahlzeit würde sie nie ausfallen lassen. Sie sah sich noch einmal in der Menschenmenge um, gewahrte ganz in ihrer Nähe Horsel, die Schenkenwirtin, und nickte ihr mit einem Lächeln zu. Aber ihre ehemalige Amme drehte sich ostentativ weg. Also beachtete Anna sie auch nicht weiter. Den unfreundlichen Blick, der ihr folgte, bemerkte sie aus diesem Grund nicht.

Die Zeit zwischen Vesper und Complet ging vorbei, ohne dass die Magd sich im Stift einfand. Nach dem Abendgebet fragte Anna noch einmal im Mägdehaus nach ihr, aber auch hier hatte sie niemand gesehen. Mit sorgenvoller Miene kehrte sie ins Skriptorium zurück, wo sie vor der Complet an Unterlagen gearbeitet hatte, die sie für die Priorin kopieren sollte. Sie zündete zwei Kerzen an, und setzte sich an ihr Schreibpult. Sie war zu unruhig, um einfach ins Bett zu gehen, und beschloss, auf Valeska zu warten. Die Zeit nutzte sie, um sich mit ihrem Stundenbuch zu beschäftigen. Denn nun hatte sie ein Gesicht für Mercurius, den quecksilbrigen, wortgewandten Boten, und die letzte Seite der Prim nahm Gestalt an. Es war der Sänger Julius, der unter ihren geschickten Fingern entstand, und der Vers, den sie ihm zuordnete, lautete: »Singt dem Herren ein neues Lied, singt ihm mit lieblich klingendem Schall.«

Ein Luftzug ließ die Kerzen flackern. Anna drehte sich hastig um und erwartete, Valeska in den Raum schlüpfen zu sehen. Aber es war nicht die Magd, sondern die vom Alter gebeugte Gestalt der Äbtissin Ida-Sophia, die in der Tür stand.

»Ehrwürdige Mutter!«

Anna stand auf, um ihr Achtung zu erweisen.

»Setz dich, Kind. Ich will mit dir reden.« Die Äbtissin zog sich einen Stuhl herbei und setzte sich neben das Schreibpult. »Es ist spät, Anna. Zu spät, um noch zu arbeiten.«

»Ich kann nicht schlafen.«

»Ich weiß. Du kannst oft nicht schlafen in der letzten Zeit. Was macht dich so unruhig?«

Anna rieb sich die müden Augen.

»Valeska, meine Magd, ist nicht zurückgekommen.«

»Von eurem Gang zum Rathaus?«

»Ja. Es gab Gaukler auf dem Alten Markt. Dort ist sie in der Menge verschwunden. Ich habe Angst um sie.«

»Mägde haben die Angewohnheit, gelegentlich zu verschwinden. Junge vor allem. Das mag zwar heute der Grund deiner Unruhe sein, nicht aber der der letzten Wochen. Nun, Kind, zeige mir, woran du zu so später Stunde arbeitest.«

Die Äbtissin zog ein Einglas aus der Gürteltasche und hielt es sich vor das Auge, als sie sich interessiert über die Seite beugte, an der Anna gerade die ersten Konturen mit roter Farbe gefüllt hatte. Ihr war die intensive Musterung unbehaglich, sie hatte nie viel über das Stundenbuch gesprochen und die Seiten immer unter Verschluss gehalten. Nur Rosa und einst Dionysia kannten die Bilder und Verse. Aber sie konnte der Äbtissin nicht verwehren, es in Augenschein zu nehmen.

»Dein Stundenbuch?«

»Ja, Ehrwürdige Mutter.«

»Zeig mir die anderen Seiten.«

Gehorsam holte Anna die Lagen hervor und legte sie der Reihe nach auf das Pult. Die Äbtissin blätterte sie schweigend durch.

»Du hast ein großes Talent, Anna, die Bilder sind sehr sprechend. Aber ich verstehe nicht, was sie erzählen sollen. Gut, jedes erste Blatt zeigt die Tageszeit der Stunde, aber die Szenen der drei folgenden machen für mich keinen Sinn. Erkläre es mir.«

»Ich habe mich ein wenig mit der Astrologie befasst, Ehrwürdige Mutter. Es ist eine weise Kunst, wie mir scheint, und gottgefällig!«

»Gottgefällig?«

»Ja, Ehrwürdige Mutter. Seht, ich konnte zu jeder Stunde eine Stelle aus der Bibel finden, die auf Gottes wunderbare Schöpfung hinweist. Heißt es nicht im Psalm 147: ›Er stellt die Zahl der Sterne fest, ruft jeden von ihnen mit Namen.‹?«

»So heißt es. Und weiter, Anna?«

»Darum stellt jeweils das vierte Blatt die Planeten dar, die, wie ich meine, der Stunde entsprechen. Ich habe mir erlaubt, sie als typische Gestalten abzubilden, wie es auch in den alten Büchern getan wird. Seht, zur Laudes ist es die Sonne, die jubelnd den Tag begrüßt, die Prim, den Beginn des Tagwerks, dachte ich, mag der schnellfüßige Merkur bestimmen, die Terz der kraftvolle Mars. Die Mitte des Tages, die Sext sehe ich dem großherzigen Jupiter zugeordnet, die Non der milden

Venus. Für die Vesper habe ich den Mond bestimmt, der Complet schließlich, das Ende des Tages, dem strengen Saturn.«

Nachdenklich wiegte die Äbtissin den Kopf.

»Nun, ich muss sagen ... Also, ich hätte es vermutlich anders gemacht. Ist nicht die Sext die hohe Stunde der Sonne und die Venus der Abendstern?«

»Auch Ihr habt Kenntnis über die Sterne?«

Die Äbtissin lächelte.

»Vermutlich nicht so tiefe wie du. Schon Dionysia hat mir damals berichtet, du hättest gelehrte Schriften darüber gelesen.«

»Nun ja, Euer Einwand ist richtig. Die heitere Sonne könnte der Sext entsprechen, doch die sechste Stunde ist auch die der Kreuzigung und des Opfers ...«

»Ich will nicht mit dir disputieren, meine Tochter, es ist dein Werk. Du hast dir etwas dabei gedacht, und wenn ich mir die Bilder genauer ansehe, dann hast du den astrologischen Kräften die Gesichter von Menschen gegeben, die dir etwas bedeuten.« Sie lachte leise auf. »Nun, Rosa als Venus ist sicher nicht ganz verkehrt.«

Sie blätterte weiter und fragte dann: »Ich fange an zu verstehen. Es sind keine biblischen Szenen, Anna. Es sind Bilder aus deinem Leben.«

»Ja, Ehrwürdige Mutter. Das Buch ist mein Leben.«

»Und du gestaltest es für den Ratherren Hrabanus Valens, deinen Wohltäter. Kind, ich kenne dich nun schon seit vielen Jahren, und dennoch – ich habe dich nie ganz durchschaut. Anfangs warst du gehorsam und still, viel stiller als alle, die sich unter meine Obhut begaben. Doch verschüchtert wirktest du nie. Du wurdest tüchtig als Schreiberin, und Dionysia war voll des Lobes. Rosa hat dich zu dem einen oder anderen Akt des Ungehorsams verführt, das habe ich wohl bemerkt. Aber dann, als sie uns verließ, schien sich ein dunkler Schleier über dich zu senken. Vermisst du sie so sehr?«

»Manchmal. Aber ich besuche sie hin und wieder.«

»Ja, der Ratsherr hat mich gebeten, dir immer dann Urlaub zu geben, wenn du sie sehen möchtest. Aber du gehst selten zu ihr. Was ist geschehen, Anna?«

»Nichts, Ehrwürdige Mutter.«

»Man sagte mir, du habest einen Apfel in der Kirche niedergelegt.«

»Ja, das tat ich.«

»Was möchtest du, dass geschieht?«

Anna schüttelte den Kopf und starrte in die Flammen.

»Anna, du bist keine adlige Waise aus Neapel, und dein Name lautet nicht di Nezza, stimmt es?«

»Nein, mein Name ist Anna Dennes.«

»Ich habe es mir schon recht bald gedacht. Was hat den Ratherren dazu gebracht, dieses Schauspiel mitzumachen? War er dein Geliebter? Hat dich deshalb seine Heirat mit Rosa so tief betroffen gemacht?«

»Nein, Ehrwürdige Mutter. So ist das nicht.«

»Kind, ich bin eine alte Frau geworden, und ich habe Dutzende von Mädchen und jungen Frauen kommen und gehen sehen. Manche sind auch geblieben und haben hier ihren Frieden gefunden. Doch die Ruhe, die dich umgibt, ahnelt zunehmend einem Waffenstillstand, keinem inneren Frieden. Und nun begehrst du auf. Was bedeutet dir Hrabanus Valens?« Sie deutete mit dem Finger auf die letzte Seite der Sext, auf der es hieß: ›Zu dir redet mein Herz …‹ »Anna, hast du ein sündhaftes Verhältnis mit ihm?«

»Nein Ehrwürdige Mutter.«

»Warum hast du der Sext, der Stunde des Opfers, den Jupiter mit seinem Gesicht zugeordnet, meine Tochter?«

Anna schwieg.

»Was verbindet dich mit ihm. Sag es mir!«

Anna drehte den Kopf zur Seite, um dem eindringlichen Blick der Äbtissin zu entgehen. Zu viel las die alte Frau in ihren Bildern.

»Anna?«

»Es ist uns kein gemeinsames Schicksal bestimmt. Die Sterne sagen es«, flüsterte sie so leise, dass es kaum zu hören war.

»Heilige Maria, barmherzige Mutter«, flüsterte Ida-Sophia genauso leise. Dann saßen sie beide eine Weile in ihre eigenen Gedanken versunken nebeneinander, während die Kerzen still herunterbrannten. Schließlich sagte die Äbtissin: »Du wirst uns verlassen, nicht wahr?«

Anna nickte stumm.

»Vermutlich ist es besser für dich. Ich werde für dich beten. Und nun geh zu Bett, und sorge dich nicht weiter. Das Mädchen wird schon wieder auftauchen.«

»Ja, Ehrwürdige Mutter.« Anna erhob sich und half der Äbtissin, aufzustehen. »Ich räume noch die Blätter fort. Dann gehe ich in meine Kammer.«

»Gut, meine Tochter. Schlaf geschützt unter Mariens Mantel.«

Anna hatte gerade die Stifte in ihre Kästen gelegt, als noch einmal die Tür geöffnet wurde. Die Pförtnerin schob eine zerzauste und bedrückt aussehende Valeska in den Raum.

»Die hat eben noch an die Pforte geklopft. Wenn ich nicht gewusst hätte, Ihr wartet auf sie, hätte ich sie vor der Tür stehen lassen!«

»Valeska!«, fuhr Anna das Mädchen an und zerrte sie am Arm herein. »Wo bist du, in Gottes Namen, gewesen?«

Sie versetzte ihr eine schallende Ohrfeige.

»Ich … entschuldigt, Frau Anna. Bitte …!«

Anna schüttelte sie derb durch und fuhr sie an: »Herumtreiberin!«

»Nein, Herrin … Ich, ich war bei den Gauklern. Sie haben mir zu essen gegeben, und es gab einen Affen und … und der Sänger hat mich hierher zurückgebracht.«

»Wir unterhalten uns morgen weiter darüber!«, meinte Anna, deren Wut, geboren aus Sorge und Angst, inzwischen verraucht war. »Ich bin jetzt müde!«

Valeska erwartete am nächsten Vormittag eine gewaltige Strafpredigt, aber auf weitere Bestrafung verzichtete Anna, zu zerknirscht war das Mädchen. Nichtsdestotrotz wiederholte sie ihren Ungehorsam am selben Abend. Wieder musste Anna feststellen, dass zur Complet ihre Magd nicht in das Stift zurückgekommen war.

Anna war zunächst ungehalten, doch je weiter der Abend voranschritt, desto besorgter wurde sie. Valeska neigte eigentlich nicht zur Aufsässigkeit, und so fragte sie sich allmählich, ob ihre strengen Worte das Mädchen so tief gekränkt hatten, dass sie sich nicht mehr zurücktraute.

27. Kapitel

In der Hinterstube

Der rote Krug stand auf dem Tisch vor ihm. Das Zeichen. Er leerte ihn langsam und nickte der Schenkenwirtin unmerklich zu. Wenn die Gäste gegangen sein würden, wollte er sich an der Hinterpforte einfinden. Mit leichtem Bedauern dachte er daran, nun nicht zu seinem Stelldichein gehen zu können. Aber da würde es sicher neue Möglichkeiten geben. Das Weib war ihm mehr als zugetan.

Es dauerte beinahe bis Mitternacht, dann aber wurde ihm schließlich aufgetan.

»Ihr habt das Heilmittel?«

»Ich habe den einen Teil, den anderen müsst Ihr besorgen. Aber erst das Gold, mein Herr!«

Münzen klimperten, und misstrauisch zählte die Wirtin sie nach.

Es war leichter gewesen, als sie gedacht hatte, der Magd habhaft zu werden. Das Vögelchen war ihr sozusagen von selbst ins Nest geflattert.

»Schön. Das Mädchen ist in der Hinterkammer. Ich habe ihr einen starken Schlaftrunk gegeben, sie wird also nicht herumkreischen. Das kann ich mir nicht leisten, hört Ihr!«

»Seid Ihr sicher, dass sie eine Jungfrau ist?«

»Ziemlich sicher. Sie ist Magd bei den Stiftsdamen, da ist sie streng behütet. Aber Ihr werdet es ja selbst herausfinden. Wenn sie es nicht ist, na gut, dann muss ich eben noch eine suchen. Ihr braucht nicht zweimal zu bezahlen.«

Er nickte.

»Gut, Herr, und wenn Ihr fertig seid, gebe ich Euch den Heiltrank, den ich gebraut habe, und das Amulett, das Euch helfen wird. Aber Ihr müsst das Mädchen anschließend fortschaffen. Ich will nicht, dass sie hier aufwacht und schreit, sie sei geschändet worden!«

»Wohin soll ich sie bringen?«

»Zu den Gauklern im Ipperwald. Mit ihnen hat sie sich angefreundet. Sie wird denken, die hätten ihren Spaß mit ihr gehabt. Und wenn sie da Krakeel macht – wer wird ihr oder denen schon Glauben schenken.«

»Gut, und wie soll ich sie da hinschaffen? Ich kann sie schwerlich über die Schulter werfen?«

»Hab einen Karren hier. Wir legen einen Sack drüber, dann geht ihr als Nachtarbeiter durch. Es ist nicht weit, und die Truppe schläft größtenteils bei ihren Wagen im Hof.«

»Das wird gehen.«

»Dann erledigt Euer Geschäft.«

Der Mann nahm das Handlicht und betrat die Kammer. Auf dem Bett lag ein schmächtiges Mädchen in tiefem Schlaf. Sie sah noch sehr jung aus und hatte die Hände über der Brust gefaltet. Er war ein hart gesottener Söldner, weder Kampf und Töten, weder Brände legen, Plündern oder Frauen vergewaltigen war ihm etwas Fremdes. Aber dieses wehrlose Mädchen rührte ihn seltsam. Andererseits, die Geschwüre machten ihm das Leben zur Qual. Die Kleine würde nicht viel merken, und, Himmel, was bedeutete es schon für sie, ob sie noch Jungfrau war oder nicht. Über kurz oder lang würde sowieso irgendein junger Gockel ihr das Kränzchen rauben.

Er schlug ihr die Röcke hoch und nestelte an seinem Hosenlatz. Er war nicht in der richtigen Stimmung, die Erregung wollte nicht kommen, darum legte er sich auf sie und versuchte, sein schlaffes Glied an ihrem Körper zu reiben.

Wahrscheinlich war das Betäubungsmittel zu schwach oder die Bewegungen zu heftig, das Mädchen wachte auf. Sie war benommen, aber sie wusste, etwas stimmte ganz und gar nicht. Sie versuchte den schweren Köper, der sie fast erdrückte, von sich zu stoßen. Doch das gelang ihr nicht. Aber sie bekam einen Arm frei und konnte die Stoffmenge ihrer Röcke von dem Gesicht schieben. Die Umgebung war ihr fremd, der Mann war roh und tat ihr weh.

Sie schrie. Sie schrie gellend um Hilfe.

»Zum Teufel, bringt das Gör zum Schweigen!«, zischte eine weibliche Stimme, und die wollenen Röcke wurden ihr wieder über das Gesicht gepresst und fest über Mund und Nase gehalten.

Sie wehrte sich noch einen kleinen Moment, dann lag sie still.

Nicht, weil sie den Kampf aufgegeben hätte.

Der Mann erreichte endlich sein Ziel, und das geschwürige Glied war benetzt mit dem Blut einer toten Jungfrau.

»Was ist nur in Euch gefahren, sie aufzuwecken?«, fauchte die Schenkenwirtin. »Morgen wird es in der ganzen Nachbarschaft Getuschel geben.«

»Das wird doch nicht das erste Mal sein, dass aus jener Kammer Laute kommen?«

»Herr, was unterstellt Ihr mir?«

»Kuppelei, Mutter!« Er grinste.

»Aber nur mit Leuten, die sich betragen können. Hier ist das Fläschchen und das Amulett. Trinkt davon jeden Morgen und Abend einen Löffel voll, bis es leer ist. Sprecht vor und nach dem Genuss je ein Paternoster. Und nun schafft das Geschöpf fort.«

»Schon gut.«

Er ging zurück in die Kammer, hob das Mädchen hoch und erschauderte plötzlich. Der Kopf fiel schlaff zurück, die Glieder waren leblos. Er hatte schon zu viele Tote gesehen, um nicht zu wissen, was das bedeutet. Ein langer und wütender Fluch kam von seinen Lippen. Er legte das Mädchen wieder hin und rief leise die Schenkenwirtin.

»Sie lebt nicht mehr. Und das ist Eure Schuld. Euer Betäubungsmittel wirkte nicht, darum ist sie aufgewacht.«

»Was unterstellt Ihr mir! Ihr habt dem Kind den Mund zugedrückt! Nun seht zu, wie Ihr sie hier verschwinden lasst. Ich will keine Tote im Haus. Das ist ein böses Omen.«

Doch der Mann sah seine Schuld nicht ein, und ein erbitterter, leise geführter Streit entstand. Schließlich aber war es dann der Klang der Goldmünzen, der die Wirtin überredete, sich um das Fortschaffen der toten Jungfrau zu kümmern.

»Macht dass Ihr fortkommt. Ich will Euch hier nie wieder sehen. Und vergesst nicht, wir haben uns auch nie außerhalb der Schenke getroffen.«

»Zu gerne, Kuppelmutter!«

Die Schenkenwirtin war nur halb so entsetzt, wie sie vorgespielt hatte. Der Tod der Magd war ihr so unrecht gar nicht. Er ergab sogar noch eine weitere Möglichkeit, die hochnäsige Stiftsschreiberin, die Tochter einer Hure, Demut zu lehren. Nachdem sie noch eine nützliche Operation an der Toten vorgenommen hatte, nahm sie deren Entsorgung in Angriff.

Am nächsten Morgen lieferten zwei struppige Gassenjungen einen Korb mit frisch gewaschenem Leinen im Haus des Ratsherren Hrabanus ab, der sich derzeit auf Reisen befand.

28. Kapitel

Besuch bei den Gauklern

Erst als die Kerzen beinahe heruntergebrannt waren, suchte Anna ihre Kammer auf. Traurigkeit und Schuldbewusstsein verfolgten sie. Valeska war immer ein aufmerksames und folgsames Mädchen gewesen. Auch wenn sie gelegentlich heimliche Ausflüge in ihren früheren Lebensraum gewagt hatte. Das mochte verständlich sein, wenngleich sie, Anna, diesen Wunsch nie gehegt hatte. Aber sie war auch älter und verständiger gewesen, als sie in das Stift eintrat. Valeska war noch ein Kind, jetzt ein junges Mädchen. Und die Spielleute mit ihrem bunten Treiben übten einen unwiderstehlichen Reiz auf sie aus. Anna erinnerte an die Bärin der Gaukler, mit der sich das einsame Kind einst angefreundet hatte. Sie dachte an die Geschichten, die jener Sänger so meisterhaft vorgetragen hatte, an die Possen der Narren. Ja, wahrscheinlich war die Kleine wieder zu den Fahrenden geschlüpft. Vielleicht aus Trotz, weil sie sie derartig hart ausgescholten hatte.

Anna ging zu Bett, doch der Schlaf wollte nicht kommen. Einmal überlegte sie, ob sie etwas von dem Mohnsaft nehmen sollte, den Rosa ihr vor einigen Monaten gegeben hatte, als sie mit einem schmerzenden Fieber krank lag. Valeska hatte damals ganz geschickt gehandelt und Rosa an ihr Bett geholt. Sie wusste, Rosa kannte sich mit Heiltränken besser aus als mancher Arzt. Ihr Vater mochte zwar nur ein Theriakhändler gewesen sein, hatte aber auch die Kräuterkunde beherrscht. Anna öffnete ihre

Truhe und suchte nach dem Fläschchen. Doch dann hielt sie inne. Nein, der süße Saft mochte ihr zwar Schlaf schenken, aber er hatte auch seltsame, sehr beängstigende Träume verursacht. Sie erinnerte sich noch viel zu gut daran. Verbotene Träume waren es, in denen sie Hrabanus begegnet war. Hingegen nicht als dem würdigen Ratsherren, sondern als einen Mann, der sie als begehrenswerte Frau betrachtete. Wirr war der Traum, denn sie stand am Ufer eines Meeres, das sie in ihrem Leben nie gesehen hatte. Ein breiter Sandstreifen lag vor ihr, feucht, von glitzernden Rinnsalen durchzogen. Doch nicht die weite Wasserfläche vereinte sich mit dem blauen Himmel am Horizont. Eine kleine, grüne Insel befand sich dazwischen. Nahe genug, um über die sandige Fläche zu ihr zu laufen. Ein gedrungenes Haus aus grauem Feldstein hockte auf der Anhöhe, umgeben von blühenden Büschen, und ein heller Kiespfad führte vom Strand auf den Hof hinauf. Sie sah hinüber und bemerkte den Mann, der aus der Tür trat und langsam diesen Pfad hinabging. Obwohl sie sein Gesicht nicht erkannte, wusste sie, dass er es war. Sie fühlte ihr Begehren, ihre Sehnsucht nach ihm, und ihre Liebe überschwemmte sie wie die Wogen des Meeres. So löste sie ihre Haare und ließ den Wind sein Spiel mit ihnen treiben. Wie magisch angezogen setzte sie die bloßen Füße auf den feuchten Sand, um zu ihrer Insel zurückzukehren. Zu ihrer Insel und dem Mann, zu dem sie gehörte. Als sie die Hälfte des Weges zurückgelegt hatte, flog krächzend ein Rabe vom First des Hauses auf. Sie hob die Hand, und er setzte sich auf ihre Faust. Seine dunklen Augen sahen in ihre Seele und lasen darin Dinge, die sie sich nie selbst eingestehen wollte. Dann breitete er seine Fittiche aus, gab einen rauen Schrei von sich und flog davon. Sie aber wollte weitergehen zu der Insel und ihrem Geliebten, doch die Flut kam in einer gewaltigen grauen, schäumenden Welle und trieb sie an das Land zurück. Anna war in Tränen gebadet aufgewacht.

Entschieden legte Anna die Flasche mit dem betäubenden Trank zurück und schloss die Truhe.

Doch sie grübelte noch lange, und als sie im Morgengrauen erwachte, stand ihr Entschluss fest. Sie würde die Gauklertruppe aufsuchen, sollte Valeska sich nicht doch noch eingefunden haben. Und da sie vorhatte, Horsel ebenfalls nach dem Verbleib des Mädchens zu fragen, erschien es ihr am passendsten, ohne Begleitung in jene Gassen aufzubrechen, die gewöhnlich die Stiftsdamen nicht aufsuchten.

Die Magd war nicht erschienen. Anna zog ein unscheinbares braunes Leinenkleid an, das sie trug, wenn sie Arbeiten mit staubigen Dokumenten im Archiv zu erledigen hatte. Und dann griff sie im letzten Moment zu dem schweren Schlüssel, den Valeska ihr ausgehändigt hatte. Den Schlüssel zur Pforte am Lichhof.

Die Stiftsdamen hatten sich zum Mittagsgebet in der Kirche versammelt, als Anna über den Friedhof eilte und mit dem Schlüssel das leise quietschende Törchen öffnete. Der Tag war schwülwarm, und drückend lag die Luft in den stillen Gassen. Der heiße Sommer würde mit dem nächsten Gewitter zu Ende gehen, doch noch lähmte die feuchte Hitze alle zu hektischen Tätigkeiten. Die Handwerker saßen im Schatten der Vorbauten ihrer Häuser, träge ihrem Geschäft nachgehend oder auch einfach dösend, Hunde lagen schlaff an den Hauswänden und wedelten nur gelegentlich die Fliegen fort. Mühsam schleppten sich die schweren Pferde mit ihren Lasten vom Rheinhafen durch die Gassen. Den Männern in den Tretkränen an der Stadtmauer, die an einigen Stellen ausgebessert werden musste, rann der Schweiß von den Gesichtern. Es ging alles langsamer als gewöhnlich, und je näher Anna der verrufenen Straßen kam, desto übler wurden die Gerüche. Die Buden der Talgmenger verströmten ranzigen Fettgeruch, die Kloaken dünsteten fauligen Brodem aus, die ungegerbten Felle stanken nach Verwesung. Der Haufen, den der Knochensammler auf seinen Karren geladen hatte, nahm ihr fast den Atem. Erleichtert atmete sie auf, als sie ihn hinter sich gelassen hatte und in die Nähe eines Backhauses kam, von dem ein erfreulicher Duft von trockenem Holz und frischem Gebäck wehte. Anna sah hinein. Mehrere Frauen hatten sich dort versammelt, die ihre Laibe zum Backen gebracht hatten und nun darauf warteten, bis die knusprigen, braunen Brote von dem Bäcker aus dem Ofen geholt wurden. Neben dem Tisch, auf dem weitere Laibe zum Abkühlen lagen, stand, in ein Gespräch vertieft, Horsel. Anna wartete darauf, dass sie zu ihr hinsah, ansprechen wollte sie sie hier vor den anderen nicht, denn die ablehnende Geste von vor zwei Tagen war ihr noch zu bewusst. Sie ahnte, warum Horsel sie nicht erkennen wollte. Die vornehme Stiftsdame Anna di Nezza sollte nicht in Verbindung gebracht werden mit der gewöhnlichen Schenkenwirtin. Endlich beendete Horsel ihre Unterhaltung, räumte ihre Brote in den großen Weidenkorb, schwang ihn sich über den Arm und schob sich zum Ausgang durch. Als sie an Anna vorbeikam, fragte sie leise: »Was willst du?«

»Auskunft!«

»Komm zur hinteren Pforte.«

Anna wartete noch einen Moment, dann ging sie um den Häuserblock herum und fand die Pforte im Hof hinter der Schenke angelehnt. Horsel winkte sie in den Hof, schloss das Törchen aber sofort wieder.

»Was soll das, Anna? Wir beide haben nichts mehr miteinander zu tun!«

»Ach Horsel, du warst meine Amme, meinst du, ich könnte das vergessen?«

»Anna di Nezza hatte keine Amme wie mich.«

»Anna di Nezza wird es bald nicht mehr geben.«

»Wie meinst du das?«

»Wart es ab. Horsel, hast du meine Magd gesehen? Du weißt schon, Vally, das Mädchen aus dem Alten Graben?«

»Was sollte deine Magd bei mir zu suchen haben? Oder achtet ihr im Stift so wenig auf die Dienstleute, dass die sich hier herumtreiben?«

»Sie hat die Spielleute auf dem Alten Markt gesehen, und ich fürchte, sie ist zu ihnen gegangen. Hast du sie gesehen? Die Gaukler kehren angeblich häufig in deiner Schenke ein.«

»Was weiß ich? Vally war damals ein schmutziger kleiner Bengel. Ob ich sie heute als deine Magd erkennen würde, glaub ich nicht.«

»Möglich. Gut, aber weißt du, wo die Spielleute, insbesondere der Sänger Julius Cullmann, ihre Unterkunft haben?«

»Willst du etwa zu denen?«

»Ja, Horsel. Wo?«

Die rundgesichtige Amme murrte, aber dann brummelte sie endlich: »Versuch's im Ipperwald. Der Herbergsvater nimm alles mögliche Gesindel auf.«

»Danke, Horsel.«

»Der Dank, den ich gewöhnt bin, klimpert meist in meiner Hand.«

Anna lachte trocken auf.

»Ja, du hast die Preise stets gut berechnet. Da, reicht das?«

»Ist in Ordnung. Und nun verschwinde von hier!«

Das Fremdenhospiz Ipperwald lag auf dem Katzenbauch, ganz in der Nähe von Annas früherer Wohnstätte. Doch sie fühlte sich nicht mehr wohl hier, zu lange hatte sie in der verhältnismäßigen Abgeschiedenheit des Stifts gelebt. Sie musste sich ein paar abfällige Bemerkungen anhören, die herumlungernde Gesellen machten, einer griff sogar nach ihrem Rock. Sie schlug ihm kräftig auf die Finger und riss sich los. Das Hospiz hatte im Eingangsbereich einen Schankraum mit rohen Bänken und Tischen. Als sie eintrat, saßen nur zwei Männer dort und spielten versunken Schach miteinander. Erleichtert atmete Anna auf, als sie das grüne Wams und die roten Hosen des Sängers erkannte.

»Julius Cullmann?«, fragte sie, als sie neben ihm stand.

Er sah auf, und ein freundliches Lächeln erhellte sein sanftes Gesicht.

»Kenne ich Euch nicht? Doch, natürlich, die Hüterin der Jungfrau, der ein langes Leben beschieden sein sollte. Ihr trugt eine andere Tracht dort auf dem Alter Markt. Seid Ihr dem keuschen Stift entwichen, um das freie Leben der Fahrenden zu genießen?«

Anna lachte und schüttelte den Kopf.

»Aber nein, obwohl das eine gute Geschichte für Euch gäbe, nicht wahr?«

»Eine gute, aber keine neue, edle Frau.«

»Was mag schon neu sein für einen Mann wie Euch?«

»Weniges, da habt Ihr Recht. Aber Euren Namen könntet Ihr mir nennen, da Ihr den meinen schon kennt.«

»Der Eure ist öffentlich verkündet worden und gehört Euch damit nicht mehr. Den meinen behalte ich.«

»Ein kluges Weib zudem. Aber Ihr seid nicht in diese trübe Herberge gekommen, um mich mit Eurer Weisheit zu erfreuen.«

»Nein, Meister Cullmann, das bin ich wahrlich nicht. Ich habe eine Frage an Euch.«

»Ist sie vertraulicher Natur? Berolf, entferne dich!«

Sein Spielpartner stand auf und verabschiedete sich mit einer Geste.

»Verzeiht ihm, der Narr kann nicht sprechen. Aber das bunte Kleid trägt er mit Würde, und sein Possen sind auch ohne das gesprochene Wort verständlich. Nun, schöne Frau, wie lautet Eure Frage?«

»Das Mädchen, das Ihr geneckt habt, ist meine Magd. Und Ihr habt sie in Euren Bann gezogen. Vorgestern kam sie erst spät nach der Complet zurück.«

»Ja, ich selbst brachte sie zur Pforte. Verzeiht, wenn es Euch Ungelegenheiten gemacht hat, die Kleine war so eifrig und so wissbegierig. Wir hatten harmlosen Spaß miteinander.«

»Harmlos, ja. Vorgestern. Und gestern?«

»Gestern? O ja, sie kam nach der Vesper. Wir gaben unsere Vorstellung in der Schenke ›Zum vollen Krug‹. Doch sie blieb nicht lange. Noch vor dem Abendläuten war sie verschwunden.«

»Und blieb verschwunden. Sie kehrte nicht ins Stift zurück.«

»Das ist betrüblich. Wartet, ich will meine Begleiter fragen, ob sie sie gesehen haben. Wollt Ihr mitkommen? Wir haben die Erlaubnis, unsere Wagen im Hof abzustellen und können, dem Himmel sei Lob und Dank, dort unter dem Sternenzelt schlafen. Die Kammern in dieser Herberge sind ein Gräuel!«

Sie folgte ihm in den Hof, betrachtete das Lager aber nur von der Tür aus. Grellbunte Kleidungsstücke lagen herum, manche hingen tropfend auf einer Leine zum Trocknen, eine Frau flickte einen roten Rock, ein Alter schnitzte an einem Narrenszepter, der Trommler und der Sackpfeifer würfelten und tranken dabei aus Steingutkrügen Bier. Ein Junge übte mit geringem Ehrgeiz, mit vier Kugeln zu jonglieren, ein Äffchen sah ihm zu, das an einer Kette an einem der Wagen angebunden war. Es nagte dabei an einem Apfelgehäuse.

Julius befragte die Leute, sie sahen verstohlen zu Anna hin, kamen aber nicht näher. Ihre Reaktionen aber zeigten ihr schon, dass sie Valeska nicht weiter gesehen hatten.

»Tut mir Leid, Domina, sie haben sie nach unserer Vorstellung nicht mehr gesehen. Kann ich Euch noch auf andere Weise behilflich sein?«

Anna seufzte.

»Ich weiß nicht, wo ich sie suchen soll. Wenn ihr auf dem Heimweg ein Leid geschehen ist…«

»Kommt in den Schankraum, dort ist es wenigstens etwas kühler. Und der trottelige Wirt hat einen brauchbaren Apfelwein. Ihr braucht einen Schluck, Ihr seht blass aus.«

»Ich sollte nicht…«

»Nein, Ihr solltet nicht. Aber Ihr solltet auch nicht hier sein. Aber ich glaube, ganz fremd ist Euch dies Viertel nicht, selbst wenn Ihr eine Stiftsdame seid. Es muss Euch mit der kleinen Magd mehr verbinden, als offensichtlich ist.«

Anna setzte sich zu dem Sänger an einen Tisch und ließ sich einen Becher Apfelwein einschenken. Der Mann war freundlich, auch wenn er sie viel zu gut durchschaute. Das aber mochte daran liegen, dass er weit gereist war und viele Schicksale kannte, unzählige Geschichten gehört und die menschliche Natur in vielen Schattierungen erlebt hatte. Wenn es jemanden gab, der möglicherweise etwas über Valeskas Verbleiben herausfinden konnte, dann er.

»Mein Name ist Anna, Meister Cullmann. Und ja, Ihr habt Recht. Das Mädchen ist hier aufgewachsen. Ein Bettelkind, aber als sie sieben oder acht Jahre alt war, kam sie mir einmal zur Hilfe. Ich habe sie anschließend in meine Obhut genommen und zu meiner Magd gemacht. Sie entwickelte ein heiteres, sonniges Gemüt, und dankte mir mit ihrer Zuneigung und ihrem Vertrauen.«

»Nennt mich Julius, Frau Anna. Es stimmt, das Mädchen strahlt wie eine kleine Sonne, sie gewann die Herzen meiner Freunde und die des Äffchens. Ist sie Eure Tochter?«

»Bitte?«

»Nun, so unmöglich ist das nicht, oder? Eurer Geschichte fehlt etwas. Edle Damen pflegen Gossenkindern gewöhnlich für Hilfsdienste ein paar Groschen zuzuwerfen, nicht aber sie bei sich aufzunehmen und mit Liebe zu behandeln. Schon gar nicht gehen edle Damen alleine in die Bettelgassen, um widersätzige Mägde zu suchen.«

»Sie ist nicht meine Tochter.«

»So seid Ihr keine edle Dame.«

Anna lachte bitter auf.

»Eure Logik ist bestechend, Julius.«

»Das Wissen darum ist bei mir gut aufgehoben. Aber seht, die Muster im Leben eines Menschen wiederholen sich oft. Und ich denke, auch Ihr seid von jemandem von unten nach oben geholt worden und liebt ihn dafür. Und da Ihr keine Verbitterung in Euch tragt, sondern Dankbarkeit verspürt, handelt Ihr in dieser Weise. Gut, aber das macht es nur unverständlicher, warum die Kleine nicht zu Euch zurückkam.«

»Ich hatte sie an jenem Tag arg ausgezankt, weil sie abends so spät zurückkam.«

»Wenn jener, der Euch geholfen hat, Euch wegen eines Vergehens auszankte, würde Euch das dazu bringen, von ihm fortzugehen?«

»Nein.«

»Seht Ihr. Sie ist nicht weggelaufen. Ich fürchte, wir müssen Schlimmeres annehmen.«

»Ja, das fürchte ich ebenfalls. Die Straßen sind in der Nacht von seltsamen Gestalten bevölkert.«

»Was mich beunruhigt ist, dass sie alleine gegangen ist. Sie wusste, ich würde sie begleiten. Ich habe es am Abend zuvor ja auch getan.«

Annas Hände umklammerten fest den Becher.

»Ich denke, Ihr solltet dem Turmmeister ihr Verschwinden melden. Wer weiß, möglicherweise wird sie gefunden…«

»Ja, das werde ich wohl tun müssen.«

»Ich werde Euch begleiten, Frau Anna. Auch tagsüber solltet Ihr nicht alleine durch diese Straßen hier gehen.«

»Ihr seid ein höflicher Mann, Julius.«

Sie machten sich gemeinsam auf den Weg, um an offizieller Stelle Valeskas Verschwinden zu melden. Anschließend bot Julius Anna an, sie noch zum Stift zu bringen.

»Habt Ihr nicht Eure Vorstellungen zu geben?«

»Später am Tag, Frau Anna. Ihr seht doch selbst, es hat kaum jemand Lust, über den Markt zu gehen, geschweige denn in der stechenden Sonne zu stehen und einem Bänkelsänger zu lauschen.«

Er beurteilte die Lage sicher richtig, der Alte Markt wirkte ungewöhnlich ruhig in den frühen Nachmittagsstunden. Nur ein paar Mägde mit hochgeschürzten Röcken und aufgerollten Ärmeln gingen ihren Besorgungen nach. Am Kax stand ein armer Sünder, der matt in die Sonne blinzelte. Er mochte unter der Hitze leiden, aber wenigstens bewarf ihn heute keiner mit stinkendem Unrat. Zwei Stadträte gingen gemächlich in Richtung Rathaus und grüßten höflich eine vornehme Bürgerin in einem leuchtend blauen Seidenkleid, die in Begleitung einer älteren Frau, wahrscheinlich ihrer Hausbeschließerin, an den Buden vorbeischlenderte.

Julius hielt plötzlich in seinem Schritt inne und starrte ihr nach.

»Rosa?«, fragte er leise.

Anna sah in dieselbe Richtung. Ja, es war Rosa. Für einen Augenblick schwankte sie. Sollte sie Julius die Wahrheit sagen? Was würde geschehen, wenn die beiden sich wieder trafen? Durfte sie Schicksal spielen? Rosa war Hrabanus' Weib. Sie führte schon jetzt ein heimliches Leben. Anna hoffte inständig, dass sie keine Schande über den Ratsherren brachte. Nein, sie würde Julius nichts von Rosa berichten.

»Julius, kommt Ihr? Ich möchte wenigstens pünktlich zur Non in der Kirche sein.«

»Verzeiht, Frau Anna. Ich dachte nur, ein bekanntes Gesicht gesehen zu haben. Jemanden, den ich vor langer Zeit einmal kannte. Aber es ist sowieso nicht wahrscheinlich. Gehen wir.«

Anna beschloss, denselben Weg in das Stift zu nehmen, auf dem sie ihn verlassen hat. Die Rückkehr durch die Pforte in der Plektrudisgasse würde es ihr ersparen, der Pförtnerin ihren unbegleiteten Gang in die Stadt zu erklären. Vor der Immunitätsmauer verabschiedete Julius sich von ihr und fragte: »Sollte ich etwas über das Mädchen erfahren, Frau Anna, und ich erfahre vieles von vielen Menschen, wie kann ich Euch dann benachrichtigen?«

»Könnt Ihr schreiben?«

»Könnt Ihr lesen?«

»Notgedrungen. Ich bin die Stiftsschreiberin.«

Er lächelte anerkennend. »Dann will ich Euch einen Boten mit einem Brief schicken, wenn ich Neuigkeiten habe. Und nun lebt wohl, Frau Stiftsschreiberin Anna. Ihr habt es weit gebracht. Ihr werdet auch noch weiter kommen, wenn Ihr es wünscht.«

In ihrer Kammer wechselte Anna das Kleid und kam gerade noch zurecht, um an den Gebeten zur Non teilzunehmen. Der ruhige, feierliche Wechsel von Psalmengesang und Gebeten, die Kühle in den hohen Gewölben und den dicken Mauern der Kirche, der alles umwehende Weihrauchduft schenkten ihrem aufgewühlten Gemüt ein wenig Frieden. Als die Kanonissen gegangen waren, blieb Anna noch eine Weile vor der göttlichen Mutter knien. Auch heute lagen wieder Äpfel zu ihren Füßen und verbreiteten ihr süßes Aroma. Sie betete stumm, aber leidenschaftlich für Valeska. Und während sie betete, wurde ihr klar, Julius, der tief blickende Sänger, hatte so Unrecht nicht. Valeska war ihr ans Herz gewachsen. Und ihre Gefühle dem Mädchen gegenüber waren mütterlich. Sie gestand sich in dieser stillen Andacht ein, es wäre besser gewesen, schon vor Jahren Hrabanus' Vorschlag anzunehmen, den gutmütigen und achtbaren Carolus zu ehelichen. Sie hätte ihm ein treu sorgendes Weib sein sollen und seine Kinder gebären. Liebe, so wie sie ihr Herz verwirrt hatte, war von Übel. Und auch jene lustvolle Begierde, deren schnellem Reiz sie beinahe erlegen gewesen wäre, dieses Verlangen, das der Büchsenmeister Marcel le Breton in ihr geweckt hatte, konnte nicht von Dauer sein. Obwohl sie ein paar Nächte lang erwogen hatte, sich mit ihm zu treffen. Aber das verwarf sie nun, und als sie sich von den Knien erhob, stand ihr Entschluss endlich fest. Sie hatte keine Zweifel mehr. Wenn Hrabanus zurückkam, würde sie sich einverstanden erklären, seinen Partner zu heiraten.

Was aber nicht verflogen war, war die Sorge um Valeska.

Anna ging aus der Kirche direkt zum Mägdehaus, um sich nach dem Mädchen zu erkundigen. Niemand hatte sie jedoch bisher gesehen, und einige der älteren Dienstmägde erlaubten sich einige spitzzüngige Bemerkungen über bevorzugt behandelte kleine Schlampen, von denen nichts anderes zu erwarten war, als dass sie eines Tages das Weite suchten und dorthin zurückkehrten, von wo sie stammten. Anna hieß sie mit einigen scharfen Worten schweigen und sich um ihre Pflichten zu kümmern. Dann bat sie im Äbtissinnenhaus darum, bei der Ehrwürdigen Mutter vorsprechen zu dürfen.

Ida-Sophia rief sie zu sich und hörte sich an, was Anna berichtete.

»Du bist alleine in das Fremdenhospiz gegangen?« Missbilligend schüttelte sie den Kopf.

»Was sollte ich denn sonst tun?«

»Es mir melden. Mich um Erlaubnis fragen. Jemanden zur Begleitung mitnehmen. Es gäbe da mehrere Möglichkeiten. Aber, nun gut, es ist geschehen, und es ist grade noch mal gut gegangen. Uns bleibt aber jetzt wohl nichts anderes übrig, als zu warten, ob das Kind gefunden wird.«

»Ich weiß nicht, Ehrwürdige Mutter. Mir ist eben noch eine Möglichkeit eingefallen. Ich sollte noch einmal zu Rosa gehen. Valeska könnte bei ihr untergeschlüpft sein, als sie nachts nicht mehr an der Pforte eingelassen wurde.«

»Dann hätte die Ratsherrin sie aber gewiss am Morgen hergeschickt.«

»Denkbar …«

»Ich höre Zweifel in deiner Stimme. Du meinst, Frau Rosa will dir wieder einmal einen Streich spielen und behält sie bei sich, damit du dich sorgst. Ich verstehe deinen Gedankengang. Nun gut, dann such sie auf. Aber nimm bitte eine deiner Gehilfinnen oder eine Magd mit!«

»Danke, Ehrwürdige Mutter.«

29. Kapitel

Valeska wird gefunden

Elfrieda begleitete Anna in die Sternengasse. Da sie Valeska auch gerne hatte, nahm sie Anteil an Annas Sorge. Als sie am Haus »Zum Raben« eintrafen, herrschte dort eine ungewöhnliche Aufregung. Die Haustür stand offen, die Dienerschaft hatte sich in Grüppchen versammelt und tuschelte, zwei Büttel kamen vom Hof herein und stießen Anna und Elfrieda beinahe zur Seite, als sie mit grimmiger Miene das Haus verließen. Die ersten Nachbarn kamen aus ihren Häusern und scharrten sich auf der Gasse vor dem Haus zusammen.

»Hier ist doch etwas passiert!«

»Sieht ganz danach aus. Lass uns die Beschließerin oder den Verwalter fragen, ob Rosa zu sprechen ist.«

Da sich niemand um ihr Grüßen an der Tür kümmerte, traten sie unaufgefordert in das Haus. Zwei Frauen wandten sich zu ihnen um, und Anna bemerkte dir geröteten Augen der Beschließerin.

»Mathilde, ist Frau Rosa im Haus?«, fragte Anna sie.

Doch statt einer Antwort schlug die ältere Frau nur die Hände vor dem Gesicht zusammen.

»Heilige Anna, was ist hier vorgefallen?«

»Die Gewaltdiener haben die Frau Rosa in den Turm geschleppt!«, antwortete eine andere, und ihre Stimme drückte Schaudern, aber auch Genuss am Entsetzen aus.

»Warum, in Gottes Namen?«

»Wegen …«

»Sei wohl ruhig, Trin!«, polterte der Hausverwalter,

der jetzt ebenfalls vom Hof hinter dem Haus hereinkam. »Hört auf zu schwatzen und geht an Eure Arbeit.«

Die Frauen schwiegen, die beiden Knechte murrten, aber sie verließen die Eingangshalle.

»Ihr seid Gerhard, nicht wahr?«

»Ja, Frau Anna. Und wenn Ihr mir folgt, dann will ich Euch berichten, was geschehen ist. Ich denke, es betrifft auch Euch. Es ist gut, dass Ihr just zu dieser Stunde vorbeigekommen seid. Hier, in mein Kontor.«

Er führte Elfrieda und Anna in einen kleinen ebenerdigen Raum, von dem aus er das Geschehen im Hof des Gewürzhändlers beobachten konnte. Dicke Rechnungsbücher lagen auf dem Bord, auf einem Schreibpult stapelten sich Listen, es roch nach Ingwer und Zimt, Piment und Nelken, die in kleinen Kistchen auf einer Truhe standen. Proben von den Lieferungen, die in dem Vorratshaus sackweise lagerten. Er nahm sie herunter und bot den beiden Frauen die Truhe als Sitzplatz an.

»Es ist etwas Furchtbares geschehen, Frau Anna, und ich bin selbst noch immer entsetzt, welche Folgen es hat.«

Gerhard war ein ergrauter Mann Mitte der Fünfzig, hager, aber sehnig und in schlichtes dunkles Tuch gekleidet. Anna wusste, Hrabanus vertraute ihm voll und ganz und legte die Haus- und Geschäftsführung während seiner Reisen in seine Hände. Sie hatte ihn dann und wann getroffen und ihn für einen beherrschten, umsichtigen Mann gehalten. Jetzt wirkte er einigermaßen aufgelöst, und seine Hände beschäftigten sich fahrig mit einer Schreibfeder.

»Nun berichtet, Gerhard. So furchtbar kann es doch nicht sein. Ein Missverständnis wahrscheinlich.«

»O nein. Leider nicht. Frau Anna, als ich heute Morgen in den Hof kam, hatte man uns einen Korb mit frisch gewaschenem Leinen gebracht. Das ist nicht ungewöhnlich. Wenn große Wäsche zu machen ist, übernehmen das oft die Waschfrauen gegen Bezahlung. Ich sagte Mathilde Bescheid, dass der Korb im Hof stand. Aber Mathilde hatte kein Leinen zum Waschen gegeben. Wir bekamen am Vormittag eine neue Lieferung Gewürze, und so blieb der Korb bis zum Nachmittag unbeachtet in einer Ecke im Vorhaus stehen. Dann kam Mathilde, um die Wäsche zu begutachten. Sie sagte, es seien keine Leintücher aus diesem Haus. Es musste jemand sie falsch abgeliefert haben. Es waren, wie die Knechte sagten, zwei struppige Gassenjungen gewesen, die den Korb noch vor der Prim hergebracht hatte. Wer sie waren, daran konnte sich keiner von beiden erinnern. Also meinte Mathilde, wir sollten schauen, ob die Laken irgendwie gekennzeichnet waren, damit wir sie dem rechtmäßigen Besitzer zustellen könnten. Wir hoben die beiden ersten Tücher hoch, und…«

»Gerhard?«

Die Feder in seiner Hand war zerbrochen. Aber er fasste sich wieder und sagte langsam: »Es lag ein Körper in dem Korb, Frau Anna!«

»Gnädiger Herr Jesus!«, stieß Elfrieda aus, aber Anna blieb stumm.

»Ein Mädchen. Frau Anna, es tut mir entsetzlich Leid, aber ich fürchte, ich erkannte die Kleine sofort.«

»Valeska, nicht wahr?«

Annas Mund war trocken.

»Ja, Eure Magd. Ich nehme an, Ihr seid hergekommen, um nach ihr zu fragen?«

»Ja, wir vermissen sie seit gestern Nachmittag.«

»Gott sei uns gnädig!«

»Sie… sie ist tot?«

»Ja, sie ist tot.«

»Wie?«

»Ich weiß es nicht. Es ... nun, ihre Kleider waren blutbefleckt.«

»Habt Ihr Frau Rosa berichtet?«

»Sie war außer Haus. Ich ... ich habe den Turmmeister benachrichtigt. Er schickte sofort seine Gewaltdiener.«

»Er wird eins und eins zusammengezählt haben. Ich habe Valeska bei ihm als vermisst gemeldet.«

»Sie haben das Mädchen mitgenommen und sind dann wiedergekommen, um Frau Rosa zu holen.«

»Aber warum? Sie hat doch damit gar nichts zu tun?«

»Wenn ich das wüsste. Sie haben nichts gesagt, Frau Anna. Ich bin ganz verzweifelt. Und ich kann noch nicht einmal den Herrn verständigen.«

»Ist Carolus in Köln?«

»Auch nicht, Frau Anna.«

»Der Rechtsbeistand des Herrn? Einen seiner Advokaten solltet Ihr auf jeden Fall verständigen.«

»Ja, Ihr habt Recht, Frau Anna. Das will ich sogleich tun.«

»Und ich werde zum Turm gehen und versuchen, mit ihr zu sprechen.«

»Ja, Frau Anna, tut das. Wahrscheinlich habt Ihr mit Eurer schwarzen Tracht da Erfolg, wo andere abgewiesen werden.«

»Ich möchte vorher noch mal mit Eurer Beschließerin sprechen. Mathilde hat meine Magd auch erkannt?«

»Ja, natürlich. Sie ist völlig am Boden zerstört, Frau Anna. Sie mochte die Kleine. Hat ihr immer Leckereien zugesteckt, wenn Ihr sie auf Eure Besuche mitgebracht habt.«

»Das habe ich mir gedacht. Am besten holt ihr Mathilde her.«

»Ja, das werde ich tun, aber dann ich lasse Euch allein, ich will den Advokaten aufsuchen.«

»Danke, Gerhard.«

Elfrieda und Anna mussten eine Weile warten, bis die Beschließerin kam.

»Gott sei ihrer Seele gnädig. Arme kleine Vally!«, sagte Elfrieda leise. »Wer kann ihr das angetan haben?«

»Jeder Halsabschneider in der Stadt, der nächtens auf der Suche nach einem Mädchen ist. Viel wichtiger ist, warum er sie ausgerechnet hier abgeliefert hat. Was soll damit bezweckt werden?«

»Wenn es nur Zufall war…?«

»Das war kein Zufall, Elfrieda.«

»Heilige Maria, Mutter Gottes, aber warum nur?«

»Ich weiß es nicht. Still jetzt, wir wollen hören, was Mathilde zu sagen hat.«

Die Beschließerin mit den rot geweinten Augen kam in das Kontor.

»Ach Frau Anna, es ist mir so weh um das Mädchen!«

»Mathilde, was glaubt Ihr, wie es mir geht? Sie war so ein liebes Ding. Aber sagt, war sie gestern noch hier bei Euch?«

»Sie kam oftmals vorbei, wenn Sie Eure Besorgungen auf dem Markt erledigte. Ja, sogar gestern schaute sie kurz herein. Um die Nachmittagsstunde, würde ich sagen. Sie war fröhlich wie immer und schwatzte mir zwei neue Äpfel ab. Sie erzählte etwas von dem Affen der Gaukler. Aber dann ist sie fortgegangen, noch bevor die Glocke zur Vesper geläutet hat.«

»Dann wird sie zu den Gauklern gegangen sein, Frau Anna«, meinte Elfrieda.

»Die werden ihr das angetan haben!«, zischte Mathilde. »Fahrendes Gesindel, gottlose Gesellen, die sich keinen Deut um das Leben eines Mädchens scheren.«

»Nicht so schnell mit Eurem Urteil, Mathilde. Warum sollten ausgerechnet die Spielleute sie umbringen und dann zu Euch schicken?«

»Weiß der Teufel! Weil sie gesehen haben, wie sie aus diesem Haus kam!«

»Mathilde, was wisst Ihr von Frau Rosas nächtlichen Spaziergängen?«

»Frau Anna!«

»Tut nicht so entsetzt. Ihr wisst davon.« Die Beschließerin wrang die Schürze mit ihren Händen. »Mathilde, ich bin Rosas Freundin, wir haben viele Jahre gemeinsam eine Kammer geteilt. Ich weiß, wie sie ist. Also?«

Mathilde schluckte, aber dann sagte sie doch: »Ja, sie ist dann und wann nach Einbruch der Dunkelheit aus dem Haus gegangen.«

»Aus welchem Grund? Was redet man?«

»Dass sie … dass sie … O Mutter Gottes! Frau Anna, schlimme Dinge sagt man.«

»Dass sie einen Liebhaber trifft!«

Stumm nickte die Beschließerin.

»Wen?«

»Das weiß ich nicht. Wirklich. Es sind doch auch nur Gerüchte.«

»Was haben die Gewaltdiener gesagt, als sie sie holten?«

»Nichts. Sie haben gar nichts gesagt. Vielleicht zu Frau Rosa, aber nicht zu uns.«

»Und was sagen die Nachbarn?«

Wieder wurde die Schürze zwischen den rauen Händen zerknittert.

»Es geht böses Gerede um, Frau Anna. Aber es ist nicht wahr. Sie sagen, Frau Rosa sei eine Zaubersche, denn sie hat schon mal Tränke für die Kranken gebraut.«

Anna presste die Lippen aufeinander. Das war schlimmer, als sie gedacht hatte.

»Ich muss zum Turm.«

»Ja, Frau Anna, sprecht Ihr mit dem Turmmeister.«

Elfrieda und Anna verabschiedeten sich und wählten den kürzesten Weg zum Turmgefängnis. Der Zufall wollte es, dass der Turmmeister ihnen schon am Eingang begegnete. Er erkannte sie sofort wieder.

»Frau Anna, so habt Ihr meine Botschaft also schon erhalten.«

»Eure nicht, aber ich erfuhr, dass eine junge Tote gefunden wurde.«

»Ja, wir haben ein Mädchen. Und es sieht schlimm aus. Folgt mir.«

Valeska lag auf einem Tisch, wo der Stadtmedikus sie untersucht hatte.

»Ist das das Mädchen, das Ihr vermisst?«

Elfrieda wandte sich ab und schluckte hart. Anna aber atmete ein paarmal tief durch und sah dann zu der stillen, erloschenen Gestalt hin.

»Ja«, sagte sie heiser. »Sie ist es. Wie ist sie gestorben?«

»Nun… auf seltsame Weise, Frau Anna. Kommt, wir gehen in die Schreibstube des Turmmeisters. Der Schreiber ist dabei, aufzunehmen, was der Medikus zu sagen hat.«

Und so erfuhr Anna aus dem Mund des Medikus, dass Valeska drei Verletzungen aufwies. Die geringfügigste stammte von dem Verlust ihrer Jungfräulichkeit, gestorben war sie den Erstickungstod. Doch die entsetzlichste Erkenntnis war, dass ihr jemand eine tiefe Wunde über dem Herzen zugefügt hatte.

»Nach dem Tod, denke ich.«

»Heilige Anna.«

Zitternd krallte Anna die Hände in ihre schwarze Tracht.

»Aber warum habt Ihr Frau Rosa geholt? Was hat sie mit all dem zu tun?«

Der Turmmeister antwortete ihr.

»Es gibt Aussagen, das Weib des Ratsherren Hrabanus beschäftige sich heimlich mit der Zauberei. Tränke mischt, die Liebhaber anlocken sollen und zu Unzucht verleiten. Es heißt, sie verwende seltsame Ingredienzien für ihre Tränke und Salben. Möglicherweise sogar das Herzblut einer Jungfrau. Es heißt auch, dass sie des Nachts ausfliegt, um mit dem Teufel zu buhlen.«

Verzweifelt schüttelte Anna den Kopf.

»Ich kann es nicht glauben. Ihr habt sie nur auf Grund von bösartigem Gerede festgesetzt. Lasst mich mit Frau Rosa sprechen, Turmmeister. Sie war viele Jahre Stiftsdame wie ich. Ihr könnt sie nicht einfach in den Kerker stecken.«

»Es ist Aufgabe ihres Gatten, sich um das Haftgeld zu kümmern.«

»Der Ratsherr ist auf Reisen.«

»Dann wird es andere Verwandte geben.«

»Sicher, aber sie müssen benachrichtigt werden. Lasst mich mit ihr sprechen, damit ich es in die Wege leiten kann.«

»Frau Anna, dieses Weib hat vermutlich den gewaltsamen Tod Eurer Magd auf dem Gewissen!«

»Nein. Das hat sie nicht.«

Der Turmmeister schien selbst nicht so ganz überzeugt. Auch die Tatsache, dass Rosa die Frau des angesehenen Ratsherren war, mochte bei seiner Entscheidung ins Gewicht fallen. Er nickte schließlich.

»Sprecht mit ihr. Aber nicht zu lange. Ich lasse Euch zu ihr bringen und wieder abholen.«

Elfrieda wurde nicht erlaubt mitzugehen, Anna aber stand dann vor Rosa, die mit dem Kopf gegen den kühlen Stein gelehnt in der Nähe des kleinen Fensterlochs stand, die einzige Lichtquelle der Kammer im Turm, die als Gefängnis diente.

»Die heilige Sankte Anna persönlich!«, versuchte sie zu spotten, aber dann kamen ihr doch die Tränen. »Warum, Anna?«

»Du hast dir Feinde gemacht, Rosa. Sie verdächtigen dich der Zauberei.«

»Aber um der Liebe Christi willen, was hat das mit der armen Valeska zu tun?«

»Ich habe es auch eben erst erfahren. Sie wurde vergewaltigt und erstickt. Dann hat ihr jemand das Herz geöffnet.«

Rosa gab einen würgenden Laut von sich.

»Und von dir sagt man, du brauest Tränke mit seltsamen Ingredienzen. Rosa, hast du jemandem einen Liebestrank gemischt, der nicht gewirkt hat? Oder wieder so eine scheußliche Mischung hergestellt, wie damals im Stift, die jemanden wirr im Kopf macht?«

Einer der übleren Streiche, den Rosa zwei hochnäsigen Stiftsjungfern gespielt hatte, bestand darin, ihnen eine Lolchsamen-Tinktur unter das Essen zu mischen, die sie alle Symptome der heftigen Trunkenheit erleben ließen.

»Ich habe nichts dergleichen getan, Anna. Ich habe nur Hustensäfte, Gichtsalbe und Fieberwasser hergestellt.«

»Und den Nachbarinnen gegeben?«

»Ihren Mägden, wenn sie mich danach fragten.«

»So ist also bekannt, dass du Tränke mischst.«

»Ja, das wohl.«

»Mit wem hattest du Streit?«

Rosa zuckte mit der Schulter.

»Die beiden Krähen und die drei Schnattergänse in meinem Haus kennst du ja; manche von den ehrbaren Damen schätzen meine Art der Kleidung nicht, andere neiden mir die Börse, die Hrabanus mir gibt oder ziehen über die mit wertvollen Gewürzen zubereiteten Speisen her, die bei unseren Mahlzeiten angeboten werden. Ich habe es nicht darauf angelegt, ihnen zu gefallen.«

»Ja, Neid schafft böses Blut.«

»Aber sie werden doch deswegen nicht Valeska umbringen und mir in den Hof legen. Anna, das ist irrwitzig!«

»Es gibt vier Dinge, die geschehen sind. Jemand hat Valeska vergewaltigt. Jemand hat sie umgebracht. Jemand hat sie zu dir gebracht. Und die bösen Zungen nutzen das, um dir eins auszuwischen.«

»Du glaubst also nicht, dass ich es war?«

»Ich weiß, du mochtest Vally genauso sehr wie ich.«

»Ja, das tat ich wohl. Armes kleines Spätzchen.«

»Ich will versuchen, dir zu helfen, Rosa. Aber du musst ehrlich zu mir sein. Vollkommen ehrlich!«

»Was willst du wissen?«

»Wohin führen dich deine nächtlichen Ausflüge?«

»Was weißt du davon?«

»Was Valeska mir erzählt hat. Von dem Schlüssel zur Pforte am Lichhof. Von deinen jetzigen Ausflügen wissen deine Mägde.«

Rosa seufzte. Dann brach eine leidenschaftliche Anschuldigung aus ihr hervor.

»Das … das verstehst du nicht! Ich ekle mich vor ihm. Er ist so hässlich!«

»Er ist so gütig.«

»Was nützt mir das schon. Ich will einen Mann, dem ich ins Gesicht sehen kann, ohne Schaudern zu empfinden. Ich will einen Körper berühren, der nicht schrundig von Narben ist. Ja, ja, er nimmt Rücksicht auf mich. Er rührt mich nicht oft an.«

»So stimmt es denn, wenn man dich als Schlupfhure bezeichnet?«

»Tut man das schon? Nein, so weit ist es noch nicht gekommen. Obwohl es da einen Mann gibt, der mich schon reizen würde. Ein prächtiges Mannsbild, groß und gut gebaut, voll Lachen und fröhlichen Worten. Ich traf mich einmal mit ihm, aber nur heimlich Küsse konnten wir tauschen. Doch ich weiß, wenn die Gelegenheit richtig ist, werde ich mich ihm hingeben.«

»Wer?«

»Der Büchsenmeister, den Hrabanus von Neapel mitgebracht hat.«

»Marcel le Breton? Bist du von allen guten Geistern verlassen? Was tust du Hrabanus damit an?«

»Hör auf, dich darüber aufzuregen. Was soll ihm schon daran liegen? Er hat mich geheiratet, um Erben zu zeugen. Ist doch nicht meine Schuld, dass ich von ihm nicht empfange!«

»Er bietet dir ein glanzvolles Leben in Sicherheit.«

»Ein Gefängnis, kaum besser als das Stift.«

»Besser als das hier!«

Anna ging ein paar Mal auf und ab, um ihren Ärger zu besänftigen. Dann legte sie die Hand auf Rosas Arm.

»Liebst du Marcel?«

»Lieben? Nein. Ich wollte meinen Spaß haben. Und er auch.«

»Nun gut. Ich will dir helfen. Wir haben nicht viel Zeit. Erzähl mir, wo du dich nachts aufgehalten hast.«

»Meist in den Schenken der Spielmannsgasse, man kennt mich da aber nicht mit Namen.«

»Da wäre ich mir nicht sicher. Valeska war gestern Abend im ›Vollen Krug‹, wenn sie in der Nähe umgebracht worden ist, dann gibt es dort jemanden, der eine Verbindung zwischen ihr und dir hergestellt hat. Hast du Streit mit jemandem gehabt?«

»Ich hab ein paar Männern auf die Finger geklopft. Aber das ist kein Streit.«

»Die Schwalben sehen es nicht so gerne, wenn ihnen jemand Konkurrenz macht. Hast du einer Dirne den Freier abspenstig gemacht?«

Rosa zuckte mit den Schultern.

»Kann ich was dafür, appetitlicher auszusehen, als die abgehärmten Berlich-Huren? Die Männer setzen sich lieber zu mir als zu den Schlampen.«

»Also hast du auch dort Feinde. Rosa, was hast du dir nur eingebrockt! Was ist mit den Spielleuten und Gauklern?«

»Das weißt du doch.«

»Ja, ich weiß es. Du suchst noch immer nach deiner Gruppe, nicht wahr?«

»Manchmal höre ich von ihnen.«

»Was?«

»Mein Vater ist gestorben. Vor zwei Jahren. Meine Stiefmutter hat sich einem anderen Haufen angeschlossen. Julius … Julius scheint es gut zu gehen.«

»Man wird die Gaukler, die derzeit im Ipperwald wohnen, ebenso verdächtigen, wenn der Turmmeister erfährt, dass Valeska sie aufgesucht hat«, sagte Anna mehr zu sich selbst.

»Ja, damit sind sie schnell bei der Hand. Wie wohl ich das weiß. Die Fahrenden sind Fremde mit lockeren Sitten. Sie bringen kleine Kinder um und essen ihre Herzen.«

»Wie bitter du bist.«

»Ja, das bin ich. Und dennoch, Anna. Was gäbe ich darum, wieder mit ihnen ziehen zu können. Die Jahre sind verstrichen, aber die Sehnsucht nach der Freiheit, die ich damals hatte, die ist nur noch größer geworden.«

Wieder einmal erwog Anna, Rosa von Julius zu berichten, dann aber entschied sie sich dagegen. Welche Seelenqual mochte es Rosa bedeuten, ihn ganz in der Nähe zu wissen. Und dass ihm und seine Freunde durchaus die Gefahr drohte, des Mordes verdächtigt zu werden. Stattdessen fragte sie Rosa nach den Namen derer, die sich für bessere Haftbedingungen einsetzen würden und berichtete ihr von Gerhards Maßnahmen.

»Danke, Anna. Ich bin ein Biest, eine undankbare Kreatur. Ich verdiene deine Freundschaft nicht. Aber bitte, bitte hilf mir. Ich habe Angst. Angst, nun für all meine Sünden büßen zu müssen, obwohl ich unschuldig an Valeskas Tod bin. Glaubst du mir das?«

»Ich glaube dir. Du hast weder Valeska umgebracht, noch bist du eine Zaubersche. Aber es wird schwer sein, das zu beweisen. Wo warst du gestern Nacht?«

»Zu Hause.«

»Gewiss? Rosa?«

»Nein, ach Anna, ich war an dem Platz, wo wir uns verabredet haben. Marcel und ich. Aber er kam nicht.«

»Und wo war das?«

»Unten am Bayenturm.«

»Gibt es jemanden, der das bezeugen kann?«

Rosa schüttelte den Kopf.

Der Büttel öffnete die Tür und sagte: »Frau Anna, Ihr müsst gehen, sagt der Turmmeister.«

»Ja, ich komme. Rosa, ich will sehen, ob ich Hrabanus irgendwie erreichen kann. Oder einen seiner Freunde im Rat.«

»Kommt, Frau Anna!«

Ihr blieb noch nicht einmal Zeit, Rosa zu umarmen.

Die Äbtissin war entsetzt, als sie von Valeskas Tod und Rosas Verhaftung hörte.

»Nein, Anna, ich kann es genauso wenig glauben, dass sie es war. Und mag sie auch ein ungebärdiges Frauenzimmer sein, eine Hexe ist sie sicher nicht.«

»Wenn ich nur wüsste, wie ich ihr helfen kann. Es wäre gut, wenn sich die Nachricht hier im Stift nicht verbreiten würde.«

»Das, Kind, fürchte ich, wird sich nicht vermeiden lassen.«

Und so war es natürlich. Schon in der Abendandacht musste sich Anna gehässiges Getuschel anhören.

»Endlich hat man sie erwischt, die falsche Katze. Zaubertränke soll sie verkauft haben!«

»Wahrscheinlich hat sie mit dieser Gossengöre unter einer Decke gesteckt!«

»Ja, und weil die zu viel wusste, musste sie sterben.«

»Wird schon seine Richtigkeit haben, wenn man sie anklagt. Wisst ihr noch, wie sie unser Essen vergiftet hat!«

»Und diese dünkelhafte Schreibmeisterin hat ihr die ganze Zeit die Stange gehalten.«

»Die wird auch mit darin stecken. Immer zu Besuch im Haus ihres so genannten Wohltäters. Sogar über Nacht ist sie geblieben.«

»Wer weiß, was sie da getrieben haben.«

»Es heißt ja, er sei ihr Geliebter gewesen, damals als seine erste Frau noch lebte.«

»Und dann hat unsere gute Rosa ihn betört. Aber empfangen hat sie nicht von ihm.«

»Habt ihr schon gehört, dass die Rosa sich nachts mit anderen Männern trifft?«

»Männern? Mit dem Teufel selbst wird sie sich treffen, die Buhle!«

»Und die Kleine hat es gewusst. Ja, ja, so wird es gewesen sein.«

»Sie soll vergewaltigt worden sein. Vorher. Bevor sie so entsetzlich zugerichtet worden ist.«

»Und jetzt hat die Anna auch noch durchgesetzt, dass sie hier begraben wird!«

»Das stinkt zum Himmel!«

Nicht alle indes weideten sich an dem Unglück, Valeska hatte auch viele Freundinnen gehabt, und Annas Ruf wurde von Priorin und Äbtissin als untadelig betrachtet. Daher versammelte sich die Mehrzahl der Stiftsbewohnerinnen, Kanonissen, Mägde und Dienstleute, auf dem Lichhof, als Valeska am späten Nachmittag des nächsten Tages in einer stillen Feier beigesetzt wurde. Die beiden jüngsten Mägde, die sich eng mit dem Mädchen angefreundet hatten, standen laut schluchzend an ihrem Grab, und Anna legte, blass und mit unbewegter Miene, eine Hand voll Rosen auf die feuchte Erde.

Danach zog sie sich in das Skriptorium zurück, und aufgewühlt zog sie die Seiten ihres Stundenbuchs hervor, die der Complet gewidmet waren. Es fehlte noch die Szene für die dritte Seite und der Planetenherrscher. Diesen aber entwarf Anna nun mit sicheren Strichen. In seinem Rahmen aus blauen Kornblumen und schwarzgrünen Eibenzweigen erschien Saturnus, der Richter, der Herr über Leben und Tod. Der, den man den großen Unglücksbringer nannte, war es, und er trug das Gesicht von Falkomar, dem Henker.

»Gott der Rache, Herr, Gott der Rache, erscheine! Erhebe dich, Richter der Erde, vergilt den Stolzen ihr Tun!« Einzig der 94. Psalm schien Anna hierfür zu passen.

Ein hässlicher Zwischenfall ereignete sich am späteren Abend. Anna ging über den Hof zu ihrer Wohnung, als aus dem offenen Kammerfenster ein kreischendes, rotes Bündel geflogen kam. Begleitet wurde der Wurf von einem bösen Fluch: »Mistvieh, Teufelsbraten, folg deiner Herrin in die Hölle!«

Anna lief zu der Stelle, wo die Katze hingefallen war. Sie war, wie alle ihre Artgenossen, unverletzt auf ihren vier Pfoten gelandet, schaute sich aber dennoch verdattert um.

»Feli, Feli!«, lockte Anna leise und hielt der Kleinen die Finger hin. Feli erkannte sie, erinnerte sich an einen weichen Schoß und gelegentliche Leckerbissen und schmiegte ihren Kopf in die Hand.

Anna nahm die Katze auf den Arm und trug sie in ihre Kammer. Hier war Feli noch nicht oft gewesen, sie beschnupperte aber zufrieden die Truhe und den Schemel, das Lesepult und den bunten Teppich und fand dann mit unfehlbarem Instinkt das weichste und wärmste Plätzchen im Raum – Annas Bett.

Mit dem schnurrenden Tierchen im Arm weinte sich Anna in dieser Nacht in den Schlaf. Aber als sie in der Dunkelheit aufwachte und die atmende kleine Kreatur vertrauensvoll an sich geschmiegt fühlte, fand sie ein wenig Trost darin.

30. Kapitel

Der Syndicus

Der Syndicus Fabio Pontes stand vor einem Problem. Er hatte eine Relatio für den Rat zu verfassen, die von äußerster Delikatesse war. Dieses Gutachten betraf das Weib des Gewürzhändlers und Ratsherren Hrabanus Valens, einem ehrbaren Mann, der im Stadtrat geachtet und geschätzt wurde. Und nun saß sie im Turmgefängnis, seine Frau Rosa. Die Anklage lautete auf Mord, Zauberei und Teufelspakt. Das war hart.

Die Voruntersuchung, die zuvor stattgefunden hatte, war nicht besonders gut verlaufen. Der Turmmeister, der Stimmmeister, der Turmschreiber und er hatten den Fall aufgerollt und die ersten Zeugen vernommen. Dabei war eine Menge Dreck aufgerührt worden. Zwar gab es bezüglich des Mordes keine irgendwie belastbaren Fakten, aber der Vorwurf der Zauberei, insbesondere der Giftmischerei, der schien belegbar. Da waren beispielsweise Nachbarinnen aufgetreten, die Heiltränke und Salben von Frau Rosa erhalten hatten, die seltsame Wirkungen zeitigten. Träume von wilden Ritten durch die Luft zum Beispiel. Oder Hitzewallungen und den Drang zu hemmungslosem Gelächter. Dann hatte eine magere Ziege, Gattin eines Professors, sich bemüßigt gefühlt, zu berichten, die Frau Rosa habe schon an ihrem Hochzeitsfest ihrem Bräutigam ein Lied vom Tod gesungen und sich anschließend einem ungezügelten Freudentanz hingegeben hatte. Schließlich waren zwei Kanonissen aus dem Stift von Sankt Maria im Kapitol aufgetreten, in dem Frau Rosa vor ihrer Ehe gelebt hatte. Sie hatten von der undurchsichtigen Vergangenheit dieser Frau gesprochen, die angeblich eine Witwe aus der Familie derer von Gudenau war, aber ein seltsames Benehmen an den Tag gelegt hatte. Sie beschuldigten die Angeklagte, die Stiftsdamen mit einem üblen Pulver vergiftet zu haben, so dass sie wie trunken lallen mussten. Der Syndikus hatte sich bei der Vorstellung ein Schmunzeln verkneifen müssen. Das klang ihm doch sehr nach einem gelungenen Streich, nicht nach Hexenwerk. Andererseits zeigte es aber, dass Frau Rosa ganz offensichtlich um die Wirkung bestimmter Substanzen wusste. Dann tauchte noch eine junge Frau auf, eine Magd aus der Nachbarschaft, die berichtete, Frau Rosa habe schon mal ihren Freundinnen Tränke gemischt, die gebrochene Herzen heilen sollten.

Frau Rosa wurde anschließend gütlich zu diesen Punkten befragt. Wie erwartet, leugnete sie alle. Weder habe sie Flugsalben verteilt noch Liebestränke, geschweige denn habe sie ihrem Mann den Tod gewünscht. Einzig die Tat an den Kanonissen gab sie zu. Lolchsamen habe sie den spitzzüngigen Weibern unter das Essen gemischt, um sich für die beständigen Sticheleien zu rächen, denen sie ausgesetzt war. Aber sie gab sich reuig und bezeichnete ihr Handeln als unüberlegten Streich, der zwar für die Stiftsdamen demütigende, aber ansonsten keine schädlichen Folgen gehabt habe.

Der Syndikus neigte dazu, ihr zu glauben, denn die Böswilligkeit der Zeuginnen war nicht zu überhören gewesen. Dennoch hatte er weitere Nachforschungen in Auftrag gegeben, denn aus irgendeinem Grund mochte diese Böswilligkeit entstanden sein. Bei diesen Nachforschungen waren unerquickliche Tatsachen ans Tageslicht gekommen. Beispielsweise wusste die Köchin, dass Frau Rosa ihrem Gemahl während einer Krankheit ein so genanntes Fieberwasser gebraut hatte, das aus allerlei Kräutern bestanden hatte. Und auch ansonsten habe sie mit Kräutern und Pulver manchmal nachts in der Küche hantiert. Dennoch, bisher war niemand vergiftet worden. Das wiederum sprach für Frau Rosa. Immerhin drängte sich nun dem Syndikus und den anderen Vernehmern die Frage geradezu auf, woher die Angeklagte eigentlich das Wissen um Kräuter und Gifte bezog. Die Äbtissin von Sankt Maria stellte ihr einen guten Leumund aus und wollte nichts von einer zwielichtigen Vergangenheit wissen. Die Kanonissen stellten wilde Vermutungen an, wussten aber de facto nichts. Doch plötzlich gab es einen geradezu phantastischen Hinweis aus ganz anderer Quelle. Man hatte Fahrende im Ipperwald-Hospiz befragt. Schließlich war ein Mord zu klären, und Fremde waren von vornherein irgendwie verdächtig. Und ja, diese Leute erinnerten sich an das junge Mädchen, hatten es an jenem Abend noch lebend gesehen. Schließlich hatte einer der Gewaltrichterboten die Frage gestellt, ob jemand die Frau Rosa kenne.

»Eine Rosa kannte ich einmal!«, hatte eine Alte geantwortet. »Aber die ist schon lange nicht mehr bei uns. Die hat nach oben geheiratet!«

Daraufhin war der Befrager neugierig geworden. Und so kam der Name Gudenau ins Gespräch. Alles weitere ging dann sehr schnell. Ja, Frau Rosa war die Tochter eines Theriakhändlers, der jedoch seit einigen Jahren verstorben war. Natürlich hatte sie ihm bei seinen Heiltränken und Pulvermischungen geholfen. Ein unbescholtener Kerl war der Mann auch nicht. Er hatte einige Tage seines Lebens am Schandpfahl verbracht, denn seine Mittelchen wirkten entweder gar nicht oder viel zu gut.

Letztlich kam noch ein ganz anderes Gerücht dem Syndikus zu Ohren. Allerdings nicht bei der regulären Vernehmung, sondern im Badehaus, das er samstags zu seiner Erholung gerne aufsuchte. Dort war Frau Rosa ebenfalls das Gesprächsthema, allerdings nicht unter den Frauen, sondern bei den Männern von der Stadtwache. Die nämlich spotteten darüber, die Schlupfhure würde dem Turm nun wohl nicht so leicht entschlüpfen können. Sie hatten eine ganz eigene Meinung zu dem Fall: »Wenn du mich fragst – das ermordete Mädchen wusste zu viel über ihren Liebhaber.«

Mit diesem Wissen stand der Syndikus also vor dem Problem, die Vorentscheidung für das weitere Verfahren zu treffen. Einerseits war Frau Rosa die Gattin des Ratsherrn Hrabanus, und wenn sie unschuldig eingekerkert bliebe, würde er, der Syndikus, nicht unerheblichen Ärger bekommen. Andererseits gab es stichhaltige Gründe für die Annahme, dass Frau Rosa ein Doppelleben geführt hatte. Giftmischerei konnte man ihr wohl nicht unterstellen, aber diese Kräuterhexereien waren bedenklich. Woher sie ihre Kenntnisse hatte, war offensichtlich. Den Mord – nun das sollte man noch prüfen, ob nicht auch ein anderer dieses Verbrechen begangen hatte. Er war nicht überzeugt von Rosas Schuld.

Nachdenklich zog sich der Syndikus am heiligen Sonntag in seine Schreibstube zurück und verfasste seine Empfehlung. Sie lautete, die Angeklagte dem städtischen Gewaltgericht zu übergeben, das das Strafmaß wegen unbotmäßigen Verhaltens feststellen würde.

Doch unvermittelt kamen am frühen Montagmorgen zwei Zeuginnen und machten eine Aussage, die ihn seinen wohl formulierten Vorschlag zur weiteren Vorgehensweise umstoßen ließ.

31. Kapitel

Julius' Entdeckungen

Eine Woche lang hatte Anna mit steigender Sorge auf Nachrichten über Rosa gewartete. Sie hatte zwar täglich im Turm vorgesprochen, durfte jedoch nicht mehr mit ihr sprechen, da die Vernehmungen begonnen hatten. Wenigstens hatte sie von dem Verwalter Gerhard erfahren, die Gefangene sei inzwischen zu einigermaßen erträglichen Bedingungen im Turmgefängnis untergebracht, der Advokat habe dafür Sorge getragen. Aber was die Anklage und die Ermittlungen anbelangte, blieb sie im Unklaren. Am Freitag gab es jedoch eine Neuigkeit.

»Da ist eine Nonne an der Pforte, die Euch sprechen möchte, Frau Anna!«, sagte eine der Mägde.

Verwundert sah Anna von ihrem Schriftstück auf.

»Was will sie?«

»Das hat sie nicht gesagt.«

»Na gut, ich gehe zu ihr.«

In der Tat wartete eine Nonne, Benediktinerin, nach ihrem schwarzen Habit zu schließen, an der Pforte.

»Ihr seid Frau Anna?«, fragte sie mit eigentümlich rauer Stimme.

»Ja, Schwester, die bin ich. Was kann ich für Euch tun?«

»Ich habe ein Schreiben für Euch. Bitte lest.«

Noch mehr verwundert nahm Anna das gefaltete Papier entgegen und überflog die Worte, die in klarer, aber schmuckloser Schrift darauf standen.

»Hochgeachtete Frau Anna, bitte habt die Güte, Euch

heute nach der Complet an dem Tor einzufinden, an dem wir uns verabschiedet haben. Es haben sich drängende Fragen ergeben. Gebt der Nonne Antwort.«

Gezeichnet war das Schreiben mit »Gevatter Tod«.

Anna sah die Nonne prüfend an und erkannte sie.

»Wenn Ihr zukünftig als Ordensfrau auftretet, solltet Ihr auf rote Unterröcke verzichten«, raunte sie ihr zu. »Und sagt dem Sänger, ich werde es einrichten.«

Die Nonne grinste und zog das Habit ein wenig tiefer, damit der rote Saum nicht mehr zu sehen war.

»Werd's ihm ausrichten. Gott segne Euch!«

Anna schlich sich in der Dunkelheit aus ihrer Kammer, ein Umhang mit Kapuze verhüllte sie, und in der Hand hielt sie den Schlüssel zur Pforte an der Plektrudisgasse. Vorsichtig öffnete sie das Pförtchen und schaute sich in der schmalen Straße um. Eine Gestalt in einem dunklen Wams näherte sich ihr.

»Seid Ihr es, Frau Anna?«

»Julius?«

»Ja. Wir müssen reden. Bitte vertraut mir.«

»Nicht hier. Der Nachtwächter geht seine Runden, und ich möchte nicht entdeckt werden.«

»Es gibt eine kleine Schenke die Straße hinauf.«

»Ich kann nicht in eine Schenke gehen, Julius!«

»Warum nicht? Dort, zwischen all den Gästen, wird man Euch am wenigsten erkennen.«

»Es geht nicht.«

»Doch, Frau Anna. Ich muss mit Euch reden. Es geht um Rosa!«

»So habt Ihr es herausgefunden?«

»Ja, ich habe es herausgefunden, Rosa ist jetzt die Gemahlin des Ratsherrn Hrabanus Valens und hat zuvor in diesem Stift gelebt. Ihr habt es mir verschwiegen. Wahrscheinlich habt Ihr gute Gründe dafür. Aber jetzt muss ich sie wissen.«

»Na gut, ich begleite Euch.«

»Danke.«

Sie gingen schweigend durch die dunklen Straßen und kehrten dann in ein kleines, gut besuchtes Wirtshaus ein, das vornehmlich von Scholaren aufgesucht wurde. Es ging nicht ganz so rau zu wie in den Schenken um die Schmierstraße. Sie suchten sich einen Platz in einer Ecke, und Julius bestellte leichten Wein für sie beide.

»Frau Anna, wie gut kennt Ihr Rosa?«

»Recht gut, Julius. Und Euch kannte ich auch bereits. Aber, versteht, es stand mir nicht an, Euch zu sagen, dass sie hier lebt. Sie ist verheiratet und hat sich von ihrem alten Leben gelöst.«

»Ja, das hat sie wohl. Aber dennoch hat die Vergangenheit sie eingeholt. Der Turmmeister weiß nun durch einen dummen Zufall, dass sie einst zu unserer Truppe gehört hat.«

»O heilige Anna!«

»Ja, das wirft kein gutes Licht auf sie. Und nun legt man ihr den Mord an dem Mädchen zur Last und nennt sie eine Giftmischerin. Aber ich kann mir nicht vorstellen, dass sie das getan hat.«

»Nein, sie mochte Valeska. Ihr scheint gut informiert zu sein, Julius. Was hat man herausgefunden?«

»Es gab Zeugen, die aussagten, sie habe Zaubertränke verkauft, und auch zwei Kanonissen haben gegen sie ausgesagt und Euren Namen dabei genannt. Es wäre besser, man würde den wahren Mörder suchen, aber im Augenblick sind diese Trottel im Turm so davon angetan, alles zusammen Rosa anzulasten, dass sie sich nur auf sie konzentrieren.«

»Aber was können wir tun?«

»Vielleicht mehr als wir bisher glauben, Frau Anna. Aber ich brauche Eure Hilfe. Ich habe, seit ich am Dienstag erfuhr, dass es sich um meine Rosa handelt …«

»Eure?«

»Nein, nicht die meine. Obgleich – damals war sie noch ein Kind, aber ich sah schon die Frau, die sie einst werden würde. Und hoffte. Aber sie wollte mehr, und der junge Gudenau verfing sich in ihren Netzen. Was soll's, es ist geschehen.«

»Verzeiht, ich wollte nicht auch noch traurige Erinnerungen wecken. Was habt Ihr seit Dienstag getan?«

»Herumgehorcht. Vorsichtige Fragen gestellt. Gerüchte verbreitet.«

»Gerüchte verbreitet?«

»Um jemanden zum Handeln zu verleiten, ja.«

»Und das ist Euch gelungen? Nun, berichtet etwas genauer!«

»Wenn Ihr einige Zeit mit Rosa zusammengelebt habt, dann wisst Ihr auch um ihre Eigenarten?«

»Julius, hört auf, mich wie ein rohes Ei zu behandeln.«

Er lachte leise auf.

»Ich bin manchmal dumm, nicht wahr? Rosa ist kein sehr häusliches Weib, sie scheint sich gelegentlich aus dem Haus zu schleichen und sich mit ihrem Liebhaber zu treffen. So sagen es die Leute.«

»Welche?«

»Gäste in den Schenken. Anna, vor allem die Männer der Wache haben sie gesehen. Es scheinen zwar nur die wenigsten sie als die Ratsherrin zu kennen, aber ihren Namen wissen sie, und an ihr Aussehen können sie sich erinnern. Jetzt, da sie im Turm ist, werden sie auch dahinter kommen, wer sie wirklich ist.«

»Sie haben es Euch erzählt?«

»Es ist nicht schwer, die Leute in einer Schenke zum Reden zu bringen. Ich habe ihnen einige derbe Schwänke vorgesungen, die sie erheitert haben. Dann haben wir miteinander getrunken, und ich habe meine Fragen gestellt.«

»Ihr seid geschickt in solchen Dingen, vermute ich?«

»Es ist mein Geschäft, über alle Neuigkeiten Bescheid zu wissen und sie weiterzutragen. Diese hier allerdings geht nur mich und Euch etwas an.«

»Ich wusste, Rosa flog nächtens aus. Ich weiß sogar, mit wem sie sich an jenem Abend treffen wollte.«

»Das weiß ich inzwischen auch. Der Büchsenmeister vom Bayenturm, der sich Marcel le Breton nennt und auch das Schwarzpulver für die Wachen herstellt. Er hat sein Haus in der Nächelsgasse.«

»Auch darüber sprechen die Stadtsoldaten?«

»Sicher.«

»Der Büchsenmeister ist ein ansehnliches Mannsbild«, bemerkte Anna trocken.

»So sagt man.«

»Ihr habt ihn noch nicht getroffen?«

»Doch, inzwischen habe ich auch ihn getroffen.«

»Er ist auch ein Freund des Hrabanus Valens, dem er einst das Leben gerettet hat.«

»Das war mir neu. Daher also kennt Rosa ihn.«

»Ja, daher. Ihr seht, so ungewöhnlich ist die Verbindung zwischen Ratsherrin und Büchsenmeister nicht. Was nützt uns aber dieses Wissen?«

»Mehr als Ihr denkt, Frau Anna. Es ist nämlich so, dass dieser Marcel ein kleines Problem hat.«

»Hat er Schulden?«

»Nein, oder zumindest hörte ich davon nichts. Es ist ein... delikateres Problem. Es geht um eine Krankheit.«

»Und Rosa hat ihm einen Trank oder eine Salbe gemischt?«

»Ich bezweifle, dass Rosa davon weiß. Und ich bezweifle auch, dass er bis dato ihr Liebhaber geworden ist.«

»Sie sagt das Nämliche, doch so recht wollte ich es ihr nicht glauben. Marcel le Breton hat wenig Skrupel in dieser Hinsicht.«

»Hat er doch. Und zwar auf Grund dieser Krankheit. Frau Anna, ich bin weit herumgekommen, und es heißt, etliche Männer, die in dem Krieg gegen die Franzosen um Neapel verwickelt waren, hätten sich dieses Gebrechen zugezogen. Man nennt es auch die Franzosenkrankheit, und sie befällt ihre Männlichkeit mit Geschwüren. Es heißt, man holt sich das Leid von den Dirnen.«

»Heilige Anna, großherzige Mutter Mariens!«

»Er hat versucht, die Geschwüre auf vielfältige Art loszuwerden.«

»Woher wisst Ihr das nur?«

»Ich habe doch gesagt, ich habe Gerüchte ausgestreut. In diesem Fall heißt es, der Mann, der das Geschäft von Rosas Vater übernommen habe, besäße ein Allheilmittel. Heute Abend kam Marcel zu ihm. Er erzählte, er habe einen Arzt, einen Apotheker und einen Bader aufgesucht, aber keiner konnte ihm helfen.«

»Was bedeutet das für uns?«

»Frau Anna, er hat auch noch eine andere Kur ausprobiert. Er wollte nicht viel dazu sagen, aber unser Theriakhändler ist zudem geschickt im Fragenstellen. Das gehört zu seinem Beruf, seht Ihr. Durch Befragung herauszufinden, woher eine Krankheit kommt und was sie heilen kann.«

»Was für eine Kur?«

»Jungfrauenblut.«

»O mein Gott.«

»Ja, das ist bedenklich. Aber es beweist natürlich in Bezug auf Eure kleine Magd nichts.«

»Er kam an dem Abend, als sie ermordet wurde, nicht zu dem Treffen mit Rosa.«

»Es könnte also sein.«

»Nur – gesetzt den Fall, er hat Valeska aufgelauert, als sie vom ›Vollen Krug‹ nach Hause ging, hat ihr Gewalt angetan und sie dabei erstickt, ihr Blut …« Anna schauderte und schüttelte sich dann. »Warum aber sollte er ihre Leiche zu Rosa schaffen?«

»Marcel machte auf mich nicht den Eindruck eines Mannes, der tiefer Gefühle fähig ist. Ein Landsknecht nimmt sich Frauen und vergisst sie. Rosa könnte lediglich ein Abenteuer für ihn bedeuten.«

»Auch für sie war es nicht sehr ernst. Ja, vielleicht will er sie auf diese Weise sogar loswerden. Julius, es ist schrecklich. Wenn wir Anklage gegen ihn erheben, ziehen wir Rosa tiefer hinein, als es jetzt schon der Fall ist. Valeska war am Nachmittag in ihrem Haus und hat der Köchin Äpfel für das Äffchen abgeschmeichelt. Es wird Leute geben, die sagen, Rosa habe sie ihm schließlich zugeführt.«

Julius nickte nachdenklich.

»Außerdem stellen wir nur Vermutungen an, Frau Anna. Es könnte so gewesen sein, aber es gibt auch andere Möglichkeiten. Es wird schwer sein, den Büchsenmeister anzuklagen.«

»Was können wir tun? Ich bin ratlos, Julius.«

»Hat das Stift keinen Einfluss?«

»Ich werde mit der Äbtissin sprechen. Aber Rosas Lebenswandel …«

»Ja, ein Hindernis. Ich verstehe.«

»Der Einzige, der wirklich helfen könnte, ist der Ratsherr. Er ist auf Reisen, was alles noch viel schlimmer macht. Wäre er hier, hätte er sicher seinen Einfluss geltend gemacht. Aber er wird bald zurückerwartet. Ich werde ihm einen Brief schreiben, den er hoffentlich gleich vorfindet, wenn er eintrifft. Es ist besser, ihm die Wahrheit so zu schildern, wie wir sie wissen, als wenn er das Gerede und die Bösartigkeiten von anderer Seite hört. Hrabanus Valens ist ein kluger Mann.«

»Seinem Weib wird Zauberei vorgeworfen!«

»Er hat wenig Geduld mit derlei Anschuldigungen.«

»Seid Ihr sicher, Frau Anna? Die meisten Menschen haben Angst vor der Hexerei.«

»Er glaubt nicht daran. Wir haben uns einst über dieses entsetzliche Buch unterhalten, den Hexenhammer. Er wird auf Rosas Seite stehen. In dieser Sache. Wie weit er ihr ihre Untreue jedoch verzeiht, kann ich nicht sagen.«

»Arme Rosa. Sie liebte ihre Freiheit so sehr.«

»Und Ihr, Julius, liebt sie noch immer, nicht wahr?«, sagte Anna leise.

»Ja, das tue ich wohl.«

Sie tranken schweigend ihren Wein aus, dann legte Anna dem Sänger die Hand auf den Arm.

»Es ist spät geworden. Bringt mich nach Hause. Ich will noch ein wenig nachdenken.«

»Ich werde das auch tun. Können wir uns morgen Abend wieder treffen, um unser Wissen auszutauschen?«

»Nach der Complet.«

»Danke, Frau Anna.«

Am kommenden Tag formulierte Anna sehr sorgfältig ein Schreiben an Hrabanus, in dem sie ihren Verdacht äußerte, Marcel le Breton sei möglicherweise in das Verbrechen verwickelt, das Rosa angelastet wurde. Sie hoffte, er würde ihr Glauben schenken, denn schließlich hielt er große Stücke auf den Büchsenmeister.

Das versiegelte Schreiben überbrachte sie dem Verwalter Gerhard und trug ihm auf, es dem Hausherren sofort auszuhändigen, wenn er eintraf. Anschließend machte sie sich auf, um noch einmal im Turm vorzusprechen. Doch hier erfuhr sie zu ihrem größten Entsetzen, die Angeklagte sei auf Grund der Relatio des Syndikus nun dem Hohen Gericht, das dem Erzbischof unterstellt war, übergeben worden und warte in der Hacht auf die peinliche Befragung.

32. Kapitel

Falkomar

Nach der Vesper widmete sich Anna noch einmal ihrem Stundenbuch. Aufgewühlt und mit tiefer Traurigkeit im Herzen blätterte sie die Seiten durch. Noch fehlten der Terz, der Sext, der Non und der Complet eine Seite. Für die Non aber, die sie der Venus gewidmet hatte, schrieb sie nun: »Hilf mir heraus aus dem Netz, das sie mir gelegt haben«, wie es im 31. Psalm hieß. Und der Silbergriffel skizzierte die finstere Turmkammer, in der eine Gefangene sehnsüchtig nach draußen auf eine weite, freie Landschaft blickte.

Während Anna zeichnete, wanderten ihre Gedanken. Rosa in der Hacht – das bedeutete, sie war dem Greven unterstellt. Nicht mehr die Turmwachen waren für sie verantwortlich, sondern der Gewaltrichter. Das Verhör würde der Scharfrichter begleiten. Denn sofern Rosa nicht geständig war, stand ihr die Folter bevor. Zwar kannte Anna die genauen Anklagepunkte nicht, aber da der Rat sie dem erzbischöflichen Hochgericht überstellt hatte, lautete zumindest ein wesentlicher Punkt der Relatio auf Zauberei. Wahrscheinlich hatte man auch den Mord an Valeska dahingehend gedeutet. Das aber konnte Rosa nicht gestehen.

Wäre Hrabanus in der Stadt, hätte er selbst im Rat noch Einfluss nehmen können, wahrscheinlich hatten sogar Freunde von ihm versucht, für Rosa zu sprechen. Aber da war noch eine andere Sache – der Hexenverdacht war ein gefundenes Fressen für all jene, die sich an der Angst ergötzten. Der Priester hatte sich in seiner letzten Predigt dem Thema gewidmet und von den gottlosen Zauberinnen gesprochen, die die Sinne der Menschen verwirrten und sie auf den Pfad zur Hölle verführten. Die Stimmung im Stift war seither ungemütlich, das Gemunkel und Geschwätz der Kanonissen nahm gespenstische Formen an. Eine schwarze Hühnerfeder im Kopfkissen wurde zum bösen Omen, einem stark gewürzten Kuchen wurde unterstellt, Wahnbilder zu bewirken, ein zu leise gemurmeltes Gebet deutete man als Zauberspruch, ein gedankenloses Starren wurde zum bösen Blick. Ein plötzlich auftauchender Pickel mochte ein Hexenmal werden, ein heimlicher Gang in der Nacht aber würde die Teilnahme an einem Hexensabbat bestätigen. Anna war sich dessen bewusst, denn inzwischen wurde sie von den meisten Frauen gemieden oder zumindest mit schiefen Blicken bedacht. Ihre Freundschaft zu Rosa war allen nur zu gut bekannt. Sie ahnte, dass sie, wenn sie auch nur den kleinsten Fehler beging, sich selbst in Gefahr brachte. Schweren Herzens beschloss sie deshalb, an diesem Abend nicht wie versprochen durch die Pforte zu schlüpfen. Es musste eine andere Möglichkeit geben, mit Julius zu sprechen.

Als die Glocke zur Complet rief, räumte sie ihre Unterlagen zusammen und nahm sie mit in ihre Kammer. Bilder, die astrologisches Wissen bekundeten, würden Schnüfflerinnen gebührend Anlass geben, ihr weitere Probleme zu schaffen. Selbst über Feli, das Kätzchen, hatten sich einige bei der Äbtissin beklagt.

Sie absolvierte die Gesänge und Lesungen zum Tagesabschluss, blieb aber anschließend noch eine Weile in der Kirche und betete stumm für Valeskas Seele und für Rosa. Dann ging sie in der Dämmerung zurück in ihre Kammer. Doch an Schlaf war nicht zu denken. Noch angekleidet setzte sie sich auf die Bettkante und starrte durch das offene Fenster in die dunkler werdende Nacht. Immer wieder stand ihr die Hinrichtung vor Augen, die sie zusammen mit der kleinen Magd erlebt hatte. Würde man Rosa zum Tode verurteilen? Vielleicht nicht. Vielleicht gab es Möglichkeiten. Vielleicht kam Hrabanus rechtzeitig zurück, um seinen Einfluss geltend zu machen. Aber die Folter drohte ihr auf jeden Fall.

Falkomar.

Anna stand so abrupt von ihrem Bett auf, dass ihr beinahe die noch brennende Nachtkerze umgefallen wäre. Mit fliegenden Fingern durchsuchte sie ihre Truhe, fand das Kästchen mit dem Schmuck und holte den Bernsteinring hervor.

Falkomar, der Scharfrichter.

Sie drehte den Ring einige Male hin und her. Das kleine Kerzenflämmchen ließ den Bernstein golden aufleuchten, und die Schrift wurde deutlich. »Der Tod beendet nicht alles« hieß es. Nur das Leben, dachte Anna. Oder nur dieses Leben?

Sie steckte den Ring an, griff nach ihrem Umhang und dem Schlüssel zur Pforte. Während sie durch den Kreuzgang und über den Lichhof schlich, hielt sie sich immer im Schatten, um nur ja nicht entdeckt zu werden. Sie hoffte, Julius würde noch in der Gasse auf sie warten.

Er tat es.

»Ihr seid spät, Frau Anna. Ich wollte schon gehen.«

»Verzeiht, Julius. Es ist schwieriger für mich geworden. Man misstraut mir.«

»Ihr braucht Euch nicht zu entschuldigen. Ich habe so etwas schon befürchtet. Gehen wir zum Rhein hinunter.«

Langsam gingen sie die Gasse hinab, die nur spärlich durch das Licht des abnehmenden Mondes erhellt wurde, der dann und wann hinter den Wolkenfetzen auftauchte.

»Ich habe dem Ratsherrn einen Brief geschrieben. Er wird ihn erhalten, sowie er eintrifft. Was immer wir bislang wissen, es steht in diesem Schreiben.«

»Gut, hoffen wir, er trifft bald ein.«

»Und habt Ihr Neuigkeiten?«

»Ja, schlechte.«

»Rosa ist dem Greven überstellt worden, nicht wahr?«

»Ja. Die Verhöre werden in wenigen Tagen beginnen. Es wäre anders gekommen, wenn nicht die Aussage von zwei Frauen aus des Ratsherrn eigenem Haushalt Rosa belastet hätte.«

»Die beiden Schwägerinnen aus erster Ehe. Ja, Rosa lebte nicht auf gutem Fuß mit ihnen. Was haben sie vorgetragen?«

»Sie behaupteten, Rosa habe ihrem Gatten, als er verwundet von einer Reise aus Italien zurückgekehrt war, ein höllisches Fieber angehext, das kam und ging und ihn mehr und mehr schwächte. Und um das Maß voll zu machen, habe sie, als er daran nicht starb, auch noch versucht, ihn mit Arsenik zu vergiften. Nur durch ein Wunder, behaupten sie, hat der Ratsherr überlebt.«

»Jesus Christus, nein! O Gott, was für eine Schlangenbrut lebt in diesem Haus! Aber der Vorwurf kann entkräftet werden. Julius – o verdammt!«

Julius gab ein kleines Lachen von sich.

»Ihr ruft Gott an und flucht in einem Satz. Ist das einer Stiftsdame würdig?«

»Wenn Ihr wüsstet, warum, würdet Ihr es mir nachsehen.«

»Sagt es mir, womöglich kann es irgendwie helfen.«

Anna erzählte ihm von dem Wechselfieber, das Hrabanus ergriffen hatte, und seiner Heilung. »Er hat in einem Schreiben niedergelegt, dass er um die Gefährlichkeit dieser Kur weiß und in die Behandlung einwilligt. Aber er ist auf Reisen, und wann er zurückkommt, ist ungewiss. Ich hoffe nur, dass es bald sein wird.«

»Aber Ihr wisst ebenso davon. Also könntet Ihr eine Aussage dazu machen.«

»Und gleichfalls in Haft kommen.«

»Ja, die Gefahr besteht allerdings.«

Julius blieb an einer halb verfallenen Mauer stehen.

»Außerdem belastet Rosa die Aussage eines Apothekers, der ihr zu jenem Zeitpunkt Arsenik verkauft hat. Eine geringe Menge nur, doch ausreichend, um jemanden zu vergiften. Der Arzt beschuldigt sie auch, denn sie hat ihm damals mehrfach den Zutritt zum Krankenzimmer verweigert.«

Anna stöhnte auf.

»Ja, es ist bedenklich.«

»Ihr habt gute Quellen, Julius.«

»Ich habe gute Ohren. Die Wachen reden, und sie tun es voller Häme.«

Stumm drehte Anna den Ring an ihrem Finger.

»Julius?«

»Ja, Frau Anna?«

»Ich habe… Julius, was seid Ihr bereit, für Rosa zu tun?«

»Vieles, Frau Anna. Sehr vieles.«

»Würdet Ihr sie zu Euch nehmen?«

»Lieber Herr Jesus, mehr als alles würde ich das tun. Aber warum fragt Ihr so etwas?«

»Wenn es mir gelingt – und bitte fragt mich nicht, wie –, ihr einen Weg in die Freiheit zu verschaffen, dann müsst Ihr sie unerkannt aus der Stadt bringen und dürft Euch hier nie wieder sehen lassen. Könntet Ihr das bewerkstelligen?«

»Frau Anna, wie …«

»Ich habe gesagt, Ihr sollt nicht fragen!«

»Also, dann beantworte ich Euch die Frage – ja, ich kann es. Ich kann sie mit Hilfe meiner Freunde herausbringen. Aber Ihr bringt Euch in Gefahr.«

»In eine geringere als Ihr denkt.«

»Das glaube ich nicht.«

»Seid still. Ich kann Euch nichts versprechen, aber es ist einen Versuch wert.«

»Warum tut ihr dies?«

»Aus verschiedenen Gründen, Julius. Aus vielen verschiedenen Gründen. Weil Rosa meine Freundin ist. Weil sie Hrabanus' Weib ist. Weil die Hoffnung und die Liebe nicht sterben, Julius.«

»Anna, wen liebt Ihr?«

Sie schüttelte still den Kopf.

»Oh, ich verstehe. Ja, es wiederholen sich die alten Geschichten immer und immer wieder. Aber, Anna, Ihr setzt Euer Leben aufs Spiel.«

»Nein, nicht mein Leben. Nur meine Ehre. Aber was ist die schon wert gegen Rosas Freiheit und Unversehrtheit. Euer Leben ist in größerer Gefahr, wenn es Euch nicht gelingt, sie aus der Stadt zu bringen.«

»Das lasst meine Sorge sein. Das Gaukelspiel ist mein Beruf.«

»Dann wartet auf Botschaft von mir. Morgen oder übermorgen. Und nun lasst mich zurückgehen. Ich habe viel zu bedenken.«

Sie hatte sich nicht abgemeldet, weder bei der Priorin noch bei der Äbtissin. Sie hatte, in ein dunkles, aber kostbares Kleid gewandet, am späten Nachmittag das Stift verlassen. Ein weißer, undurchsichtiger Schleier lag über ihrer einfachen Haube, und sie zog ihn tief über die Stirn, als sie mit gesenktem Kopf durch die Straßen eilte. Vielleicht war es ihr zielstrebiger Schritt, eher noch ihr strenges Aussehen – es gab, obwohl die Straßen an diesem kühlen Spätsommertag belebt waren, niemanden, der sie belästigte. Annas Ziel war das Haus am Alten Markt, dort wo die Buden der Geflügelhändler standen. Es war ein ordentliches, kleines Häuschen, gut gepflegt mit einem sauberen Eingang und frisch gestrichenen Läden. Der Greve selbst hatte dafür zu sorgen, dass es sich stets in einem guten Zustand befand. Denn es war Bestandteil des Lohnes, den die Stadt ihrem Scharfrichter zahlte.

Es trafen sie einige sehr neugierige und verwunderte Blicke, als sie an die Tür pochte. Und dann wartete sie mit bangem Herzen, bis ihr geöffnet wurde.

Ein vierschrötiges Weib in einer groben Schürze machte die Tür auf und fragte nach ihrem Begehr.

»Ich möchte Meister Falkomar sprechen.«

»Tretet ein. Er ist gerade nach Hause gekommen.«

Sie schien wenig überrascht und wies Anna zum Kamin hin. Der Scharfrichter saß am Tisch und wischte mit einem Stück Brot seine Schüssel leer, aus der er gegessen hatte. Ein Humpen Bier stand neben ihm. Als er die Besucherin bemerkte, stand er auf und ging Anna entgegen. Schroff fragte er: »Was wünscht Ihr?«

Er hatte sich nicht viel verändert in den vergangenen zwölf Jahren. Seine Haare waren noch immer dunkel, das Gesicht streng geschnitten, die Wangen glatt rasiert, das Kinn ein wenig vorspringend.

Anna zog den Ring von ihrem Finger und reichte ihn dem Mann.

»Einst sagtet Ihr, wenn ich Euch wieder träfe, solle ich Euch diesen Ring vorweisen.«

Sie nahm den Schleier ab. Mit einem eindringlichen Blick musterte er sie und nickte dann.

»Ich habe Euch allerdings auch gesagt, Ihr solltet beten, mir nie zu begegnen.«

»Vermutlich habe ich nicht genug gebetet!«

»Setzt Euch, Anna Dennes.«

Anna nahm auf der Bank Platz, und er legte den Ring wieder in ihre Hand.

»Ihr habt zumindest bis heute einen untadeligen Lebenswandel geführt.«

»Ich bin Stiftsschreiberin in Sankt Maria im Kapitol.«

»Und dennoch sucht Ihr mich auf?«

»Nicht um meinethalben, Meister Falkomar.«

»Ihr macht mich neugierig.«

Anna suchte nach Worten. Es war schwieriger, als sie es sich vorgestellt hatte.

»Nun?«

»Ich habe eine Freundin, die in Verdacht geraten ist, meine Magd ermordet zu haben«, sagte sie dann nüchtern.

»Frau Rosa Valens. Die Hexe.«

»Sie ist keine Hexe.«

»Eine Gauklerin, eine Buhle, die falsches Spiel mit vielen getrieben hat.«

»Eine Stiftsdame wie ich, die Gemahlin meines Wohltäters, des Ratsherrn Hrabanus Valens. Ein lebensfrohes Weib, manchmal ein wenig übermütig. Aber sie liebte das Mädchen wie ich selbst.«

»Das Pollackenmädchen, das Ihr im Alten Graben aufgelesen habt.«

»Ihr wisst eine Menge. Ja, Valeska, ein fleißiges und heiteres Geschöpf, das mir sehr ans Herz gewachsen war. Sie wurde ermordet. Aber nicht von Rosa.«

»Das will ich Euch sogar glauben. Ihren Mann, Euren Wohltäter, hingegen liebt diese Rosa weniger.«

»Ich war es, der ihm die Behandlung mit Arsenik vorgeschlagen hat. Ich fand diese Kur in den Büchern der alten Medizinkundigen beschrieben. Sie hat den Ratsherrn geheilt. Er selbst hat schriftlich sein Einverständnis dazu gegeben.«

»Sagt Ihr die Wahrheit oder lügt Ihr, Anna Dennes? Um Eurer Freundin willen?«

»Ich kann nicht schauspielern, wie Ihr wisst.«

»Warum seid Ihr nicht als Zeugin aufgetreten?«

»Um selbst beschuldigt zu werden?«

Falkomar nickte. Er wusste, wie die Gerichte arbeiteten.

»Was soll ich tun?

»Könnt Ihr Rosa helfen?«

»Nein.«

Anna lächelte.

»Trinkt einen Becher Wein mit mir, Anna Dennes.«

»Wenn Ihr wünscht.«

»Ich wünsche es. Ich habe nicht oft Gelegenheit, die Gesellschaft einer ehrbaren Frau zu genießen.«

»Ich sagte Euch, Meister Falkomar, ich kann nicht schauspielern.«

»Wahrscheinlich könnt Ihr es doch. Denn den Makel der Unehrlichkeit und Eure Herkunft wird Euch heute niemand mehr ansehen.« Er füllte einen Becher mit Wein und reichte ihn ihr. »Ihr braucht keine Bedenken zu haben, es ist ein guter Wein. Der Greve sorgt für meinen Haushalt.«

»Ich habe keine Bedenken, Meister Falkomar. Ihr seid ein geachteter Mann.«

»Wie seid Ihr zur Stiftsschreiberin geworden? Die Summe, die ich Euch gab, machte Euch sicher nicht dazu.«

»Nein. Horsel half mir. Sie wusste, Hrabanus Valens schuldete meiner Mutter und ihr noch einen Dank.«

Falkomar lachte trocken auf.

»Niemals!«

»Er hat es bestätigt. Sie pflegten ihn, als er an den Blattern erkrankt war.«

»Anna Dennes, Ihr seid ein gutgläubiges Kind!«

»Mag sein.«

»Sie wird etwas über ihn wissen, was nicht bekannt werden sollte.«

Anna nippte an ihrem Wein.

»Wer hat Eurer Meinung nach das Mädchen umgebracht?«, fragte Falkomar nach einem Moment des Schweigens.

»Es hätte der Büchsenmeister vom Bayenturm tun können.«

»Möglich. Er ist hinter den Röcken her. Aber was hat er mit der Frau des Ratsherrn zu schaffen, dass er ihr die Tote ins Haus bringen lässt?«

»Ich rätsele noch. Vielleicht hat auch jemand die Leiche gefunden, der Rosa Übles wollte, und sie zu ihr gebracht.«

»Wir werden es von ihr erfahren.«

»Ihr werdet erfahren, was ein Mensch sagt, um von den Schmerzen befreit zu werden, die Ihr ihm zufügt.«

»Die meisten erinnern sich schon an die Wahrheit, wenn ich ihnen zeige, was ich ihnen zufügen kann.«

»Und – ist das tatsächlich die Wahrheit?«

»Oft genug.«

»Gibt es Zauberei und Hexenwerk, Meister Falkomar?«

»In den Augen der Menschen gibt es Zauberei und Hexenwerk.«

»Der Greve? Die Schöffen?«

Falkomar hob die Schultern und antwortete dann: »Der Hexenkommissar.«

»Arme Rosa.«

»Sie hat Fehler gemacht. Und sie hat sich Feinde geschaffen.«

»Ohne Zweifel. Aber sie ist keine Hexe.«

»Vielleicht doch?«

»Dann würde sie Euch durch Zauberei entkommen.«

»Möglich.«

»Und nie wieder gefunden werden.«

»Ihr seid älter geworden, Anna, seit damals. Doch schön seid Ihr noch immer.«

»Und Ihr habt Euch den Ruf eines barmherzigen Mannes erworben.«

»Ich bin nicht barmherzig, Anna. Ich beanspruche immer einen Gegenwert bei einem Handel.«

»Ich weiß.«

Mit sicheren Bewegungen löste Anna die Bänder der Haube.

33. Kapitel

Rosas Befreiung

Die alte Vettel, die dem Scharfrichter den Haushalt führte, hatte Anna in der Dunkelheit bis zum Stift begleitet. An der Pforte wartete im Schatten schon Julius auf sie.

»Lasst uns in die Schenke gehen, Julius. Ich bin erschöpft.«

»Dann kommt, Frau Anna. Wein und ein Teller Suppe werden Euch erfrischen.«

Sie schwieg, und auch er fragte sie nichts, bis sie ihre Mahlzeit beendet hatte. Dann streckte sie sich und schob eine Flechte zurück, die sich unter der Haube gelöst hatte.

»Übermorgen an der Hacht, nach der Complet. Es gibt eine kleine Pforte unter dem Torbogen.«

»Großer Gott, Anna!«

»Seht zu, einen Weg aus der Stadt zu finden. Möglichst noch in der Nacht. Die Tore werden geschlossen sein. Da kann ich Euch nicht helfen.«

»Tore sind nie ganz geschlossen. Aber am folgenden Tag ist es leichter für eine Gruppe frommer Pilger, nach Aachen zu ziehen. Sie werden einen siechen Jungen mit sich führen, der auf die Wundertätigkeit der heiligen Adelheid hofft.«

»Meine Gebete werden sie begleiten.«

»Meine Gebete werden Euch begleiten, Anna.«

»Bringt mich nach Hause.«

Müde wankte sie an seinem Arm zum Stift zurück, schloss leise die Pforte auf.

»Ich werde am Freitag ebenfalls dort sein.«

Sie trat ohne Abschied in das Innere der Immunität. Dann blieb sie eine Weile an Valeskas Grab auf dem Lichhof stehen und betete. Doch nicht um das Seelenheil der kleinen Magd, sondern um ihr eigenes. Denn wie schon das erste Mal hatte auch diesmal Falkomar das Feuer der Wollust in ihr geweckt. Die vertrauten Worte der Psalmen, die sie sprach, beruhigten sie allmählich wieder, dann ging sie über den Hof zum Kanonissenhaus. Hier begegneten ihr jedoch zwei ältere Stiftsdamen, die zu dieser späten Stunde noch das Badehaus besucht hatten.

Sie schrien auf, als sie Anna unerwartet auftauchen sahen.

»Anna, du hast mich erschreckt. Ich glaubte, du seist ein Geist! Wo kommst du her?«

»Vom Lichhof.«

»In der Dunkelheit? Zwischen den Gräbern? Hilf Himmel, die Gerüchte sind wahr. Hast du mit dem Teufel gebuhlt?«

»Quatsch. Nicht mit dem Teufel, mit dem Henker!«

Den darauf folgenden Schrei ignorierte Anna und begab sich in ihre Kammer.

Die Äbtissin befahl sie am nächsten Tag zu sich. Sie fand Anna auf das Äußerste verstockt und unwillig, auch nur ein einziges Wort zu dem Vorfall zu sagen. Es blieb ihr nichts anderes übrig, als ihr wegen des Vergehens vor der Kapitelversammlung einen scharfen Verweis zu erteilen und sie bei Wasser und Brot auf ihre Kammer zu verbannen. Von der Gemeinschaft war sie auf unbestimmte Zeit ausgeschlossen.

Anna war diese Strafe nur sehr recht. Noch hatte sie den Schlüssel zur Pforte, noch hatte niemand darüber Vermutungen angestellt, ob sie das Gelände des Stifts unrechtmäßig verlassen hatte. Und in den Stunden, die sie tatenlos in ihrem Zimmer verbrachte, wurde ihr Entschluss immer klarer. Wenn Rosa freigekommen war und der Ratsherr wieder nach Köln zurückgekehrt war, würde sie ihren Austritt erklären. Zuflucht würde sie sicher in Hrabanus' Haus finden. Das Leben als Stiftsdame war endgültig für sie vorbei.

Quälend langsam verstrichen die Stunden des Donnerstags, der Nacht und die Tagstunden des Freitags. Ein kleines Bündel mit Kleidern und etwas Geld für Rosa war bald geschnürt. Endlich ging die Sonne an diesem Septembertag unter, und Anna hüllte sich wieder in ihren schwarzen Umhang und versteckte das Bündel darunter. Inzwischen war sie geübt darin, ungesehen das Gelände zu verlassen. Während die Stiftsdamen sich zur Komplet in der Kirche versammelt hatten, schlüpfte sie auf die Gasse. Julius, in Pilgerkutte und mit tief in das Gesicht gezogenem Hut, erwartete sie.

»Kommt, Anna. Alles ist gerichtet. Wir haben für Verkleidung gesorgt, und im Morgengrauen verlassen wir die Stadt.«

»Gut.«

»Ich hoffe, wer immer uns hilft, hält sich an seine Abmachung.«

»Er wird.«

»Ihr seid sehr sicher.«

»Er ist ein ehrenhafter Mann.«

Die Dämmerung legte ihren grauen Schleier über die Stadt, und die Straßen versanken in schattigem Dunkel. Doch Julius bewegte sich sicher durch das Gewirr der Gassen bis hin zum Dom. Dort stand, grau und unnahbar, das massive Gebäude des erzbischöflichen Kerkers – die Hacht.

Zwei weitere Gestalten warteten dort schon unter dem

Torbogen auf sie, eine Nonne und ein weiterer Mann im grauen Pilgergewand. Anna erkannte sie erst, als Julius sie ihr flüsternd vorstellte. Es waren die beiden Gaukler, die bei dem Totentanz in wechselnden Verkleidungen mitgewirkt hatten. Gemeinsam warteten sie schweigend darauf, dass sich das Türchen unter dem Bogengang öffnete.

Und dann war es so weit. Mit einem leisen Knarren tat sich ein Spalt auf, und eine Gestalt wurde hinausgeschoben. Verwirrt sah sie sich um.

»Psst, Rosa. Still!«

»Anna!«

Schluchzend fiel Rosa ihr um den Hals. Anna hielt sie fest und streichelte ihr beruhigend den Rücken.

»Still, Rosa. Wir müssen fort, schnell.«

Die Nonne warf der Freigelassenen ebenfalls eine graue Kutte um und zog ihr die Kapuze über den Kopf.

»Wir haben unsere Wagen schon zur Stadtmauer gebracht, aber einige von uns sind im Pilgerhospiz Sankt Johann Baptist abgestiegen«, murmelte sie dabei. »Wir bringen Euch zu den Wagen.«

Die grauen und schwarzen Umhänge verschmolzen mit der Dunkelheit zwischen den Häusern, als sie schweigend Richtung Westen wanderten. Schließlich fanden sie die Wagen der Gaukler hinter Sankt Aposteln auf freiem Feld stehen.

»Hier hinein, Anna!«, flüsterte Julian und schob die beiden Frauen in eines der mit Planen bedeckten Gefährte. »Ihr findet passende Verkleidung für sie da drin. Was sie jetzt trägt, müssen wir verbrennen. Eilt Euch!«

Rosa trat in den Wagen, und die Nonne reichte ihnen ein Handlicht hinein. In seinem flackernden Schein sahen sich die beiden Frauen an.

»Du wirst die Rolle eines siechen Jungen spielen, der

nach Aachen pilgert, um um Heilung zu beten. Zieh diese Kleider aus.«

Aber Rosa stand nur zitternd in dem engen Raum und sah sich um.

»Der Wagen meines Vaters!«, murmelte sie. »O heiliger Sankt Vitus.«

»Rosa, die Zeit drängt. Und dieses Kleid…«

Es war das Kleid, das sie getragen hatte, als sie verhaftet wurde. Es war zerrissen und schmutzig. Anna begann rigoros, die Nesteln zu lösen und es ihr von den Schultern zu streifen.

»Hier ist ein Krug mit Wasser. Wasch dich ein bisschen!«

Mit bebenden Händen folgte Rosa den Anweisungen, schlüpfte dann in das saubere Hemd, das Anna ihr mitgebracht hatte, und zog Hosen und Wams an, die die Gaukler für sie bereitgelegt hatten. Sie war mager geworden in den Tagen, die sie im Turm und im Kerker verbracht hatte, und unter ihren Augen lagen dunkle Schatten.

»Du siehst wahrhaft leidend aus, du Ärmste.«

»Und mit etwas Schminke werde ich noch schrecklicher wirken, verlass dich darauf.«

»Rosa, aber deine Haare werden wir auch opfern müssen!«

»Ja, ich verstehe!«

Anna nahm die Schere, die ebenfalls bereitlag, und schnitt ihr beherzt den verfilzten, blonden Zopf ab. Mit ein paar weiteren Schnitten kürzte sie die Haare so weit, bis es einer männlichen Haartracht einigermaßen nahe kam. Es zeigte sich, dass die kurzen Haare sich in kleinen Löckchen um ihr Haupt ringelten und ihr das Aussehen eines Engels gaben, der gelumpt hatte.

Aus Kleidern und Haaren machte Anna ein Päckchen und reichte es der Nonne nach draußen.

»Verbrennt es gründlich!«

»Anna, was hast du getan, damit der Scharfrichter mich freigelassen hat?«

»Du bist eine Hexe, durch Zauberei bist du entkommen. Man darf dich in Köln nie wieder sehen!«

»So wird es heißen, aber – Anna, wieso?«

»Wir haben nicht genug Zeit.«

»Anna, wir werden uns nie wieder sehen.«

»Nein, wir werden uns nie wieder sehen. Aber ich werde an dich denken.«

»Und ich, mein Gott, ich werde jeden Tag für dich beten. Aber was hast du getan?«

Anna atmete tief ein und wollte sich abwenden, aber Rosa legte ihr bittend die Hand auf den Arm.

»Wir werden uns nie wieder sehen, Anna!«, wiederholte sie noch einmal.

»Als ich sechzehn war, Rosa, verkaufte ich meine Unschuld, um überleben zu können. Horsel vermittelte das Geschäft. Der Mann, der dafür gut zahlte, war der Scharfrichter!«

»Allmächtiger!«

»Er kannte meine Mutter und achtete sie. Darum erbot er sich, mir das Geld zu geben, nicht der Kupplerin, damit ich es als Mitgift behielte, um in einen Beginenkonvent eintreten zu können. Er gab mir, nachdem der Handel vollzogen war, auch diesen Bernsteinring, erinnerst du dich? Ich glaube, er hat damals – ja, ein schlechtes Gewissen gehabt. Er mag die Dirnen auf dem Berlich beaufsichtigen, aber es widerstrebte ihm wohl, ein Mädchen, das den Wunsch hatte, diesem Elend zu entkommen, entehrt zu haben.«

»Und ich habe dich dauernd als unerfahren und prüde verspottet.«

»Das ist doch gleichgültig.«

»Du bist zu ihm gegangen? Zu dem Scharfrichter?«

»Ja, ich bin noch einmal zu ihm gegangen und habe ihm den Ring vorgewiesen.«

»Und daraufhin hat er mich einfach freigelassen? Nein, Anna, das gewiss nicht.«

»Ich habe den Preis bezahlt. Aber was ist der schon gegen dein Leben, Rosa. Und nun lass uns nicht mehr davon sprechen.«

Bevor Rosa noch etwas antworten konnte, hörten sie Stimmen vor dem Wagen.

»Er ist zurückgekommen! Wir sind noch mal an seinem Haus vorbeigegangen. Es ist erleuchtet, und im Hof werden Wagen abgeladen.«

Es klopfte an der Tür, und Anna bemerkte einen der Spielleute. Er atmete keuchend, er hatte sich offensichtlich sehr beeilt.

»Hrabanus ist wieder in Köln!«

»Dann wird er meinen Brief gelesen haben. Ich muss zu ihm!«, sagte Anna.

»Ich begleite Euch. Seid Ihr fertig?«

»Ja. Wir kommen.«

»Wer sind die Leute, die mich herausbringen? Das sind keine Pilger.« Rosa sah Anna fragend an.

»Nein. Erinnerst du dich an den Altar der drei Marien?«

»Gütiger Himmel, ja. Nur zu gut. Ich wollte wissen, wie es meinen Leuten geht.«

»Nun weißt du es. Rosa, es ist ein Mann unter ihnen, der für dich sorgen will. Sei gut zu ihm.«

»Werden denn alle Wunder wahr?«

»Ich weiß es nicht.«

Anna verließ den Wagen und winkte Julius zu.

»Euer kränkelnder Begleiter wünscht Euch zu sehen!«

Rosa folgte ihr. Ein fröhliches Feuerchen brannte zwischen den Wagen, und sein Schein beleuchtete Julius' Gestalt. Er nahm den breitkrempigen Pilgerhut ab.

»Julius. Bist du das wirklich?«

»Ja, Rosa.«

Sie ging auf ihn zu und sah zu seinem Gesicht auf.

»Ich war so dumm.«

»Du warst so jung!«

Doch dann drehte sich Rosa plötzlich mit einem Ruck um und sah Anna an.

»Heilige Mutter Gottes, der Marienaltar! Anna, o Anna…«

Rosa sah erschüttert und fassungslos aus.

»Was ist denn?«

»Anna, es… o heiliger Vitus, nein.«

»Rosa, was hast du getan? Hast du Hrabanus ein Leid verursacht?«

»Nicht ihm Anna. Nicht ihm. Dir…«

»Nun sag es, Rosa, die Zeit drängt!«

»Ja… Vor drei Wochen… O süße Maria! Anna, warum hast du mich das Lesen gelehrt! Ich wünschte, ich hätte es nie erfahren. Aber auch deine Bitte von damals fand Gehör.«

»Mein Vater?«

»Ja, ich weiß jetzt, wer dein Vater ist. Ich fand Unterlagen, als ich einen Vertrag für den Verwalter suchte. Das Schreiben, das Hrabanus damals aufsetze, als er an dem Wechselfieber litt, lag bei den Unterlagen, Anna. Ich war neugierig.«

»Das warst du schon immer.«

»Ich wünschte, ich wäre es nicht. Anna, ich weiß, was du für Hrabanus empfindest. Und nun glaubst du, der Weg wäre frei für dich. Doch er ist es nicht. Er wird es niemals sein. Anna, er bezeichnet darin die Stiftsschreiberin Anna di Nezza als die Tochter der Cosima Dennes, sein leibliches Kind.«

Anna schwankte. Julius griff nach ihrem Arm.

»Er liebt dich, ich bin mir dessen ganz gewiss. Wie nur ein Vater seine Tochter lieben kann.«

»Ja.«

»Du musst gehen. Sende ihm meinen Gruß. Ich habe oft meinen Launen nachgegeben, er hat Besseres verdient als mich. Leb wohl Anna, du warst mir immer wie eine Schwester.«

»Leb wohl, Rosa!«

Anna wandte sich ab, und Julius war an ihrer Seite.

»Es ist hart, ich weiß, aber lasst uns eilen. Euer Brief mag Dinge in Bewegung setzen, die unser Vorhaben gefährden.«

Sie eilten mit geschwinden Schritten durch die nächtliche Stadt. Der Mond war zu einer schmalen Sichel geworden, die Straßen voller finsterer Schatten. Manche Häuser waren zwar schon dunkel, doch vereinzelte Fenster waren von Kerzenlicht oder Lampen erhellt. Mitternacht war noch fern, und in den Schenken und Wirtshäusern herrschte reges Treiben. Die Karren der Kloakenreiniger rumpelten durch die Gassen, Fackelträger begleiteten wohlhabende Bürger zu ihren Bestimmungsorten oder kleine Gruppen von Besuchern zu ihren Herbergen, der Nachtwächter zog seine Runde, spähte in dunkle Toreinfahrten und Häuserwinkel. Dort wartete manch eine Dirne auf ihre Kundschaft, und der eine oder andere Beutelschneider lauerte auf einen trunkenen Gast, dessen Taschen leicht zu leeren waren.

Sie erreichten die Sternengasse ohne große Umwege, und wirklich war dort noch reges Leben zu beobachten. Der schnelle Gang hatte Anna geholfen, mit dem Schock über Rosas Eröffnung einigermaßen fertig zu werden. Julius und sie klopften an die Eingangstür des Hauses, und es wurde ihnen sofort aufgetan.

»Frau Anna!«, rief die Beschließerin aus, und ihr Gesicht spiegelte reinstes Erstaunen wider.

»Der Herr ist zurückgekommen. Führt mich zu ihm, es ist dringend.«

»Er ist im Hof, beaufsichtigt das Entladen, Frau Anna.«

»Dann führ uns in den Hof. Schnell.«

»Aber …«

Anna drängte sich ins Haus und durchquerte den ebenerdigen Raum, um den Hinterausgang zu erreichen. Der Hof war von Fackeln erhellt, und Männer luden ächzend Fässer und Säcke ab. Hrabanus Valens stand zwischen ihnen, Carolus und Gerhard an seiner Seite. Energisch bahnte sich Anna ihren Weg, Julius dicht hinter sich. Und dann stand sie neben ihm.

»Herr, meinen Gruß!«

»Du lieber Gott, Anna!«

»Herr, ich muss Euch sprechen. Es geht um Rosa.«

»Kind, ich habe deinen Brief gelesen. Ich kann im Augenblick nichts tun.«

»Doch. Bitte schenkt mir Gehör. Und auch Meister Julius Cullmann.«

»Gerhard, Carolus – macht hier weiter. Und ihr beide kommt mit.«

Die Reise schien diesmal nicht besonders anstrengend gewesen zu sein, der Ratsherr sah energisch aus, und seine Bewegungen waren kraftvoll. Er führte sie in sein Kontor und schloss die Tür hinter sich. Anna setzte sich auf eine Truhe, der Sänger lehnte sich an den Tisch, der übersät mit Papieren und Büchern war, und Hrabanus nahm in dem geschnitzten Sessel Platz.

»Rosa wird freikommen, Anna. Ich werde morgen im Rat vorsprechen.«

»Rosa ist frei. Aber Ihr wisst nicht alles.«

»Dann berichte mir.«

Anna erzählte ihm von den Verdächtigungen, die Rosa in die Hände des Hohen Gerichts gebracht hatten, von ihren und Julius' Schlussfolgerungen bezüglich des Büchsenmeisters und welcherart nun Rosas Zukunft sein würde.

Hrabanus hatte schweigend zugehört. Selbst als Anna geendet hatte, sagte er noch nichts, dachte aber sichtlich intensiv nach.

»Wäre ich hier gewesen, hätten die Dinge einen anderen Lauf genommen.«

»Natürlich, Herr.«

»Aber – nun ja. Ich kann noch nicht beurteilen, ob euer Handeln richtig war. Zumindest hat es Rosa wohl die Folter erspart. Doch ich habe trotz allem mein Weib verloren. Denn nun scheint es unmöglich, sie wieder in mein Haus aufzunehmen. Eine entflohene Hexe!«

»Ja, Herr.«

»Und Ihr, junger Mann? Meister Julius Cullmann. Ihr habt ohne Zweifel den Nutzen davon.«

»Ich kenne Rosa von Kindsbeinen an, Ratsherr. Wir standen einander nahe, doch ich habe sie verloren, denn ihr Ziel war hoch gesteckt. Damals, als sie jung, fast noch ein Kind, war.«

»Und jetzt?«

»Ich werde mich ihrer annehmen. Sie …«

»Herr, Rosa hat Euch geachtet, aber gesehnt hat sie sich immer nach dem freien Leben der Fahrenden. In den letzten Jahren mehr und mehr.«

»Und betrogen hat sie mich zudem auch.«

»Sie war ungebärdig, aber ich glaube nicht, dass sie Euch betrogen hat, Herr.«

»Marcel ist ein gut aussehender Mann von gewinnendem Wesen. Ich hätte es mir denken können, wie sehr sie Gefallen an seiner Art fand.« Hrabanus ging im Raum hin und her. »Wird sie bei Euch bleiben, Meister Cullmann?«

»Ich weiß es nicht. Aber ich hoffe es.«

Hrabanus stand auf und legte dem Sänger die Hand fest auf die Schulter.

»Ich habe sie nicht aus Liebe geheiratet. Das tut unsereins selten. Ich hatte mir Erben erhofft, aber … Es ist nicht ihre Schuld, dass sie nicht empfangen hat. Mein Erbe wird Carolus sein. Ich bedauere vieles, auch, dass Rosa mich verlässt. Sie hat trotz allem Heiterkeit in mein Leben gebracht. Nun, junger Mann, es mag dennoch die beste Lösung für sie sein, wenn sie mit Euch zieht.«

»Unser Leben ist manchmal unsicher und beschwerlich, aber es bietet auch Vorteile. Ich bin ein guter Sänger, Ratsherr, und verdiene gutes Geld damit. An Essen und Kleidung wird es Rosa nie mangeln.« Und lächelnd fügte er hinzu: »An meiner Liebe ebenfalls nicht.«

»Dann sorgt nun Ihr für sie, Meister Cullmann. Aber lasst uns jetzt andere Dinge bedenken. Es wird morgen einen Aufruhr geben, wenn bekannt wird, dass die Gefangene ausgeflogen ist. Anna, Meister Cullmann – wie habt ihr beide das bewerkstelligt? Wer weiß noch davon? So etwas geht nicht ohne Bestechung!«

»Das braucht Euch nicht zu kümmern, Herr.«

»Das muss mich sehr wohl kümmern, Anna. Denn man wird mir Fragen stellen, und wenn ich die zufriedenstellend beantworten soll, muss ich wissen, wer in dieses Komplott verwickelt ist.«

»Es ist besser, Ihr sagt es ihm.« Julius sah Anna ernst an. »Er hat Recht. Er muss es wissen.«

Sie schüttelte den Kopf und sah zu Boden.

»Anna, ich habe mir meinen Teil zusammengereimt. Wenn es Euch peinlich ist, werde ich es ihm sagen. Dann wartet draußen. Ihr solltet aber wissen, Ihr genießt für Eure Tat meine höchste Achtung.«

»Achtung ist das Letzte, was ich dafür verdiene.«

Hrabanus sah Anna durchdringend an: »Kind, was hast du getan?«

»Lasst nur, Julius. Ich sage es ihm selbst.«

Und zum zweiten Mal an diesem Abend berichtete Anna von ihrer Beziehung zu Falkomar, dem Scharfrichter.

»Großer Gott!«, sagte Hrabanus leise, als sie geendet hatte.

»Falkomar wird schweigen. Er hat damals geschwiegen, er wird mich auch heute nicht verraten.«

»Ich kenne Falkomar. Er hat sich ein paar Mal als Knocheneinrichter um meine Gesellen verdient gemacht. Sein Geschäft ist grausam, er selbst ist es nicht, was ungewöhnlich ist. Bei den Schöffen und im Rat genießt er Ansehen, auch wenn er gefürchtet ist. Aber wer fürchtet nicht den Mann, der das Urteil vollstreckt. Vor allem, wenn es der Tod ist. Ich nehme an, wir können uns in der Tat auf ihn verlassen.«

»Und nun, da Ihr wieder hier seid, und die Angeklagte sich durch Flucht der Gerechtigkeit entzogen hat, Ratsherr, solltet Ihr den wahren Schuldigen präsentieren. Es würde das Publikum von der Sensation der Hexenjagd ablenken.«

»Wie soll ich das verstehen, Meister Cullmann?«

»Ich bin Sänger, Geschichtenerzähler, ich weiß, wie man die Stimmung der Zuhörer anheizen kann und auch, wie man sie ablenkt. Es bekäme Euch, und vor allem Frau Anna, nicht besonders gut, wenn dieser Fall ungeklärt bliebe. Gerade der Verdacht, Rosa habe sich in Eurem

Haus mit Zauberei beschäftigt, wirkt keinesfalls vertrauenswürdig. Den Büchsenmeister als Täter vorzuführen, hätte Vorteile.«

»Marcel le Breton bin ich zutiefst verpflichtet.«

»Ja, Herr, das seid Ihr wohl«, sagte Anna.

»Und eure Beschuldigung beruht nur auf unsicheren Vermutungen.«

»Bis auf die Tatsache, dass er die Krankheit hat.«

»Und zu dem Treffen mit Rosa an jenem Abend nicht erschienen ist.«

»Wenn ich Anklage wegen Mordes gegen ihn erhebe, Meister Cullmann, dann wird er der peinlichen Befragung unterzogen.«

»Dann befragt Ihr ihn. Mag sein, dass er eine gute Erklärung hat.«

»Ich werde es morgen tun.«

»Morgen wird Rosas Flucht entdeckt sein.«

»Und das Publikum in Raserei geraten. Ich habe verstanden, Meister Sänger!«

»Es ist noch nicht zu spät, Ratsherr. Es heißt, der Büchsenmeister würfele und zeche bis spät in die Nacht mit seinen Kumpanen.«

»Dann werde ich ihn noch heute aufsuchen. Anna, dich werde ich zuvor ins Stift zurückbringen.«

»Nein, Herr. Dorthin kann ich nicht mehr zurück.«

»Wie bitte?«

»Nicht nachdem all das vorgefallen ist.«

»Selbstverständlich kannst du das. Ich werde morgen mit der Äbtissin sprechen, solltest du Schwierigkeiten haben.«

»Nein, Herr. Ich begleite Euch.«

»Nichts dergleichen wirst du tun.«

Anna stand auf und stellte sich vor ihn hin.

»Ja, Herr, ich weiß, Ihr habt jedes Recht, mir zu befehlen. Aber ich bitte Euch dennoch, lasst mich mitkommen. Ich habe Valeska lieb gehabt. Um ihretwillen, bitte, Herr Vater.«

Erstaunen zeichnete sich in Hrabanus' vernarbtem Gesicht ab.

»Woher, Kind, weißt du das?«

»Rosa hat es herausgefunden. Es stimmt, nicht wahr?«

Hrabanus senkte den Kopf, dann aber nahm er Annas Hände und sagte: »Ich hätte es dir wohl früher sagen sollen.«

»Ihr hattet einen Ruf zu wahren.«

»Du hast mich gelehrt, was Ruf bedeutet.«

»Habt Ihr … habt Ihr meine Mutter geliebt, Herr?«

Er lächelte sie traurig an.

»Liebt man mit siebzehn?«

»Ja, Herr.«

»Ja, ein Weib vielleicht. Und wahrscheinlich hielt ich es ebenfalls für Liebe. Eine Geschichte für Euch, Meister Sänger. Hört. Ich war damals ein ungebärdiger junger Mann. Die junge Witwe eines Tuchmachers, Cosima Dennes, weckte mein Begehren. Ob ich sie je hätte zu meinem Weib nehmen können, weiß ich nicht. Denn andererseits lockte mich auch die Ferne, und ich verließ sie, um für meinen Vater auf Reisen zu gehen. Im Morgenland, Anna, nicht hier in Köln, erkrankte ich an den Blattern und wurde dort sehr kundig gepflegt. Ich überlebte, doch ich blieb gezeichnet, wie du siehst. Als ich zwei Jahre später zurückkam, scheuten die Menschen meinem Anblick. Die schöne Witwe suchte ich nicht mehr auf.«

»So hat Horsel gelogen.«

»Ja, Horsel hat dich angelogen. Mich nicht. Die Schenkenwirtin war damals schon eine Kupplerin gewesen, sie nutzte Cosimas Schönheit aus, so wie sie auch versucht hat, aus dir Kapital zu schlagen. Sie wusste, was ich nicht erfahren hatte. Denn als ich Cosima verließ, ging sie mit dir schwanger.«

»Heilige Anna, geliebte Mutter Marias! Sie hat nie böse von Euch gesprochen. Sie sagte mir, mein Vater sei gestorben. Ich habe mir manchmal vorgestellt, er sei ein reicher, mutiger, schöner Mann, ein Ritter oder ein Adliger, der mich suchte und in sein Schloss führte. Es waren Kinderträume, wisst Ihr.«

»Ja, Anna, reich bin ich, und mein Haus ist nicht ohne Bequemlichkeit. Aber ein schöner Mann bin ich nicht. Und ich nehme die Schuld auf mich, nie nach dir oder deiner Mutter geforscht zu haben. Erst als Horsel kam und mir drohte, meinem Weib von der Tochter zu erzählen, die ich unbedachterweise gezeugt hatte, wurde mein Gewissen geweckt. Verzeih mir, mein Kind.«

»Es gibt nichts zu verzeihen. Es ist gut.«

Sie senkte den Kopf und fuhr sich mit der Hand über die Stirn.

»Es ist Trauer in deiner Stimme, Anna.«

»Ja, Herr. Und Ihr wisst, warum.«

Er breitete die Arme aus und zog sie in seine Umarmung.

»Ja, meine geliebte Tochter. Ich weiß warum. Und glaube mir, ich fühle deinen Schmerz. Aber nun, da du weißt, wie die Dinge stehen, kann ich es wenigstens endlich wagen, dich an mein Herz zu ziehen.«

34. Kapitel

Annas Ende

Noch einmal gingen sie durch die nächtlichen Straßen. Doch der Weg zur Nächelsgasse war nicht lang, und sie erreichten das Haus des Büchsenmeisters in kurzer Zeit. Er schien nicht im Haus zu sein, alles war dunkel.

»Suchen wir das Bierhaus in der Follertstaße auf, dort findet man ihn häufig!«, schlug Julius vor.

»Ihr wisst viel über den Mann.«

»Ich höre viel über viele, Ratsherr. Das bringt mein Beruf mit sich. Und dieser Mann hat meine Aufmerksamkeit erregt.«

»Dann besuchen wir das Bierhaus!«

Julius hatte gut geraten. In dem lauten, stickigen Raum, in dem ein Brauer sein Bier ausschenkte, saß Marcel le Breton und unterhielt sich mit einem Mann, der ein wenig abseits von ihm saß. Anna gab ein leises Keuchen von sich.

»Der Scharfrichter ist bei ihm. Heilige Mutter Gottes, was mag das bedeuten?«

»Dass Falkomar mit dem Büchsenmeister bekannt ist, wundert mich nicht, Anna. Er ist für alle Waffen, nicht nur für die Büchsen, der städtischen Wachen zuständig, und der Scharfrichter und seine Büttel brauchen gelegentlich Handwerkszeug.«

»Ja, er sagte etwas über ihn. Aber ich wusste nicht …«

»Du wolltest unbedingt mitkommen, Anna!«

»Ja. Verzeiht.«

Hrabanus ging auf den Tisch zu, an dem Marcel saß,

Julius blieb mit Anna in der Nähe des Eingangs stehen.

»Lasst ihn nur machen. Euer Vater scheint ganz der Mann zu sein, der sich Gehör – und Gehorsam verschaffen kann.«

»Ja, das kann er wohl.«

Es gab einen ernsten Wortwechsel zwischen den drei Männern, dann standen sie auf und näherten sich dem Ausgang.

»Frau Anna!«, rief Marcel le Breton überrascht aus und lächelte sie breit an. »Welch eine Überraschung. Begleitet Ihr den Herrn Hrabanus?«

Anna nickte nur und erwiderte sein Lächeln nicht.

»So ernst, schöne Frau?«, wisperte er dennoch in ihr Ohr. Sie wandte sich ab.

»Kommt Marcel, gehen wir in Euer Haus, wir haben wichtige Dinge zu bereden.«

»Ich begleite Euch, wenn es Recht ist«, sagte Falkomar.

Hrabanus nickte kurz, und gemeinsam gingen sie die wenigen Schritte zum Haus in der Nächelsgasse. Es war klein und unordentlich. Die beiden Fackeln in den Wandhaltern, die Marcel entzündete, beleuchteten den ungefegten Kamin, in dessen kalter Asche ein Topf mit Breiresten stand. Werkzeug und Kleidungsstücke lagen herum, und Bank und Schemel waren zerschrammt.

»Sucht Euch einen Platz. Die alte Vettel, die mir zugeht, ist seit Tagen nicht mehr erschienen. Was gibt es so Wichtiges, dass Ihr am späten Abend noch mit mir sprechen wollt?«

»Ihr habt von Rosa, meinem Weib gehört, Marcel?«

»Oh – hätte ich von ihr hören sollen? Ich hoffe, sie erfreut sich guter Gesundheit?«

»Stellt Euch nicht dumm, Mann.«

Marcel lachte auf. Anna hatte den Eindruck, er sei leicht angetrunken. Sein Blick war etwas unstet und sein Lachen zu laut.

»Ihr wisst sehr gut, was vorgefallen ist.«

»Aber nein, Ratsherr. Ist Eurem teuren Weib etwas geschehen?«

»Ihr habt Euch am Montag vor zwei Wochen treffen wollen, Marcel. Am Abend, in der Dunkelheit.«

»Hat sie Euch das gesagt? Wollt Ihr mich nun zur Verantwortung ziehen, dass Euer Weib sich aushäusige Vergnügen sucht?«

»Nein, das will ich nicht.«

»Und warum kommt Ihr dann mit einem Gaukler und der Stiftsschreiberin zu mir?«

»Kennt Ihr die Magd der Stiftsschreiberin, Marcel?«

Ein leichtes Flackern in seinen Augen verriet Anna seine plötzliche Ahnung. Doch er hatte sich schnell wieder gefangen.

»Zum Teufel, wieso sollte ich Frau Annas Magd kennen?«

»Ein junges Mädchen, eine vierzehnjährige Jungfrau, Marcel. Kennt Ihr sie nicht vielleicht doch?«, fragte Anna mit sanfter Stimme nach.

»Ich ziehe reifere Frauen solchen Kindern vor, schöne Stiftsdame. Wie Ihr wisst!« Wieder lachte er und zwinkerte ihr ausgelassen zu.

Hrabanus sah Anna kurz an und fragte dann: »Solche wie mein Weib, Marcel?«

»Solche, wie Frau Anna!«

»Habe ich auf Euch einen so tiefen Eindruck gemacht, als Ihr die Pistorin und mich über den Wehrgang zum Stift begleitet habt? Ich hielt es nur für einen Akt der Freundlichkeit. Ich wollte keine Hoffnungen wecken, Marcel le Breton.«

»Und ich glaube, dass sich Euch derzeit kein Weib aus freien Stücken zugesellen wird, Büchsenmeister«, fuhr Julius ihn an.

»Ihr beleidigt mich!«

»Warum habt Ihr denn unseren Theriakhändler aufgesucht? Und zuvor den Bader und den Arzt und den Apotheker?«

»Das geht Euch einen Kehricht an!«

»Das geht uns sehr viel an, Marcel le Breton. Ihr habt die Franzosenkrankheit von Euren Reisen mitgebracht, nicht wahr?«

Diesmal war es Falkomar, der sich merklich aufrichtete. Er sagte jedoch nichts.

»Unterstellung!«

»Sie kommt und geht wieder, Marcel, aber irgendwann breiten sich die Geschwüre aus und heilen nicht mehr ab. Ich habe Männer gesehen, denen sie schließlich wie ein Kranz um den Hals lagen.« Hrabanus stand auf. »Ihr tragt Euer Wams immer sehr hoch geschlossen.«

»Bleibt mir vom Leib, Ratsherr!«

»Habt Ihr Angst, Euren Hals zu entblößen, Marcel?«

Auch der Büchsenmeister war aufgestanden und nahm eindeutig eine drohende Haltung an.

In die gespannte Stille warf Anna ein: »Es gibt Zaubersche, die behaupten, Jungfrauenblut heile diese Krankheit!«

Marcel sah flüchtig zu ihr hin, hielt aber dann den Blick wieder auf Hrabanus gerichtet.

»Zaubersche, wie Euer Weib!«, zischte er ihn an.

»So glaubt Ihr, Rosa sei eine Hexe?«

Marcel bemerkte, dass er sich verraten hatte. Er sah sich plötzlich um.

»Ihr tragt ein seltsames Amulett am linken Arm, Marcel!«, stellte Julius fest. »Das hat Euch nicht unser Heilkundiger gegeben. Wozu dient es?«

»Gegen den bösen Blick, was sonst!«

»Habt Ihr am vorletzten Montag eine Jungfrau gesucht, Marcel? Statt Euch am Bayenturm mit Rosa zu treffen? Sie hat mir gesagt, sie habe vergebens auf Euch gewartet.«

Marcel hatte sich vorsichtig von der Bank und dem Tisch entfernt und drehte sich jetzt mit einem Mal um. Mit einem kräftigen Sprung bewegte er sich auf die hintere Tür zu, um seinen Befragern zu entfliehen. Er hatte nicht mit Falkomar gerechnet. Der hatte ihn am Arm gepackt und das Gelenk schmerzhaft verdreht.

»Valeska hieß die Magd, und sie war ein unschuldiges Kind. Sie wurde geschändet und erstickt, Marcel. Und dann wurde ihr das Blut aus dem Herzen genommen.«

»Damit habe ich nichts zu tun!«, rief der Büchsenmeister. Aber Falkomar, der Scharfrichter, verstand sein Handwerk. Das Schultergelenk knackte, und Marcel brüllte auf.

»Habt Ihr das Mädchen vergewaltigt? Freiwillig ist sie sicher nicht zu Euch gekommen.« Annas Stimme klang sanft. »Sie war ein gutes Kind.«

»Wieso treibt sie sich dann abends alleine auf der Gasse herum?«

»Weil sie uns besucht hat, Büchsenmeister!«

Auch Julius sprach sanft.

»Ihr habt es getan, Marcel, nicht wahr? Und als sie sich gewehrt und geschrien hat, habt Ihr sie erstickt. Ihr seid ein großer und starker Mann, und sie war nur ein zierliches, mageres Mädchen. Schande über Euch!« Hrabanus Stimme schnitt wie Stahl.

»Ich habe nicht…«

Falkomar drehte den Arm weiter aus, und Marcel biss sich die Unterlippe blutig.

»Habt Ihr?«

»Hölle und Teufel, ja!« Er knirschte mit den Zähnen, und Falkomar lockerte seinen Griff.

»Und warum habt Ihr ihre Leiche in mein Haus gebracht, Marcel le Breton? Als kleines Dankeschön dafür, dass ich Euch beim Rat empfohlen habe?«

Diesmal war es der Mut der Verzweiflung, der Marcel die Kraft gab, sich dem Griff des Scharfrichters ganz zu entwinden. Er stürzte auf die hintere Tür zu, riss sie auf und wollte in den finsteren Hof entschwinden.

Hrabanus setzte ihm nach, Julius sprang ebenfalls auf, und Anna riss eine der Fackeln aus der Halterung. Sie wollte hinter den beiden Männern herlaufen, aber Falkomar hielt sie zurück.

»Bleibt, Anna. Das ist Männersache.«

Unschlüssig blieb sie stehen, doch dann ertönte ein Schrei. Krachen, Poltern, Keuchen und Stöhnen zeugte davon, dass ein heftiges Handgemenge im Gange war. Sie eilte durch die Tür. Das Tor zum Schuppen war aufgerissen, darin rangen zwei Gestalten miteinander. Im Fackelschein erkannte Anna, wie Marcel Hrabanus zu Boden brachte und ihn mit einer eisernen Stange zu treffen versuchte. Julius lag benommen an der Hauswand. Anna schrie verzweifelt auf, rannte los und stolperte über die Schwelle des Eingangs.

Die Fackel flog ihr aus der Hand, ein Funkenschweif begleitete sie. Sie fiel auf die Fässer, die dort aufgestapelt waren.

Marcel ließ von seinem Opfer ab und verfolgte ihren Flug mit vor Entsetzen aufgerissenen Augen.

»Mon Dieu!«

Er machte einen Satz aus dem Tor hin zur Mauer.

Er war darüber hinweg, bevor nur einer der anderen sich rühren konnte. Hrabanus rollte sich zur Seite hinter einen Karren und versuchte, sich daran hochzuziehen.

Und dann explodierte das Schwarzpulver in einem Feuerball.

Splitter, Werkzeuge, Büchsenteile, verbogenes Metall und Steine flogen umher. Ein scharfes Eisenstück traf Anna in die Brust.

Rauch und Pulverdampf hingen über dem Hof.

Falkomar war, als die Explosion verklungen war, aus der Tür getreten und entdeckte Anna, die an die Hauswand neben ihn geschleudert worden war. Er kniete bei ihr nieder und drehte sie vorsichtig um. Mit Entsetzen betrachtete er das Metallstück, das unterhalb ihres Herzens aus ihrem Körper ragte.

»Anna!«, sagte er. »Das hätte nicht geschehen dürfen.«

Unvermittelt stand Hrabanus Valens neben ihm.

»Falkomar!«, sagte er, und erkannte, was geschehen war. Fassungslos kniete er nieder und beugte sich über die stumme Gestalt.

»Anna, Anna, mein Herz.«

Ihre Augenlider flatterten, und verwirrt blinzelte sie.

»Vater!«, flüsterte sie angestrengt und schüttelte dann schwach den Kopf. »Herr...«

»Sei still, Anna.«

Vorsichtig nahm er sie in die Arme und stützte sie. Sie stöhnte auf, bewegte sich aber nicht. Ihre Augen waren wieder geschlossen. Dann aber sagte sie leise: »Und ich wollte Carolus heiraten...«

Ihr Kopf lag an seiner Schulter, und vorsichtig entfernte Hrabanus ihren Schleier. Ein verlorenes Lächeln zuckte um ihre Mundwinkel.

»›Lege ich mich nieder, so schlaf ich auch bald in Frieden, denn du, o Herr, hältst mich in deiner Hut.‹«

»Mein geliebtes Kind!«

»Halte mich, mir ist so kalt.«

Hrabanus streichelte ihr von Ruß und Staub verschmiertes Gesicht, zu erschüttert, um irgendwas zu sagen.

»Ich wäre so gerne bei dir geblieben. Doch nun… Vater, wohin führt mein Weg? Ist mir die Hölle gewiss für meine Sünde?«

»Nein, mein Herz. Wie kann deine Liebe dich in die Hölle führen. Zu den Sternen, Anna, wirst du gehen. Hoch an den Himmel, in die Sphären der Engel«, flüsterte Hrabanus rau.

Sie schwieg, und ihr Atem wurde flacher und flacher. Das Blut verströmte in ihrem Körper mit jedem Schlag ihres verwundeten Herzens. Doch noch einmal hauchte sie: »In deinen Armen will ich schlafen.«

»Ja, Kind. Ich halte dich. Ich werde dich immer halten.«

»Ich liebe dich, Herr. Über alle Zeiten und Welten hinaus.«

Es wurde dunkel für Anna, und das Letzte, was sie hörte, waren die verzweifelten Worte von Hrabanus, dem Raben: »Mein Kind, mein Herz, meine Geliebte…«

Nicht weit von ihnen, just außerhalb der Umfriedung, die den Hof umgab, stand Marcel, als das Schwarzpulver explodierte. Er konnte nicht anders, er musste zurück, und als er über die Mauer spähte, sah er die sterbende Anna in Hrabanus' Armen. Und mit einem gotteslästerlichen Fluch verdammte er die Zaubersche, die ihn dazu gebracht hatte, die Jungfrau zu schänden und umzubringen, die Anna wie ihre Tochter geliebt hatte.

Gegenwart

35. Kaptiel

Vaterverdacht

»Nicht schon wieder«, schniefte Cilly. »Nicht schon wieder. Was hat sich euer Vater nur dabei gedacht, so schreckliche Geschichten zu erzählen?«

Ich sah Rose an.

»Ich weiß es auch nicht. Sie endet, wie die erste auch. Annik und Anna starben auf die gleiche Weise.«

»Aber aus einem anderen Grund. Diesmal war sich Anna sicher, dass Rosa das Verbrechen nicht begangen hat. Annik hingegen glaubte, Rosina habe Marius ermordet und hat diese Schuld auf sich genommen.«

»Wir können bestimmt noch einmal die gleiche Zeit darauf verwenden, die beiden Geschichten zu vergleichen, wie wir gebraucht haben, sie zusammenzutragen. Aber ich weiß nicht, ob uns das viel hilft«, meinte Rose nachdenklich. »Es ist eine andere Zeit, es sind ganz andere Umstände, eine andere Kultur, anderer Glauben. Also handeln die Beteiligten auch anders.«

»Ja, obwohl sie sich ähnlich sind. Uns das vor Augen zu führen, vermute ich, hat Julian damit bezwecken wollen.«

»Und wir, die wir heute leben, werden wieder anders handeln.«

»Mich hat er ja total skrupellos umgebracht! Ich werd' auf jeden Fall keine Kneipe aufsuchen, um irgendwelche Sänger anzuhimmeln!«, brachte Cilly vehement vor. »Nicht, dass da plötzlich jemand nach meinem Blut lechzt.«

»Ein weiser Entschluss.«

»Und ob ich Marc noch so unheimlich nett finde, weiß ich auch nicht mehr!«

»Er ist nett, aber gefährlich, Cilly. Frauen bedeuten ihm viel, aber eher allgemein, nicht im Besonderen. Man kann wunderbar mit ihm flirten, aber verlieben darf man sich nicht in ihn.«

»Ich bin's aber trotzdem!«, sagte Cilly leise.

»Tja, das lässt sich leider manchmal nicht vermeiden.«

»Und außerdem glaube ich, er mag dich sehr gerne, Anita.«

»Solange er mich vor Augen hat. Er kommt ungeheuer gut ohne mich aus, wenn er ein lohnenderes Projekt verfolgt.«

Wir saßen in Roses anheimelndem Wohnzimmer zusammen. Teetassen standen auf dem Tisch, dazwischen Teller mit Brotkrümeln und Bestecken. Wir hatten bis in den späten Nachmittag hinein die Geschichte von Rosa und Anna verfolgt und schließlich beendet. Es war ein dicker Stapel Papier, den sie ergeben hatte, die letzten Seiten würde ich am Abend ausdrucken. Das Stundenbuch hatte ich noch einmal kopiert und die Blätter mit den Miniaturen den entsprechenden Kapiteln zugeordnet. Inzwischen ergab es endlich einen Sinn. Ob es der war, den die Schreiberin wirklich verfolgt hatte, war allerdings eine ganz andere Sache.

»Sag mal, wie ist Julian eigentlich an dieses Stundenbuch gekommen?«

Rose konnte meine Gedanken inzwischen recht gut lesen.

»Wenn ich das wüsste.«

»Es muss doch im Stift von Sankt Maria im Kapitol gelegen haben, als Anna umkam!«, stellte Cilly fest.

»Wenn diese Anna Dennes, die als Verfasserin zeichnet, tatsächlich auf diese Weise umgekommen ist.«

»Ja, aber…«

»Cilly, es ist eine erfundene Geschichte. Die Wahrheit kann eine völlig andere gewesen sein. Vielleicht hat sie einfach die Lust daran verloren. Oder sie durfte nicht weiter daran arbeiten.«

»Oder sie hat das Stift verlassen. Oder ist an einer Grippe gestorben. Oder, oder, oder…«

»Trotzdem, das Buch stammt aus dem Stift. Wie ist euer Vater dran gekommen?«

»Neugieriges Kätzchen!«, schimpfte ich sie lächelnd, aber Rose unterstützte sie.

»Sie hat aber Recht, es wäre schon interessant, das zu wissen. Klöster und Stifte sammeln doch eher solche Kunstwerke, als sie unter die Menschheit zu bringen.«

»Die einfachste Erklärung wäre, dass es zum Zeitpunkt der großen Säkularisierungswelle Anfang des neunzehnten Jahrhunderts irgendein Sammler aufgeklaubt hat.«

»Säkulari –was?«

»Verweltlichung, in diesem Fall Auflösen von geistlichem Besitz. Nach der französischen Revolution gab es eine Phase, in der Klöster und Stifte aufgelöst wurden und die Kirchen ihr Vermögen verloren. Damals sind zahlreiche Kunstwerke vernichtet worden. Kostbare Altäre wurden zu Brennholz verarbeitet, Gemälde auf den Müll geworfen, Bibliotheken geplündert. Es gab aber ein paar Leute, die erkannt haben, welche Werte da plötzlich herrenlos herumlagen. Und die haben gesammelt, was das Zeug hält. In Köln war das zum Beispiel Friedrich Wallraf, der sich auf diese Weise eine gewaltige Kunstsammlung zugelegt hat. Heute findest du die Sachen im Wallraf-Richartz-Museum. Die Brüder

Boiseré taten das Gleiche. Ihre Sammlung bildete den Grundstock für die Alte Pinakothek in München.«

»Und etliche andere haben sich vermutlich ebenfalls an den Schätzen bedient!«

»Natürlich. Zum Teil standen oder lagen die Sachen einfach am Straßenrand. Viele kleinere Sammlungen gibt es natürlich auch noch, meist in Privatbesitz. Möglicherweise hat einer unserer Vorfahren ebenfalls eine solche besessen.«

»Anita, was ist mit den beiden Ringen passiert? Schimpf mich nicht gleich wieder, ich würde die Geschichte für viel zu wahr halten. Aber der Siegelring ist doch ein Erbstück, hast du gesagt.«

»Ich schimpfe nicht, Cilly. Und deine Frage ist ziemlich gut, weißt du.«

Ich versuchte mich zu erinnern, was in dem Brief stand, mit dem ich nach Julians Tod den Siegelring mit der Pferdchengemme erhalten hatte. Aus dem Gedächtnis zitierte ich dann: »Als meine Eltern starben, erhielt ich als Erbstück von meiner Mutter diesen Ring. Er ist seit vielen Generationen in der Familie und wurde offensichtlich regelmäßig an die älteste Tochter weitergegeben. Soweit ich von meiner Mutter weiß, war die Erste, die ihn trug, meine Ururgroßmutter Graciella Coloman. Sie muss so um die Zeit Napoleons gelebt haben, wenn ich es richtig nachgerechnet habe. Doch der Siegelring selbst ist sehr viel älter.«

»Julians Ururgroßmutter hieß Graciella Coloman? Anita, ich bekomme eine Gänsehaut!«

»Coloman…«, flüsterte ich

»Graciella…«, sagte Cilly mit großen Augen

»Julian war ein Meister der Webkunst«, stellte Rose fest.

»Und ich werde mal ein wenig Ahnenforschung betreiben müssen. Irgendwo in Julians Unterlagen gibt es Familiendokumente, Daraus sollte man einen Stammbaum ableiten können. Jene Graciella Coloman passt hübsch in die Sammlertheorie hinein. Mann oder Vater könnten da einiges zusammengetragen haben, und antike Gemmen sind durchaus im Besitz von Kirchen und Klöstern denkbar.«

»Vor allem, wenn sie von Stiftsdamen an Matronensteinen gefunden werden…«

»Ja, eine glaubhafte Version«, stimmte ich ihr lächelnd zu.

»Wär doch schön, wenn du auf eurem Dachboden noch eine Sammlung alter Kunstwerke finden würdest. Stundenbücher, Monstranzen, Altarbilder und was dergleichen Gelersch damals entsorgt werden sollte!«

»Cilly, unser Dachboden wurde vor zwanzig Jahren gebaut, darin befinden sich nur ein paar zerschrammte Möbelstücke, die unmodernen Kleider meiner Mutter und ein paar staubige Koffer, wenn ich mich recht entsinne.«

»In diesen Koffern sind vermutlich besagte Schätze!«

»Eher alte Notenblätter und Bühnenanzüge.«

»Du bist ätzend prosaisch!«

»Und du hinreißend romantisch, Cilly! Aber aus Liebe zu dir werde ich sie untersuchen, wenn ich Uschi das nächste Mal besuche.«

»Mh, darf ich mitkommen?«

»Cilly, Anitas Mutter ist ein wenig eigen. Ich glaube nicht, dass das eine gute Idee ist.« Rose hatte von Uschis letztem Auftritt im Krankenhaus natürlich gehört. Sie wechselte geschwind das Thema. »Der Siegelring mag irgendwie mit dem Stundenbuch zusammen in die Hände von Vaters Familie gekommen sein, der Bernsteinring allerdings muss nicht aus dem Stift stammen.«

»Nein, er könnte einen ganz anderen Weg genommen haben. Dennoch wundert es mich, warum Julian ihn erwähnt hat.«

»Das heißt, du hast ihn nicht aus eigenem Antrieb darin eingebunden?«

»Ich kann manchmal nicht recht unterscheiden, was ich weiß und was ich erfunden habe. Aber ich bin mir fast sicher, dass Julian ihn erwähnt hat, denn sonst hätte ich nicht gleich in der ersten Szene von ihm geträumt.«

»Betreib deine Ahnenforschung, Schwester. Mag sein, du stößt da auf eine Fährte. Unser Vater hat seine Phantasie offensichtlich aus vielen Quellen gespeist.«

»Eine davon war die Bibel!«, verkündete Cilly jetzt und kramte aus ihrer Tasche ein zerlesenes Exemplar hervor.

»Ich sag euch, da stehen Schoten drin!«

»Das Alte Testament ist ein ziemlich kerniges Stück Literatur, das ist wohl wahr!«

»Aber diese Story ist wirklich nicht zu überbieten, Hört euch an, was ich über Lots Töchter rausgefunden hab! Ihr erstarrt zur Salzstange, wenn ihr das hört!«

»Na, dann los!«

»1. Moses 19 – Lot aber ging von Zoar hinauf und ließ sich mit seinen beiden Töchtern im Gebirge nieder. Denn er hatte Angst, in Zoar zu wohnen. So nahmen er und seine beiden Töchter Wohnung in einer Höhle. Da sprach die ältere zu der jüngeren: ›Unser Vater ist alt, ein Mann ist nicht da, der mit uns verkehren könnte, wie es in aller Welt Brauch ist. Komm, wir wollen unseren Vater mit Wein berauschen und uns dann zu ihm legen, damit wir von ihm Nachkommen erhalten!‹ Sie machten also in jener Nacht ihren Vater mit Wein trunken. Daraufhin legte sich die ältere zu ihm; er aber spürte nichts, weder wie sie sich hinlegte, noch wie sie aufstand. Am anderen Tage sprach die ältere zu der jüngeren: ›Gestern habe ich mich zu meinem Vater gelegt. Wir wollen ihn auch für heute Nacht betrunken machen! Dann gehe du hinein und lege dich zu ihm. Dann werden wir Nachkommen erhalten!‹ Sie machten darauf auch in jener Nacht ihren Vater mit Wein trunken. Die jüngere erhob sich und legte sich zu ihm; er aber spürte nicht, wie sie sich hinlegte und wie sie aufstand. So empfingen beide Töchter Lots von ihrem Vater.«

»Aber hallo!«, entfuhr es mir.

Rose kicherte: »Und er spürte nichts. Muss ein seltsamer Wein gewesen sein, der ihn so trunken machte, dass er noch konnte, aber nix merkte …«

»Sag ich doch, echt eine heiße Kiste.«

Aber mir verging das Lachen plötzlich wieder.

»Sie ist mit dem Thema unserer Geschichte verwoben.« Und dann rutschte mir etwas heraus, das ich eigentlich vermeiden wollte zu sagen. »Und – Rose? Hast du Julian etwas in den Wein getan, als er dich an seinem letzten Abend besucht hat?«

Rose starrte mich an und wurde dunkelrot.

»Anita! Was unterstellst du mir!«

»Entschuldige … Es ist mir so herausgerutscht. Aber – du hast mir verschwiegen, dass er bei dir war, bevor er verunglückt ist.«

»Und jetzt glaubst du, ich hätte ihn betäubt und … und … Du bist eine verdammte Giftschlange, du Miststück, du …«

»Rose, hör auf!«, rief Cilly und schüttelte ihre Schwester an der Schulter. »Anita hat das nicht so gemeint!«

»Nein, ich habe es nicht so gemeint, Rose. Aber es bedrückt mich schon seit Wochen, dass du mir das nicht gesagt hast. Sophia erwähnte es, als sie mich im Krankenhaus besucht hat.«

Sie starrte mich noch immer wütend an, aber dann glätteten sich ihre Züge wieder, und Trauer malte sich in ihnen ab.

»Ich konnte nicht darüber sprechen. Ich wollte nicht. Ich will nicht, dass man mir so etwas unterstellt.«

»Den Ermittlern hast du es auch nicht gesagt.«

»Nein. Du siehst ja, was dabei herauskommt!«

Es war verrückt, aber verstehen konnte ich Rose. Trotzdem wollte ich mehr wissen.

»War Julian denn irgendwie anders als sonst, als er zu dir kam?«

Rose hatte sich wieder beruhigt und antwortete bereitwillig.

»Nein, völlig normal. Nur etwas müde. Aber er hatte halt schon einen langen Tag hinter sich. Er kam abends und wollte noch nach Koblenz, zu seinem Agenten. Wir haben über Australien gesprochen und meine Arbeit. Nichts Besonderes. Ich war auch schon viel zu sehr mit unserer Reise beschäftigt. Er ist nicht lange geblieben.«

»Hat er irgendwelche Tabletten genommen?«

»Nein, nur seine Pfefferminzbonbons. Wie üblich. Er war auch nicht beduselt oder so. Er hat einen Kaffee getrunken.« Sie lächelte plötzlich wieder. »Und ich habe mich auch nicht zu ihm gelegt, um Nachkommen zu haben!«

»Solltest du damit nicht doch noch mal zur Polizei gehen, Rose? Du hast dir doch nichts vorzuwerfen.«

»Ach Anita, ich dachte, der Fall sei jetzt abgeschlossen. Dieser Notar hat mir so etwas geschrieben. Wenn ich mich jetzt damit melde – wie wird das aussehen.«

»Schlecht, da hast du Recht. Lassen wir das.«

»Und hoffen wir, dein Valerius stellt sich nicht urplötzlich als dein Vater heraus!«

»O Gott, ich werde Uschi zur Rede stellen müssen!«

»Wär doch denkbar, wenngleich er dann ein recht frühreifes Früchtchen gewesen sein muss.«

»Und sich die Frage erhebt, warum Julian Uschi dann überhaupt geheiratet hat.«

»Wenn sie's ihm doch nicht gesagt hat? Ein erfolgreicher Sänger ist eine fettere Beute als ein Schuljunge von Siebzehn.«

»Was für ein Szenario!«

»Fast wie eine Geschichte unseres Vaters, ja, ja. Ich kann es mir ebenfalls nicht vorstellen, Anita. Du siehst Julian manchmal verdammt ähnlich. Das ist mir immer dann aufgefallen, wenn du deinen Teil der Geschichte erzählt hast. Aber sag, gibt es was Neues in der Fahndung nach Valerius C.?«

»Die Innen- und sonstigen Architekten in Köln und um Köln herum habe ich durchgeforstet. Darunter war nichts, was auch nur im Entferntesten gepasst hätte. Marc hat vorgeschlagen, dazu Möbelhersteller und Designer abzuklappern, aber ehrlich, ich habe den Punkt erreicht, an dem ich resigniere. Jetzt warte ich einfach darauf, ob Fabian doch noch etwas über das Autokennzeichen herausfindet, wenn er aus dem Urlaub zurück ist. Oder ob Marcs Fotos etwas bewirken.«

Marc war erstaunlich pünktlich am Freitag erschienen, als Rose ihre Ausstellung eröffnete. Es war eine gelungene Veranstaltung, diese Vernissage. Das Foyer des Kreditinstituts war wunderbar geeignet, die gläsernen Kunstwerke zur Geltung kommen zu lassen, und das Personal hatte sich hilfreich und sehr entgegenkommend verhalten, als wir sie aufbauten. Sogar besondere Beleuchtungselemente hatten wir installieren können, und Marc hatte über hundert Bilder gemacht. Mit steigender Begeisterung und wortgewaltigem Enthusiasmus. Das Publikum, das sich dann am späten Nachmittag einfand, war erfreulich zahlreich, der Direktor des Unternehmens selbst hatte eine Ansprache gehalten, und die Presse hatte Rose interviewt. Marc aber war es, der ihnen seine Bilder anbot. Vor allem solche, auf denen auch ich zu sehen war. Samstags war schon eines davon in unseren lokalen Zeitungen zu sehen, sogar in Verbindung mit einem Interview mit der Künstlerin.

Nun warteten wir auf weitere Ergebnisse dieser Veranstaltung. Rose auf die daraus resultierenden Verkäufe, vor allem aber auf weitere Aufträge. Ich auf eine mögliche Reaktion von Valerius. Aber meine Hoffnungen schraubte ich nicht besonders hoch.

Das Gemeindeblättchen, das ich am Montag aus dem Kasten zog und eilig durchblätterte, zeigte ein hübsches Bild von einer gläsernen Skulptur, der Artikel war voll des Lobes für die Künstlerin. Marcs Plan war – zumindest in dieser Zeitung, nicht aufgegangen. Ich fuhr zu Rose in die Werkstatt und fand sie mit glühenden Ohren am Telefon.

»Schon zwei Anrufer, die solche Spiegel haben wollen, Anita«, sagte sie strahlend, als sie aufgelegt hatte. »Ich habe den Preis mal ein bisschen höher gesetzt. Ob das wohl richtig war?«

»Wenn sie nicht gemault haben, war es richtig!«

Ich stellte ihr ein kleines Nestchen mit Ostereiern aus der Konditorei vor die Nase.

»Fastenzeit ist vorbei, du brauchst einen Energieschub!«

»Fastenzeit ist noch nicht vorbei. Aber trotzdem danke. Obwohl du natürlich meine Willenskraft auf eine strenge Probe stellst!«

Sie stellte resolut das Nestchen auf eine der Vitrinen.

»Da plündern es dir deine Kunden.«

»Dann haben die die Schokolade halt auf den Hüften.«

Ich lachte und machte mich daran, meine selbst gewählten Aufgaben und das Telefon zu übernehmen, damit Rose sich ihrer künstlerischen Arbeit widmen konnte. Sie fuhr dann am Nachmittag zu ihrer Ausstellung, um sich zu zeigen und nach dem Rechten zu sehen, ich kehrte in meine Wohnung zurück, um die vernachlässigten Hausarbeiten durchzuführen. In der Post steckte ein dicker Umschlag. Der Arbeitsvertrag aus München. Mit gemischten Gefühlen legte ich ihn auf meinen Schreibtisch. Ich wollte, bevor ich ihn unterschrieb, noch mal eine Nacht darüber schlafen.

Dienstag allerdings unterschrieb ich ihn nicht, denn von dem Augenblick, da das Telefon läutete, überschlugen sich die Ereignisse.

»Hi, Anita!«

»Hallo, Marc. Hast du dich von den Anstrengungen des Wochenendes schon erholt?«

»Ich bin kurz vor dem Zusammenbruch, mein Schätzchen. Hast du eine halbe Stunde Zeit für mich?«

»Wenn du bereit bist, sie mit mir am Bügelbrett zu verbringen.«

»Solange du mir nicht eine überbügelst für das, was ich für dich getan habe.«

»Was hast du getan?«

»Hülle dich in Geduld, meine Liebste!«

»Die Geduldshülle um mich herum ist mittlerweile so dick wie Londoner Nebel.«

»Ich bin gegen fünf bei dir!«

»Na gut. Ich werd's aushalten.«

Er kam Viertel nach fünf und sah aus wie ein Kater, der eine Sahnedose aufgerissen und sich am Inhalt berauscht hatte.

»Na, Süße? Noch fest auf den Füßen?«

»Warum nicht. Hat es ein Erdbeben gegeben?«

»Nein, noch nicht. Krieg ich einen Kaffee?«

»Bekommst du.«

Er warf sich auf mein Sofa und blätterte das Gemeindeblättchen durch.

»Idioten. Falsches Bild. Aber für Rose ist es wohl nicht schlecht gelaufen?«, rief er in die Küche.

»Nein, die Resonanz ist gut. Und in der Tageszeitung ist das richtige Bild drin.«

Ich brachte Tassen und Kaffeekanne zum Tisch und setzte mich zu ihm.

»Bisschen labberig, das Zeug!«

»Ich vertrage den Klärschlamm nicht, den du zu trinken beliebst. Das ist schon die härteste Stufe, zu der ich bereit bin.«

»Müsstest ihn ein bisschen einkochen, denke ich!«

»Du hast seltsame Vorstellungen von Kaffee. Also, was gibt's? Nur zum Rummaulen über meine Kochkünste bist du doch nicht gekommen?«

»Nein. Hast du morgen Nachmittag um sechzehn Uhr schon was vor?«

»Ja, zufällig.«

»Sag's ab. Du hast einen anderen Termin. Da.«

Er warf mir einen Zettel hin. Irritiert sah ich drauf.

»R&C Kunst und Antiquitäten«, stand darauf und die Adresse in der Kölner Innenstadt.

»Was soll ich dort? Ich kenne den Laden. Rose und ich waren vor zwei Monaten mal da.«

»Du hast ein Date mit dem Besitzer!«

»Marc-Schatz, ich habe gerade hier einen Arbeitsvertrag zur Unterzeichnung bekommen.«

»Vielleicht disponierst du ja um, wenn du den Mann gesprochen hast.«

»Antiquitätenhandel ist nicht mein Ding. Die Erfahrung habe ich vor drei Jahren abgehakt.«

»Könnte trotzdem lohnenswert sein, hinzugehen. Der Chef von R&C soll ein interessanter Mann sein. Ich meine, nicht ganz meine Linie. Manche behaupten sogar, er handele recht skrupellos in seinem Metier. Aber das mögen auch Gerüchte missgünstiger Konkurrenten sein. Immerhin hat er ganz alleine den Laden vor beinahe fünfundzwanzig Jahren vor dem Zusammenbruch gerettet. Familienunternehmen, weißt du. Möglicherweise aber mit etwas zweifelhaften Methoden. Heißt es. Er scheut kein Risiko und ist für seine schnellen Entschlüsse bekannt.«

»Also ein richtiger Mann!«

»Magst du keine richtigen Männer?«

»Ich schätze durchaus auch Rücksichtnahme und Einfühlungsvermögen.«

»Hat er vermutlich ebenfalls. Es gibt Frauen, die sich wohlwollend über ihn äußern.«

»Du warst mal wieder gut im Recherchieren, was?«

»Wenn ich erst mal dran bin... Eine hat allerdings kein gutes Haar an ihm gelassen!«

»Linda mit Namen?«

»Hoppla – woher weißt du das denn?«

»Mein Kontakt mit R&C beschränkt sich zwar nur auf den Verkaufsraum, aber da agierte eine Dame, die Rose und ich irgendwo zwischen Hyäne und Lindwurm angesiedelt haben. Sie äußerte sich abfällig über ihren Chef.«

»Nun, sie hat sich womöglich ein paar Hoffnungen zu viel gemacht.«

»Zu diesem Urteil kamen wir auch. Aber jetzt sag mir doch mal, warum du mir diesen Job so unbedingt ans Herz legst, Marc. Hat Rose dich angestachelt, weil sie nicht will, dass ich nach München gehe?«

»Will sie das nicht? Lass dich nur nicht ausnutzen von deiner Schwester. R&C hat übrigens noch eine Filiale in Frankfurt, wenn du Abstand gewinnen willst.«

»Ich bin mir ja selbst noch nicht ganz schlüssig.«

»Also, dann geh hin, Süße.«

»Meinetwegen. Wie bist du auf die Sache gestoßen?«

»Ich habe nachgedacht. Und dann etwas herumtelefoniert.«

»Prima. Worüber nachgedacht?«

»Über Antiquitäten, Herzchen. Vor allem schöne, alte Möbel.«

»Marc???«

»Ich hab einen der besseren Innenarchitekten gefragt, wen er denn empfehlen würde, wenn ich eine Fotoreportage über echte Stilmöbel machen wollte. Der hat mir ohne Zögern R&C empfohlen.«

»Marc???«

»Und ich habe dann dort angerufen und mit Cosy Schmitz einen Termin ausgemacht. Um mich beraten zu lassen.«

»Marc!«

»Der Chef von Roman und Corvin hat am Dienstag Zeit dafür.«

»Wer – ist – der – Chef – von – R&C?«

»Valerius Corvin natürlich, Schätzchen!«

Mein Herz pochte bis zum Hals.

»Anita, du siehst nicht gut aus. Gar nicht gut. Du, hol mal wieder ein wenig Luft, sonst fällst du um!«

»Marc, das ist nicht wahr. Du beschummelst mich!«

»Würde ich nie wagen. Es ist schon richtig. Hier ist die Telefonnummer seines Büros. Willst du gleich anrufen?«

»Ich … das kann ich einfach nicht.«

»Na gut, dann gehst du eben morgen hin. An meiner

statt. Kannst ja vorschieben, du seiest meine Assistentin. Und dann siehst du schließlich, was passiert.«

»Ich bin vollkommen durch den Wind.«

»Das sehe ich.«

»Ich habe die ganze Zeit davon geträumt, ihn wieder zu finden.«

»Und jetzt hast du Angst. Am meisten vor dir selbst, nicht?«

»Ja.«

»Gut. Dann geh nicht hin. Ich bin ja noch da!«

»Nein. Nein, ich muss das jetzt hinter mich bringen. Aber, Marc – danke.«

»Red nicht, küss mich!«

Ich tat es, und er nutzte es weidlich aus. Wirklich unangenehm war es nicht. Aber seinen vorwitzigen Händen musste ich dann doch Einhalt gebieten.

»Schade!«, sagte er. »Aber wenn's morgen nicht klappt, komm ich darauf noch mal zurück!«

»Einverstanden. Dann werde ich wohl professionellen Trost brauchen.«

»Hoffentlich klappt es nicht.«

»Ich finde dich widerlich!«

»Nein, das glaube ich nicht. Ich habe heute noch einen vielversprechenderen Termin, darum lass ich dich jetzt alleine. Morgen um halb vier hole ich dich ab und fahre dich nach Köln.«

»Warum das?«

»Weil du vermutlich total kopflos durch die Straßen irren und den Termin verpatzen würdest. Frauen sind so!«

»Sprach der Kenner.«

»Eben!«

Die Nacht verbrachte ich überwiegend schlaflos. Jede Sekunde, die ich vor drei Monaten mit Valerius verbracht hatte, drehte ich im Geiste noch einmal um und um. Er war mir als faszinierender Mann erschienen. Aber die Figur des Römers Titus Valerius Corvus hatte mich dazu verleiten lassen, anzunehmen, ich würde ihn kennen. Doch ich kannte diesen Mann nicht. Und das Bild, das Marc von ihm gezeichnet hatte, war nicht ausschließlich positiv. Ein harter Geschäftsmann. Risikobereit, skrupellos, schnell entschlossen. Ja, das war er damals auch mir gegenüber. Seine Freundin Belinda oder Linda hatte er wohl genauso schnell und skrupellos abserviert.

In dem Zusammenhang fiel mir noch etwas anderes ein. Der Mann, der mit jener Linda gesprochen hatte. Rose sagte, es sei Falko gewesen. Sie hatte ihn auf der Karnevalsfeier wieder erkannt. Falko Roman. Und Fabian hatte mir erzählt, Falko sei von seinem Onkel namens Val aufgezogen worden. Du liebe Zeit, vor fünfundzwanzig Jahren das Geschäft vor dem Zusammenbruch gerettet und vermutlich auch noch den Jungen seiner Schwester oder seines Bruders aufgenommen. Er muss noch sehr jung gewesen sein, als er sich diese Last aufgebürdet hatte.

Und was war ich für ihn? Ein Quicky? Eine leicht Verrückte, die sich ihm an den Hals geworfen und etwas von einer Begegnung in einem vergangenen Leben erzählt hatte? Wenn er so ein nüchterner Macher war, dann musste ich ihm sicher in diesem Licht erscheinen. Nicht dass es ihm unangenehm war, mit einer allzu willigen Frau ins Bett zu steigen. Ein Mann von schnellen Entscheidungen eben. Und genauso schnell war er ja auch nach Rom entschwunden. Nach meinem Namen hatte er gar nicht erst gefragt. Wird sich schon melden, wenn sie noch was von mir will, wird er gedacht haben.

Im Morgengrauen war ich dann so weit, dass ihn nicht mehr treffen wollte.

Dann schlief ich ein. Und träumte von ihm. Ich träumte von ihm mit einer Intensität, die erschreckend war. Ich stand am Strand, einem wunderbaren, weißen Strand und sah auf die Insel hinaus. Türkisfarbenes Wasser glitzerte im Sonnenschein, der Himmel war unendlich weit und durchscheinend blau und verband sich am Horizont mit dem Meer. Die Insel war nicht fern, wenn der Ebbstrom einsetzte, würde man trockenen Fußes hinübergelangen. Ein kiesbedeckter Pfad führte zu einem grauen Feldsteinhaus hinauf. Und diesen Pfad kam er hinunter. Er sah zu mir hin, aber er nahm mich nicht wahr. Nur der schwarze Vogel, der sich hinter ihm vom Dach des Hauses erhob, kam flügelschlagend über das Wasser geflogen. Und der Schatten seiner Fittiche breitete sich über mich.

Das Telefon klingelte.

Ich schreckte auf.

»Anita, ist etwas mit dir?«

»Rose? Ach du liebes bisschen! Es ist ja schon halb elf!«

»Hast du verschlafen?«, kicherte sie.

»Aber frag nicht, wie.«

»Das kriegst du vom Lohn abgezogen!«

»Du willst mich verhungern lassen!«

»Ich bin eine gnadenlose Arbeitgeberin.«

Mir fiel es wieder ein.

»Der Grund, warum ich verschlafen habe …«

»Interessiert natürlich die gnadenlose Ausbeuterin nicht. Erzähl!«

»… ist, dass ich heute Nachmittag einen Termin mit einem skrupellosen Geschäftsmann habe.«

»Vom Regen in die Traufe.«

»Und ich weiß nicht, ob ich hingehen soll.«

»Wer ist es denn?«

»Der Besitzer von R&C-Antiquitäten.«

»Oh, also doch ein Job hier in Köln?«

»Weniger, glaube ich. Roman und Corvin kommen vermutlich sehr gut ohne mich aus.«

»Wer?«

»R&C, Roman und Corvin. Wie der Roman mit Vornamen heißt, weiß ich nicht. Der andere aber nennt sich Valerius.«

»Anita!«, quietschte es mir aus dem Hörer entgegen. »Marc hat es herausgefunden!«

»Und du weißt nicht, ob du hingehen sollst? Ja bist du denn von allen guten Geistern verlassen? Natürlich gehst du. Und wenn ich dich eigenhändig hinprügeln muss!«

»Brauchst du nicht. Marc hat so etwas auch geahnt und wird mich hinfahren. Aber ich bin mir trotzdem nicht sicher.«

»Aber Anita, was kann dir denn schlimmstenfalls passieren? Dass er dich nicht wieder erkennt?«

»Dass er mich kühl und höflich fragt, warum ich vorbeikomme.«

»Dann wirst du eben sagen, du wolltest einen antiken Schreibtisch kaufen oder so was.«

»Natürlich. Dass mir das nicht eingefallen ist.«

»Oder du entschuldigst dich wegen der Anzeige, die ja noch immer besteht.«

»Oh, Scheiße! Daran habe ich ja gar nicht mehr gedacht. Lieber Gott, was wird der nur von mir denken!«

»Das wirst du rausfinden, wenn du mit ihm darüber redest. Und jetzt stehst du auf und gönnst dir ein wunderbares, langes, duftendes Bad, wäschst deine Haare und vergräbst dich anschließend in deinem Kleiderschrank. Schau, dass du was Passendes darin findest. Hier tauchst du bitte nicht auf. Nur wenn er dich enttäuscht, dann darfst du dich natürlich sofort in meine Arme stürzen.«

»Danke, Rose.«

»Und wehe, du drückst dich.«

Ich trödelte im Bad herum, genau wie Rose es mir empfohlen hatte, aber besser wurde meine Stimmung dadurch nicht. Ich bügelte endlich die Wäsche, putzte die zwei Zimmer, lackierte mir die Fingernägel, steckte mir die Haare dreimal zu unterschiedlichen Frisuren auf, konnte mich nicht zwischen strengem Kostüm, Jeans oder Hosenanzug entscheiden. Hatte dann plötzlich dieselben Sachen an, die ich auch bei der ersten Begegnung getragen hatte: eine dunkelrosa Bluse, wollweiße Jeans, gleichfarbigen Umhang. Es war kühl genug an diesem Apriltag, der seinen Himmel bedeckt hielt und den nur selten einmal ein Sonnenstrahl durchbrach.

Marc klingelte kurz vor halb vier an der Tür.

»Zum Anbeißen siehst du aus, Anita-Schätzchen. Aber ein bisschen blass um die Nase. Was hältst du von ein wenig Puder oder so?«

»Wahrscheinlich hat er eher Mitleid mit mir, wenn ich bei seinem Anblick blau anlaufe und umzukippen drohe. Ich bin mir nämlich ganz und gar nicht sicher, ob er mich überhaupt sehen will.«

»Siehst du, das ist der Grund, warum ich hier bin. Da hab ich mir die Finger wund telefoniert, um dir deinen Liebsten herbeizuzaubern, und du streckst die Flügel!«

»Ja, ja, erst jammere ich euch allen die Ohren voll, und dann verlässt mich der Mut. Ich kann mich selbst nicht leiden.«

»Aber ich dich. So, steig ein.«

»Kommst du mit?«

»Aber Mädchen!«

»Wartest du auf mich?«

»Jahrelang, wenn es sein muss. Aber heute werde ich dich deinem Schicksal überlassen. Er wird dich schon nach Hause fahren. Oder du nimmst ein Taxi. Hast du Geld dabei?«

»So schusselig bin ich nun auch wieder nicht.«

»Na, ich weiß nicht.«

»Hast du eigentlich mit ihm selbst gesprochen?«

»Nein, nur mit diesem süß klingenden Vögelchen mit dem charmanten chinesischen Namen Schmitz. Begutachte sie mal für mich. Wenn sie so hübsch ist, wie sie spricht, dann werde ich wirklich mal eine Fotoserie über antike Möbel machen.«

»Mit Ming-Vasen als Dekoration.«

»Von authentischen Händen gehalten.«

»Welche Kriterien führen zur völligen Ablehnung?«

»Eingebundene Füße und schwarz gefärbte Zähne. Alles andere ist mir ziemlich egal.«

»Du bist wahllos in deinen Frauenbeziehungen.«

»Findest du? Eventuell suche ich ja noch nach der einzigartigen.«

»Und ich dachte, du verzehrst dich in unerwiderter Liebe zu mir.«

»Eben, unerwidert. Also muss ich doch weitersuchen.«

»Das kann sich in«, ich sah auf die Uhr, »in fünfzehn Minuten alles geändert haben.«

»Herr im Himmel, bist du eine Pessimistin. Anita, wenn ein so schönes Weib wie du mich auf offener Straße anspricht und erklärt, wir würden uns schon lange kennen, dann ...«

»... würdest du sie auch für leicht irre halten!«

»... und sich willig in meine Arme stürzt, ...«

»... würdest du dich zwar nicht wehren, ...«

»... und dann urplötzlich wieder aus meinem Leben verschwindet ...«

»... sie aber als leicht bekloppte Nymphomanin abtun.«

»... würde ich alles daran setzen, sie wieder zu sehen, um herauszufinden, ob ich wirklich eine solch überwältigende Wirkung auf schöne Frauen habe.«

»Du meinst also, wenigstens seinem Ego werde ich damit schmeicheln, dass ich ihm nachlaufe.«

»Das ist das Mindeste. Welcher Mann lässt sich das nicht gerne gefallen?«

»Ein Punkt für dich.«

»Gelegentlich solltest du dich mal daran erinnern, wenn du es mit mir zu tun hast.«

»Und ich brauche mich nicht zu fürchten, jemals zu dick auftragen zu können?«

»Niemals. So, hier haben wir einen passenden Parkplatz. Siehst du, da drüben ist R&C. Du gehst jetzt da hinein und sagst, du hättest den Termin von mir übernommen.«

Ich hatte Magenschmerzen, trockene Lippen und eisige Hände.

»Beweg dich, Herzchen. Du siehst hübsch aus. Jedes Haar an seinem Platz und das Make-up perfekt in Ordnung.«

»Ja. Ich gehe ja schon.«

Aber ich blieb sitzen. Marc stieg aus und öffnete die Beifahrertür.

»Raus!«

Ich stieg aus, aber meine Beine fühlten sich an, als wären sie aus Holz.

»Da rüber. Wenn die Ampel grün ist!«

Das Verkehrslicht sprang um, und die letzte Chance zur Verzögerung war vorüber. Ich überquerte die Straße und betrat das Antiquitätengeschäft. Die Hyäne war beschäftigt, aber eine andere, ältere Frau kam auf mich zu.

»Was kann ich für Sie tun?«

»Ich...« Meine Stimme war heiser, und ich musste

mich räuspern, um überhaupt verständlich sprechen zu können. »Ich habe um sechzehn Uhr einen Termin bei Herrn Corvin.«

»Ah ja, Augenblick. Ihren Namen bitte?«

Sie griff zum Telefon.

Die letzte Rüstung die mir blieb, war mein Titel.

»Dr. Kaiser. Ich vertrete Herrn Britten.«

Sie sprach kurz mit jemandem und bat mich dann durch den hinteren Teil des Geschäftes zum Aufzug.

»Vierter Stock, Frau Dr. Kaiser. Frau Schmitz erwartet Sie.«

Cosy Schmitz würde Marc gefallen, war mein erster Eindruck. Sehr gefallen. Sie war klein, zierlich, überaus anmutig und sah aus wie ein Püppchen. Sie lächelte mich warmherzig an. Ihre Zähne waren selbstverständlich strahlend weiß.

»Herr Britten ist verhindert? Das tut mir Leid. Werden Sie die Fotos machen?«

»Ich werde erst einmal ein wenig Hintergrundwissen benötigen.«

»Herr Corvin telefoniert gerade noch, nehmen Sie Platz, Frau Dr. Kaiser. Darf ich Ihnen einen Kaffee anbieten?«

»Nein. Nein danke.«

Meine Finger krampften sich um die Handtasche.

Sie sah mich plötzlich mitfühlend an.

»Sie sind aufgeregt, nicht wahr? Ihr erster Auftrag?«

Wortlos nickte ich.

»Keine Angst, er beißt nicht. Er ist ein außerordentlich umgänglicher Mensch.«

»Ist er das?«

»Ruhig und zumeist sogar sehr herzlich. Ich arbeite gerne bei ihm. Ah, er hat aufgelegt.«

Sie drehte sich um und klopfte an der Tür zum Büro.

»Val, dein Termin mit dem Fotografen. Er ist verhindert, aber er hat Frau Dr. Kaiser geschickt, die sich mit dir unterhalten möchte.«

Sie drehte sich zu mir um und nickte.

Ich stand auf und holte tief Luft. Noch fünf oder sechs Schritte trennten mich von ihm. Ich stand in der Tür, sah in den Raum. Valerius war hinter seinem Schreibtisch aufgestanden und wollte wohl seiner Besucherin entgegengehen. Doch er blieb stehen, sah mich an.

»Anahita?«

Er war es wirklich. Lockige, schwarze Haare, ein kurz geschnittener Bart, beides von Grau durchzogen. Grauer Rollkragenpullover, schwarze Hose – Schaube und Barett hätten ihm auch gestanden.

»Valerius?«

Meine Stimme gehorchte mir jetzt überhaupt nicht mehr.

Er kam um den Schreibtisch auf mich zu.

»Ana!«

Ich fasste nach dem Türrahmen, um Halt zu finden.

»Ich habe damals deine Karte verloren. Ich habe etwas Zeit gebraucht, um dich wieder zu finden.«

Er hob die Hand und fuhr ganz langsam über meine Wange.

»Ana…«

Mit seinen Fingern berührte er sehr zärtlich die Narbe, die quer über mein Gesicht lief. Dann strich er mit dem Daumen über meine Lippen.

»Val!«

Ich lag plötzlich in seinen Armen. Sein Kuss war sanft, wurde härter, forderte, verlangte bedingungslose Hingabe. Ich schenkte sie ihm.

Dann ließ er mich los, und wir beide rangen nach Atem.

»So geht das nicht!«, sagte er und ließ mich los. Er nahm seine Jacke, warf sie sich über die Schulter, griff nach dem Schlüsselbund auf dem Schreibtisch und legte mir wieder den Arm um die Taille. »Komm.«

Er führte mich durch das Vorzimmer, wandte sich seiner Sekretärin kurz zu und meinte: »Ich bin für niemanden zu sprechen, Cosy. Ich melde mich.«

»Ist in Ordnung, Val.«

Wir verließen schweigend das Gebäude, Val öffnete mir die Tür zu seinem Wagen. Wenige Minuten später erreichten wir das Haus in Marienburg.

»Hier? Ich habe alle Straßen abgesucht. Ich konnte mich nicht erinnern.«

»Darum halten wir jetzt davor und nicht in der Tiefgarage.«

Er ging voran zum Aufzug und sagte noch einmal: »Das Penthouse!« Dann öffnete er mir die Tür. Ich ging quer durch den Raum und blieb an dem Schrank stehen. Er war genau wie ich ihn Marc geschildert hatte. Die Aussicht stimmte, wenn auch die Bäume nun nicht mehr kahl waren, sondern erste, frühlingsgrüne Blattknospen zeigten. Mit der Hand strich ich über das sorgsam polierte Holz des Möbelstücks.

»Was ist passiert?«

»Die Visitenkarte. Ich verlor sie, als ich zu Hause aus dem Auto stieg. Ich wusste nur noch deinen Vornamen, Valerius.«

»Und ich nur den deinen, Anahita.«

Wir hielten vorsichtig Abstand voneinander.

»Wie …?«

»Ein Freund. Er kam auf die Idee, du könntest etwas mit alten Möbeln zu tun haben, als ich ihm von der Einrichtung erzählte. Er ist gut im Recherchieren.«

»Der Fotograf?«

»Ja, Marc.«

»Ein kluger Kopf, dein Freund.«

»Ein guter Kamerad. Er hat mir schon einmal das Leben gerettet. Letztes Jahr.«

»Schon einmal?«

»Das Flugzeug.«

Ich deutete auf die Narbe.

»Und das zweite Mal?«

Ich lächelte.

»Anita?«

»Valerius, ich bin nicht die Schlampe, für die du mich halten musst. Ich habe dich ehrlich gesucht. Es… war keine schöne Zeit. Und ich habe ein paar sehr verrückte Dinge deswegen getan.«

»Ich habe dich nie für eine Schlampe gehalten. Ich habe nur gedacht… Ich dachte, es bedeutet dir nichts weiter.«

»Also doch Schlampe.«

»Nein. Aber du bist so völlig vom Erdboden verschwunden gewesen. Ich habe nämlich auch versucht, dich zu finden.«

»Gut im Spuren verwischen, ich weiß. Darum haben wir ja meine ehernen Prinzipien umgestoßen.«

»Welche da sind?«

»Hast du die Zeitung vom Samstag noch?«

»Irgendwo, ja. Warum?«

»Du hast den Lokalteil offensichtlich nicht gelesen.«

»Wahrscheinlich nicht. Ich hatte wenig Zeit am Wochenende. Warum?«

»Du hättest ein Bild von meiner Schwester und mir gefunden. Ich lasse mich normalerweise nicht fotografieren. Aber ich dachte, vielleicht erkennst du mich wieder.«

»Das hätte ich auf alle Fälle.« Er kam einen Schritt näher. »Ein Gesicht wie das deine vergisst man nicht.« Und wieder hob er die Hand, doch diesmal, um mein Kinn ein wenig anzuheben. »Nicht wegen der Narbe, Ana. Deswegen nicht.« Er sah mich an, intensiv und eindringlich. »Es hat mich in meinen Träumen verfolgt«, sagte er leise.

Ich schloss die Augen. Ja, in den Träumen waren wir manchmal zusammen gewesen.

Und dann fühlte ich, wie er die Spange aus meinen Haaren löste. Sie fielen offen nach unten, und seine Hand vergrub sich darin.

»Ana!«

Es blieb kein Abstand mehr. Und die körperliche Nähe überwältigte uns beide. Ich bot ihm meine Lippen, und er nahm sie sich, hungrig und begierlich.

»Es scheint uns etwas wahrhaft Archaisches zu verbinden, mein Herz. Ich kann mich offensichtlich nicht mehr zivilisiert verhalten. Mich verlangt nach dir. Ich kann dir nicht beschreiben, wie sehr.«

Ich fuhr mit meinen Fingerspitzen über seine Brust. Ich fühlte sein Herz schlagen.

»Komm!«, sagte ich, und meine Stimme war heiser vor Begehren.

Er nahm mich am Arm und ging zum Schlafzimmer.

Es war überwältigend, seine Hände auf meinem Körper zu fühlen, es war überwältigend, über seine bloße Haut zu streichen, seine Küsse zu erwidern, seine Zunge in meinem Mund zu spüren. Doch es gab keine ausgefallenen Zärtlichkeiten, kein langsames Reizen der Sinne. Zu sehr drängte es uns zueinander.

»Ana«, keuchte er und bewegte sich langsam, aber mit kaum zurückgehaltener Kraft, und so schmolz ich in seinen Armen und verlor mich in einer Welt von Glut und Feuer.

Später zog er mich über sich. Meine linke Seite lag an seiner Brust, und meine Haare flossen über ihn. Unsere Herzen rasten, unser Atem ging noch immer heftig. Seine Arme aber hielten mich fest.

»Ana, Anahita.«

»Ich bin da.«

»Es ist gut. Ich weiß nicht, was vorher gefehlt hat, aber jetzt ist es gut.«

Wie blieben aneinander geschmiegt liegen, und ich versank in einen schlafähnlichen Zustand. Irgendwann merkte ich, wie er über meinen Arm streichelte und öffnete wieder die Augen.

»Die Wunde ist abgeheilt?«

»Ich habe eine Hauttransplantation vornehmen lassen. In der Woche, nachdem wir uns getroffen haben.«

»Ja, du hast erwähnt, dass du auf eine Operation wartest. Ana – in meinen schlimmsten Träumen habe ich befürchtet, du hättest sie möglicherweise nicht überlebt. Operationen sind nie ohne Risiko. Und es schien mir so unglaublich, dass du dich nicht mehr gemeldet hast.«

Ich fuhr mit den Fingern durch die grauschwarzen Locken auf seiner Brust. Sie zogen sich in einem schmalen Streifen bis über den Bauch nach unten. Er fing meine Hand ab.

»Sie wollten auch mein Gesicht operieren. Ich habe es abgelehnt.«

»Sie hätten dir auch die Haare abschneiden können. Ärzte sind unsäglich.«

»Nicht alle, Carl war sehr verständnisvoll.«

»Carl?«

»Der plastische Chirurg.«

»Und ein Freund?«

»Ein wertgeschätzter, ja.«

»Und wer sind noch deine Freunde?«

Ich musste plötzlich hemmungslos kichern.

»Oh, auf der Suche nach dir habe ich mir einige gemacht. Zum Beispiel den Valentin Cornelius. Ein ganz reizender Mann.«

»Ach ja?«

»Mh, sieht dir auf den ersten Blick sogar ein bisschen ähnlich. Hat auch diese schwarzen Haare...«

Wieder wurde meine Hand abgefangen.

»So nahe bist du ihm gekommen?«

»Nein, nein. Er hat da, wie er sagt, andere Pferdchen laufen, und ene mit esu ener lädierten Front, ne, die wör nix für ihn. Aber er hat mir angeboten, seine Freunde auf dich anzusetzen und dich, bei erfolgreicher Suche, mir zusammengefaltet zuzustellen. Weiß Bescheid? Jote Fründe stonn zesamme!«

Valerius Brustkasten bebte leicht, aber er hielt sich bewundernswert zurück.

»Nun, dann sollte ich mich wohl etwas vorsichtiger bei meinen Besuchen im Rotlichtviertel bewegen.«

»Ach, nicht nötig, ich sagte ihm, dass ich das lieber den Mühlen der Justiz überlassen werde. Da hab ich nämlich inzwischen auch Freunde.«

»So?«

»Ja, den scharfen Richter Fabian.«

»Sag mal, hast du irgendein Verbrechen begangen, um mich aufzustöbern?«

»Aber nein, ich doch nicht. Du, mein Lieber. Dir wird in den nächsten Tagen eine Vorladung ins Haus flattern.«

»Wessen bin ich angeklagt?«

»Na, Nötigung.«

»Anita?«

»War einer meiner besseren Einfälle, nachdem das

Straßenverkehrsamt wenig hilfreich war. Ich hatte nämlich die Buchstaben deines Autokennzeichens behalten. Leider ist dieser Valentin Cornelius ein besserer Kandidat gewesen als du. Aber ich muss sagen, meine erste Wahl ist er nicht.«

»Du hast mich angezeigt?«

»Ja. Entschuldige, ich wusste mir keinen anderen Weg. Bist du böse? Ich ziehe morgen die Anzeige zurück, ehrlich.«

Er war nicht böse, er begann einfach nur zu lachen.

»Der Himmel bewahre mich vor kreativen Weibern!«

»Soll er das wirklich? Der Himmel erhört nämlich derart leidenschaftliche Gebete!«

»Nein, das soll er nicht!« Valerius hatte sich umgedreht, und ich lag wieder unter ihm. Er strich mir die Haare aus dem Gesicht und küsste mich. »Nein, das nicht.«

Er war einfühlsam und zärtlich, wissend und verlangend. Und ein klein wenig skrupellos.

Ich auch.

»Mein Herz, du machst mich wahnsinnig.«

»Ein bisschen Wahnsinn braucht der Mensch.«

Er fing meine Hand diesmal nicht ab.

Es war dämmerig geworden, und er zog die Decke über unsere verschwitzten Körper.

»Erzählst du mir ein bisschen von dir, Anahita?«

»Was willst du wissen, Valerius?«

»Was hast du vorhin mit ›Spuren verwischen‹ gemeint?«

»Ich bin einfach vorsichtig mit meinem Privatleben. Ein gebranntes Kind, weißt du.«

»Gehörst du irgendwelchen prominenten Kreisen oder dem Geheimdienst an?«

»Mein Vater war recht bekannt. Er wollte nie seine Familie ins Blitzlichtgewitter geraten lassen. Sagt dir der Name Caesar King etwas?«

Valerius schwieg, und ich dachte schon, ihm erklären zu müssen, was es mit ihm auf sich hatte. Aber bevor ich etwas sagen konnte, meinte er: »Ich verstehe. Oh, ich verstehe sehr gut. Er starb letztes Jahr, nicht wahr?«

»Ja, ein Autounfall.«

»Und… Anahita, das Flugzeugunglück auf den Kanaren. Jetzt wird mir einiges klar. Mein Gott, was hast du durchgemacht.«

»Sie haben die Bilder von Julian und mir durch die Gazetten geschleift. Aber auf den Fotos wirst du mich nicht erkannt haben. Ein Akt, den ich Marc nicht so schnell vergesse.«

»Die blutüberströmte Frau zwischen den Flugzeugtrümmern.«

»Immerhin hat er mich anschließend da herausgeholt. Nun ja, das Ganze hat noch eine weitere Facette bekommen, als Julians Nachlass bekannt wurde. Er hatte der Welt und auch meiner Mutter verschwiegen, dass er noch eine weitere Tochter gezeugt hat. Sie ist drei Tage vor mir geboren. Meine Schwester Rosewita. Uschi, meine Mutter, hat sich höllisch aufgeregt und will nichts von ihr wissen. Aber ich habe sie aufgesucht, und wir sind inzwischen enge Freundinnen geworden. Doch stell dir vor, was für ein Fressen das für die Presse wäre!«

»Ja, das kann ich mir lebhaft vorstellen. ›Doppelleben des verstorbenen Stars!‹ ›Wer war die heimliche Geliebte?‹ und derartiger Stuss.«

»Mir ist das noch halbwegs egal, aber meine Mutter leidet schrecklich darunter. Hoffen wir, die Bilder in der Zeitung vom Samstag fallen niemandem von der Journaille auf.«

»Es ist jetzt wohl sowieso nichts mehr zu ändern. Sag mal, könntest du dich mit dem Gedanken anfreunden, etwas zu essen?«

»Durchaus!«

»Dann raus aus den Federn!«

Als ich aus der Dusche kam, hörte ich das gedämpfte Trillern meines Telefons in der Handtasche. Ins Handtuch gewickelt holte ich es hervor, ein wenig alarmiert. Meine Handy-Nummer kannten nur sehr wenige Leute.

Es war Cilly, die sich meldete. Vollkommen aufgelöst.

»Anita, es ist etwas Furchtbares passiert!«

»Was denn Cilly. Langsam!«

Ich ging ins Wohnzimmer und lauschte.

»Rose. Es geht ihr nicht gut!«

»Was hat sie?«

»Sie… sie liegt hier in ihrer Werkstatt. Ich krieg sie nicht wach. Und meine Eltern sind doch nicht da.«

»Atmet sie?«

»Ganz langsam. Anita, was soll ich nur machen?«, war ihr schluchzender Aufschrei. Valerius stand neben mir und legte mir die Hand auf die Schulter.

»Etwas passiert?«

Ich nickte.

»Ruhig, Cilly. Ich bin gleich bei dir. Pass auf, du rufst jetzt gleich die 112 an, den Notruf. Du erklärst den Leuten, wo du bist und was du an Rose festgestellt hast. Bekommst du das hin?«

»Ja, ja. Das kann ich schon. Wo bist du, Anita?«

»Bei Valerius.«

»Oh.«

»Keine Angst, ich komme sofort. Du musst dableiben und dem Notarzt aufmachen. Und wenn sie Rose ins Krankenhaus bringen, bleibst du bitte, bitte in der Werkstatt. Ich komme zu dir. Lass dir aber sagen, wohin sie sie bringen.«

»Ja, Anita.«

»Leg jetzt auf und wähle die 112. Danach kannst du mich wieder anrufen!«

Die Leitung wurde unterbrochen.

»Was ist?«

»Die kleine Schwester von Rose, Cilly. Sie hat Rose in ihrer Werkstatt gefunden, offensichtlich bewusstlos. Rufst du mir ein Taxi? Ich bin nicht mit dem Wagen hier.«

»Ich fahre dich.«

Mit fliegender Hast schlüpfte ich in meine Kleider, und kurz darauf saßen wir im Auto.

»Wesseling. Darauf wäre ich nie im Leben gekommen. Ich habe dich auf der anderen Rheinseite gesucht«, bemerkte Valerius. Dann konzentrierte er sich auf das Fahren, und diesmal schätzte ich Rücksichtslosigkeit und Risikobereitschaft durchaus.

Wir erreichten Roses Werkstatt, als der Rettungswagen mit Blaulicht und Sirene losfuhr.

»O Gott!«

»Du bist wichtig für die Kleine. Bleib ruhig, Ana. Wie alt ist das Mädchen?«

»Vierzehn.«

Wir liefen über den Parkplatz und betraten die Werkstatt, Cilly saß zusammengekauert in einer Ecke. Ich ging zu ihr und nahm sie in die Arme.

»Schon gut, Mäuschen, schon gut.«

»Sie haben gesagt, ihr Zustand ist ernst!«, sagte sie tonlos.

»Aber nicht, was es ist?«

»Nein. Sie bringen sie ins Stadtkrankenhaus.«

»Gut, dann fahren wir auch gleich dorthin!«, sagte Valerius.

Cilly sah auf und betrachtete ihn aufmerksam.

»Sie sind Valerius?«

»Ja, Cilly.«

»Sie sehen genauso aus, wie ich Sie mir vorgestellt habe!«, meinte Cilly mit einem winzigen Lächeln.

»Ist das schlimm?«

»Nein, das ist gut. Sogar sehr gut.«

»Schön. Gibt es etwas, das wir mitnehmen sollten?«

»Ihre Sachen hat sie zu Hause.«

»Hast du einen Schlüssel?«

»Ich habe ihn. Ich wohne im Augenblick bei ihr. Meine Eltern sind auf einem Seminar.«

»Anita, gibt es hier so etwas wie ein Badezimmer?«

»Ja, warum?«

»Flacher Atem und Bewusstlosigkeit – könnte sie Medikamente genommen haben? Dann wäre es gut, sie mit in die Klinik zu nehmen.«

Ich ging in das Bad und öffnete den Schrank. Außer ein wenig Kosmetika fand ich aber nichts. Ich durchsuchte auch die Borde und anschließend ihre Schubladen. Valerius betrachtete die Abfalleimer. Er holte einen Tablettenstreifen heraus. Leer allerdings.

»Hatte sie etwas zu feiern, Cilly?«, fragte er, und deutete auf die beiden leeren Sektflaschen.

»Ihren Erfolg bei der Ausstellung. Ich denke, es waren Leute hier, die ihr dazu gratuliert haben.«

»Ja, das ist möglich!«, bestätigte ich. »Gefunden habe ich nichts. Aber möglicherweise hat sie zu Hause etwas genommen und ist noch mal hergefahren.«

»Kommt mit, ihr beiden.«

Cilly öffnete uns Roses Wohnung, und ich machte mich gleich auf die Suche nach irgendwelchen Arzneimitteln. Valerius half Cilly, ein paar Sachen in eine Tasche zu packen.

»Leute, das hier habe ich gefunden!«, sagte ich und stellte eine Reihe Tablettenschachteln auf den Esstisch. »Aspirin, etwas gegen Magenschmerzen, Lutschtabletten gegen Halsschmerzen und das hier.«

Valerius nahm das braune Fläschchen in die Hand.

»Das sieht nicht gut aus.«

»Was ist das?"

»Ein Beruhigungsmittel. Nehmen wir es mit.«

»Seid ihr fertig mit Packen?«

»Sind wir.«

Es war nach neun Uhr, als wir das Krankenhaus erreichten. Wie üblich war es schwierig, jemanden zu finden, der uns Auskunft gab. Cilly war mit ihren Nerven völlig am Ende, und ich selbst fühlte mich ebenfalls etwas flatterig. Valerius aber blieb ruhig.

»Sag mal, was ist mit deinem Freund Carl? Praktiziert der zufällig hier?«

»Carl, o ja. Aber jetzt ist er vermutlich zu Hause.«

»Hast du seine Nummer?«

»Ja, habe ich.«

Ich ging vor die Tür und versuchte, ihn zu erreichen. Als er sich meldete, stieß ich unwillkürlich einen Stoßseufzer aus. Kurz erklärte ich ihm, worum es ging.

»Rose? O weh. Könnte es ein Selbstmordversuch gewesen sein?«

»Himmel, nein. Warum? Sie ist gerade dabei, ihre Erfolge einzusammeln. Sag mal, wie bekomme ich hier in diesem verdammten Krankenhaus eine vernünftige Auskunft?«

Carl lachte trocken auf. »Am besten, ich komme vorbei. Geht in den ›Blutigen Tupfer‹. Da treffe ich euch dann.«

Ich ging zu Cilly und Valerius zurück. Er hatte sich zu ihr gesetzt und hielt ihre Hände.

»Carl kommt gleich. Wir sollen in der Sandwichbar gegenüber auf ihn warten.«

»Wirklich ein guter Freund, Anahita. Und die Idee, etwas zu essen ist auch nicht schlecht.«

»Ich kann nichts essen. Mir ist schlecht!«, jammerte Cilly.

»Du bekommst einen extrasüßen Kakao.«

Der Kakao war genießbar, das pappige Sandwich hingegen klebte mir am Gaumen. Aber wenn die Nacht noch länger wurde, brauchte ich etwas Nahrung. Es dauerte noch fast eine Stunde, bis Carl kam. Aber irgendwie bewirkte seine untersetzte Gestalt und sein offenes Gesicht etwas, wodurch es mir leichter ums Herz wurde.

»Anita, Cilly!«, sagte er und strich dem Mädchen über die Wange.

»Dr. Carl German, Valerius Corvin«, stellte ich die beiden Männer einander vor.

»Das also ist dein Valerius?« Carl sah ihn genauso intensiv an, wie Cilly es vorhin auch getan hatte. »Ich glaube, ich verstehe dich.«

»Es scheint, dass mich Gott und die Welt irgendwie kennen?«

Valerius lächelte mich an.

»Hölle und Teufel auch, Valerius. Ich musste doch meinem Arzt erklären, warum er mein Gesicht in Ruhe lassen sollte.«

»Es fällt unter die Schweigepflicht, Herr Corvin. Ich bin froh, dass Anita Sie gefunden hat. Sie wirkte letzthin ein wenig niedergeschlagen.«

Valerius legte den Arm um meine Schultern. Carl sah jetzt niedergeschlagen aus. Aber er fasste sich gleich wieder.

»Rose ist auf der Intensivstation. Offensichtlich hat sie eine größere Dosis eines Tranquilizers zu sich genommen. Und Alkohol. Absichtlich oder unabsichtlich. Ihr Zustand ist aber jetzt stabil.«

Ich holte das braune Fläschchen aus der Tasche.

»Das Zeug habe ich in ihrem Badezimmer gefunden.«

Er prüfte kurz die Beschriftung und meinte: »Könnte sein. Aber nicht aus dieser Packung. Da fehlen kaum drei, vier Tabletten. Sie hat mehr davon genommen.«

»Vielleicht hatte sie noch eine Packung.«

Valerius gab ihm den Tablettenstreifen.

»Das passt schon eher. Hatte sie denn irgendwelche Probleme, weshalb sie derartige Medikamente brauchte?«

»Solange ich sie kenne nicht. Cilly?«

»Ich weiß nicht. Sie war ziemlich hibbelig, als sie ihr Atelier aufgemacht hat. Vor zwei Jahren. Da hat sie, glaube ich, so was genommen. Aber aufgefallen ist es mir nie. Ich hab aber auch nicht drauf geachtet«, fügte sie ehrlich hinzu.

»Ich denke, sie wird morgen etwas dazu sagen können. Im Augenblick braucht sie erst einmal Ruhe. Ihr solltet nach Hause fahren, Anita. Mehr tun könnt ihr hier jetzt nicht.«

»Aber wenn es ihr schlechter geht…«

Cilly hatte noch immer große, angsterfüllte Augen.

»Das wird jetzt nicht mehr passieren. Sollte doch noch etwas Unvorhergesehenes eintreten, werdet ihr benachrichtigt. Ich kümmere mich darum. Bist du in deiner Wohnung erreichbar, Anita?«

»Da und über mein Handy. Hier ist die Nummer. Cilly, du bleibst am besten heute Nacht bei mir.«

»Ja, danke.«

»Ich bin morgen auf jeden Fall hier. Ich habe zwar Termine, aber irgendwie werde ich schon ein paar Minuten abzwacken können.«

»Danke, Carl. Du bist wundervoll.«

»Ach Anita.« Er sah mich traurig an und meinte dann leise: »Gegen diese Konkurrenz komme ich nicht an.«

Ich legte ihm die Arme um die Schultern und küsste ihn leicht auf die Lippen. Er errötete, drückte mir die Hände und meinte: »Bis morgen. Sorgt euch nicht zu sehr, sie ist in guten Händen.«

Er verließ uns, und wir machten uns auf den Heimweg.

»Hier wohnst du also.«

»Ich gebe dir gleich noch die Adresse und alle möglichen Telefonnummern, Valerius. Aber verliere sie nicht.«

»Ach, ich weiß jetzt ja, was man da tun muss. Ich werde dich einfach anzeigen!«

Er kam noch mit nach oben, und ich schickte Cilly ins Nebenzimmer, damit sie sich ihr Bett bezog.

Valerius stand vor mir und sah mich an.

»Anahita, wir sollten uns ein wenig besser kennen lernen. Bisher waren es nur Ausnahmesituationen, die unser Zusammentreffen begleiten.«

»Ja, das kann man wohl sagen.«

»Ich denke, wir brauchen also etwas Zeit dafür. Ich fahre über Ostern nach Frankreich. Mit meinem Neffen.«

»Falko mit Namen?«

»Das weißt du also auch schon?«

»Wir sind uns sogar bereits begegnet, aber das ist eine ganz andere Geschichte. Er wird sie dir sicher erzählen.«

»Möglich. Er kann vieles gut für sich behalten. Willst du mich begleiten, Ana?«

»Val, ich würde so gerne. Aber ich kann Cilly und Rose nicht alleine lassen. Sie ist alleine, ihre Eltern müssen benachrichtigt werden, und wir müssen herausfinden, was passiert ist.«

»Verständlich. Das Problem ist nur, ich muss die Woche danach nach Frankfurt. Ich bin erst Anfang Mai wieder hier.«

»Dann werde ich eben die zwei Wochen auf dich warten. Darauf kommt es jetzt auch nicht mehr an.«

»Wahrscheinlich nicht. Ich melde mich zwischendurch und sage dir, wann ich wieder da bin. Und hier sind noch ein paar Karten von mir. Außerdem weiß Cosy auch immer, wo ich zu erreichen bin.«

»Danke, Val.«

»Grübelt heute Nacht nicht mehr zu viel herum. Roses Leben ist gerettet. Das Warum wird sich bald klären.«

»Ich hoffe es.«

Er nahm mich noch einmal in die Arme und hielt mich fest.

»Es ist gut, dass du mich gefunden hast, mein Herz.«

»Ich hatte solche Angst, du würdest mich fortschicken.«

Er küsste mich, zärtlich, ohne Forderung.

»Lassen wir uns beide Zeit. Bis dann, Anahita.«

Noch ein kurzer Kuss, und er war gegangen.

Cilly hatte sich allmählich wieder beruhigt.

»Kleine Schwester-Schwester, du hast dich ganz hervorragend verhalten!«, sagte ich zu ihr.

»Ich hab noch nie in meinem Leben eine solche Angst gehabt!«

»Das glaube ich dir. Sag mal, weißt du, wie man deine Eltern erreichen kann?«

»Die Handy-Nummer weiß ich nicht auswendig. Und die vom Hotel auch nicht.«

»Wo sind sie denn überhaupt?«

»In Berlin.«

»In welchem Hotel?«

Cilly grübelte, dann fiel es ihr ein.

»Gut, dann erreichen wir sie irgendwie.«

Ich belästigte die Auskunft, die Rezeption, den Hotelmanager und das Restaurant. Dann hatte ich Sophia am Apparat. Es tat mir Leid, sie aufregen zu müssen, aber wenn sie auch tief besorgt war, so behielt sie doch die Nerven.

»Wir reisen morgen früh ab. So wichtig kann keine Veranstaltung sein. Ich hoffe, wir bekommen einen der ersten Flüge. Übrigens, Anita, könnte dieser Schmierkram in den Zeitschriften irgendwie bei Rose zu einer Überreaktion geführt haben?«

»Was für ein Schmierkram?«

Mir schwante Schlimmes.

»Berichte über Julian und euch beide. Es ist zum Kotzen.«

»Nicht schon wieder. Ich kümmere mich morgen darum. Hier ist Cilly!«

Sophia hatte eine tröstende, mütterliche Art, und nach dem Gespräch war Cilly sogar bereit, noch ein Brot zu essen.

»Du, dein Valerius sieht saugut aus.«

»Ja, das finde ich auch.«

»Aber nicht so gut wie Marc!«

»Mit Marc, Cilly, werde ich noch ein ausgewachsenes Huhn zu rupfen haben.«

»Warum?«

»Wenn er es war, der Fotos und Info über Rose und mich an die Schmierfinken der Yellowpress weitergegeben hat, wird er anschließend nicht mehr gut aussehen!«, sagte ich grimmig. Ich war stinkwütend. »Und jetzt zu Bett, Häschen.«

Wir waren früh am Vormittag im Krankenhaus. Rose hatte die Nacht gut überstanden und war auf eine Station verlegt worden. Wir mussten aber noch eine halbe Stunde warten, bis wir zu ihr durften. Ich nutzte die Zeit, den Kiosk zu plündern. Drei schäbige Blätter hatten die Geschichte schon am Montag aufgewühlt. »Das geheime Leben des Caesar King«, war die Sensation vor Ostern. Wieder die Bilder von seinem zerstörten Auto, das Bild von mir, mit Blut und allem, Bilder von Uschi, glücklich lächelnd an seiner Seite. Und ganz groß – Rose. Die geheim gehaltene Tochter. Die mysteriöse Geliebte. Der bisher nicht aufgeklärte Unfall. War es Selbstmord? Was hat die Tochter damit zu tun? Die Erbin…?

Ohne es ausdrücklich zu sagen, wurde der Eindruck erweckt, Rose sei Schuld an Julians Tod. Es war grässlich.

Dann endlich durften wir zu Rose. Sie lag matt und blass in ihrem Bett, aber als sie uns in das Zimmer treten sah, lächelte sie.

»Jetzt bin ich an der Reihe, am Krankenbett zu sitzen.«

»Ausgleichende Gerechtigkeit.«

»Brauchst du irgendwas?«

»Einen neuen Kopf. Dieser hier besteht nur aus schmerzender Watte.«

»Kriegst du morgen. Heute werden keine Köpfe transplantiert.«

»Hast du deinen Valerius gefunden?«

»Hat sie, Rose. Er ist klasse. Er hat uns gestern hergefahren.«

»Ach Cilly. Ich habe euch wohl ziemlichen Ärger gemacht. Und keiner will mir hier sagen, was los war.«

Ich berichtete es ihr kurz.

»Und jetzt denkt ihr wohl, ich hätte das Scheißzeug genommen, um mich aus dem Kreis der Steuerzahler zu verabschieden?«

»Es wäre doch möglich, oder?«

»Hab ich aber nicht!«

»Reg dich nicht auf. Du warst gestern ohne Bewusstsein. Da macht man sich seine Gedanken. Du hast Tabletten genommen und Alkohol getrunken.«

»Ich war ziemlich fertig mit den Nerven. Die ganze Zeit über ging es noch gut, und du hast mir auch irgendwie Halt gegeben. Aber gestern Nachmittag kamen dann zwei von diesen verdammten Reportern, die mich ausfragten. Ich habe sie rausgeworfen, aber danach fing ein tierisch nervöses Zittern an. Und da war eine Kundin, die mir einen Streifen mit ihren Table…«

»Rose!«

»Mach mir keine Vorwürfe!«

»Schon gut. Wie viele hast du genommen?«

»Zwei oder drei, sie sagte, die seien ganz harmlos.«

Wir sahen uns an, und meine Angst kehrte zurück.

»Dann sollte man meinen, dass sie wohl versucht hat, dich zu vergiften.«

»Ich weiß nicht. Nein, bestimmt nicht. Mir ging es danach ja auch besser.«

»Und du hast Sekt getrunken!«

»Es kamen Bekannte vorbei. Ich bin entsetzlich blöde gewesen, nicht wahr?« Sie schloss die Augen, dann sagte sie: »Gott sei Dank bin ich nicht noch Auto gefahren.«

»Wie Julian.«

»Ja, wie Julian.«

»Wer hat dich gestern im Laufe des Tages in der Werkstatt besucht?«

»Eine ganze Reihe Leute. Die Ausstellung zeigt Wirkung. Es war unheimlich viel los.«

»Ich hätte dir helfen müssen.«

»Nein, Anita. Mach dir keine Vorwürfe.«

»Hast du Notizen gemacht?«

»Bei manchen, ja. Aber die, die nur gucken wollten, habe ich nicht nach dem Namen gefragt. Mir ist so döselig im Kopf, Anita. Entschuldige.«

»Dann zerbrich ihn dir jetzt nicht deswegen. Ich bin sicher, deine Eltern kommen heute auch noch vorbei. Wir haben sie gestern Abend noch erreicht.«

»Oh, gut. Mama Sophia wird sich um alles kümmern. Den Ärzten steht was bevor!«

Rose schloss die Augen wieder und schien einzuschlafen. Dann aber riss sie sie noch einmal auf.

»Anita, mir ist noch etwas eingefallen.«

»Was?«

»An dem Abend, als Julian bei mir war, hat er mir etwas gegeben. Ein Heft, das ich unbedingt lesen sollte. Ich habe damals keine Zeit dafür gehabt, und als wir von Australien zurückkamen, habe ich nicht mehr daran gedacht. Weil …«

»Wo sind diese Unterlagen?«

»In meiner Wohnung. Werden wohl irgendwo zwischen den Zeitungen liegen. Hoffentlich sind sie nicht im Altpapier gelandet.«

»Ich fahre gleich hin und suche sie.«

»Danke, Anita«, murmelte sie, und dann schlief sie wirklich ein. Cilly und ich blieben noch bei ihr sitzen, und ich verließ sie erst, als Sophia und ihr Mann eintrafen.

In Roses Wohnung durchforstete ich alle möglichen Ecken und Winkel, um die nicht näher beschriebene Unterlage zu finden. Und dann entdeckte ich sie auf dem Schreibtisch, unter den Vordrucken für die Umsatzsteuererklärung.

Es war ein marmoriertes Heft, vergilbt und mit Stockflecken bedeckt. Neugierig schlug ich es auf. Einige lose

Blätter fielen mir entgegen. Handgeschriebene Zettel und einige Zeitungsausschnitte schienen es zu sein. Ich sammelte sie sorgfältig auf und steckte sie hinten in das Büchlein. Dann las ich die ersten Zeilen.

Und hielt den Atem an.

Tagebuch von Marie-Anna de Kerjean
Februar 1810

stand da in zierlicher, ein wenig verschnörkelter Schrift.

Als ich mich niedersetzte, um in den eng beschriebenen Seiten zu lesen, fielen mir die ersten Worte auf, und ich schlug energisch das Heft wieder zu.

Das durfte ich nicht alleine lesen.

Das ging Rose und Cilly ebenfalls an, denn die ersten Sätze lauteten: »Heute bin ich im Haushalt der Familie Raabe eingetroffen. Das Mädchen Graciella hat mich erfreulich herzlich begrüßt, und auch die Dame das Hauses nahm sich meiner freundlich an. Diese Cousine Rosemarie hingegen …«

Graciella Raabe, vielleicht später die Graciella Coloman. Julians Ururgroßmutter.

Ich wollte Familienforschung betreiben, und hier war ein ungewöhnlicher Einstieg!

Und Marie-Anne und Rosemarie …

Nachdenklich nahm ich einen Stift zur Hand und schrieb auf einen Block, der auf dem Schreibtisch lag, den Schluss der Geschichte von Anna, der Stiftsschreiberin und ihrer Freundin Rosa.

36. Kapitel

Sphärentanz

Es wurde dunkel um Anna, doch Hrabanus' Gesicht war das Letzte, was sie mit ihren schwindenden Sinnen wahrnehmen konnte. Dann begann ihre Wanderung durch die Unendlichkeit, ohne Angst, wissend, dass sie sie finden würde – die himmlischen Sphären, die die Welt umspannten. Nicht das Fegefeuer wartete auf sie, nicht die Qualen der Hölle, sondern sie bewegte sich durch die Dunkelheit auf die fernen Lichter zu. Leise, aber immer deutlicher nahm sie eine himmlische Musik wahr, und begleitet von den Engelschören durchwanderte sie die Sphären. Nach und nach verblich dabei alles, was sie in ihrem Erdendasein erlebt hatte. In der silbernen Sphäre des wandelbaren Mondes vergaß sie Horsel, in der goldenen Sphäre der strahlenden Sonne verschwamm die heitere Valeska. Viele Erinnerungen an ihre Freundin Rosa verlor sie in der rosigen Sphäre der Venus, und in der gelbroten Sphäre des Merkur erlosch der Gedanke an den Sänger Julius, und Marcel vergaß sie in der roten Sphäre des Mars. Doch in der purpurnen Sphäre des Jupiter verweilte sie lange, denn die väterliche Liebe wollte sie nicht missen. Schließlich aber musste sie hinauf in die dunkelblaue, ferne Sphäre des Saturn, und hier vergaß sie auch Falkomar.

Sie wandelte lange, und es lösten sich Wehmut, Schmerzen und Trauer auf. Das tiefste Gefühl jedoch, das sie empfunden hatte, war bei ihr geblieben – ihre Liebe vergaß sie nie, und die Sehnsucht blieb immer bei ihr.

Sie tanzte zur Sphärenmusik mit den Sternen, doch dann war die Konstellation der Himmelslichter plötzlich so verlockend, dass sie nicht widerstehen konnte.

Und im Jahre 1783, kurz bevor die französische Nation in Flammen aufging, wurde in einem kleinen Schloss in der Bretagne zur übergroßen Freude der Eltern eine Tochter mit goldenen Haaren geboren. Und sie nannten sie Marie-Anna.